heyne>fliegt

Das Buch
Eine gefährliche Reise, eine alte Feindschaft, eine große Liebe

Dass es alles andere als ratsam ist, einer Fee ein Versprechen zu geben, weiß Meghan eigentlich. Noch schlimmer, wenn es sich dabei ausgerechnet um die unerbittliche Mab handelt, die zur unpassendsten Stunde Meghan an ihr Wort erinnert. An der Seite des eisigen Prinzen Ash, an den Meghan ihr Herz verloren hat, muss sie an den Winterhof reisen – doch ein gefährlicher Jäger stellt sich ihnen in den Weg, ein mächtiger und uralter Weggefährte Oberons, der vor nichts zurückschreckt.
Und auch auf Ash wartet eine Prüfung, die es in sich hat: Ausgerechnet auf die Hilfe von Puck, seinem größten Rivalen, ist er angewiesen, um unbeschadet ins Herz des Sommerreichs zu gelangen. Kann er Puck trauen? Und werden Meghan und Ash miteinander glücklich werden, nachdem die bezaubernde Meghan zur Herrscherin über das Eiserne Reich gekrönt wurde?

Die Autorin
Schon in ihrer Kindheit gehörte Julie Kagawas große Leidenschaft dem Schreiben. Nach Stationen als Buchhändlerin und Hundetrainerin machte sie ihr größtes Interesse zum Beruf und wurde Autorin. Mit ihrer Saga *Plötzlich Fee* stieg sie zum hellsten Stern am Fantasy-Himmel auf. Sie lebt mit ihrem Mann in Louisville, Kentucky.

JULIE KAGAWA

Plötzlich Fee

DAS GEHEIMNIS VON NIMMERNIE

Roman

Aus dem Amerikanischen von
Charlotte Lungstraß-Kapfer

heyne>fliegt

Die Originalausgabe erscheint unter dem Titel
The Iron Legends bei Harlequin Teen, Ontario

Anmerkung zu *Sommernachtstraum*:
Die Kapitelüberschriften zu den Kapiteln 1, 2, 5 und 6 sind zitiert nach:
William Shakespeare, *Ein Sommernachtstraum*. Zweisprachige Ausgabe. Deutsch von Frank Günther. München: dtv, 1995
Die Überschriften zu den Kapiteln 3 und 4 sind zitiert nach:
William Shakespeare, *Sämtliche Werke*, Band 1 (Komödien). Berlin und Weimar: Aufbau-Verlag, 1975

MIX
Papier aus verantwortungsvollen Quellen
FSC® C014496

Verlagsgruppe Random House FSC®N001967

Redaktion: Petra Müller
Umschlaggestaltung: Nele Schütz Design, München,
unter Verwendung eines Motivs von © Shutterstock
Satz: Christine Roithner Verlagsservice, Breitenaich
Druck und Bindung: GGP Media GmbH, Pößneck

ISBN: 978-3-453-59646-7

www.heyne-fliegt.de

INHALT

Die Reise zum Winterhof

1

Versprechen muss man halten

Aus den tiefen Schatten der Höhle heraus beobachtete ich, wie der Jäger langsam näherkam. Sein Körper, der sich dunkel vor dem Schnee abzeichnete, schob sich vorsichtig auf uns zu, seine Augen leuchteten wie gelbe Flammen in der Finsternis und sein Atem bildete Dampfwolken, die gespenstisch um seinen Kopf waberten. Das kalte, bläuliche Licht wurde von feuchten Zähnen reflektiert und enthüllte ein dichtes, verfilztes Fell, das schwärzer war als die tiefste Nacht. Ash stand mit gezogenem Schwert zwischen mir und dem Jäger und ließ die riesige Kreatur nicht aus den Augen, die uns seit Tagen verfolgte und nun endlich eingeholt hatte.

»Meghan Chase.« Seine Stimme war ein tiefes Knurren, tiefer als jedes Donnergrollen und urwüchsiger als alle wilden Wälder zusammen. Seine goldenen Augen waren auf mich gerichtet. »Endlich habe ich dich gefunden.«

Mein Name ist Meghan Chase.

Während meiner Zeit bei den Feen habe ich drei Dinge gelernt: Iss niemals etwas, das dir im Feenland angeboten wird; schwimme niemals in ruhigen, kleinen Teichen und lass dich niemals, unter gar keinen Umständen, mit irgendjemandem auf einen Handel ein.

Okay, manchmal hat man keine andere Wahl. Manchmal ist die Lage so aussichtslos, dass man sich auf einen Handel einlassen muss. Zum Beispiel, wenn der kleine Bruder entführt wurde und man einen Prinzen des Dunklen Hofes dazu überreden muss, einem bei seiner Rettung zu helfen, anstatt einen zu seiner Königin zu schleifen. Oder wenn man sich verirrt hat und einen neunmalklugen, sprechenden Kater bestechen muss, damit er einen durch den Wald führt. Oder wenn man durch ein bestimmtes Tor gehen muss, der Torwächter aber einen Preis dafür verlangt, dass er einen durchlässt. Die Feen lieben es, solche Handel abzuschließen, und man sollte sich die Vertragsbedingungen wirklich *sehr* genau anhören, sonst sitzt man verdammt in der Tinte. Solltet ihr also irgendwann einmal vertraglich an ein Feenwesen gebunden sein, denkt immer daran: Es gibt keine Möglichkeit, sich diesem Pakt zu entziehen, es sei denn mit katastrophalen Folgen. Und die Feen kommen *immer* zurück, um die Schuld einzutreiben.

Was auch der Grund dafür ist, warum ich vor achtundvierzig Stunden mitten in der Nacht durch unseren Vorgarten gelaufen bin und mich immer weiter von unserem Haus entfernt habe. Ohne mich auch nur einmal umzudrehen. Hätte ich zurückgeschaut, wäre vermutlich meine ganze Entschlossenheit flöten gewesen. Am Waldrand warteten ein dunkler Prinz und zwei leuchtende Pferde mit blauen Augen auf mich.

Prinz Ash, der drittälteste Sohn der Herrscherin des Winterhofes, musterte mich ernst, als ich näherkam. In seinen silbernen Augen spiegelte sich das Mondlicht. Er sah wunderschön aus und zugleich gefährlich – so groß und blass, mit seinem rabenschwarzen Haar und der unnahbaren Eleganz der Feen. Sein Anblick ließ mein Herz höher schlagen, ob vor Vorfreude oder Angst, wusste ich selbst nicht. Als ich in den Schatten unter den Bäumen trat, streckte Ash eine blasse, feingliedrige Hand aus und ich legte meine hinein.

Seine Finger schlossen sich um die meinen, er zog mich an sich und legte die Arme sanft um meine Taille. Ich lehnte den Kopf an seine Brust, schloss die Augen, lauschte auf seinen Herzschlag und atmete seinen kühlen Duft ein.

»Du musst das wirklich tun, oder?«, flüsterte ich und grub die Finger in den weißen Stoff seines Hemdes. Ash gab ein leises Geräusch von sich, das wie ein Seufzen klang.

»Ja.« Seine tiefe Stimme war so leise, dass es kaum mehr als ein Murmeln war. Als ich mich zurücklehnte, um ihn anzusehen, sah ich mein Spiegelbild in seinen Silberaugen. Bei unserer ersten Begegnung waren diese Augen ausdruckslos und kalt gewesen wie Eis. Damals war Ash mein Feind gewesen. Er ist der jüngste Sohn der Winterkönigin Mab, der uralten Erzfeindin meines Vaters Oberon, der König des Sommerhofes ist. Jawohl. Ich bin eine halbe Fee – sogar eine Feenprinzessin –, was ich allerdings erst vor Kurzem erfahren habe, als mein menschlicher Halbbruder von Feen entführt und ins Nimmernie verschleppt wurde. Als ich das herausfand, überredete ich meinen besten Freund Robbie Goodfell – der, wie sich später herausstellte, Oberons Diener Puck war –, mich ins Feenland zu bringen, damit ich den Entführten zurückholen konnte. Doch dann musste ich feststellen, dass es im Nimmernie extrem gefährlich ist, eine Feenprinzessin zu sein. Zum Beispiel hetzte mir die Winterkönigin Ash auf den Hals, um mich gefangen zu nehmen, damit sie mich als Druckmittel gegen Oberon einsetzen konnte.

Zu diesem Zeitpunkt schloss ich mit dem Winterprinzen den Pakt, der mein gesamtes Leben verändern sollte: Wenn er mir half, meinen Bruder Ethan zu retten, würde ich ihm freiwillig an den Winterhof folgen.

Und da war ich nun. Ethan war wieder sicher zu Hause. Ash hatte seinen Teil des Handels erfüllt. Nun war ich dran, ich musste mit ihm an den Hof der Erzfeinde meines Vaters gehen. Die Sache hatte nur einen Haken.

Sommer und Winter sollten sich eigentlich nicht verlieben.

Ich biss mir auf die Lippe, sah ihm in die Augen und suchte nach einer Reaktion in seinem Gesicht. Früher kannte ich Ash nur völlig unterkühlt, aber während unserer gemeinsamen Zeit im Nimmernie war er zunehmend aufgetaut. Wenn ich ihn jetzt anschaute, wirkte er auf mich eher wie ein spiegelglatter See: ruhig und still, aber nur an der Oberfläche.

»Wie lange muss ich dort bleiben?«, fragte ich.

Er schüttelte langsam den Kopf und ich konnte deutlich seinen Widerwillen spüren. »Ich weiß es nicht, Meghan. Die Königin weiht mich nicht in ihre Pläne ein. Ich habe nicht gewagt, sie zu fragen, warum sie dich überhaupt bei sich haben will.« Er griff nach einer Strähne meines hellblonden Haars und ließ sie durch seine Finger gleiten. »Ich sollte dich einfach nur zu ihr bringen«, murmelte er sogar noch leiser als vorher. »Ich habe geschworen, dich zu ihr zu bringen.«

Ich nickte verstehend. Sobald ein Feenwesen etwas verspricht, ist es unwiderruflich an dieses Versprechen gebunden, weshalb Vereinbarungen mit ihnen auch so heikel sind. Ash konnte seinen Schwur nicht brechen, selbst wenn er es wollte.

Das verstand ich ja, aber … »Ich möchte noch etwas tun, bevor wir gehen«, sagte ich und wartete ab, wie er darauf reagieren würde. Ash zog eine Augenbraue hoch, doch ansonsten blieb sein Gesichtsausdruck unverändert. Ich holte tief Luft. »Ich möchte Puck besuchen.«

Der Winterprinz seufzte. »Das habe ich mir schon gedacht«, murmelte er, ließ mich los und trat mit nachdenklicher Miene einen Schritt zurück. »Und wenn ich ehrlich sein soll, würde ich selbst gern wissen, wie es Goodfellow geht. Ich möchte schließlich nicht, dass er stirbt, bevor wir unser Duell ausgetragen haben. Das wäre höchst unglücklich.«

Ich zuckte zusammen. Puck und Ash waren eingeschworene Feinde und hatten bereits einige wilde, lebensbedrohliche Kämpfe ausgetragen, bevor ich überhaupt auf der Bildfläche erschienen war. Ash hatte geschworen, Puck zu töten, und Puck machte es einen Riesenspaß, den gefährlichen Winterprinzen zu provozieren, wann immer er die Gelegenheit dazu bekam. Nur weil ich darauf bestanden hatte, dass sie zusammenarbeiten, hatten sie einen ziemlich wackeligen Waffenstillstand geschlossen. Der sicherlich nicht lange halten würde, ganz egal, wie oft ich dazwischen ging.

Eines der Pferde schnaubte und scharrte ungeduldig mit den Hufen. Ash drehte sich um und tätschelte ihm beruhigend den Hals. »Also schön, dann sehen wir eben nach ihm«, sagte er schließlich, ohne sich umzudrehen. »Aber danach *muss* ich dich nach Tir Na Nog bringen. Keine weiteren Verzögerungen, verstanden? Die Königin wird ohnehin nicht sonderlich entzückt darüber sein, dass ich so lange gebraucht habe.«

Ich nickte. »Klar. Dank... Ich meine ... ich weiß das wirklich zu schätzen, Ash.«

Er lächelte schwach und streckte mir erneut die Hand hin, diesmal, um mir in den Sattel zu helfen. Als ich oben saß, griff ich vorsichtig nach den Zügeln und sah neidvoll zu, wie Ash sich so mühelos auf das zweite Pferd schwang, als hätte er das schon tausend Mal gemacht.

»Also schön«, sagte er leicht resigniert und schaute zum Mond hinauf. »Eins nach dem anderen. Als Erstes müssen wir einen Steig nach New Orleans finden.«

Steige sind Feenpfade zwischen der wirklichen Welt und dem Nimmernie, Tore, die direkt ins Feenland führen. Sie können überall sein und sich hinter jeder Art von Tür verbergen: einer alten Toilettenkabine, einem Friedhofstor, der Schranktür in einem Kinderzimmer. Wenn man den richtigen Steig kennt, kann man jeden Ort auf der Welt erreichen, aber diese Pfade zu benutzen, ist nicht ganz einfach, denn manchmal werden sie von fiesen Gestalten bewacht, die von den Feen dort zurückgelassen werden, um ungewollte Gäste abzuschrecken.

Die halb verfallene Scheune mitten im Sumpf war unbewacht. Ihr Dach war so mit Moos überwuchert, dass es aussah wie ein grüner Teppich. An den Außenwänden wuchsen in dicken Klumpen riesige, gepunktete Pilze, in denen man bei genauerem Hinsehen winzige, geflügelte Gestalten entdecken konnte. Als wir vorbeigingen, spähten sie mit ihren großen Facettenaugen unter den Pilzhüten hervor und flogen dann mit schwirrenden Flügeln davon. Ich zuckte erschrocken zusammen, doch Ash und die Pferde ignorierten sie einfach, während wir durch den modrigen Türrahmen ritten und alles um uns herum weiß wurde.

Als die Welt wieder Gestalt annahm, schaute ich mich blinzelnd um. Wir befanden uns in einem unheimlichen, düsteren Wald, über dessen Boden Nebelschwaden zogen und sich wie lebende Kreaturen um die Beine unserer Pferde legten. Die massigen Bäume ragten bis in schwindelerregende Höhen auf und ihre ineinander verschlungenen Äste versperrten den Blick in den Himmel. Alles war dunkel und trüb, so als seien die Farben dieser Welt verblasst und der Wald in ewigem Zwielicht gefangen.

»Der Wilde Wald«, murmelte ich und drehte mich zu Ash um. »Warum sind wir hier? Ich dachte, wir wollten nach New Orleans.«

»Wir sind auf dem Weg dorthin.« Ash wendete sein Pferd, damit er mich ansehen konnte. »Der Steig, den wir brauchen, befindet sich ungefähr eine Tagesreise nördlich. Das ist von hier aus der kürzeste Weg nach New Orleans.« Er blinzelte kurz und schenkte mir ein schmales Lächeln. »Oder wolltest du vielleicht per Anhalter reisen?«

Bevor ich etwas erwidern konnte, gab mein Pferd plötzlich ein markerschütterndes Wiehern von sich, bäumte sich auf und ließ die Vorderhufe durch die Luft wirbeln. Ich versuchte, mich an seiner Mähne festzuklammern, doch sie glitt mir durch die Finger und ich rutschte rückwärts aus dem Sattel. Mit dem Geräusch von splitterndem Holz landete ich hinter dem Pferd auf der Erde und begrub dabei einige Büsche unter mir. Das Feenross schnaubte panisch, preschte davon, sprang zwischen den Bäumen über einen abgerissenen Ast und verschwand im Nebel.

Stöhnend setzte ich mich auf und tastete meinen Körper ab. Die Schulter, auf der ich gelandet war, pochte, und ich zitterte am ganzen Leib, aber ich hatte mir offenbar nichts gebrochen.

Auch Ashs Pferd scheute heftig, gab hysterische Laute von sich und schüttelte wild mit dem Kopf, aber der Winterprinz konnte sich im Sattel halten und das Tier wieder unter Kontrolle bringen. Dann schwang er sich aus dem Sattel, band die Zügel an einen Ast und kniete sich neben mich.

»Geht es dir gut?« Seine Finger tasteten überraschend sanft meinen Arm ab. »Irgendetwas gebrochen?«

»Ich glaube nicht«, murmelte ich und rieb mir die geprellte Schulter. »Dieser wundervolle Dornbusch hat meinen Sturz abgefangen.« Während der Adrenalinrausch langsam nachließ, begannen sich Dutzende kleiner Kratzer schmerzhaft bemerkbar zu machen. Finster starrte ich in die Richtung, in die mein Pferd verschwunden war. »Weißt du, das war jetzt schon das zweite Mal, dass mich ein Feenpferd abgeworfen hat. Und ein anderes hat versucht, mich zu fressen. Ich glaube nicht, dass Pferde mich besonders gut leiden können.«

»Nein.« Ash war sofort wieder ernst, stand auf und zog mich auf die Füße. »Das lag nicht an dir. Irgendetwas hat sie erschreckt.« Er sah sich langsam um und ließ eine Hand auf den Schwertknauf an seiner Seite sinken. Der Wilde

Wald war dunkel und vollkommen still, so als hätten seine Bewohner Angst, sich zu rühren.

Ich schaute hinter uns, wo zwei Baumstämme so miteinander verwachsen waren, dass sie eine Art Torbogen bildeten. Die Stelle zwischen den Stämmen, an der sich der Steig befinden musste, lag im Dunkeln, und ich hatte das Gefühl, als würden die Schatten in unsere Richtung kriechen. Ein kalter Wind fuhr zwischen den Bäumen hindurch, riss an den Ästen und ließ die Blätter herumfliegen. Ich zitterte.

Mit einem wilden Zischen schoss ein Schwarm geflügelter Feen aus dem Steig hervor, flog einmal panisch um uns herum und verschwand dann in einer wirbelnden Spirale im Nebel. Ich schlug kreischend die Hände vors Gesicht, während Ashs Pferd erneut ein angsterfülltes Wiehern von sich gab, das die unheimliche Stille durchbohrte. Ash nahm meine Hand, zerrte mich von dem Steig weg und lief zu seinem Pferd. Schnell hob er mich in den Sattel, packte die Zügel und stieg vor mir auf.

»Halte dich gut fest«, warnte er mich. Eine Welle der Erregung durchflutete mich, als ich die Arme um seinen Bauch schlang und durch das Hemd seine harten Muskeln spürte. Ash rammte dem Pferd mit einem Schrei die Fersen in die Flanken, woraufhin das Tier so abrupt lospreschte, dass mein Kopf heftig nach hinten geschleudert wurde. Ich presste mich an Ashs Rücken und drückte mein Gesicht gegen seine Schulter, während das Feenross durch den Wilden Wald raste und wir den Steig immer weiter hinter uns ließen.

Hin und wieder hielten wir an, aber das auch nur, um mir und dem Pferd kurze Verschnaufpausen zu gönnen. Als es

Abend wurde, zog Ash einige Lebensmittel aus den Satteltaschen und reichte sie mir: Brot, Trockenfleisch und Käse, also ganz normales Menschenessen. Anscheinend hatte er mein letztes Experiment mit Feennahrung noch nicht vergessen. Das war nicht besonders gut ausgegangen. Ich knabberte an dem trockenen Brot, kaute auf dem Trockenfleisch herum und hoffte stillschweigend, dass er den Vorfall mit den Sommerbuchteln nicht erwähnen würde. Das war doch ziemlich peinlich gewesen.

Ash aß nichts. Er blieb wachsam und misstrauisch und entspannte sich während der ganzen Reise nicht. Das Pferd schien genauso angespannt. Es war ruhelos und geriet bei jedem Schatten und jedem raschelnden Blatt erneut in Panik. Irgendetwas verfolgte uns, das spürte ich bei jedem Halt: eine finstere, verborgene Präsenz, die immer näherkam.

Wir ritten weiter in die Nacht hinein, und schließlich vertiefte sich das ewige Zwielicht des Wilden Waldes und ein fahler Mond stieg am Himmel auf. Ash und das Feenpferd schienen über endlose Kraftreserven zu verfügen, oder zumindest über größere als ich. Stundenlang auf einem Pferd zu sitzen ist nicht einfach, und die Anspannung wegen unseres unbekannten Verfolgers forderte ebenfalls ihren Tribut. Ich versuchte krampfhaft, wach zu bleiben, döste aber an den Rücken des Prinzen gelehnt immer wieder ein und rutschte dabei gefährlich weit nach links oder rechts, bis ein Zucken oder ein scharfes Wort von Ash mich aufschrecken ließ.

Ich mühte mich verzweifelt, die Augen offen zu halten, doch plötzlich stoppte Ash das Pferd und stieg ab. Benommen schaute ich mich um, sah jedoch nichts als Bäume und Schatten. »Sind wir schon da?«

»Nein.« Ash starrte mich frustriert an. »Aber du bist andauernd kurz davor, vom Pferd zu fallen, und ich kann nicht ständig nach hinten greifen, um sicherzugehen, dass du noch da bist.« Er zeigte auf den Sattelknauf. »Wir tauschen die Plätze. Rutsch nach vorn.«

Ich schob mich in den Sattel und Ash zog sich hinter mir wieder hoch, legte einen Arm fest um meine Taille und sorgte so dafür, dass sich mein Puls erhöhte.

»Halt dich fest«, befahl er leise, als das Pferd sich wieder in Bewegung setzte. »Wir haben den Steig fast erreicht. Sobald wir im Reich der Sterblichen sind, kannst du dich ausruhen. Dort sollten wir sicher sein.«

»Was verfolgt uns denn?«, flüsterte ich, woraufhin das Pferd die Ohren anlegte. Ash ließ sich Zeit mit seiner Antwort.

»Ich weiß es nicht«, murmelte er schließlich widerstrebend. »Aber was auch immer es ist, es ist sehr hartnäckig. Wir haben ein ziemliches Tempo angeschlagen, und trotzdem haben wir es noch nicht abgehängt.«

»Und *warum* verfolgt es uns? Was will es?«

»Das spielt keine Rolle.« Ash verstärkte den Griff um meine Taille. »Wenn es dich haben will, muss es erstmal an mir vorbei.«

In meinem Bauch kribbelte es und mein Herz machte einen seltsamen kleinen Hüpfer. In diesem Moment fühlte ich mich absolut sicher. Mein Prinz würde nicht zulassen, dass mir etwas zustieß. Ich lehnte mich gegen ihn, schloss die Augen und döste vor mich hin.

Ich muss wohl eingeschlafen sein, denn im nächsten Moment schüttelte Ash mich sanft. »Wach auf, Meghan«, sagte er leise, und sein Atem strich kühl über meinen Hals. »Wir sind da.«

Gähnend musterte ich die kleine Lichtung, die direkt vor uns lag. Ohne das Blätterdach der Bäume konnte man hier den mit Sternen übersäten Himmel sehen. Die Lichtung war einsam und verlassen, abgesehen von einer riesigen, knorrigen Eiche in der Mitte. Dicke, alte Wurzeln zogen sich über den Boden und verhinderten, dass hier irgendetwas wachsen konnte, das größer wäre als ein Farn. Der Stamm der Eiche war so dick und verschlungen, dass man meinen konnte, in ihm wären drei oder vier Bäume zusammengepresst worden. Doch trotz aller Größe und Dominanz konnte ich sehen, dass die Eiche starb. Ihre Äste hingen kraftlos herunter oder waren abgebrochen und lagen am Fuß des Baumes verstreut. Die meisten der ausladenden, feinadrigen Blätter waren abgestorben und brüchig, andere waren kränklich gelb oder braun. Die gesamte Lichtung wirkte verkümmert und krank, so als würde der Baum dem Wald in seiner Umgebung das Leben aussaugen.

»So war es früher hier nicht«, murmelte Ash hinter mir. Ich musterte den sterbenden Baum und wurde von einer überwältigenden Traurigkeit erfasst, so als würde ich einem todkranken Freund gegenüberstehen. Ich schüttelte das Gefühl ab und suchte nach einer Tür oder einer Pforte, aber hier gab es nichts außer diesem Baum.

»Wird er noch funktionieren?«, fragte ich Ash, als er das Pferd zu dem alten Baum dirigierte. »Der Steig, meine ich. Wird er sich öffnen?«

»Wir werden sehen.« Ash stieg ab und nahm das Pferd bei den Zügeln. Als es stehen blieb, rutschte ich aus dem Sattel und stellte mich neben ihn.

»Also, wie funktioniert dieser Steig?«, fragte ich und suchte den Stamm nach einer Tür oder so etwas ab. Im Nimmernie waren Türen in Bäumen nichts Ungewöhnliches. Meine erste Nacht im Feenland hatte ich sogar im Heim eines Baumgeistes verbracht, allerdings auf die Größe eines Käfers geschrumpft, damit ich durch die Tür passte. »Hier ist kein Tor. Wie kann man ihn öffnen?«

»Ganz einfach«, erwiderte Ash. »Wir müssen fragen.«

Ohne auf meine skeptische Miene zu achten, drehte er sich zu dem Baumstamm um und legte eine Hand an die raue Borke. »Hier ist Ash«, sagte er deutlich, »drittältester Sohn des Dunklen Hofes. Ich benötige eine Passage ins Reich der Sterblichen, zur Lichtung der Ältesten.«

»Bitte«, fügte ich hinzu.

Einen Moment lang passierte gar nichts. Dann hob sich mit einem lauten Ächzen und Stöhnen eine der dicken Wurzeln aus dem Boden und schüttelte Dreck und lose Zweige ab. Sie bog sich so weit nach oben, bis zwischen ihr und der Erde ein Torbogen entstand, in dem die Magie flimmerte.

»Da hast du deinen Steig«, murmelte Ash, während mein Puls sich drastisch beschleunigte. Hinter diesem Tor befand sich Puck. Falls er noch lebte.

Ich packte Ashs Hand und zerrte ihn in meiner Ungeduld fast hinter mir her, während ich geduckt durch den Torbogen schlüpfte.

Auf der anderen Seite stolperte ich prompt über eine Wurzel und konnte mich gerade noch abfangen. Als ich mich aufrichtete, befand ich mich in einem vom Mond beschienenen Hain im Stadtpark von New Orleans. Die riesigen, moosbewachsenen Eichen kannte ich bereits von unserem letzten Besuch. Die Luft war schwül-warm und alles wirkte friedlich. Grillen zirpten, Blätter rauschten und der Mond spiegelte sich im nahegelegenen See. Nichts hatte sich verändert. Beim letzten Mal war es hier genauso idyllisch gewesen, obwohl damals gerade meine ganze Welt in Trümmern gelegen hatte.

Ash berührte mich am Arm und deutete mit dem Kopf auf eine Eiche, in deren Schatten ein gertenschlankes Mädchen mit moosgrüner Haut stand und uns mit großen, dunklen Augen überrascht musterte.

»Meghan Chase?« Die Dryade schwebte auf uns zu wie ein Zweig, der vom Wind herbeigeweht wird. »Was tust du denn hier?« Die Angst in ihrer Stimme ließ mich zusammenzucken. »Du darfst nicht hierbleiben!«, zischte sie, als sie näherkam. »Es ist nicht sicher. Etwas Gefährliches ist dir auf den Fersen.«

»Das wissen wir«, sagte Ash, wie immer gelassen und unbeeindruckt. Blinzelnd richtete die Dryade den Blick auf ihn. »Doch wir sind durch die Pforte der Ältesten gekommen, sie wird also hoffentlich nicht zulassen, das dieses Wesen – was auch immer es ist – uns in diese Welt folgt.«

Pforte der Ältesten? Ich schaute über die Schulter, und sofort verkrampfte sich mein Magen so sehr, dass mir fast schlecht wurde.

Das war der Baum der Dryadenältesten, die große Eiche, die früher stolz und majestätisch alle anderen Bäume überragt hatte. Jetzt war sie, wie ihr Zwilling auf der Lichtung, vom Tode gezeichnet. Ihre Äste waren kahl, das verfilzte Moos an ihrem Stamm war braun und verrottet.

In meiner Kehle bildete sich ein Kloß. Die Erinnerung an die Älteste der Dryaden war in mir noch so lebendig, als wäre es gestern gewesen: eine alte, großmütterliche Fee mit sanfter Stimme und gütigen Augen. Sie hatte mir das Herz ihres Baumes gegeben, damit ich meinen Bruder retten konnte – und das Feenwesen töten, das ihn entführt hatte. Die Älteste hatte gewusst, dass sie sterben würde, wenn sie mir half. Und trotzdem hatte sie uns die Waffe gegeben, die wir gebraucht hatten, um den Feind zu besiegen und Ethan zurückzuholen.

Die junge Dryade trat neben mich und musterte die sterbende Eiche. »Es ist immer noch Leben in ihr«, murmelte sie mit einer Stimme, die wie Wind in den Blättern klang. »Ja, sie stirbt. Sie ist inzwischen zu schwach, um ihren Baum zu verlassen, deshalb schläft sie und träumt von ihrer Jugend. Doch noch ist sie nicht verschwunden. Es wird noch lange dauern, bis sie vollständig vergeht.«

»Es tut mir so leid«, flüsterte ich.

»Nein, Meghan Chase.« Die Dryade schüttelte mit einem leisen Rascheln den Kopf und ein glänzender, kleiner Käfer kroch über ihr Gesicht und verschwand in ihren Haaren. »Sie wusste es. Sie wusste schon immer, was geschehen würde. Der Wind erzählt uns von diesen Dingen. Genau wie er uns berichtet hat, dass du dich im Moment in großer Gefahr befindest.« Sie sah mich mit ihren schwarzen Augen durchdringend an. »Du solltest nicht hier sein«, sagte sie bestimmt. »Es ist schon sehr nah. Warum bist du gekommen?«

Ich bekam eine Gänsehaut, doch ich schüttelte das beklemmende Gefühl ab und begegnete ihrem Blick. »Ich bin wegen Puck hier. Ich muss ihn sehen.«

Das Gesicht der Dryade wurde weich. »Ah. Ja, natürlich. Ich werde euch zu ihm bringen, doch ich fürchte, du wirst enttäuscht sein.«

»Das ist mir egal.« Plötzlich war mir kalt, trotz der warmen Sommernacht. »Ich will ihn einfach nur sehen.«

Die Dryade nickte und trat ein paar Schritte zurück, schwankend wie ein Blatt im Wind. »Hier entlang.«

2

Das Herz der Eiche

Puck – oder der berüchtigte Robin Goodfellow, wie er in Shakespeares *Sommernachtstraum* genannt wurde –, hatte einmal noch einen anderen Namen. Einen menschlichen Namen, der einem schlaksigen, rothaarigen Jungen gehörte, dem Nachbarn eines schüchternen Mädchens auf einer Farm im Sumpf von Louisiana. Robbie Goodfell hatte er sich damals genannt, und er war mein Klassenkamerad, Vertrauter und bester Freund gewesen. Er hat sich immer um mich gekümmert, wie ein großer Bruder. Albern, sarkastisch und mit übermäßigem Beschützerinstinkt war Robbie … irgendwie anders als alle anderen. Wenn er nicht da war, konnten sich die Leute kaum an ihn erinnern, also daran, wer er war oder wie er aussah. Es war fast so, als würde er in ihrem Gedächtnis einfach verblassen, und das obwohl er an allem, was in der Schule so schieflief, irgendwie beteiligt war: Mäuse in den Tischen, Sekundenkleber auf den Stühlen und einmal sogar ein Alligator in der Toilette. Niemand hatte ihn jemals in Verdacht, nur ich wusste Bescheid.

Trotzdem war es ein Schock, als ich herausfand, wer er in Wirklichkeit war: ein Diener König Oberons, damit beauftragt, in der Welt der Sterblichen ein Auge auf mich zu haben. Und mich vor jenen zu beschützen, die einer halb menschlichen Tochter Oberons schaden wollten. Außerdem sollte Puck dafür sorgen, dass ich im Hinblick auf die Feenwelt unwissend blieb und weder etwas über meine wahre Natur erfuhr noch über die Gefahren, die sich daraus ergaben.

Als Ethan entführt und ins Nimmernie gebracht wurde, machte das Robbies Pläne, mich blind und unwissend zu lassen, ziemlich zunichte. Entgegen Oberons striktem Befehl versprach er, mir bei der Rettung meines Bruders zu helfen, doch für seine Loyalität zahlte er einen hohen Preis. Während eines Kampfes mit einer der Eisernen Feen – einer neuen Feenspezies, die durch Technologie und Fortschritt entstanden ist – wurde er angeschossen und wäre fast gestorben. Ash und ich brachten ihn hierher, in den Stadtpark, und die Dryaden steckten ihn in einen ihrer Bäume, damit er schlafen und seine Wunden heilen konnte. Dort befand er sich nun in einem komaartigen Tiefschlaf, und die Dryaden erhielten ihn am Leben, aber nicht einmal sie wussten, wann er wieder aufwachen würde. Falls er überhaupt wieder aufwachte. Wir hatten ihn hier zurücklassen müssen, als wir losgezogen waren, um Ethan zu retten. Und seither verfolgte mich mein schlechtes Gewissen.

Ich presste meine Hand gegen den bemoosten Stamm. Ob sein Herzschlag zu spüren war? Eine Schwingung, ein Seufzen? Irgendeine Kleinigkeit, *irgendwas*, das mir sagte, dass er noch da war. Doch ich spürte nichts außer dem Lebenssaft des Baumes, dem Moos und der rauen Borke. Puck befand sich, falls er noch lebte, außerhalb meiner Reichweite.

»Bist du sicher, dass er da drin ist?«, fragte ich die Dryade, ohne den Blick von dem Stamm abzuwenden. Ich wusste nicht, was ich erwartet hatte: etwa seinen Kopf, der plötzlich aus dem Holz hervorschoss und mich angrinste? Trotzdem hatte ich Angst, etwas zu verpassen, wenn ich den Baum auch nur eine Sekunde aus den Augen ließ.

Die junge Dryade nickte. »Ja, er lebt noch. Nichts hat sich geändert. Robin Goodfellow liegt in traumlosem Schlaf in Erwartung des Tages, an dem er in die Welt zurückkehren wird.«

»Und wann wird das sein?«, fragte ich, während ich mit den Fingern über den Baumstamm strich.

»Das wissen wir nicht. Vielleicht in ein paar Tagen. Vielleicht in ein paar Jahrhunderten. Vielleicht zieht er es aber auch vor, nie mehr zu erwachen.« Die Dryade legte eine Hand an den Stamm und schloss die Augen. »Er ruht bequem, ohne Schmerzen. Du kannst nichts für ihn tun, außer geduldig zu warten.«

Da ich ihre Antwort nicht gerade befriedigend fand, presste ich meine Hand erneut fest gegen den Baum und schloss die Augen. Der Schein der Sommerfeen hüllte mich ein, die Magie meines Vaters Oberon und des Sommerhofes, die Kraft von Wärme, Erde und allen Lebewesen. Ich streichelte den Baum, spürte die von der Sonne erwärmten Blätter und das Leben, das durch ihre grünen Adern floss. Ich fühlte, wie Tausende von Insekten über den Stamm krabbelten und sich in das Holz fraßen, und den schnellen Herzschlag der Vögel, die in den Zweigen träumten.

Ich schob mich tiefer hinein, unter die Oberfläche, durch das weichere, wachsende Holz, bis in das Herz des Baumes.

Und da war er. Natürlich konnte ich keine physische Gestalt sehen, aber ich spürte ihn, spürte seine Gegenwart direkt vor mir, ein heller Fleck von Lebensenergie vor dem Herzstück des Baumes. Ich fühlte, wie das Holz seinen dünnen, schlaksigen Körper schützend umschloss und hörte das leise Schlagen seines Herzens. Ich registrierte, wie er dalag: völlig schlaff, das Kinn auf der Brust und die Augen geschlossen. Im Schlaf wirkte er viel kleiner, irgendwie zerbrechlich und durchscheinend wie ein Geist, als könnte der leiseste Hauch ihn davontragen.

Ich tastete mich weiter vor und streckte mich, um ihn zu berühren, streichelte ihm mit körperlosen Fingern über die Wange und schob ihm die wilden, roten Locken aus der Stirn. Aber er rührte sich nicht. Ohne das leise Pulsieren seines Herzschlags im Inneren des Baumes hätte ich geglaubt, er wäre bereits tot.

»*Es tut mir so leid, Puck*«, flüsterte ich, oder vielleicht dachte ich es auch nur, tief im Herzen der riesigen Eiche. »*Ich wünschte, du wärst jetzt bei mir. Ich habe Angst, und ich habe keine Ahnung, was mit mir passieren wird. Ich brauche dich, bitte komm zurück.*«

Falls er mich gehört hatte, zeigte er es nicht. Kein Flattern der Lider, kein Zucken des Kopfes oder überhaupt irgendeine Reaktion auf meine Stimme. Puck blieb schlaff und reglos, das Echo seines Herzschlags drang ruhig und gleichmäßig durch das Holz. Mein bester Freund war so weit weg, so unerreichbar, und ich konnte ihn nicht zurückholen.

Deprimiert und mit einer seltsamen Übelkeit im Bauch zog ich mich aus dem Baum zurück und schlüpfte wieder in meinen Körper. Als die Geräuschkulisse meiner Umwelt wieder einsetzte, musste ich die Tränen zurückhalten. So nah. So nah bei Puck und doch so weit weg.

Ash wirkte sehr ernst, als ich ihn ansah. Er wusste, was ich getan hatte, und konnte sich denken, was dabei herausgekommen war.

»Er ist noch am Leben«, sagte er tröstend. »Mehr konntest du nicht erwarten.« Als ich mich schluchzend abwandte, seufzte er. »Mach dir nicht zu viele Sorgen um ihn, Meghan. Es war schon immer extrem schwierig, Robin Goodfellow zu töten.« Er sagte das halb gereizt, halb amüsiert, so als würde er aus Erfahrung sprechen. »Ich bin mir fast sicher, dass Goodfellow eines Tages wie aus dem Nichts auftauchen wird, und zwar genau dann, wenn du es am wenigsten erwartest. Hab Geduld.«

»Geduld«, ließ sich eine belustigte Stimme irgendwo über meinem Kopf hören, »hat noch nie zu ihren Stärken gehört.«

Überrascht schaute ich hoch und versuchte, zwischen den Ästen der Eiche etwas zu erkennen. Zwei vertraute, goldene Augen hingen dort in der Luft und spähten auf mich herab. Mein Herz machte einen Sprung.

»Grimalkin?«

Die Augen blinzelten träge und der Körper eines großen, grauen Katers erschien auf einem der untersten Äste. Es war tatsächlich Grimalkin, der Feenkater, dem ich bei meiner letzten Reise ins Nimmernie begegnet war. Grim hatte mir schon ein paar Mal aus der Patsche geholfen … allerdings hatte seine Hilfe immer ihren Preis. Der Kater war ganz scharf darauf, Gefälligkeiten anderer zu horten, und tat nichts ohne Gegenleistung; doch ich war trotzdem froh, ihn zu sehen, auch wenn ich ihm von unserem letzten Abenteuer noch ein oder zwei Kleinigkeiten schuldete.

»Was machst du denn hier, Grim?«, fragte ich, während sich der Kater gähnend räkelte und dabei den buschigen Schwanz weit über seinen Rücken streckte. Erwartungsgemäß beendete Grimalkin erst mal seine Dehnübungen, setzte sich und leckte sich ein paar Mal über das Fell, bevor er sich dazu herabließ, mir zu antworten.

»Ich hatte eine Unterredung mit der Dryadenältesten«, erwiderte er gelangweilt. »Ich wollte wissen, ob sie etwas über den momentanen Aufenthaltsort einer gewissen Person erfahren hat.« Grim kratzte sich hinterm Ohr, inspizierte dann die Zehen seiner Hinterpfote und leckte sie kurz. »Dann habe ich gehört, dass du auf dem Weg hierher bist, also dachte ich mir, ich könnte genauso gut warten, um zu sehen, ob das wahr ist. Du warst schließlich immer höchst amüsant.«

»Aber ... die Dryadenälteste schläft doch«, meinte ich stirnrunzelnd. »Sie haben mir gesagt, dass sie sogar zu schwach ist, um ihren Baum zu verlassen.«

»Worauf willst du hinaus, Mensch?«

»Nicht so wichtig.« Ich schüttelte den Kopf. Grimalkin war ein ziemlich anstrengender Geheimniskrämer und ich hatte schon vor einiger Zeit gelernt, dass er einen an seinem Wissen nur dann teilhaben ließ, wenn er dazu bereit war. »Es ist jedenfalls schön, dich zu sehen, Grim. Ich wünschte, wir könnten bleiben und ein bisschen reden, aber wir haben es gerade etwas eilig.«

»Mmmm, ja. Dein unglückliches Abkommen mit dem Winterprinzen.« Grimalkin schaute zwischen Ash und mir hin und her und blinzelte träge. »Übereilt und leichtfertig, typisch Mensch eben.« Er schnaubte und sah nun nur noch

Ash an. »Aber … ich hätte erwartet, dass du es besser weißt, Prinz.«

Bevor ich fragen konnte, was *das* nun wieder heißen sollte, spürte ich eine Hand auf meinem Arm und drehte mich zu Ash um. »Wir sollten gehen«, murmelte er, und obwohl seine Stimme fest war, sah er mich entschuldigend an. »Wenn uns wirklich etwas verfolgt, sollten wir versuchen, Tir Na Nog so schnell wie möglich zu erreichen. Dort wird es uns nicht so leicht verfolgen können. Und in meinem eigenen Reich kann ich dich besser beschützen als im Wilden Wald oder in der Welt der Sterblichen.«

»Einen Moment noch.« Grimalkin gähnte, sprang vom Baum und landete lautlos auf seinen Wurzeln. »Wenn ihr jetzt aufbrecht, werde ich wohl mit euch kommen. Zumindest ein Stück weit.«

»Wirklich?« Überrascht starrte ich ihn an. »Du willst nach Tir Na Nog? Warum das?«

»Wie ich bereits sagte, bin ich auf der Suche nach jemandem.«

»Nach wem?«

»Du stellst ermüdend viele Fragen, Mensch.« Grimalkin sprang von den Baumwurzeln und trottete mit erhobenem Schwanz davon. Nach ein paar Metern schaute er über die Schulter zurück und zuckte mit einem Ohr. »Nun? Kommt ihr oder nicht? Wenn tatsächlich etwas hinter euch her ist, wäre es wohl sinnvoll, nicht mehr hier zu sein, wenn es eintrifft, oder?«

Ash und ich tauschten einen verwirrten Blick und folgten ihm dann.

Die Pforte der Ältesten ragte vor uns auf, immer noch

groß und eindrucksvoll, obwohl der Baum bereits im Absterben begriffen war. Als wir uns der Eiche näherten, bewegte sich der Stamm plötzlich mit einem lauten Stöhnen. Ein altes, faltiges Gesicht schob sich durch die Borke und ein Teil des Baumes erwachte zum Leben. Die Älteste der Dryaden öffnete die Augen, schielte kurz, als fiele es ihr schwer, den Blick auszurichten, konzentrierte sich dann aber auf mich.

»Neeeeeiiiiiinnnn«, hauchte sie so leise, dass man es kaum verstehen konnte. »Ihr könnt nicht auf diesem Weg zurück. Auf der anderen Seite wartet *er* auf euch. Er wird …« Ihre Stimme versagte und das Gesicht versank wieder im Stamm. Bevor es ganz verschwunden war, hörte ich noch ein leises »Lauft!«

Ich zitterte am ganzen Körper. Ash packte hastig meine Hand und zog mich mit sich in die entgegengesetzte Richtung. Sein Körper war so angespannt wie ein Drahtseil. Grimalkin schlich wie ein grauer Geist hinter uns durch die Schatten, doch das Fell an seinem Schwanz war gesträubt. Das alles hätte vielleicht lustig sein können, wenn ich nicht diesen Blick in meinem Nacken gespürt hätte – alt, wild und geduldig –, der registrierte, wie wir in die Nacht hinausliefen.

Ash blieb unter einer anderen Eiche stehen, führte die Finger zum Mund und stieß einen schrillen Pfiff aus. Sekunden später kam das Feenross aus den Schatten angaloppiert, schlug schnaubend mit dem Kopf und blieb abrupt vor uns stehen.

»Wohin jetzt?«, fragte ich, während Ash mir in den Sattel half.

»Wir können nicht durch das Portal der Ältesten zurück«, erwiderte der Prinz, als er sich hinter mir aufs Pferd schwang. »Also müssen wir einen anderen Weg ins Nimmernie finden. Und zwar schnell.« Er nahm mit einer Hand die Zügel und schlang den freien Arm um meinen Bauch. »Ich kenne zwar einen anderen Steig, der uns nah an Tir Na Nog heranführt, aber der befindet sich in einem Teil der Stadt, der für Sommerfeen nicht ganz … ungefährlich ist.«

»Du meinst den *Dungeon*, nicht wahr?«, fragte Grimalkin, der plötzlich in meinem Schoß erschien und sich dort zusammenrollte, als sei der Platz für ihn reserviert. Ich blinzelte überrascht. »Bist du sicher, dass du das Mädchen dorthin bringen willst?«

»Wir haben nicht unbedingt die Wahl.« Ash verstärkte den Griff um meine Taille und trieb das Pferd voran. So galoppierten wir durch die Straßen von New Orleans.

Ich hatte schon fast vergessen, was es bedeutete, sich als Halbfee durch die wirkliche Welt zu bewegen, oder zumindest, wie das ablief, wenn man in Begleitung einer mächtigen Vollblutfee war. Das Pferd lief über hell erleuchtete Straßen und durch enge Gassen, schob sich zwischen Autos und Leuten hindurch, aber niemand sah uns. Sie schauten nicht einmal in unsere Richtung. Normale Menschen konnten die Feenwelt nicht wahrnehmen, auch wenn sie von ihr umgeben waren. Zum Beispiel in Form von zwei Kobolden, die in einer Seitengasse einen umgefallenen Müllcontainer durchwühlten und auf Knochen und anderen Dingen herumkauten, die ich gar nicht genauer sehen wollte. Oder der Sylphe mit den Libellenflügeln, die auf einem Telefonmast hockte und die Straßen so intensiv überwachte wie ein Adler, der sein Revier verteidigt. Fast wären wir mit einer Gruppe Zwerge zusammengestoßen, die gerade aus einer der vielen Kneipen in der Bourbon Street kam. Die kleinen, bärtigen Männer lallten dem Pferd ein paar Flüche hinterher, als es sie nur knapp verfehlte und über den Bürgersteig davonpreschte.

Ash stoppte mitten im French Quarter, vor einer Reihe alter Häuser mit schwarzen Fensterläden und Türen. Über einem breiten Tor hing ein Schild mit der Aufschrift: *Ye Olde Original Dungeon*. Der Rahmen war mit roten Farbspritzern gesprenkelt, die wohl Blutstropfen darstellen sollten. Zumindest blieb zu hoffen, dass es Farbe war. Ash schob das Tor auf, hinter dem sich ein langer, schmaler Durchgang auftat, und drehte sich zu mir um.

»Das hier ist das Territorium der Dunklen«, flüsterte er mir ins Ohr. »Die Klientel hier ist ziemlich ungehobelt. Sprich mit niemandem und bleib immer dicht bei mir.«

Ich nickte und spähte den schmalen Gang entlang, der kaum breit genug schien, um hindurchzugehen. »Und was wird aus dem Pferd?«

Ash nahm dem Tier bereits die Satteltaschen und das Zaumzeug ab und warf es in eine dunkle Ecke. »Das findet schon einen Weg nach Hause«, murmelte er und hievte sich die Satteltasche auf die Schulter. »Gehen wir.«

Wir betraten den engen Korridor, Ash vorneweg, Grim als Schlusslicht. Er mündete in einen kleinen Innenhof, wo ein armseliger Wasserfall einen Graben vor dem eigentlichen Gebäude speiste. Wir nahmen den Weg über eine kleine Brücke, passierten einen gelangweilt wirkenden, menschlichen Türsteher, der uns keinerlei Beachtung schenkte, und betraten den dunklen, rot gestrichenen Raum.

Aus den Schatten an der Wand löste sich etwas Großes, Grünes: Ein weiblicher Troll mit einem monströsen Gesicht, beeindruckenden Zähnen und blutroten Augen bewegte sich auf uns zu. Ich stieß einen Schrei aus und wich einen Schritt zurück.

»Ich rieche einen Sommerwelpen«, knurrte sie und stellte sich uns in den Weg. Sie war fast zweieinhalb Meter groß, hatte matschgrüne Haut und lange Krallen an den Fingern. Ihre kleinen, roten Augen starrten aus der beachtlichen Höhe auf mich herab. »Du bist entweder verdammt mutig oder verdammt blöd, Welpe. Hast du eine Wette mit einem Púca verloren, oder was? Hier sind Sommerfeen unerwünscht, also verzieh dich.«

»Sie gehört zu mir«, sagte Ash und stellte sich direkt vor mich, sodass er der Trollfrau den Blick auf mich versperrte. »Und nun geh beiseite. Wir müssen den verborgenen Steig benutzen.«

»Prinz Ash.« Die Trollfrau wich einen Schritt zurück, gab den Weg aber nicht ganz frei. Im Angesicht eines Prinzen des Dunklen Hofes schlug sie einen geradezu jammervollen Ton an. »Selbstverständlich würde ich Euch reinlassen, Hoheit, aber …« Sie warf über Ashs Schulter hinweg einen schnellen Blick auf mich. »Der Boss sagt, dass es hier drin absolut kein Sommerblut geben darf, es sei denn, wir trinken es.«

»Wir sind nur auf der Durchreise«, erwiderte Ash, immer noch vollkommen ruhig und unterkühlt. »Wir sind wieder weg, bevor uns überhaupt jemand bemerkt.«

»Ich kann nicht, Hoheit«, protestierte die Trollfrau, die immer verunsicherter klang. Sie schaute schnell über die Schulter und senkte die Stimme: »Es könnte mich meinen Job kosten, wenn ich sie reinlasse.«

Ganz beiläufig legte Ash die Hand auf den Schwertknauf.

»Und es könnte dich den Kopf kosten, wenn du es nicht tust.«

Die Trollfrau blähte die Nüstern. Sie schaute wieder zu mir, dann zurück zum Winterprinzen und ballte krampfhaft die Klauen zu Fäusten. Ash stand völlig still, aber die Luft um ihn herum wurde kälter, bis der Atem der Trollfrau in dichten Wolken vor ihrem Gesicht schwebte.

Als ihr klar wurde, wie fatal ihre Zwangslage war, wich die riesige Fee endlich zurück und gab den Weg frei. »Selbstverständlich, Hoheit«, murmelte sie, zeigte dann aber mit einer gekrümmten, schwarzen Kralle auf mich. »Aber sagt nicht, ich hätte Euch nicht gewarnt, wenn sie in eine Flasche gestopft und als Cocktail des Tages verkauft wird.«

»Ich werde daran denken«, versicherte Ash und führte mich in den *Dungeon*.

Der *Dungeon* entpuppte sich trotz gruseligem Dekor letztendlich als einfacher Nachtklub, auch wenn das hiesige Publikum definitiv zur makabren Sorte gehörte. An den Ziegelwänden hingen trübe Lampen, die alles mit einem roten Schein überzogen, und über der Bar waren zähnefletschende Monsterköpfe aufgehängt worden. Die Decke vibrierte von den Bässen im Obergeschoss, wo gerade AC/DCs *Back in Black* lief.

An der Bar und den Tischen saßen auch menschliche Gäste bei einem Drink, aber meine Aufmerksamkeit wurde ganz von den nicht-menschlichen Kreaturen in Anspruch genommen. Kobolde und Satyrn, Púcas und Dunkerwichtel und in einer Ecke sogar ein einsamer Oger, der einen ganzen Krug voll dunkelroter Flüssigkeit trank. Unsichtbar und unbemerkt mischten sich die Dunklen Feen unter die Menschen, spuckten in ihre Drinks, brachten die Betrunkenen zu Fall und stahlen aus Taschen und Geldbörsen.

Zitternd wich ich zurück, aber Ash packte unnachgiebig meine Hand. »Bleib dicht bei mir«, murmelte er wieder. »Hier ist es zwar nicht so schlimm wie oben, aber wir müssen trotzdem vorsichtig sein.«

»Was ist denn oben?«

»Totenköpfe, Käfige und die Tanzfläche. Nichts, was du gern sehen würdest, glaub mir.« Ash hielt weiter meine Hand umklammert, während wir uns zwischen Tischen und Gästen hindurchschoben, immer tiefer in den Raum hinein. Grimalkin war verschwunden – wie üblich –, weshalb all die kalten, hungrigen Blicke von allen Seiten ganz allein uns galten. Ein Dunkerwichtel – eine kleine, bösartige Feenart mit Haifischzähnen und einer Kappe, die im Blut ihrer Feinde getränkt wurde – griff nach mir, als wir an seinem Tisch vorbeigingen, und riss an meinem Shirt. Ich versuchte vergeblich, ihm auszuweichen, aber es war zu wenig Platz, und so krallten sich seine klauenartigen Finger in meinen Ärmel.

Ash drehte sich um. Ein blaues Licht blitzte auf und der Dunkerwichtel erstarrte, als er einen Moment später ein glühendes Schwert an der Kehle hatte.

»Mach. Keinen. Scheiß.« Ashs Stimme war eisiger als der Frostschauer seines Schwertes. Der Adamsapfel des Dunkerwichtels hüpfte auf und ab und er zog ganz langsam seine Krallen zurück. Die anderen Dunklen Feen waren ebenfalls erstarrt und sahen uns aus glühenden Augen feindselig an.

»Geh, Meghan.« Ash ließ seinen drohenden Blick über die Menge schweifen, als wartete er nur darauf, dass sich ihm einer entgegenstellte. Niemand rührte sich. Ich schob mich an ihm und dem Dunkerwichtel vorbei, der immer noch reglos auf seinem Stuhl saß, und ging zum hinteren Ende des Raumes.

»Hier entlang, Mensch.« Grimalkin erschien am Eingang eines weiteren Korridors, wie immer waren zuerst seine Augen und dann der Rest des Körpers sichtbar. Hinter ihm erstreckte sich ein enger, düsterer Gang voller Rauch. Seltsamerweise standen an beiden Seiten deckenhohe Bücherregale, die Art, wie man sie in Bibliotheken oder alten Landhäusern findet, aber bestimmt nicht in einer finsteren Bar im French Quarter.

»Okay, was hat eine Bibliothek im Hinterzimmer eines Gothic-Clubs zu suchen?«, fragte ich und musterte die Bücher. »Zauberbücher für die Dunklen Künste? Kochbücher für Köstlichkeiten aus Menschenfleisch?«

Grimalkin schnaubte.

»Sieh hin und lerne, Mensch.«

Genau in diesem Moment öffnete sich eines der Regale am Ende des Ganges so schwungvoll wie eine Tür, und zwei Mädchen im Studentenalter kamen kichernd heraus. Blinzelnd trat ich zur Seite, als sie in einer Wolke aus Zigarettenqualm und Alkoholdünsten in Richtung Bar an mir vorbeitorkelten. Ich erhaschte einen Blick auf den Raum, aus dem sie gekommen waren: eine Toilette, Waschbecken und Spiegel. Entgeistert starrte ich Grimalkin an.

»Das ist die *Toilette*?«

Grimalkin gähnte nur. »Was Menschen nicht alles tun, um sich Unterhaltung zu verschaffen«, stellte er fest und verengte die Augen zu Schlitzen. »Und es ist natürlich umso amüsanter, wenn sie richtig betrunken sind und die Tür nicht finden. Aber ich würde vorschlagen, dass wir weitergehen. Dieser Dunkerdepp hat ein ziemliches Interesse an dir entwickelt.«

Als ich mich umsah, stellte ich fest, dass der Dunkerwichtel sich inzwischen in Gesellschaft von drei Freunden befand. Die vier Feen starrten in unsere Richtung und unterhielten sich murmelnd. Ash schloss zu uns auf, immer noch mit dem Schwert in der Hand. Feiner Dampf stieg von dessen Klinge auf und vermischte sich mit dem Rauch des Korridors.

»Schnell«, knurrte er und schob uns auf das Ende des Ganges zu. »Es gefällt mir nicht, wie viel Aufmerksamkeit wir hier erregen. Hast du den Steig schon geöffnet, Kater?«

»Einen Moment noch, Prinz.« Seufzend trottete Grimalkin zu dem Regal, das gerade noch als Tür fungiert hatte.

»Warte mal, bist du nicht ihr Prinz?«, fragte ich verwundert. »Die sind doch auch Dunkle, oder nicht? Kannst du ihnen nicht einfach befehlen, uns in Ruhe zu lassen?«

Ash stieß ein leises, humorloses Lachen aus. »Ich bin *ein* Prinz«, erklärte er, ohne die Dunkerwichtel aus den Augen zu lassen, die wiederum uns nicht aus den Augen ließen. »Aber ich bin nicht der Einzige. Meine Brüder sind ebenfalls auf der Suche nach dir. Rowan hat seine Augen und

Ohren überall, da bin ich mir sicher. Und er ist wesentlich skrupelloser als ich. Diese Dunkerwichtel könnten für ihn arbeiten oder sogar für Mab persönlich spionieren. So oder so werden sie *irgendjemandem* berichten, dass wir hier vorbeigekommen sind, und zwar sobald wir weg sind. Das kann ich dir garantieren.«

»Klingt ja nach einer tollen Familie, die du da hast«, murmelte ich.

Ash schnaubte. »Wenn du wüsstest.«

»Fertig«, verkündete Grimalkin. »Lasst uns gehen.«

»Nach dir«, sagte Ash und schob mich voran. »Ich werde sicherstellen, dass uns niemand folgt.«

Ich schob das Regal auf und rechnete halb damit, dahinter den winzigen Raum mit dem dreckigen Waschbecken, der Toilette und den beschmierten Wänden zu sehen. Doch stattdessen schlug mir ein kalter Wind entgegen, der nach Frost, Bäumen und vermoderten Blättern roch, und vor mir lag der neblige Wald des Nimmernie.

Grimalkin schlüpfte als Erster hindurch und wurde im Nebel fast unsichtbar. Ich folgte ihm und erkannte, dass die Tür auf der anderen Seite ein gespaltener Baumstamm war. Ash bildete den Schluss und schloss sorgfältig hinter uns die Tür, die verblasste und verschwand, sobald er sie losließ, und uns so von der Welt der Sterblichen abschnitt.

In diesem Teil des Wilden Waldes war es kälter. Der Boden und die Äste der Bäume waren mit Frost überzogen und der Nebel strich über meine Haut wie ein feucht-kalter Finger. Ich konnte nur wenige Meter weit sehen. Alles war vollkommen still, so als würde der ganze Wald den Atem anhalten.

»Es ist nicht mehr weit bis nach Tir Na Nog«, sagte Ash, und der Nebel verschluckte beinahe seine Stimme. Im Gegensatz zu mir bildete sein Atem keine Wolken. Zitternd rieb ich mir die Arme, um mich zu wärmen. »Wir sollten uns beeilen. Ich möchte so schnell wie möglich an den Winterhof.«

Ich war müde. Meine Beine taten weh, vom Reiten wie vom Laufen, ich hatte Kopfschmerzen, und die Kälte entzog mir den letzten Rest von Willenskraft. Und ich wusste bereits, dass es immer kälter werden würde, je näher wir Tir Na Nog kamen.

Gott sei Dank bemerkte Grimalkin meinen Widerwillen. »Der Mensch fällt gleich um vor Erschöpfung«, stellte er unverblümt fest und zuckte mit dem Schwanz. »Sie wird uns nur behindern, wenn wir sie weiter vorantreiben. Vielleicht sollten wir uns einen Ort suchen, an dem wir uns ausruhen können.«

»Bald«, erwiderte Ash und drehte sich zu mir um. »Nur noch ein kleines Stück, Meghan. Schaffst du das? Wir werden Rast machen, sobald wir die Grenze nach Tir Na Nog überschritten haben.«

Ich nickte müde. Ash nahm meine Hand, und mit Grimalkin als Führer marschierten wir durch den Nebel.

Wenige Minuten später hörten wir das Heulen hinter uns.

3

Die Lebende Kälte

Ash blieb stehen und jeder Muskel in seinem Körper spannte sich an, als das Echo des unheimlichen Rufs im Nebel verhallte.

»Unmöglich«, murmelte er erschreckend ruhig. »Es ist uns schon wieder auf der Spur. Aber wie? Wie konnte es uns so schnell finden?«

Grimalkin stieß unvermittelt ein lang gezogenes, leises Knurren aus, das ich noch nie von ihm gehört hatte und das mir eine Gänsehaut machte. »Es ist der Jäger«, erklärte Grimalkin und sein Fell begann sich zu sträuben. »Der Älteste aller Jäger, der Erste.« Er musterte uns mit gefletschten Zähnen und wirkte plötzlich wild und gefährlich. »Ihr müsst fliehen, schnell! Wenn er erst mal eure Spur hat, wird er bald hier sein. Los, lauft!«

Also liefen wir.

Der Wald flog an uns vorbei, dunkel und undurchdringlich, mit schattenhaften Gestalten im Nebel. Ich hatte keine Ahnung, ob wir im Kreis liefen oder dem Jäger direkt in die Arme. Grimalkin war wieder verschwunden. In dem wabernden Nebel war es unmöglich, sich zu orientieren. Ich konnte nur hoffen, dass Ash wusste, in welche Richtung wir durch dieses unheimliche Weiß hetzten.

Wieder ertönte das Heulen, diesmal näher und ungeduldiger.

Ich wagte einen Blick über die Schulter, konnte aber nichts erkennen außer Nebelschwaden und verschwommene Schatten. Doch ich konnte *spüren*, wie es näherkam, was auch immer es sein mochte. Es konnte uns jetzt sehen, unsere Flucht beobachten, hatte meinen Nacken als verlockendes Ziel vor Augen. Ich kämpfte gegen die Panik und lief weiter, klammerte mich an Ashs Hand, während wir uns zwischen den Bäumen hindurchschlängelten.

Irgendwann wichen die Bäume zurück, der Nebel lichtete sich etwas und vor uns tat sich plötzlich ein Abgrund auf, so monströs wie das klaffende Maul eines Ungeheuers. Ash schaffte es, uns knapp einen Meter vor der Kante zum Stehen zu bringen, was einen Regen aus kleinen Steinchen auslöste, der polternd in den nebligen Tiefen verschwand. Die Erdspalte zog sich so weit das Auge reichte am Rand des Wilden Waldes entlang und trennte uns von der Sicherheit auf der anderen Seite.

Uns gegenüber lag eine unberührte, verschneite Landschaft. Die Bäume waren mit Eis bedeckt und jeder Zweig funkelte wie ein Kristall. Der Boden sah aus wie eine Wolkendecke, weiß und fluffig. Schneewehen glitzerten in der Sonne wie Millionen winziger Diamanten. Das war Tir Na Nog, das Land des Winters, die Heimat von Mab und ihrem Dunklen Hof.

»Komm.« Ash zog mich an dem Abgrund entlang, wo der Nebel aus dem Wilden Wald über die Kante quoll und wie ein langsamer Wasserfall in den Graben sank. »Wenn wir es bis zur Brücke schaffen, kann ich ihn aufhalten.«

Keuchend folgte ich ihm und stöhnte erleichtert auf, als weniger als hundert Meter vor uns eine Brücke aus reinem Eis auftauchte, die verführerisch in der Sonne funkelte.

Rechts von uns raschelte etwas im Wald, etwas Großes, Schnelles. Der Jäger war jetzt still, kein Heulen oder tiefes, kehliges Bellen mehr. Er bereitete sich auf den tödlichen Angriff vor.

Wir erreichten die Brücke und Ash schob mich auf die eisige Fläche. Es gab weder Brüstungen noch Geländer, nur einen schmalen Bogen über dem gähnenden Abgrund. Mit schmerzendem Magen machte ich mich auf den Weg und versuchte, bloß nicht nach unten zu schauen. Da die Brücke aus Eis war, war sie vollkommen durchsichtig; es fühlte sich an, als würde ich durch die Luft laufen, unter mir die schwindelerregend tiefe Schlucht.

Ich rutschte mit einem Fuß ab und rang mit panisch rasendem Herzen um mein Gleichgewicht. Ash, der direkt hinter mir war, packte meinen Arm, und irgendwie schafften wir es auf die andere Seite.

Sobald wir festen Boden unter den Füßen hatten, zog der Winterprinz sein Schwert. Das Sonnenlicht glitzerte auf der Klinge, als er die Waffe hob und mit aller Kraft auf die schmale Brücke einschlug. Tiefe Risse durchzuckten die eisige Fläche und funkelnde Splitter stoben durch die Luft. Ash hob das Schwert zu einem zweiten Schlag.

Auf der anderen Seite des Grabens brach eine große, dunkle Gestalt aus dem Wald hervor und ließ die Nebelschwaden aufwirbeln. Durch Dunst und Schatten war es kaum erkennbar, aber es war riesig, schwarz und Furcht einflößend, mit flackernden, gelb-grünen Augen. Als es begriff, was Ash vorhatte, brüllte es so laut, dass die Luft zu beben schien, und rannte auf die Brücke zu.

Ash ließ sein Schwert ein weiteres Mal niedersausen, und dann noch einmal, bis schließlich die Eisbrücke mit einem ohrenbetäubenden Knirschen auseinanderbrach. Das Brückenende an unserer Seite rutschte weg, riss den gesamten Brückenbogen mit sich und rauschte mit lautem Getöse und schrillem Kreischen hinunter in die Tiefe. Der Schatten auf der anderen Seite kam schlitternd zum Stehen und lief keuchend und mit wütend funkelnden, grünen Augen an der Kante auf und ab. Dann fletschte er knurrend die riesigen, weißen Zähne, drehte sich um und verschwand im nebligen Wald.

Zitternd vor Erleichterung ließ ich mich in den Schnee sinken. Ich keuchte und hatte das Gefühl, dass meine Lunge, meine Beine und eigentlich mein gesamter Körper brannten. Doch als der Adrenalinschub nachließ, merkte ich, wie unglaublich kalt es auf dieser Seite des Grabens war. Der eisige Wind drang mir bis auf die Knochen und schnitt mir wie Messerklingen in die Haut.

Ash kniete neben mir nieder und zog mich sanft in seine Arme. Ich lehnte mich an ihn, spürte, wie sein Herz raste, und drückte mich zitternd an seine Brust. Er legte seine Stirn an meine, sagte kein Wort und war einfach nur da.

»Komm«, flüsterte er einen Augenblick später. »Suchen wir uns einen Ort, an dem du dich ausruhen kannst.«

»Was ist mit dem Jäger?«

Er stand auf und zog mich auf die Füße. »Der Eisige Schlund zieht sich meilenweit in beide Richtungen«, erklärte er und deutete mit dem Kopf auf den Abgrund hinter uns, »bis zum Wyrmzahngebirge im Norden und dem Scherbenmeer im Süden. Es wird lange dauern, bis der Jäger einen Weg findet, ihn zu überqueren.« Er kniff die Augen zusammen. »Außerdem ist das hier *mein* Reich. Ich bezweifle doch stark, dass er uns hier angreifen wird.«

»Da wäre ich mir nicht allzu zu sicher, Prinz«, meinte Grimalkin und tauchte auf den kläglichen Überresten der zerschmetterten Brücke auf. »Der Jäger ist älter als du – viel älter. Ihn schert es nicht, in wessen Reich er sich befindet, solange er einer Beute auf der Spur ist. Wenn er hinter euch her ist, werdet ihr ihn mit Sicherheit wiedersehen.«

Ich nieste, was den Kater dazu brachte, die Ohren anzulegen. Ash nahm mich am Ellbogen, führte mich von dem Abgrund weg und stellte sich so, dass er mich vor dem Wind schützte, der aus dem Graben heraufwehte. »Darüber werden wir uns Gedanken machen, falls er einen Weg auf die andere Seite findet«, erklärte der Prinz ruhig, während ich mir die Arme um den Körper schlang, um wenigstens ein bisschen warm zu bleiben. »Jetzt kommt erst mal die Dunkelheit und mit ihr die Kälte. Wir müssen Meghan nach drinnen schaffen.«

»Du meinst, noch bevor sie sich in einen Eiszapfen verwandelt? Gute Idee.« Grimalkin sprang von dem zerbrochenen Brückenstück und landete leichtfüßig im Schnee. »Die einzige Unterkunft, die ich in dieser Gegend kenne, ist das Haus der alten Liaden im Gefrorenen Wald. Aber da wirst du das Mädchen ja wohl nicht hinbringen wollen, oder?« Er blinzelte unter Ashs ungerührtem Blick. »Anscheinend doch. Tja, das dürfte interessant werden. Dann folgt mir.« Er schlich wie eine pelzige, graue Wolke in die weiße Landschaft hinaus und hinterließ dabei kleine, sachte Pfotenabdrücke im Schnee.

»Wer ist die alte Liaden?«, fragte ich Ash.

Bevor er mir antworten konnte, fegte ein eiskalter Windstoß aus dem Graben hervor, traf mich mit voller Wucht und wirbelte kleine Schneewolken auf. »Später«, erwiderte Ash knapp und gab mir einen sanften Schubs. »Schließ dich Grimalkin an. Los jetzt.«

Also folgten wir den Pfotenspuren in den Wald. Eiszapfen hingen an den Bäumen, manche davon länger als meine Arme und so spitz wie Speere. Immer wieder brach einer von ihnen ab und krachte mit dem Geräusch von splitterndem Glas zu Boden. Die Kälte war wie ein bösartiges Tier, sie kratzte über jedes Stück freie Haut und stach mir beim Atmen in die Lungen. Ich zitterte schon bald am ganzen Leib und dachte mit klappernden Zähnen sehnsüchtig an dicke Pullover, heiße Bäder und flauschige Daunendecken, unter denen man sich bis zum Frühling verkriechen konnte.

Der Wald wurde zunehmend dichter und düsterer, und die Temperatur sank weiter und weiter. Inzwischen hatte ich das Gefühl in Fingern und Zehen verloren, und die Kälte machte mich leicht benommen. Es fühlte sich so an, als würden eisige Hände meine Füße umklammern und mich nach unten ziehen, als wollten sie, dass ich mich zusammenrollte und Winterschlaf hielt, bis es wieder wärmer wurde.

Ein Aufblitzen von Farbe zwischen den Bäumen weckte meine Aufmerksamkeit. Auf einem Ast über mir saß ein kleiner Vogel, dessen leuchtend rote Federn sich von dem weißen Schnee abhoben. Er hatte die Augen geschlossen und das Gefieder so aufgeplustert, dass er aussah wie ein fluffiger, roter Ball. Und er war komplett in Eis eingeschlossen, von Kopf bis Fuß steckte er in kristallisiertem Wasser, das so klar war, dass ich jedes Detail erkennen konnte.

Dieser Anblick hätte mir einen Schauer über den Rücken jagen sollen, aber mir war so kalt, dass ich nichts als Taubheit spürte, die sich immer weiter ausbreitete. Es war, als würden meine Beine jemand anderem gehören und meine Füße überhaupt nicht mehr vorhanden sein. Ich stolperte über einen abgerissenen Ast und stürzte kopfüber in eine Schneewehe. Die Eiskristalle brannten in den Augen.

Eine überwältigende Müdigkeit überfiel mich. Meine Augenlider schienen bleischwer und ich wollte einfach nur liegen bleiben und schlafen wie ein Bär im Winter. Es war ein wunderbarer Gedanke. Keine Spur mehr von der Kälte, nur noch Taubheit und verlockende Dunkelheit.

»Meghan!«

Ashs Stimme durchbohrte meine Apathie, er kniete sich neben mich in den Schnee. »Steh auf, Meghan«, sagte er drängend. »Du kannst hier nicht liegen bleiben. Du wirst erfrieren und sterben, wenn du dich nicht bewegst. Steh auf.«

Ich versuchte es, aber allein den Kopf zu heben, verlangte mir eine übermenschliche Anstrengung ab. Ich wollte nichts als schlafen. Murmelnd wollte ich ihm klarmachen, wie müde ich war, aber die Worte gefroren in meiner Kehle und ich brachte lediglich ein Grunzen heraus.

»Die Kälte hat sie erwischt.« Grimalkins Stimme schien von weither zu kommen. »Sie friert schon ein. Wenn du sie nicht sofort wieder auf die Beine bringst, wird sie sterben.«

Trotz aller Anstrengung fielen mir immer wieder die Augen

zu. Wenn meine Lider erst vollständig geschlossen waren, würden sie einfrieren und sich nie wieder öffnen lassen. Ich wollte sie mit den Fingern aufhalten, aber meine Hände waren bereits mit einer Eisschicht bedeckt und ich konnte sie nicht mehr spüren.

Gib auf, hauchte die Kälte an meinem Ohr. *Gib auf und schlaf. Du wirst nie wieder Schmerzen haben.*

Meine Lider flatterten. Ash gab ein Geräusch von sich, das stark an ein Knurren erinnerte. »Verdammt, Meghan«, fauchte er und packte meine Arme. »Ich werde dich nicht verlieren, nicht so kurz vor dem Ziel. *Steh auf!*«

Er zog mich mit sich auf die Füße, und bevor ich überhaupt realisiert hatte, was geschah, presste er seine Lippen auf meine.

Die Benommenheit verflog schlagartig. Überrascht registrierte ich, wie mein Herz einen heftigen Sprung machte und sich mein Magen zusammenzog. Ich legte die Arme um Ashs Hals und erwiderte seinen Kuss, spürte seine Hände an meinem Körper, die uns eng aneinanderdrückten, und sog seinen scharfen, frostigen Duft ein.

Als wir uns schließlich voneinander lösten, atmete ich schwer, und sein Herz schlug so heftig, dass ich es unter meinen Fingern spüren konnte. Ich begann erneut zu zittern, aber diesmal war die Kälte dafür eine gute Entschuldigung. Seufzend drückte Ash seine Stirn an meine.

»Komm, nichts wie raus aus der Kälte.«

Grimalkin war mal wieder verschwunden, aber seine feinen Spuren waren im Schnee deutlich zu erkennen. Wir folgten ihnen bis zu einer kleinen, baufälligen Hütte, die unter zwei faulenden Bäumen stand. Kaum zu glauben, dass hier jemand wohnen sollte, aber dem Rauch aus dem Schornstein und dem gedämpften, orangefarbenen Licht hinter den Fenstern zufolge musste jemand da sein.

Ich konnte es kaum erwarten, der beißenden Kälte zu entkommen, und wollte schon reingehen, als Ash meine Hand nahm und mich zwang, ihn anzusehen.

»Du befindest dich jetzt im Reich der Dunklen, vergiss das nicht«, warnte er mich. »Was auch immer du in dieser Hütte sehen wirst, starr es nicht an und sag unter keinen Umständen etwas über ihr Kind, verstanden?«

Hastig nickte ich. Ich hätte allem zugestimmt, wenn mir nur wieder warm wurde. Ash ließ mich los, trat auf die knarzende, schneebedeckte Veranda und klopfte an die Tür.

Eine Frau öffnete und musterte uns mit müden, blutunterlaufenen Augen. Eine graue Robe mit Kapuze umhüllte ihren Körper wie ein alter Vorhang, und obwohl ihr Gesicht noch ziemlich jung schien, war es von tiefen Falten durchzogen und wirkte erschöpft.

»Prinz Ash?«, fragte sie mit brüchiger, atemloser Stimme. »Was für eine Überraschung. Was kann ich für Euch tun, Hoheit?«

»Wir würden gerne die Nacht hier verbringen«, erklärte Ash leise. »Meine Begleitung und ich. Wir werden dir keine Umstände machen und morgen früh sofort aufbrechen. Lässt du uns rein?«

Die Frau blinzelte verwirrt. »Natürlich«, murmelte sie und machte die Tür weit auf. »Bitte, kommt herein. Macht es euch bequem, ihr armen Kinder. Ich bin Dame Liaden.«

Erst da sah ich ihr Baby, das sie liebevoll in dem freien Arm hielt, und ich musste mir auf die Lippe beißen, um ein entsetztes Keuchen zu unterdrücken. Die faltige, grässliche Kreatur in der fleckigen, weißen Decke war das scheußlichste Kind, das ich je gesehen hatte. Sein deformierter Schädel war viel zu groß für den Körper, die winzigen Gliedmaßen waren dürr und verschrumpelt und seine Haut hatte einen ungesunden, bläulichen Farbton, so als wäre es ertrunken oder draußen in der Kälte vergessen worden. Das Kind strampelte schwach und stieß einen leisen, unheimlichen Schrei aus.

Es war etwa so, als würde man ein Zugunglück beobachten. Ich konnte die Augen nicht abwenden … bis Ash mir heftig seinen Ellbogen in die Rippen rammte. »Freut mich, Sie kennenzulernen«, sagte ich automatisch und betrat hinter Ash die Hütte. Drinnen brannte ein Feuer im Kamin, dessen Wärme sofort durch meine erfrorenen Glieder strömte. Ich seufzte erleichtert.

Nirgendwo in der Hütte stand eine Wiege und die Frau legte ihr Kind auch kein einziges Mal ab, während sie durch den Raum lief, sondern umklammerte es, als hätte sie Angst, dass es ihr jemand wegnehmen könnte.

»Das Mädchen kann das Bett am Fenster nehmen«, beschied Liaden, während sie das Baby in eine weitere schäbige Decke wickelte. »Ich muss jetzt leider gehen, aber fühlt euch bitte ganz wie zu Hause. Im Regal findet ihr Tee und Milch und im Schrank sind noch zusätzliche Decken. Aber es ist schon kurz vor Mitternacht und wir müssen dringend gehen. Lebt wohl.«

Sie drückte ihr Baby an die Brust, öffnete die Tür, wobei sie einen eisigen Windstoß hereinließ, und trat in die Nacht hinaus. Die Tür fiel ins Schloss, und wir waren allein.

»Wo geht sie hin?«, fragte ich und ging näher ans Feuer. Meine Finger begannen zu kribbeln, endlich kehrte etwas Leben in sie zurück. Ash sah mich nicht an.

»Das willst du nicht wissen.«

»Ash …«

Er seufzte. »Sie wird ihr Baby im Blut eines menschlichen Kindes waschen, damit es wieder stark und gesund wird. Wenn auch nur für kurze Zeit.«

Angewidert wich ich zurück. »Das ist ja grauenhaft!«

»Du wolltest es ja unbedingt wissen.«

Schaudernd rieb ich mir die Arme und schaute durch das schmutzige Fenster nach draußen. Das Mondlicht fiel schimmernd durch die Scheiben, und die Landschaft dahinter war in Frost erstarrt. Dies war das Reich der Dunklen, genau wie Ash es gesagt hatte. Ich war weit weg von zu Hause, meiner Familie und der Sicherheit eines normalen Lebens.

Ich schloss die Augen und begann erneut zu zittern. Was würde mit mir geschehen, wenn ich erst mal am Winterhof war? Würde Mab mich in einen Kerker werfen oder mich vielleicht an ihre Kobolde verfüttern? Was würde eine jahrhundertealte Feenkönigin der Tochter ihres Erzfeindes antun? Was auch immer es sein würde, ich konnte mir nicht vorstellen, dass es mir sonderlich guttun würde. Die Angst kroch mir tief in die Eingeweide.

Ich spürte Ash hinter mir, so nah, dass sein Atem meinen Nacken streifte. Er berührte mich nicht, aber seine starke Präsenz und Gelassenheit wirkten beruhigend. Auch wenn der logisch denkende Teil meines Gehirns mir sagte, dass ich mich vor ihm vielleicht am meisten fürchten sollte.

»Also, wie wird das ablaufen?«, fragte ich ruhig und versuchte, jeden Vorwurf aus meiner Stimme zu verbannen. Es gelang nicht. »Werde ich eine Gefangene des Winterhofes sein? Ein Gast? Wird Mab mich in eine Zelle stecken, oder plant sie etwas, das ein wenig interessanter ist?«

Er zögerte, und ich hörte den Widerwillen in seiner Stimme, als er endlich antwortete: »Wie schon gesagt, ich weiß nicht, was sie vorhat. Mab teilt weder mir noch sonst jemandem ihre Pläne mit.«

»Aber es wird dort für mich gefährlich sein, oder? Immerhin bin ich Oberons Tochter. Alle werden mich hassen.« Ich erinnerte mich wieder an die hungrigen Blicke des Dunkerwichtels und rieb mir nervös die Arme. »Oder mich fressen wollen.«

Er legte mir sanft die Hände auf die Schultern, was automatisch meine Haut kribbeln und meinen Puls ansteigen ließ. »Ich werde dich beschützen«, murmelte er so leise, als würde er mehr zu sich selbst als zu mir sprechen. »Irgendwie.«

In diesem Moment erschien Grimalkin und sprang auf einen Hocker am Feuer. Ich zuckte erschrocken zusammen und Ash zog sich von mir zurück. Sofort fehlte mir seine Berührung. »Ruh dich aus«, sagte der Winterprinz und wandte sich ab. »Wenn nichts dazwischenkommt, sollten wir den Winterhof morgen Abend erreichen.«

Vorsichtig streckte ich mich auf dem Bett am Fenster aus und versuchte, nicht daran zu denken, was wohl zuletzt auf dieser Matratze gelegen hatte. Ash setzte sich mit Blick zur Tür auf einen Stuhl am Feuer, zog sein Schwert und legte es sich in den Schoß. Überraschenderweise war das Bett warm und gemütlich, und mit dem Bild von Ash vor Augen, der am Feuer Wache hielt, schlief ich ein.

Irgendwann im Laufe der Nacht muss ich aufgewacht sein, oder vielleicht habe ich es auch nur geträumt, aber in meiner Erinnerung standen Ash und Grimalkin gemeinsam am Kamin und unterhielten sich leise. Ich konnte nicht verstehen, was sie sagten, aber Ashs Gesicht wirkte so trostlos, dass es erschreckend war. Er fuhr sich mit der Hand durch die Haare und sagte etwas zu Grimalkin, der langsam nickte, bevor er etwas erwiderte. Ich blinzelte, oder vielleicht war ich auch wieder eingeschlafen, denn als ich das nächste Mal die Augen aufschlug, war Grimalkin verschwunden. Die Hände auf den Kaminsims gestützt stand Ash noch lange mit gebeugten Schultern da und starrte regungslos in die Flammen.

4

Der Jäger

»Steh auf.«

Die kalte Stimme war das Erste, was ich am nächsten Morgen hörte, sie bohrte sich durch die vielen Schichten aus Schlaf und Erschöpfung und weckte mich. In steifer Haltung stand Ash vor mir und sah mich aus seinen Silberaugen unbewegt an.

»Wir gehen«, verkündete er mit ausdrucksloser Stimme und warf etwas auf das Bett, das dort in einer dichten Staubwolke landete: ein dicker Mantel mit Kapuze, so grau und staubig, als hätte man ihm jegliche Farbe entzogen. »Habe ich im Schrank gefunden«, fuhr Ash fort und wandte sich ab. »Der sollte verhindern, dass du erfrierst. Aber wir müssen jetzt sofort aufbrechen. Je schneller wir den Winterhof erreichen, desto besser.«

»Wo ist Grim?«, fragte ich, während ich mühsam aufstand, völlig aus der Bahn geworfen von seinem plötzlichen Stimmungsumschwung. Ash öffnete die Tür und ließ einen beißenden Windstoß herein.

»Weg. Er ist heute Morgen schon früh aufgebrochen.« Er wartete neben der offenen Tür, bis ich mir den Mantel übergeworfen hatte. Als ich die Kapuze aufsetzte, nickte der Prinz knapp. »Gehen wir.«

»Stimmt etwas nicht?«, fragte ich, während ich hinter ihm durch den Schnee joggte und mein Atem dichte Dampfwolken in die Luft schickte. Alles ringsum schien von einer frischen Eisschicht überzogen. »Ist uns der Jäger wieder auf den Fersen?«

»Nein.« Er sah mich nicht an. »Nicht, dass ich wüsste.«

Ich schluckte. »Habe ich ... irgendetwas falsch gemacht?«

Diesmal zögerte er kurz und seufzte. »Nein«, sagte er dann etwas sanfter. »Du hast nichts falsch gemacht.«

»Warum bist du dann so? Ash? Hey!« Ich hechtete nach vorne und packte seinen Ärmel, sodass wir beide stehen blieben.

»Lass los.« In Ashs Stimme lag eine deutliche Warnung. Ich verdrängte die Angst und blieb unnachgiebig stehen.

»Sonst was? Tötest du mich? Hatten wir diese Drohung nicht schon?«

»Führe mich nicht in Versuchung.« Aber die Kälte war aus seiner Stimme verschwunden – jetzt klang er nur noch müde. Er seufzte wieder und fuhr sich mit der freien Hand durch die Haare. »Es ist unwichtig. Nur ... etwas, das Grimalkin gesagt hat. Etwas, das ich eigentlich schon wusste.«

»Was denn?«

Er drehte sich zu mir um. »Meghan ...«

In der Ferne hallte ein Heulen durch den Wald.

Ich zuckte zusammen, während Ash sich abrupt aufrichtete und sein Blick sich verfinsterte. »Der Jäger«, murmelte er. »Schon wieder. Wie konnte er so schnell aufholen?«

Ein zweites Heulen ertönte, und ich drängte mich zitternd an Ash. »Was *ist* er?«

Die Augen des Prinzen verengten sich zu Schlitzen. »Ich weiß es nicht. Aber das wird jetzt ein Ende haben. Komm!«

Ash hielt meine Hand umklammert, während wir über den Schnee rannten. Ich musste an die Brücke denken, an den unfassbar breiten Graben, den der Jäger irgendwie überquert hatte, und hoffte inständig, dass Ashs Plan diesmal besser funktionieren würde. Es schien höchst unwahrscheinlich, dass wir diesem seltsamen, unermüdlichen Tier jemals davonlaufen konnten.

Der Wald lichtete sich und rechts und links von uns erhoben sich steile Felsen, die in der Sonne funkelten. Riesige blaue und grüne Eiskristalle ragten aus ihren Wänden hervor und schickten bunte Lichtprismen über die Schneefläche. Ash führte mich durch eine enge Schlucht, deren nackten Eiswände uns schier zu erdrücken drohten, bis sich mitten in der Felsenlandschaft eine verschneite Lichtung auftat.

Wieder war das Heulen zu hören, geisterhaft hallte es durch den hinter uns liegenden Felsenweg. Was auch immer es war, es kam schnell näher.

»Hier entlang.« Ash zog an meiner Hand und zerrte mich auf die andere Seite der Lichtung. Zwischen zwei hohen Tannen tauchte ein schwarzer Fleck in der Eiswand auf, ein klaffendes Maul mit Zähnen aus Eiszapfen: der Eingang zu einer Höhle.

»Geh«, befahl Ash und schob mich vorwärts. »Geh rein, schnell.«

Ich kroch vorsichtig durch die Öffnung, um mich nicht an den Eiszapfen zu verletzen, dann richtete ich mich auf und schaute mich um. Die Höhle war gewaltig: ein gigantischer Hohlraum im Eis, mit Öffnungen in der funkelnden Decke, die vereinzelte Sonnenstrahlen hereinließen. Auch hier war alles voller Eiszapfen, spitze, glänzende Kolosse, manche davon sogar größer als ich. Ein leichter Wind ließ sie wie Windspiele klimpern, sodass die ganze Höhle von einem melodischen Klingeln erfüllt war.

»Ash«, setzte ich an, als der Winterprinz durch die Öffnung trat und sich den Schnee aus den Haaren schüttelte. »Was …«

»Schhh.« Ash legte einen Finger an die Lippen und schüttelte warnend den Kopf. Er zeigte auf die in der Höhle verstreuten Skelette, die halb vom Schnee begraben waren. Ganz in unserer Nähe lagen die Knochen eines großen Tieres, aus dessen Rippen ein herabgefallener Eiszapfen herausragte. Ich zuckte erschrocken zusammen und nickte zum Zeichen, dass ich verstanden hatte.

Und dann stürmte ein grauenhafter, schwarzer Schatten durch den Höhleneingang und schnappte nach meinem Gesicht.

Ash riss mich zurück und legte mir blitzschnell eine Hand auf den Mund, um meinen Schrei zu ersticken, während die Zähne nur Zentimeter von meinem Kopf entfernt laut aufeinanderschlugen. Wäre Ashs Hand nicht immer noch auf meinem Mund gewesen, ich hätte noch einmal geschrien, als sich die zwei brennenden, gelb-grünen Augen im Höhleneingang auf mich richteten.

Es war ein Wolf. Ein riesiger, schwarzer Wolf, so groß wie ein Grizzlybär, nur länger und dünner und tausend Mal Furcht einflößender. Das hier war keins von den majestätischen Wesen, die man in Tierdokus in Rudeln durch den

Schnee tollen sieht. Das hier war die reißende Bestie aus den Horrorfilmen über Wölfe: ein Monster mit dunklem, verfilzten Pelz, geifernder Schnauze und glühenden Augen ohne erkennbare Pupille. Hinter seinen hochgezogenen Lefzen sah man die schimmernden Fangzähne, die länger waren als meine Hand, und von seinem Kiefer tropfte der Speichel und gefror im Schnee. Sein Kopf passte geradeso durch die Öffnung, er wandte mir seine Schnauze zu und ich hätte schwören könne, dass er dabei grinste.

»Meghan Chase. Endlich habe ich dich gefunden.«

Ash zog mich tiefer in das Höhleninnere, während der riesige Wolf sich in der Öffnung wand und es irgendwie schaffte, langsam hindurchzurutschen. Mein Herz raste, als die Kreatur sich zu ihrer vollen Größe aufrichtete. Sie schien die gesamte Höhle auszufüllen. Ash schob mich hinter sich, drückte mich unter einen Felsvorsprung an die Wand und zog sein Schwert. Der Wolf ließ ein hämisches Kichern hören – ein tiefes Grollen, das mir einen Schauer über den Rücken jagte.

»Glaubst du etwa, du könntest mir mit diesem kleinen Ding da etwas anhaben?« Seine raue Stimme hallte durch die Höhle und ließ die Eiszapfen über ihm gefährlich klimpern. »Weißt du nicht, wer ich bin, Junge?« Er senkte den Kopf und fletschte die Zähne. »Ich bin *Wolf*. Ich bin älter als du, älter als Mab, älter als das älteste Feenwesen, das in diesen Welten wandelt. Ich bin schon in Geschichten aufgetaucht, lange bevor die Menschen meinen Namen kannten, und selbst da fürchteten sie mich.« Er machte einen Schritt in unsere Richtung und seine riesige Pfote versank tief im Schnee. »Ich bin der Wolf draußen vor der Tür, das Wesen, das dem Mädchen mit der roten Kappe zum Haus ihrer Großmutter gefolgt ist. Ich bin der Wolf, der zum Menschen wird, und der Mensch, der in seinem Inneren ein wildes Tier ist. Meine Geschichten sind zahlreicher als alle anderen, die je erzählt wurden, und du kannst mich nicht töten.«

»Ich weiß, wer du bist.« Ashs Stimme zitterte leicht, was mich umso mehr erschreckte. Dass der furchtlose, unerschütterliche Ash vor etwas Angst hatte, ließ mir das Blut in den Adern gefrieren. »Doch du bist wegen der Sommerprinzessin hier, und ich habe geschworen, sie an meinen Hof zu bringen. Ich kann also nicht zulassen, dass du sie bekommst.« Er schwenkte sein Schwert und die Magie des Winters wirbelte um ihn herum. »Dazu musst du erst an mir vorbei.«

Der Wolf lächelte. »Ganz wie du wünschst.«

Mit weit aufgerissenem Maul brüllte er und war mit einem Sprung bei uns. Er schien wie ein schwarzer Schatten in übernatürlicher Geschwindigkeit durch die Luft geflogen zu sein. Ich wich instinktiv zurück, doch Ash fuhr in einem Wirbel aus Magie herum und rammte seinen Schwertgriff gegen die Wand.

Ein ohrenbetäubendes Knacken hallte wie ein Pistolenschuss durch die Höhle. Die Decke vibrierte, die Eiszapfen klimperten wild und fielen dann in einem tödlichen, funkelnden Regen herab wie Tausende Porzellanteller, die alle gleichzeitig zerschlagen werden. Der Wolf hielt inne, schaute nach oben und … wurde unter einer Tonne spitzer Kristallsplitter begraben.

Ein einzelnes, schrilles Winseln übertönte das Getöse des

splitternden Eises. Ich wandte mich ab und schlug die Hände vors Gesicht. Dann legte sich der aufgewirbelte Schnee, der Lärm verebbte und Stille breitete sich aus.

Als ich durch meine Finger hindurch einen Blick in Richtung Wolf riskieren wollte, packte Ash meine Hand und versperrte mir die Sicht. »Schau nicht hin«, warnte er leise. Ich sah nur einen roten Fleck, der sich hinter ihm im Schnee ausbreitete. Mir drehte sich der Magen um. »Verschwinden wir von hier.«

Wir vermieden es, die dunkle Masse in der Mitte der Höhle anzusehen, als wir fluchtartig wieder auf die Lichtung hinauskrochen. Es schneite, zarte Flocken tanzten im Wind. Zitternd holte ich Luft, die Kälte brannte in meinen Lungen und erinnerte mich daran, dass ich noch am Leben war. Ich schaute zu Ash, der nachdenklich den Höhleneingang musterte.

»Der Wolf«, murmelte er selbstvergessen. »Der Große Böse Wolf. Nur wenige überleben eine Begegnung mit ihm und können davon berichten.« Er schüttelte verwundert den Kopf und sah sich nach mir um. »Ich frage mich, warum er hinter dir her war. Wer hat ihn geschickt, damit er uns so lange verfolgt?«

»Mab?«, riet ich. Ash schnaubte und verzog die Lippen zu einem abfälligen Grinsen.

»Mab will dich lebend«, erklärte er und machte sich auf den Weg zurück zur Schlucht. Ich setzte meine Kapuze auf und beeilte mich, ihm zu folgen. »Tot nützt du ihr nichts. Was das angeht, hat sie sich sehr klar ausgedrückt. Außerdem würde sie nicht einfach so mein Leben aufs Spiel setzen.« Er zögerte und runzelte die Stirn. »Glaube ich.«

Er hörte sich schrecklich verunsichert an. Eine Welle von Mitleid erfasst mich angesichts der Tatsache, dass Ash nicht wusste, ob seine Königin, seine eigene Mutter, den Wolf auf uns hetzen und dabei in Kauf nehmen würde, dass er verletzt wurde. Ich ging zu ihm und streckte einen Arm nach ihm aus.

Der riesige, blutverschmierte Kopf des Wolfs drängte sich brüllend zwischen uns und schleuderte mich rückwärts in den Schnee. Blitzschnell zog Ash sein Schwert, doch er reagierte eine Sekunde zu spät. Die Kiefer des Monsters schlossen sich um seinen Arm und der Wolf schleuderte ihn von mir weg. Ich schrie.

»Ich habe dir doch gesagt, dass du mich nicht töten kannst!«, fauchte der Wolf und schlich auf Ash zu, der sich herumrollte und sein Schwert hochriss. Das dichte, verfilzte Fell des Tiers war voller Blut. In dicken Tropfen fiel es zu Boden und ließ kleine Dampfwolken aufsteigen, wenn es im Schnee landete. Unzählige Eiszapfen ragten wie rissige Speere aus seinem Körper. Trotzdem bewegte sich das Monster völlig mühelos, als spüre es keinerlei Schmerz.

»Dummer Junge«, knurrte der Wolf und umkreiste Ash, wobei er eine rote Spur hinter sich herzog. »Diesen Kampf kannst du nicht gewinnen. Ich bin unsterblich.«

»Geh, Meghan«, befahl Ash, ohne den Wolf aus den Augen zu lassen. Von seinem Schwertarm tropfte ebenfalls Blut auf den Boden. »Es ist nicht mehr weit bis zum Winterhof. Dort wirst du in Sicherheit sein – sag ihnen einfach, dass Ash dich geschickt hat. Und jetzt geh.«

»Ich werde dich nicht allein zurücklassen!«

»Geh!«

Der Wolf schüttelte sich und schleuderte Blut, Speichel und Eiszapfen durch die Gegend. »Um dich werde ich mich gleich kümmern, Prinzessin«, knurrte er und duckte sich zum Sprung. Unter dem verfilzten Pelz spannten sich die Muskeln und die Eiszapfen in seinen Flanken und dem knochigen Brustkorb funkelten. »Bist du bereit, Junge? Ich komme!«

Er sprang. Ash riss das Schwert hoch. Und ich griff von hinten an.

Der Wolf prallte mit seinem vollen Gewicht gegen den Winterprinzen und schleuderte sie beide in den Schnee, wobei er das Schwert, das ihn traf, vollkommen ignorierte. Seine riesigen Pranken bohrten sich in Ashs Brust und Oberarme und fixierten das Schwert. Der Wolf riss die riesigen Kiefer auf, bereit, Ash den Kopf abzureißen.

Ich rannte mit aller Kraft, die ich noch aufbringen konnte, auf den Wolf zu und warf mich mit der Schulter gegen einen der glitzernden Eiszapfen. Die scharfe Kante durchschnitt meinen Mantel und meine Haut, aber ich spürte, wie sich das Eis tiefer in die Rippen des Wolfs bohrte. Die riesenhafte Kreatur stieß einen überraschten Schmerzensschrei aus und wirbelte herum, um mich aus wütenden, gelben Augen anzustarren.

»Du dämliches Gör! Was machst du denn da? Ich versuche hier, dir zu helfen!«

Völlig schockiert starrte ich ihn an, während ich keuchend nach Luft rang. Ash, der immer noch unter dem Wolf lag, versuchte aufzustehen, aber zwei dicke Pranken drückten ihn wieder nach unten. »Was redest du denn da?«, fragte ich. »Wenn du mir wirklich helfen willst, wie du sagst, dann lass Ash los.«

Das Biest schüttelte den Kopf. »Ich wurde geschickt, um dich zu retten und den da zu töten«, erwiderte es und verlagerte sein Gewicht, um sich besser auf Ash stützen zu können, der daraufhin schmerzerfüllt mit den Zähnen knirschte. »Du bist jetzt keine Gefangene mehr, Prinzessin. Ich beende das hier nur noch kurz, dann kannst du an den Sommerhof zurückkehren.«

»Nein!« Ich sprang vor, als der Wolf sich abwandte und erneut das Maul aufriss. »Töte ihn nicht! Ich bin keine Gefangene. Wir haben eine Abmachung getroffen, einen Vertrag geschlossen: Ich gehe an den Winterhof als Gegenleistung für seine Hilfe. Er hält mich hier nicht gegen meinen Willen fest. Ich habe mich *freiwillig* dafür entschieden.«

Der Wolf blinzelte verwirrt. »Ihr habt einen Vertrag«, wiederholte er langsam.

»Ja.«

»Du hast einen Vertrag mit dem da.«

»Ja!«

»Dann … hat sich dein Vater wohl geirrt.«

»*Oberon*?« Fassungslos starrte ich ihn an. »Oberon hat dir befohlen, das zu tun?«

Der Wolf schnaubte abfällig. »Niemand erteilt mir Befehle«, knurrte er und fletschte die Zähne. »Der Herr des Sommerhofes dachte, du seist entführt worden. Er hat mich gebeten, dich aufzuspüren, deinen Entführer zu töten und dich zu befreien, damit du an den Sommerhof zurückkehren kannst. Er meinte, die Jagd könnte so tief im Reich des Winters schwierig werden, und dass ich der Herausforderung vielleicht nicht gewachsen sei.« Der Wolf unterbrach sich und musterte mich mit seinen stechenden, gelben Augen, wobei sich ein Hauch von Ärger in seiner Miene spiegelte. »Wie auch immer, wenn du ein Abkommen mit dem Winterprinzen hast, ändert das die Lage. Die Vereinbarung mit Oberon besagte, dass ich dich aus der Gewalt deines Entführers befreien soll, doch nun gibt es keinen Entführer. Deshalb ...« Er fauchte frustriert und trat widerwillig einen Schritt zurück, sodass Ash von seinen Pfoten befreit wurde. »... muss ich den Vertrag ehren und euch gehen lassen.«

Mit einem finsteren Blick trat er beiseite. Er hatte die Beute schon vor der Nase gehabt und nun wurde sie seinen Klauen entrissen. Nur für den Fall, dass der Wolf seine Meinung änderte, stellte ich mich zwischen ihn und Ash und half dem Prinzen, aufzustehen. Ashs Schwertarm blutete stark, den anderen hatte er um die Rippen gelegt, als wären sie durch das Gewicht des Wolfes gebrochen worden. Er schob das Schwert in die Scheide, wandte sich unserem Verfolger zu und verbeugte sich leicht.

Der Wolf nickte. »Du hast großes Glück gehabt«, sagte er zu Ash. »Diesmal.« Er wich ein paar Schritte zurück, schüttelte sich noch einmal und musterte uns dann mit widerwilligem Respekt. »Es war eine gute Jagd. Betet darum, dass wir uns nicht noch einmal begegnen, denn ihr werdet mich nicht einmal kommen sehen.«

Dann legte der Wolf den Kopf zurück und stieß ein wildes, markerschütterndes Heulen aus, bei dem sich mir die Nackenhaare aufstellten. Er verschwand mit ein paar Sprüngen zwischen den Bäumen, sein riesiger, schwarzer Körper wurde sofort vom Schnee und den Schatten verschluckt. Wir waren wieder allein.

Besorgt schaute ich zu Ash. »Bist du okay? Kannst du laufen?«

Er machte einen Schritt und sank mit schmerzverzerrtem Gesicht auf die Knie. »Gib mir noch einen Moment.«

»Komm.« Ich schob ihm einen Arm unter die Schulter und half ihm vorsichtig hoch. Die Lichtung sah aus, als hätte hier eine Schlacht getobt: zertrampelter Schnee, zerdrückte Pflanzen und überall Blut. Das konnte jagende Dunkle anziehen, und auch wenn ich mir sicher war, dass keiner von ihnen so unheimlich sein würde wie der Große Böse Wolf, war Ash momentan nicht in der Verfassung, gegen sie zu kämpfen. »Wir gehen zurück in die Höhle.«

Er protestierte nicht, und so humpelten wir über die Lichtung zurück zu der Eishöhle und krochen hinein. Der Boden war so mit zerbrochenen Eiszapfen übersät, dass es nicht ganz einfach war, sich einen Weg zu bahnen, aber ganz hinten fanden wir eine freie Stelle. Ash setzte sich und lehnte sich gegen die Wand, während ich einen Streifen von meinem Mantel abriss.

Er sagte nichts, als ich den behelfsmäßigen Verband um seinen Arm wickelte, aber ich spürte seinen Blick auf mir. Ich ließ seinen Arm los und schaute direkt in seine silbrigen Augen. Ash blinzelte langsam und musterte mich auf eine Art, die erkennen ließ, dass er versuchte, mich zu verstehen.

»Warum bist du nicht weggelaufen?«, fragte er schließlich leise. »Wenn du den Wolf nicht aufgehalten hättest, hättest du nicht mit nach Tir Na Nog kommen müssen. Du wärst frei gewesen.«

Ich schaute ihn böse an.

»Ich habe unserem Vertrag genauso zugestimmt wie du«,

murmelte ich und machte mit einem heftigen Ruck einen letzten Knoten in den Verband. Ash gab nicht einmal ein Ächzen von sich. Zornig funkelte ich ihn an. »Was denn, hast du gedacht, nur weil ich menschlich bin, würde ich mich drücken? Ich wusste, worauf ich mich einlasse, und ich werde meinen Teil unserer Vereinbarung erfüllen, egal was passiert. Und wenn du glaubst, ich würde dich diesem Monster überlassen, nur damit ich nicht Mab gegenübertreten muss, dann kennst du mich kein bisschen.«

»Gerade *weil* du menschlich bist«, fuhr Ash mit derselben, leisen Stimme fort, ohne meinem Blick auszuweichen, »hast du diese taktisch günstige Gelegenheit verschenkt. Eine Winterfee hätte mich an deiner Stelle nicht gerettet. Sie lassen nicht zu, dass ihnen ihre Gefühle in die Quere kommen. Und wenn du am Winterhof überleben willst, musst du anfangen, so zu denken wie sie.«

»Tja, ich *bin* aber nicht wie sie.« Ich stand auf, trat einen Schritt zurück und versuchte zu ignorieren, wie verletzt und verraten ich mich fühlte, aber mir stiegen dennoch bescheuerte Tränen in die Augen. »Ich bin keine Winterfee – ich bin menschlich, mit menschlichen Gefühlen. Und wenn du denkst, dass ich mich dafür entschuldige, kannst du das vergessen. Ich kann meine Gefühle nicht so einfach abschalten wie du. Allerdings werde ich mir beim nächsten Mal auch nicht mehr die Mühe machen, dich zu retten, wenn du gefressen oder getötet wirst.«

Ich wirbelte herum, um beleidigt davonzustiefeln, aber Ash stand blitzartig auf und packte mich an den Oberarmen. Ich versteifte mich, drückte die Knie durch und hielt mich kerzengerade, da es keinen Sinn gehabt hätte, gegen seinen Griff anzukämpfen. Selbst so verwundet und blutend war er noch viel stärker als ich.

»Ich wollte nicht undankbar sein«, flüsterte er mir ins Ohr, und gegen meinen Willen meldeten sich die Schmetterlinge in meinem Bauch zurück. »Ich wollte dir nur etwas klarmachen. Die Angehörigen des Winterhofes sehen die Schwachen als Beute an. So sind sie nun einmal. Sie werden versuchen, dich in Stücke zu reißen, sowohl körperlich als auch emotional, und ich werde nicht immer da sein können, um dich zu beschützen.«

Ich begann zu zittern, mein Ärger verflog, und meine Zweifel und Ängste kehrten zurück. Ash seufzte, er lehnte die Stirn gegen meinen Hinterkopf, sodass ich seinen Atem im Nacken spürte. »Ich will das nicht tun«, gab er leise und gequält zu. »Ich will nicht mitansehen müssen, was sie alles mit dir anstellen werden. Eine Sommerfee hat am Winterhof so gut wie keine Chance. Aber ich habe geschworen, dass ich dich zurückbringen würde, und ich bin an dieses Versprechen gebunden.« Er hob den Kopf, umklammerte fast schmerzhaft meine Schultern und fuhr dann mit einer Stimme fort, die nicht nur wesentlich tiefer, sondern auch grimmig und kalt war: »Deswegen musst du stärker sein als sie. Du darfst nie in deiner Wachsamkeit nachlassen, egal, was kommt. Sie werden dich in die Falle locken, mit Spielen oder schönen Worten. Und dann werden sie es genießen, wenn du leidest. Lass sie nicht an dich ran. Und vertraue niemandem.« Er unterbrach sich und fügte dann noch leiser hinzu: »Nicht einmal mir.«

»Dir werde ich immer vertrauen«, flüsterte ich, ohne nachzudenken. Augenblicklich verstärkte sich sein Griff und er drehte mich fast gewaltsam zu sich herum.

»Nein«, widersprach er mit zusammengekniffenen Augen. »Das darfst du nicht. Ich bin dein Feind, Meghan. Das darfst du niemals vergessen. Wenn Mab mir befiehlt, dich vor dem gesamten Hofstaat zu töten, ist es meine Pflicht, zu gehorchen. Wenn sie Rowan oder Sage befiehlt, dich langsam und genüsslich aufzuschlitzen und dafür zu sorgen, dass du in jeder Sekunde Höllenqualen leidest, wird von mir erwartet, danebenzustehen und sie gewähren zu lassen. Verstehst du das? Meine Gefühle für dich sind am Winterhof ohne jede Relevanz. Sommer und Winter werden immer auf verschiedenen Seiten stehen, und nichts wird das ändern.«

Ich wusste, dass ich eigentlich Angst vor ihm haben sollte. Immerhin war er ein Prinz des Dunklen Hofes und hatte gerade mehr oder weniger zugegeben, dass er mich töten würde, wenn Mab es ihm befahl. Aber er hatte auch zugegeben, dass er Gefühle für mich hatte – sicher, es waren Gefühle, die keine Rolle spielten, aber trotzdem kribbelte es in meinem Magen, als ich das hörte. Vielleicht war es ja naiv, aber ich konnte nicht glauben, dass Ash mir absichtlich wehtun würde, nicht mal, wenn wir am Winterhof waren. Nicht, wenn er mich so ansah wie jetzt und sich Zerrissenheit und Wut in seinen Silberaugen spiegelten.

Er starrte mich noch einen Moment aufgebracht an, dann seufzte er. »Du hast kein Wort von dem gehört, was ich gesagt habe, oder?«, murmelte er und schloss die Augen.

»Ich habe keine Angst«, erklärte ich ihm, was eine Lüge war – ich hatte Todesangst vor Mab und dem Dunklen Hof, der mich am Ende dieser Reise erwartete. Aber solange Ash da war, würde mir nichts geschehen.

»Du bist verdammt stur«, sagte Ash und fuhr sich frustriert mit der Hand durchs Haar. »Und ich habe keine Ahnung, wie ich dich beschützen soll, wenn du keinerlei Selbsterhaltungstrieb hast.«

Ich stellte mich dicht vor ihn und legte eine Hand auf seine Brust, sodass ich seinen Herzschlag unter dem Hemd spürte. »Ich vertraue dir«, sagte ich nur und stellte mich auf die Zehenspitzen, bis unsere Gesichter nur noch Zentimeter voneinander entfernt waren. Langsam ließ ich meine Finger zu seinem Bauch hinuntergleiten. »Ich weiß, dass du einen Weg finden wirst.«

Sein Atem stockte und er musterte mich hungrig. »Du spielst mit dem Feuer, ist dir das eigentlich klar?«

»Das ist witzig, wenn man bedenkt, dass du ein Eispri…« Ich kam nicht weiter, denn Ash beugte sich vor und küsste mich. Ich schlang ihm die Arme um den Hals, während er seine Hände um meine Taille legte, und für ein paar Augenblicke konnte mir die Kälte nichts mehr anhaben.

Wir verbrachten die Nacht in der Höhle, einerseits um Ash die Möglichkeit zu geben, seine Wunden zu heilen, andererseits, um uns noch eine Nacht Zeit zu verschaffen, bevor wir Tir Na Nog erreichten. Ash brauchte nicht lange, um sich zu erholen. Die Feen heilen unglaublich schnell, besonders, wenn sie sich in ihrem heimischen Reich befinden, und so waren die Bisswunden schon fast verschwunden, als es dunkel wurde. Als die Temperatur fiel, machte Ash ein Feuer – natürlich nur meinetwegen – und wir teilten uns die letzten Vorräte, schauten in die Flammen und hingen unseren Gedanken nach.

Draußen schneite es unentwegt, der Schnee türmte sich

vor dem Eingang auf und die Flocken, die durch die Löcher in der Decke fielen, bildeten in der Mitte der Höhle einen kleinen Berg. Sie funkelten im Mondlicht und schwebten wie Diamantsplitter vom Himmel. Ich hätte mich am liebsten in den Lichtfleck gestellt, um sie mit der Zunge aufzufangen.

Ash schwieg den Großteil des Abends. Er hatte unseren Kuss unvermittelt abgebrochen und sich mit einem schuldbewussten, gequälten Blick von mir zurückgezogen, wobei er irgendwas davon murmelte, ein Lager herzurichten. Jedes Mal, wenn ich versuchte, mit ihm zu reden, gab er nur knappe, einsilbige Antworten, und wann immer es ging, wich er meinem Blick aus.

Jetzt saß er mir gegenüber, hatte das Kinn in die Hand gestützt und starrte trübsinnig ins Feuer. Ein Teil von mir wollte zu ihm rübergehen und ihn von hinten umarmen, und ein anderer Teil wollte ihm einen Schneeball in sein perfektes Gesicht pfeffern, bloß um irgendeine Reaktion zu provozieren.

Ich entschied mich für eine weniger selbstmörderische Variante. »Hey«, meinte ich und stocherte mit einem Stock in den Flammen herum, bis sie Funken sprühten. »Erde an Ash. Woran denkst du gerade?«

Er rührte sich nicht, und einen Moment lang dachte ich, er würde mit dem einen Wort antworten, das ihm heute Abend offenbar am liebsten war: *Nichts*. Doch dann seufzte er und schaute ganz kurz zu mir rüber.

»An Zuhause«, erwiderte er leise. »Ich denke an Zuhause, an den Hof.«

»Vermisst du es?«

Wieder eine Pause, dann schüttelte er langsam den Kopf. »Nein.«

»Aber es ist doch dein Zuhause.«

»Es ist der Ort, an dem ich geboren wurde. Mehr nicht.« Seufzend schaute er wieder in die Flammen. »Ich kehre nicht oft dorthin zurück und bleibe selten längere Zeit bei Hofe.«

Ich dachte an Mom, Ethan und unser kleines Farmhaus draußen im Sumpf und hatte plötzlich einen Kloß im Hals. »Das muss sehr einsam sein«, murmelte ich. »Bekommst du nicht manchmal Heimweh?«

Ash musterte mich über die Flammen hinweg, Verständnis und Mitleid im Blick. »Meine Familie ist nicht wie deine«, erklärte er mir ernst.

Mit einer geschmeidigen Bewegung stand er auf, so abrupt, als hätte er genug von dem Thema. »Schlaf ein wenig«, meinte er jetzt wieder unterkühlt. »Morgen werden wir endlich am Winterhof sein. Königin Mab wird es kaum erwarten können, dich zu sehen.«

Mein Magen verkrampfte sich. Ich legte mich so nah ans Feuer wie möglich, wickelte mich in meinen Mantel und versuchte, an gar nichts zu denken. Eigentlich war ich mir sicher, dass ich dank Ashs letzter Worte kein Auge zukriegen würde, aber ich war wohl doch erschöpfter, als mir bewusst war, denn bald fiel ich in einen tiefen Schlaf.

In dieser Nacht träumte ich zum ersten Mal vom Eisernen König.

Die Szenerie war mir auf unheimliche Weise vertraut. Ich stand ganz oben auf einem großen, eisernen Turm und ein heißer Wind, der nach Ozon und Chemikalien stank, blies mir ins Gesicht. Vor mir ragte ein riesiger Thron aus Metall in den trüben, gelblichen Himmel und schien mit seinen schwarzen eisernen Spitzen die Wolken zu durchbohren. Hinter mir, am Rand eines Brunnens, lag Ashs kalter, bleicher Körper, langsam tropfte sein Blut in das Wasserbecken.

Machina, der Eiserne König, stand vor seinem Metallthron und sein langes, silbernes Haar flatterte peitschend im Wind. Er stand mit dem Rücken zu mir und die unzähligen Kabel, die aus seinen Schultern und seiner Wirbelsäule wuchsen, umgaben ihn wie schimmernde Flügel.

Ich trat einen Schritt vor und spähte zu der Gestalt vor dem Thron hinauf. »Machina!«, rief ich, doch meine Stimme klang im Brausen des Windes schwach und leise. »Wo ist mein Bruder?«

Der Eiserne König hob leicht den Kopf, drehte sich aber nicht um. »Dein Bruder?«

»Ja, mein Bruder. Ethan. Du hast ihn entführt und hierher gebracht.« Ohne auf den Wind zu achten, der an meinen Haaren und Kleidern zerrte, ging ich weiter. Über mir ertönte ein Donnerschlag und die trüben, gelblichen Wolken wurden rot und schwarz. »Du wolltest mich hierher locken«, fuhr ich fort, als ich den Fuß des Thrones erreicht hatte. »Du wolltest, dass ich im Austausch gegen Ethans Freiheit deine Königin werde. Also, hier bin ich. Jetzt lass meinen Bruder frei.«

Machina drehte sich um. Doch es war nicht das scharf geschnittene, intelligente Gesicht des Eisernen Königs, das da auf mich herunterblickte.

Es war mein eigenes.

Schlagartig wurde ich wach. Mein Herz hämmerte wie wild gegen meine Rippen und mir lief der kalte Schweiß den Rücken hinunter. Das Feuer war ausgegangen und in der leeren Eishöhle war es dunkel, obwohl der Himmel, den man durch die Löcher in der Decke sehen konnte, bereits hell war. Dort, wo der Schnee eingedrungen war, lagen große, funkelnde Haufen, und an der Decke bildeten sich bereits einige neue Eiszapfen wie nachwachsende Zähne. Ash war nirgendwo zu sehen.

Immer noch zitternd von meinem Albtraum rollte ich mich von dem erloschenen Lagerfeuer weg, stand auf und schüttelte mir die Schneeklumpen aus den Haaren. Dann wickelte ich mich fest in meinen Mantel und machte mich auf die Suche nach Ash.

Ich musste nicht weit gehen. Er stand draußen auf der Lichtung, umgeben von wehenden Schneewirbeln. Das blaue Leuchten seines Schwerts hob sich deutlich von dem makellosen Weiß ab. An den Fußspuren im Schnee erkannte ich, dass er seine Schwertübungen gemacht hatte, aber jetzt stand er reglos mit dem Rücken zu mir und schaute hinüber zu der Schlucht, durch die wir gekommen waren. Ich zog meine Kapuze über und stapfte durch den Schnee, bis ich neben ihm stand. Er registrierte meine Anwesenheit mit einem schnellen Seitenblick, bewegte ansonsten aber keinen Muskel und blieb unverändert stehen.

»Sie kommen«, murmelte er schließlich.

Einen Moment später tauchte eine Gruppe von Pferden auf, so als hätten sie sich aus dem fallenden Schnee heraus materialisiert. Sie waren makellos weiß und blauäugig und schwebten ein paar Zentimeter über dem Boden. Auf ihnen saßen Ritter des Winterhofes in eisblau-schwarzen Rüstungen, durch ihre Helme in Form von knurrenden Wolfsköpfen hindurch musterten sie uns kalt.

Ash machte einen Schritt nach vorn und schob sich mit einer subtilen Bewegung vor mich, als die Ritter herankamen und ihre Pferde kleine Geysire aus ihren Nüstern schnaubten. »Prinz Ash«, sagte einer der Ritter förmlich und verbeugte sich im Sattel. »Ihre Majestät die Königin hat von Eurer Rückkehr erfahren und schickt uns, um Euch und die Missgeburt als Eskorte zum Palast zu begleiten.«

Der Begriff *Missgeburt* brachte mein Blut in Wallung, aber Ash schien von der Ankunft der Ritter nicht sonderlich beeindruckt.

»Ich brauche keine Eskorte«, erwiderte er gelangweilt. »Kehrt in den Palast zurück und sagt Königin Mab, dass ich bald eintreffen werde. Ich bin sehr wohl dazu in der Lage, alleine mit der Missgeburt fertigzuwerden.«

Sein Ton war erschreckend. Jetzt war er wieder ganz Prinz Ash, drittältester Sohn der Herrscherin des Winterhofes, gefährlich, kalt und herzlos. Die Ritter schienen keineswegs überrascht, was mich umso mehr beunruhigte. Dieser kalte, feindselige Prinz war offenbar der Ash, den sie kannten.

»Bedauerlicherweise besteht die Königin darauf, Eure Hoheit«, erwiderte der erste Ritter völlig ungerührt. »Auf Befehl von Königin Mab werdet Ihr und die Missgeburt mit uns an den Winterhof kommen. Sie erwartet eure Ankunft bereits voller Ungeduld.«

Ash seufzte.

»Na schön«, murmelte er und schwang sich ohne mich

anzusehen auf ein freies Pferd. Bevor ich protestieren konnte, griff einer der Ritter bereits nach mir und hob mich vor sich in den Sattel. »Bringen wir es hinter uns.«

Ein paar Stunden lang ritten wir schweigend dahin. Die Ritter sprachen weder mit mir und Ash noch miteinander, und selbst die Hufe der Pferde machten beim Galopp über den Schnee keinerlei Geräusch. Ash schaute kein einziges Mal in meine Richtung. Sein Gesicht war während des ganzen Ritts eiskalt und ausdruckslos.

Ich blieb ganz meinen Gedanken überlassen, die immer düsterer und verstörender wurden, je weiter wir ritten. Ich vermisste mein Zuhause und hatte schreckliche Angst vor der Begegnung mit Königin Mab. Und Ash hatte sich in ein kaltes, fremdes Wesen verwandelt. Im Geiste sah ich noch einmal unseren letzten Kuss und klammerte mich daran wie an einen Rettungsring bei stürmischer See. Hatte ich mir seine Gefühle für mich nur eingebildet, seine Absichten missverstanden? Was, wenn alles, was er gesagt hatte, nur Taktik gewesen war, eine List, um mich nach Tir Na Nog und zu seiner Königin zu schaffen?

Nein, das konnte nicht sein. Die Gefühle, die ich in dieser Nacht in seinem Gesicht gesehen hatte, waren echt. Ich musste einfach glauben, dass ich ihm etwas bedeutete, musste an ihn glauben, sonst würde ich wahnsinnig werden.

Die Nacht brach an und ein riesiger, gefrorener Mond stieg über den Wipfeln der Bäume auf, als wir einen großen See erreichten. Zerklüftete Eisschollen kratzten am Ufer aneinander und über der Wasseroberfläche schwebten dichte Nebelschwaden. Ein langer Holzsteg ragte weit in das Wasser hinein und verlor sich irgendwo im Nebel.

Gerade als ich mich fragte, wie weit es wohl noch bis zum Winterhof war, lenkten die Ritter ihre Pferde in Richtung des wackeligen Stegs. Sie ritten hintereinander darauf entlang, sodass ich hören konnte, wie unter uns das dunkle Wasser des Sees gegen die Pfähle schlug. Angestrengt spähte ich durch den Nebel. Lag der Winterhof etwa auf einer Insel in der Mitte des Sees?

Dann löste sich der Nebel für einen Moment auf und gab den Blick frei auf das Ende des Stegs, hinter dem sich nichts befand als das dunkle, trübe Wasser des Sees. Die Pferde begannen zu traben, fielen dann in Galopp und schnaubten ungeduldig, als das Ende des Stegs mit beängstigender Geschwindigkeit auf uns zuraste.

Ich schloss verzweifelt die Augen und die Pferde sprangen.

Wir schlugen mit einem lauten Platschen auf dem Wasser auf und versanken schnell in den eisigen Tiefen. Das Pferd versuchte nicht einmal, an die Oberfläche zu schwimmen, und der Griff des Ritters war so fest, dass ich mich nicht befreien konnte. Also hielt ich die Luft an und unterdrückte die aufsteigende Panik, während wir immer tiefer in dem kalten Wasser versanken.

Mit einem ebenso lauten Platschen und Spritzen durchbrachen wir plötzlich die Wasseroberfläche. Keuchend rieb ich mir die Augen und sah mich um. Ich war völlig verwirrt und desorientiert und konnte mich absolut nicht daran erinnern, dass das Pferd wieder nach oben geschwommen wäre. Wo waren wir überhaupt?

Als ich wieder klar sehen konnte, stockte mir der Atem und ich vergaß alles andere.

Vor mir lag eine riesige, unterirdische Stadt, in der Millionen winziger Lichter gelb, blau und grün funkelten wie eine dichte Sternendecke. Von der Stelle aus, an der wir im dunklen Wasser trieben, konnte ich große Steingebäude erkennen, Straßen, die sich spiralförmig einen Hügel hinaufwanden und natürlich das Eis, das alles bedeckte. Von der Höhlendecke, die darüber liegen musste, war nichts zu sehen, und die funkelnden Lichter ließen die Stadt überirdisch strahlen.

Auf dem Gipfel eines Hügels thronte ein riesiger Eispalast und warf seinen Schatten über die Stadt, stolz zeichnete sich seine Silhouette vor der Dunkelheit ab. Ich zitterte und hörte zum ersten Mal die Stimme des Ritters hinter mir: »Willkommen in Tir Na Nog.«

Ich schaute zu Ash hinüber und fing endlich einen Blick von ihm auf. Einen Moment lang wirkte der Dunkle Prinz zerrissen zwischen Pflicht und Gefühl, und er schien mich wortlos um Verzeihung zu bitten. Doch eine halbe Sekunde später wandte er sich ab und versteckte sein Gesicht wieder hinter einer unbeweglichen Maske.

Durch schneebedeckte Straßen ritten wir zum Palast, wobei uns die Angehörigen des Dunklen Hofes aus glühenden, unmenschlichen Augen beobachteten. Am Palasttor angekommen hielten wir vor zwei monströsen Ogern, denen der Speichel von den Hauern tropfte. Sie musterten uns finster, ließen uns aber dann wortlos passieren.

Auch im Inneren des Palastes waren die Räume und Flure mit Reif und durchsichtigen Eiskristallen in verschiedenen Farben bedeckt; gut möglich, dass es hier drinnen kälter war als draußen. In den Fluren waren allerlei Dunkle

Feen unterwegs: Kobolde, Hexen und Dunkerwichtel musterten mich mit einem hungrigen, bösen Grinsen. Doch da ich von einer Gruppe finster dreinschauender Ritter und einem tödlich ruhigen Winterprinzen eskortiert wurde, beließen sie es bei anzüglichen Blicken.

Die Ritter führten uns zu einer hohen Tür, deren Flügel mit Schnitzereien eisbedeckter Bäume verziert waren. Wenn man ganz genau hinsah, konnte man kleine Gesichter erkennen, die zwischen den Zweigen hervorspähten, aber sobald man blinzelte oder wegsah, waren sie verschwunden. Unter der Tür drang ein Strom kalter Luft hervor, kälter, als ich es für möglich gehalten hätte, selbst in diesem Eispalast. Er strich über meine Haut und fühlte sich an wie tausend Nadelstiche. Zitternd wich ich einen Schritt zurück.

Die Ritter hatten sich in Habachtstellung im Korridor postiert und starrten unbeweglich geradeaus, ohne uns weiter Beachtung zu schenken. Während ich mir die kalten Arme rieb, kam Ash zu mir. Er berührte mich zwar nicht, war mir aber dennoch so nah, dass mein Herz schneller schlug. Mit dem Rücken zu den Rittern legte er eine Hand an die Tür, zögerte dann aber, als müsste er erst Kraft sammeln.

»Das ist der Thronsaal«, murmelte er kaum hörbar. »Königin Mab ist hinter dieser Tür. Bist du bereit?«

Eigentlich nicht, aber ich nickte trotzdem. »Ziehen wir's durch«, flüsterte ich, und Ash öffnete die Tür.

Als wir durch die Tür traten, schlug mir die schneidend kalte Luft entgegen und raubte mir fast den Atem. In dem Saal dahinter herrschte eine eisige Kälte; die Decke wurde von Eissäulen gestützt und der vereiste Boden war spiegelglatt. In der Mitte des Saals wartete – umgeben von blassen, hochnäsigen Wintersidhe und Schoßkobolden – die Königin des Dunklen Hofes auf uns.

Königin Mab saß auf einem Thron aus Eis: majestätisch, wunderschön und Furcht einflößend. Ihre Haut war weißer als Schnee und ihr blauschwarzes Haar war mit Nadeln aus Eis in eleganten Locken auf ihrem Kopf festgesteckt worden. Sie trug einen weißen Pelzmantel und hielt einen Kristallkelch in der feingliedrigen Hand. Ihre Augen, die so schwarz und unergründlich schienen wie das Universum, hoben sich langsam und fixierten mich mit einem durchdringenden Blick. Über ihrer mit Pelz gefütterten Halskrause verzogen sich die blutroten Lippen zu einem trägen Lächeln.

»Meghan Chase«, schnurrte Königin Mab. »Willkommen am Winterhof. Mach es dir doch bitte bequem. Ich fürchte, du wirst für eine sehr lange Zeit bei uns bleiben.«

Sommernachts-traum

I

»Ich heiß' Puck und halte Wort«

Namen.

Was ist schon ein Name? Ich meine, abgesehen von ein paar Buchstaben oder Lauten, die zusammen ein Wort ergeben. Würde eine Rose genauso gut riechen, wenn sie irgendeinen anderen Namen hätte? Wäre die berühmteste Liebesgeschichte der Welt noch ebenso ergreifend, wenn es um *Romeo und Gertrude* ginge? Warum ist es so wichtig, wie wir uns nennen?

Hey, tut mir leid, normalerweise bin ich nicht so philosophisch. Aber in letzter Zeit habe ich einfach mal darüber nachgedacht. Für meinesgleichen sind Namen natürlich sehr wichtig. Ich zum Beispiel habe so viele, dass ich mich gar nicht mehr an alle erinnern kann. Natürlich ist keiner davon mein wahrer Name. Niemand hat jemals meinen echten Namen laut ausgesprochen, kein einziges Mal, trotz aller Titel, Spitznamen und Mythen, die ich im Laufe der Jahre angehäuft habe. Niemand war überhaupt je nah dran an der Lösung.

Neugierig, wie? Wollt ihr meinen wahren Namen wissen? Okay, hört zu, den habe ich noch nie jemandem verraten. Mein wahrer Name ist …

Hahahaha! Habt ihr wirklich geglaubt, ich würde ihn

euch sagen? Tatsächlich? Mann, ihr macht mich echt fertig. Aber wie ich bereits sagte, Namen sind wichtig für uns. Zunächst mal schaffen sie eine Verbindung zu dieser Welt, sie verankern uns bis zu einem gewissen Grad in der Realität. Wenn man seinen wahren Namen kennt – nicht jeder in unserer Welt findet ihn – ist man »echter« als alle, die nicht wissen, wer sie sind. Und für eine Spezies, die die Tendenz hat, im Nichts zu verschwinden, sobald sie vergessen wird, ist das irgendwie schon von Bedeutung.

Mein Name, oder genauer einer meiner vielen Namen, ist Robin Goodfellow.

Vielleicht habt ihr schon von mir gehört.

Früher hatte ich einmal zwei enge Freunde. Schockierend, ich weiß, bei meinem umwerfenden Charme, aber es gibt immer welche, die einfach nicht zu würdigen wissen, wie brillant ich bin. Eigentlich hätten wir drei gar keine Freunde sein oder auch nur freundlich miteinander umgehen sollen. Ich gehörte dem Lichten Hof an, und sie … nicht. Aber ich habe das mit den Regeln noch nie so genau genommen, und wer hätte gedacht, dass Mabs Jüngster eine ähnlich rebellische Seite hat? Und Ariella … Ich kannte Ash schon lange, bevor Ariella auf der Bildfläche erschien, aber ich hatte nichts dagegen, dass sie da war. Sie war der Puffer zwischen uns: Sie wirkte beruhigend auf Ash ein, wenn die skrupellose Natur der Dunklen in ihm die Oberhand gewann, oder sie mahnte zur Vorsicht, wenn ihr einer meiner Pläne ein wenig zu … impulsiv erschien. Damals waren wir unzertrennlich.

Damals habe ich eine große Dummheit begangen. Und habe sie dadurch beide verloren.

Was uns zurückbringt ... in die Gegenwart. Ins Hier und Jetzt. Wo mein ehemaliger bester Freund und ich gerade mal wieder dabei waren, uns in ein neues Abenteuer zu stürzen. Wie in alten Zeiten.

Bis auf die Tatsache, dass er mir immer noch nicht verziehen hatte, was vor all diesen Jahren passiert war. Und eigentlich hatte er mich auch gar nicht eingeladen, mitzukommen. Ich hatte mich irgendwie ... selbst eingeladen.

Aber wenn ich immer und überall auf eine Einladung warten würde, käme ich ja nie irgendwo hin.

»Also«, sagte ich fröhlich und schloss zu dem grübelnden Prinzen auf. »Grimalkin. Den suchen wir doch jetzt, richtig?«

»Ja.«

»Irgendeine Ahnung, wo er steckt?«

»Nein.«

»Irgendeine Ahnung, wo wir am besten anfangen zu suchen?«

»Nein.«

»Dir ist aber schon klar, dass das nicht gerade ein präziser Plan ist, oder, Eisbubi?«

Er drehte sich um und starrte mich finster an, was ich als einen kleinen Triumph wertete. Normalerweise ignorierte Ash meine Sticheleien. Jedes Mal, wenn es mir gelang, die eisige Gleichgültigkeit des Winterprinzen zu durchdringen, war das ein kleiner Sieg. Natürlich war dabei äußerste Vorsicht geboten. Es ist nur ein schmaler Grat zwischen Gereiztheit und spitzen Eiszapfen, die direkt auf dein Gesicht zufliegen.

Ash starrte mich noch einen Moment an, dann fuhr er

sich seufzend mit der Hand durchs Haar – ein klares Zeichen dafür, dass er frustriert war. »Hast du vielleicht einen Vorschlag, Goodfellow?«, murmelte er – in einem Tonfall, als würde er die Frage nur widerwillig stellen. Und für den Bruchteil eines Augenblicks sah ich, wie verloren er eigentlich war, wie sehr ihn die Zukunft und das, was noch kommen würde, verunsicherten. Niemand sonst hätte das gesehen, aber ich kannte Ash. Ich registrierte jedes noch so kurze Aufblitzen von Emotion, ganz egal, wie gut er es verbarg. Er tat mir fast schon leid.

Aber nur fast.

Ich grinste entwaffnend. »Was? Du hast mich doch nicht etwa nach meiner Meinung gefragt, Eisbubi?«, spottete ich, und sofort verwandelte sich sein Zweifel in Ärger. »Nun ja«, fuhr ich fort und lehnte mich lässig gegen einen Baumstamm. »Da du schon fragst: Vielleicht sollten wir überprüfen, ob irgendjemand hier in der Gegend ihm noch eine Gefälligkeit schuldet.«

»Das würde die Suche natürlich unglaublich eingrenzen«, erwiderte Ash sarkastisch. Ich verdrehte die Augen, aber er hatte leider recht. Wenn wir jeden in Betracht ziehen wollten, der unserem vierbeinigen Freund möglicherweise einen Gefallen schuldete, würde eine ellenlange Liste dabei herauskommen.

»Tja, dann.« Ich verschränkte die Arme vor der Brust. »Wenn du eine bessere Idee hast, würde ich sie liebend gern hören, Prinz.«

Doch bevor er antworten konnte, flimmerte eine Welle magischen Scheins durch die Luft. Glitzer und bunte Lichtbänder wirbelten um uns herum, und ein Chor aus zarten

Stimmchen ließ einen einzelnen Ton erklingen. Ich fuhr zusammen, da ich wusste, dass es nur eine einzige Person gab, die einen normalen Auftritt – wie etwa durch eine Tür zu kommen – für unter ihrer Würde hielt. Sie musste ihr Erscheinen durch Flitter, Gefunkel und den Chor der Peterskirche ankündigen.

»Meine Lieben!«

Manchmal macht es keinen Spaß, immer recht zu haben.

»Leanansidhe«, grummelte Ash, der ungefähr so begeistert klang, wie ich mich fühlte, als die Königin der Exilanten aus ihrer Glitzer-Licht-Show heraustrat und auf uns herablächelte. Sie sah aus, als ginge sie zu einer Party mit dem Motto »Das funkelndste Abendkleid« oder vielleicht auch »Der schnellste Weg, andere zu blenden«. Sie zögerte kurz, warf sich für ihr enttäuschend unbeeindrucktes Publikum in eine dramatische Pose und wedelte schließlich mit der Hand, um das Feuerwerk zu beenden.

»Lea«, rief ich und grinste sie frech an. »Was für ein Schock. Welchem Umstand verdanken wir das Vergnügen deiner Gesellschaft, und das *hier*, außerhalb des Zwischenraums und so?«

»Mein lieber Puck.« Leanansidhe schenkte mir ein Lächeln, das ungefähr so einladend war wie das einer Viper gegenüber einer Maus. »Warum bin ich nicht überrascht, dich hier zu sehen? Da hatte es gerade erst den Anschein, als wäre ich dich losgeworden, und schon bist du wieder da, Liebes.«

»So bin ich eben.« Ich warf mich ebenfalls in Pose. »Wie Falschgeld, das taucht auch immer wieder auf. Aber du hast meine Frage nicht beantwortet. Was willst du, Lea?«

»Von dir? Gar nichts, Liebes.« Leanansidhe drehte sich zu Ash um, der sich augenblicklich versteifte. »Ash, Liebes«, schnurrte sie. »Du bist ein richtiges Stehaufmännchen, wie? Nachdem du deinen Ritterschwur geleistet hattest, war ich mir absolut sicher, dass ihr beide dasselbe Ende finden würdet wie Romeo und Julia, dein Mädchen und du. Aber du hast die große Schlacht tatsächlich überlebt. Bravo, Liebes, Bravo.«

Ich schnaubte. »Und was ist mit mir? Bin ich gehackte Leber oder was?«

Leanansidhe warf mir einen gereizten Blick zu. »Nein, Liebes«, seufzte sie dann. »Aber der Winterprinz und ich haben noch etwas Geschäftliches zu erledigen, oder hat er dir das nicht gesagt?« Lächelnd wandte sie sich wieder Ash zu. »Er schuldet mir eine Gefälligkeit – eine ziemlich große Gefälligkeit sogar –, als Gegenleistung für meine Hilfe. Und nun bin ich gekommen, um diese einzufordern.«

Ein Handel mit der Königin der Exilanten? Einen Moment lang glaubte ich, mich verhört zu haben. »Eisbubi.« Fassungslos schüttelte ich den Kopf. »Echt jetzt? Du hast dich mit *der* auf einen Handel eingelassen? Bist du vollkommen irre? Gerade du solltest es doch eigentlich besser wissen.«

»Es war für Meghan«, verteidigte sich Ash mit leiser Stimme. »Ich brauchte ihre Hilfe.« Er bedachte Leanansidhe mit einem flehenden Blick. »Kann das nicht warten?«, fragte er dann ruhig, und die Frage überraschte mich wirklich. Ash ließ sich nur selten auf einen Handel ein, aber wenn er es tat, achtete er höchstpenibel darauf, ihn auch einzuhalten. Ich vermute, es ist für ihn eine Frage der Ehre, seinen Teil der Abmachung klaglos und tadellos zu erfüllen, selbst wenn es ihm passieren sollte, dass er bei einem Handel mal den Kürzeren zog. Ich erlebte zum allerersten Mal, dass er um mehr Zeit bat – dass er überhaupt inständig um irgendetwas bat.

Doch von der Königin der Exilanten war kein Mitgefühl zu erwarten. Das hätte ich ihm vorher sagen können. »Nein, Liebes«, erwiderte Leanansidhe schnell. »Ich fürchte, das kann es nicht. Ich weiß, dass du zusammen mit Goodfellow losziehen willst, um Grimalkin zu suchen, und ich befürchte, dass das einige Zeit in Anspruch nehmen wird. Sehr viel Zeit. Zeit, die ich nicht habe. Ich fordere *jetzt* die Begleichung deiner Schuld, und du wirst mir *jetzt* behilflich sein. Und im Übrigen, mein Lieber.« Leanansidhe rümpfte die Nase und wedelte melodramatisch mit ihrer behandschuhten Hand herum. »Wenn du das erledigt hast, werde ich vielleicht in der Lage sein, euch zu helfen. Grimalkin zu finden, wenn er nicht gefunden werden will, ist eine nahezu unlösbare Aufgabe. Ich könnte euch zumindest die entsprechende Richtung weisen.«

Ash seufzte ungeduldig, aber ihm waren die Hände gebunden. Nicht einmal ich konnte mich aus einem bestehenden Vertrag herauswinden, obwohl ich mir – wenn ich mich schon auf einen Handel einlassen musste – natürlich immer *irgendein* Schlupfloch ließ. Sonst saß man ja von vornherein komplett in der Falle. Die Adligen bei Hofe liebten dieses Spiel, jeder versuchte nur zu gern, den anderen auszutricksen. Allerdings waren die meisten von ihnen inzwischen so schlau, mit mir keinen Handel mehr zu versuchen. Insbesondere nach dem Fiasko mit Titania und dem Eselskopf.

Manchmal hat es eben auch Vorteile, eine lebende Legende zu sein.

Ash kannte die Feenhöfe genauso gut wie ich; er war damit groß geworden, ständig auf der Hut sein zu müssen. Deshalb überraschte es mich, dass er sich eine Vereinbarung mit Leanansidhe erlaubt hatte. Er hätte wissen müssen, dass sich das verdammt rächen würde.

Ash warf mir einen stolzen, abweisenden Blick zu, so als könnte er Gedanken lesen und wollte nun meinen Kommentar herausfordern. Und da begriff ich, dass ihm all das bewusst war. Mr. Kalt, Finster und Grüblerisch mochte ja viele Fehler haben, aber er war nicht dämlich. Er wusste, dass Feen grundsätzlich jede Schuld eintrieben, er kannte das Risiko, wenn man mit einer gefährlichen Feenkönigin im Exil verhandelte. Doch er hatte es trotzdem getan, für sie. Für das Mädchen, nachdem wir beide verrückt waren, und das jetzt weit, weit weg war, unerreichbar für uns.

Meghan.

»Na schön.« Ash sah der Königin der Exilanten direkt ins Gesicht. »Bringen wir es hinter uns. Was benötigst du, Leanansidhe?«

Leanansidhe warf sich in die Brust. »Nur eine kleine Bitte, Liebes«, versicherte sie lächelnd. »Eine winzige Gefälligkeit, kaum der Rede wert. Das wirst du in null Komma nichts erledigt haben.«

Was übersetzt so viel hieß wie: Es wird eine »unvorstellbar gigantische und gefährliche Tortur«. Ich runzelte warnend die Stirn, aber Leanansidhe fuhr fort, ohne auch nur in meine Richtung zu sehen: »Bedauerlicherweise habe ich etwas verloren.« Sie seufzte schwer. »Etwas, das mir sehr am Herzen liegt. Etwas, das unersetzbar ist. Ich möchte, dass du es mir zurückbringst.«

»Verloren?«, fiel ich ihr ins Wort. »Was heißt ›verloren‹? Verloren wie ›es ist mir in den Abfluss gefallen‹ oder verloren wie ›es ist aus der Tür gerannt und im Wald verschwunden‹?«

Leanansidhe zog einen Schmollmund und warf mir einen irritierten Blick zu. »Mein lieber Puck, ich möchte ja nicht unhöflich sein, aber warum bist du überhaupt noch hier? Ich habe eine Vereinbarung mit dem Winterprinzen, an der du nicht im Geringsten beteiligt bist. Solltest du dich nicht auf den Weg machen und Oberon oder seiner Basiliskenfrau auf die Nerven gehen?«

»Autsch.« Ich zog eine spöttische Grimasse. »Es ist doch immer schön, sich so willkommen zu fühlen.« Die Königin der Exilanten kniff die Augen zusammen, sodass sie ein kleines bisschen gefährlicher aussah, was ich mit einem Grinsen erwiderte. »Tut mir leid, wenn ich deine Seifenblase platzen lasse, Lea, aber ich war zuerst hier. Wenn Eisbubi will, dass ich verschwinde, muss er mir das sagen. Ansonsten werde ich nirgendwo hingehen.«

Das würde ich so oder so nicht, und beide wussten das, aber Leanansidhe sah trotzdem zu Ash. Als er stumm blieb, schnaubte sie. »Ihr seid beide absolut unmöglich«, stellte sie fest und riss frustriert die Arme hoch. »Also schön. Bleib hier oder geh, Liebes, für mich macht es keinen Unterschied. Eigentlich ...« Sie unterbrach sich mitten in einer dramatischen Geste und musterte mich mit einem leisen Lächeln, das mich ziemlich nervös machte. »Wenn ich es mir recht überlege, ist das vielleicht sogar noch besser. Ja, natürlich, das wird wunderbar funktionieren.«

Ash und ich wechselten einen Blick. »Warum habe ich das Gefühl, dass mir nicht gefallen wird, was jetzt kommt?«, murmelte ich. Er schüttelte nur den Kopf, und ich seufzte. »Okay, genug um den heißen Brei herumgeredet. Kommen wir zur Zehn-Millionen-Dollar-Frage: Was genau hast du verloren, Lea?«

»Eine Violine«, rief Leanansidhe, als würde das auf der Hand liegen. »Es ist höchst ärgerlich, und ich bin seitdem völlig am Boden zerstört.« Schniefend fasste sie sich ans Herz. »Meine geliebte Violine wurde mir einfach so gestohlen.«

»Eine Violine?«, wiederholte ich mit einer ungläubigen Grimasse. »Echt jetzt? Deswegen forderst du eine Gefälligkeit ein? Willst du nicht lieber warten, bis du eine ganze Orgel verloren hast, oder so?«

Ash musterte sie ernst. »Du willst, dass wir den Dieb finden«, meinte er, was nicht ganz wirklich eine Frage sein sollte.

»Nun ja, eigentlich nicht, Liebes.« Leanansidhe kratzte sich an der Wange. »Ich weiß ziemlich genau, wer der Dieb ist und wohin meine geliebte Violine gebracht wurde. Ich möchte einfach nur, dass ihr dorthin geht und sie mir zurückbringt.«

»Wenn du weißt, wer der Dieb ist und wo sie deine Violine hingebracht haben, wozu brauchst du dann uns?«

Leanansidhe schenkte mir ein strahlendes Lächeln. Ein ziemlich teuflisches Lächeln, wie ich fand. »Weil, mein lieber Puck«, schnurrte sie, »meine kostbare Violine von Titania gestohlen wurde, deiner Sommerkönigin. Ich brauche den Winterprinzen und dich dafür, sie dem Lichten Hof zu stehlen und mir wiederzubringen.«

Na großartig.

»Tja«, sagte ich fröhlich. »Ist das alles? Wir sollen einfach nur die Königin des Lichten Hofes bestehlen? Und ich dachte schon, wir hätten vielleicht eine selbstmörderische Mission vor uns, was, Eisbubi?«

Ash ignorierte mich einfach, typisch für ihn. »*Königin Titania* hat deine Violine?«, fragte er fassungslos. »Bist du sicher, dass sie es war?«

»Ziemlich sicher, Liebes.« Leanansidhe zog voller Empörung an einer Zigarettenspitze, die sie aus dem Nichts hervorgezaubert hatte. »Genauer gesagt ist das geschehen, kurz, nachdem ihr ins Nimmernie zurückgekehrt seid. Dieser eifersüchtige Drache hat selbst dafür gesorgt, dass ich weiß, wer dafür verantwortlich ist. Sie glaubt immer noch, dass ich vor vielen Jahren ihren dämlichen goldenen Spiegel gestohlen hätte, und hat mir das nie verziehen.« Leanansidhe unterbrach sich und sah mich durchdringend an. »Ich habe keine Ahnung, wie sie auf diese Idee gekommen ist. Du vielleicht, Liebes?«

Voller Unschuld blinzelte ich zurück. »Was schaust du *mich* dabei an, Lea?«, fragte ich und flatterte mit den Lidern. »Ist dies das Gesicht eines heimtückischen Schurken?« Leanansidhe seufzte.

»Wie dem auch sei«, fuhr sie schließlich fort und wandte sich dabei wieder an Ash, »so ist die momentane Lage. Und da ich nicht länger bei Hofe erscheinen kann, brauche ich jemanden, der es kann. An dieser Stelle kommt ihr beide ins Spiel.«

»Ich kann nicht einfach nach Arkadia spazieren«, wandte Ash ein. »Das wäre unerlaubtes Eindringen, und laut Gesetz könnte der Sommerkönig mich hinrichten, wenn wir entdeckt werden. Das weißt du doch.«

»Ich weiß, Liebes«, beschwichtigte Lea ihn schnell. »Aber ich gehe davon aus, dass du dir diesbezüglich irgendetwas einfallen lassen wirst. Zumal, wenn du Meister Goodfellow an deiner Seite hast.« Lächelnd blies sie mir einen Rauchhasen ins Gesicht. »Es sei denn, natürlich, er ist einer solchen Herausforderung nicht gewachsen. Es sei denn, er hat *Angst* vor seiner schrecklichen Sommerkönigin.«

»Oh, bitte. Glaub bloß nicht, ich wüsste nicht, was du hier gerade abziehst«, schoss ich zurück und zog demonstrativ eine Augenbraue hoch. »Ich bin doch nicht so blöd und falle auf so eine Nummer rein, Lea. Was meinst du denn, mit wem du hier gerade redest?«

»Ich hätte gedacht, so etwas wäre genau dein Ding, Liebes«, erwiderte die Königin der Exilanten. »Den Winterprinzen direkt unter Titanias Nase in Arkadia einzuschmuggeln? Etwas aus dem Schlafzimmer der Zickenkönigin zu stehlen, nur um es dann ihrer Rivalin auszuhändigen? Das ist doch eindeutig die Handschrift eines Robin Goodfellow.«

Ja, das war es wirklich, nicht wahr? Das klang ganz nach einem meiner üblichen Streiche, und ehrlich gesagt: Unter anderen Umständen wäre ich ganz heiß darauf gewesen. Titania war nicht gerade begeistert von mir, und dieses Gefühl beruhte absolut auf Gegenseitigkeit. Wann immer sich eine Gelegenheit bot, die Sommerkönigin zu ärgern, zu reizen oder völlig zur Weißglut zu treiben, packte ich sie beim Schopfe. Ich tat das nicht etwa, weil ich sie *hasste* – immerhin war sie ja meine Königin –, aber sie sollte sich wirklich mal ein sonnigeres Gemüt zulegen. Außerdem hatte ich inzwischen erfahren, was sie Meghan bei ihrer ersten Begegnung angetan hatte, und dafür verdiente sie einen kleinen Racheakt. *Niemand* verwandelt meine Sommerprinzessin in einen Hirsch und kommt damit durch, nicht einmal die Königin des Lichten Hofes. Selbst wenn Meghan niemals erfahren sollte, dass ich sie verteidigt hatte.

Doch in der momentanen Lage konnte ich Ashs Ungeduld nur zu gut verstehen. Sein Schwur gegenüber Meghan, sein Versprechen, zu ihr zurückzukehren, hatte zwar kein Verfallsdatum, aber ich ging davon aus, dass es ein langes, beschwerliches Abenteuer werden würde – auch ohne nervige Missionen, die uns vom Weg abbrachten. Wir mussten ein gewisses, unausstehliches Pelzknäuel finden und hatten eigentlich keine Zeit, der Lichten Königin irgendwelche Streiche zu spielen, ganz egal, wie unterhaltsam das klang.

Aber Lea ließ uns keine andere Wahl.

»Also, wenn ihr beide euch gleich an die Arbeit machen könntet«, sagte sie und wies lächelnd mit ihrer Zigarettenspitze auf uns, »wäre ich euch schrecklich dankbar. Wenn ihr die Violine habt, treffen wir uns einfach wieder hier, ihr Lieben. Ich werde eure Fortschritte von meinen Spionen überwachen lassen. Aber nun müsst ihr mich entschuldigen. Unglücklicherweise habe ich Rasierklingen-Dan für die Dauer meiner Abwesenheit die Verantwortung für die

Sicherheit übertragen, und ich muss schnellstmöglich zurück, bevor er oder einer seiner Grobiane noch jemanden fressen. Viel Glück, ihr Lieben! Lasst euch nicht in einen Rosenbusch verwandeln!«

Ein weiterer Wirbel aus Glitzer und Licht, und die Königin der Exilanten war verschwunden.

Ash seufzte schwer. »Sag nichts, Goodfellow.«

»Was denn? Ich?« Ich bedachte ihn mit einem breiten Grinsen. »Etwas sagen? Ich bin nicht der Typ, der darauf herumreiten würde, dass an dieser absurden Situation ausnahmsweise mal nicht *ich* schuld bin. Natürlich bin *ich* so schlau, keine Vereinbarungen mit durchgeknallten, vom Göttinnenkomplex geplagten Exilköniginnen zu treffen. Und wenn ich es täte, würde ich fest damit rechnen, dass sie ihre Gefälligkeit zum denkbar ungünstigsten Zeitpunkt einfordert. Aber ich bin ja definitiv niemand, der darauf herumreitet. Das wäre nun wirklich nicht richtig.«

Ash massierte sich die Nasenwurzel. »Langsam bereue ich es, dich mitgenommen zu haben.«

»Das kränkt mich zutiefst, Prinz.« Ich verschränkte die Hände hinter dem Kopf; langsam fing das Ganze an, mir Spaß zu machen. »Insbesondere, da du meine Hilfe brauchen wirst, um in das Sommerreich zu gelangen. Glaub bloß nicht, es würde Oberon und Titania verborgen bleiben, wenn plötzlich ein Winterprinz ins Herz ihres Reiches spaziert. Du würdest auffallen wie ein Oger im Porzellanladen.«

Ash setzte eine finstere Miene auf – ob der schier unlösbaren Aufgabe wegen oder weil ich ihn gerade mit einem Oger verglichen hatte, wusste ich nicht. »Ich nehme mal an, du hast einen Plan?«, murmelte er und verschränkte die Arme vor der Brust.

Ich quittierte das mit einem bösartigen Grinsen und wurde dafür mit einem Blick belohnt, in dem eine gewisse Beklommenheit aufblitzte. »Oh, bitte. Hast du vergessen, mit wem du sprichst, Eisbubi? Überlass das alles getrost meiner Wenigkeit.«

2

»Denn Oberon spuckt Gift und Galle«

Als wir die Grenze zwischen der Welt der Sterblichen und dem Wilden Wald erreichten, dämmerte es bereits. Andererseits herrschte unter dem dichten Laubdach des Wilden Waldes immer Dämmerung. Kein Sonnenstrahl schaffte es, sich einen Weg durch das massive Dickicht der über hundert Meter hohen Bäume zu bahnen. Im Gegensatz zur strahlenden Helligkeit des Sommers und der kalten Schärfe des Winters war der Wilde Wald stets düster, undurchdringlich und voller Gefahren. Er war in einem ständigen Wandel begriffen, sodass man nie wusste, worauf man als Nächstes stoßen würde.

Ich liebte das. Auch wenn ich eine Sommerfee war, fühlte ich mich hier heimischer als irgendwo sonst.

»Da wären wir«, verkündete ich, als wir unter zwei Zypressen hindurchgingen, die so miteinander verwachsen waren, dass ihre Stämme einen Torbogen bildeten. Das trübe Zwielicht des Wilden Waldes hüllte uns ein, obwohl zwischen den Blättern ein paar einsame Irrwische herumtrudelten, die wohl auf der Suche nach verirrten Reisenden waren. Zwischen den Bäumen krochen dicke, schwarze Ranken über den Boden und erstickten jede andere Vegetation auf ihrem Weg. »Es ist nicht mehr weit bis nach

Arkadia. Ich hätte ja den Steig benutzt, der durch die Quarzhöhlen führt, aber ich fürchte, nach meinem letzten Besuch hat sich da ein Lindwurm einquartiert.«

Ash sah sich um, wie immer wachsam, und hob dann eine Augenbraue. »Dir ist schon klar, dass du uns mitten in das Gebiet der Stachelwölfe geführt hast, oder?«

Ich zuckte innerlich zusammen. Ich hatte gehofft, dass ihm diese unbedeutende Kleinigkeit entgehen würde. »Tja, dann müssen wir uns eben schön leise hier durchschleichen.«

»Stachelwölfe haben keine Ohren«, fuhr Ash unbeeindruckt fort. »Sie orientieren sich bei der Jagd an den Vibrationen am Boden. Und in der Luft. Wahrscheinlich registrieren sie uns genau in diesem Moment.«

»Willst du jetzt zum Sommerhof oder nicht, kleiner Prinz?«, fragte ich herausfordernd und verschränkte die Arme vor der Brust. »Das hier ist nun mal der schnellste Weg.«

Ein Rascheln in den Dornbüschen unterbrach uns, und wir erhaschten einen Blick auf ein unheilvoll funkelndes, grünes Auge und irgendetwas Großes, Stacheliges, das wieder in den Schatten verschwand.

»Und schon zieht er los, um den Rest des Rudels zu alarmieren.« Ash starrte mich böse an. »Warum passiert so etwas eigentlich immer mir?«

»Ich schätze mal, das ist reine Glückssache«, erwiderte ich fröhlich, während wir die Beine in die Hand nahmen, bevor der Rest des Rudels hier eintraf.

Es lief nicht ganz so glatt, wie ich es geplant hatte. Stachelwölfe jagen, indem sie ihrer Beute hinterhältig auflauern. Es waren zwar längst nicht die fiesesten Monster, denen wir je begegnet sind, aber trickreiche kleine Scheißer. Sie hatten die schlechte Angewohnheit, wie ein völlig harmloser Dornbusch auszusehen, und wenn man dann direkt vor ihnen war, *kawumm*, sprang einem plötzlich dieser große, wolfsförmige Busch ins Gesicht. Durch Wendigkeit, Ausweichmanöver und gezielte Schläge schafften wir es, am ersten Dutzend vorbeizukommen und so den stacheligen Büschen des Todes zu entrinnen, die ohne Vorwarnung auf uns zusprangen oder aus den Dornen hervorschossen. Dummerweise besaßen die Stachelwölfe die Dreistigkeit, aus ihren Fehlern zu lernen, und so änderten sie irgendwann ihre Strategie und fingen an, uns in Gruppen zu jagen.

Wir hatten gerade eine Lichtung erreicht, als eine der stachelbewehrten Kreaturen in die Sträucher vor uns glitt. Während wir uns vorsichtig und sprungbereit anschlichen, erwachten vier andere Büsche um uns herum zum Leben und griffen ihrerseits an. Ash und ich wirbelten herum und bewegten uns instinktiv Rücken an Rücken, während die Stacheltiere von allen Seiten heranstürmten. Ashs Schwert blitzte auf und erwischte einen von ihnen mitten im Sprung. Ich riss inzwischen meinen Dolch hoch, traf einen Stachelwolf direkt unter dem Kinn und schleuderte ihn auf seinen nächsten Freund. Als der letzte Wolf durch Ashs Klinge ein schnelles Ende gefunden hatte, entrollten sich ohne jede Vorwarnung *zwei weitere* Büsche. Sie hechteten auf uns zu und erwischten uns diesmal eiskalt. Der stachelige Körper eines riesigen Wolfs prallte gegen mich und warf mich zu Boden, während der zweite Wolf auf dem Schwertarm des Prinzen herumkaute.

Eine plötzliche Kälte in meinem Rücken ließ mich zusammenzucken. Dem Eisbubi war endgültig der Geduldsfaden gerissen. Aus dem Augenwinkel sah ich, wie der Prinz einen Schritt vortrat und seinen Arm in das aufgerissene Maul des Wolfs schob. Wieder ein Kälteschub. Der Stachelwolf erstarrte, Eiszapfen schossen aus seinem Maul und durchbohrten seinen Kiefer wie gigantische Nadeln. Ash packte mit der freien Hand die Schnauze des Wolfs und drückte sie mit einem lauten Knacken nach unten, sodass der Kieferknochen brach wie ein erfrorener Zweig. Der Wolf jaulte auf, rollte sich zusammen und blieb regungslos liegen.

Mit einem finsteren Blick musterte ich das Biest über mir und mühte mich, seine scharfen Zähne von meinem Gesicht fernzuhalten. »Igitt, du brauchst wirklich ein Pfefferminz, mein Freund«, belehrte ich ihn und ließ den Schein in das dornige Monster strömen. »Dann wollen wir doch mal sehen, was wir gegen deinen Mundgeruch tun können.«

Ranken schossen aus dem mit Stacheln besetzten Kopf des Wolfs hervor und schlängelten sich über sein Gesicht. Sie wickelten sich wie ein Maulkorb um seine Schnauze und blockierten so seine Kiefer. Der Wolf riss erschrocken die Augen auf. Mit einem erbärmlichen Winseln sprang er davon und verschwand zwischen den Bäumen, wobei er sich immer wieder verzweifelt mit den Pfoten über das Maul fuhr.

Ich klopfte mir den Staub von der Kleidung und stand auf. »Na, das war doch … interessant«, hob ich an und ignorierte ganz bewusst Ashs finsteren Blick. Einer seiner Ärmel war zerfetzt, vom Unterarm bis zum Ellbogen war er blutbeschmiert. »Ich kann mich nicht erinnern, dass Stachelwölfe sich früher schon einmal so verhalten hätten.«

»Wenn ich dich nicht brauchen würde, um in das Sommerreich zu kommen …«

»Oh, aber das tust du nun einmal«, rief ich ihm grinsend ins Gedächtnis. »Das sollten wir lieber nicht vergessen, nicht wahr, Eisbubi?« Sein Miene wurde noch finsterer, und er wandte sich ab.

»Komm schon«, sagte Ash schließlich mit einer Stimme, die noch kälter war als sonst. »Wir haben jetzt keine Zeit für deinen Blödsinn.«

»Das mag ich so an euch Winterfeen … Ihr seid so unglaublich geistreich, solch clevere Wortakrobaten, solch kluge und ausgelassene …«

Ich duckte mich, als ein Tannenzapfen an meinem Kopf vorbeisegelte, der mit genug Wucht geworfen worden war, um mehr als nur meine Frisur zu beschädigen. Trotzdem musste ich kichern. »Immer gut zu wissen, dass du Anteil nimmst, Eisbubi.« Mit einem kurzen Lachen rannte ich los und hoffte, außer Reichweite zu sein, für den Fall, dass kältere – und schärfere – Geschosse in meine Richtung fliegen sollten.

Nach dem Fiasko mit den Wölfen trennten Ash und ich uns vorübergehend. Der eisige Prinz verschwand zwischen den Bäumen, um seine Wunden am Arm zu säubern und zu verbinden, während ich uns ein Lager einrichtete. Das war unaufschiebbar, denn es war nie eine gute Idee, blutend durch den Wilden Wald zu laufen. Dadurch konnte man alles Mögliche – und damit meine ich wirklich *alles* – anlocken, was sich so in der Gegend rumtrieb. Außerdem brach die Nacht herein, und wir hätten riskiert, auf unserem Weg in den Fennmarschen zu landen. Nachts zogen Bargeste und Sumpfgeister auf der Suche nach Opfern durch dieses Moor, und auch wenn es eine schöne Herausforderung gewesen wäre, die Sümpfe zu durchqueren, ohne gefressen oder ersäuft zu werden, waren wir doch auf einer Mission.

Also suchte ich uns eine kleine Höhle, in der ringsum leuchtende blaue und orangefarbene Pilze wuchsen und deren Boden mit Moos bedeckt war. Ich machte ein wenig sauber und kümmerte mich um ein Feuer. Dann spießte ich ein paar Pilze, die ich unterwegs gefunden hatte, auf einen Stock, hielt diesen über die Flammen und lehnte mich zufrieden zurück. Ash war noch nicht wieder da, aber so wie ich ihn kannte, war der Eisbubi wahrscheinlich jagen gegangen, sobald er mit seinem Arm fertig war. Um ihn machte ich mir keine Sorgen; er würde den Ort hier auf jeden Fall finden, wenn er so weit war.

Schnaubend verdrehte ich die Augen. Es sei denn, dieser blöde Sturkopf hatte mal wieder beschlossen, alleine loszuziehen. Hoffentlich erinnerte er sich noch daran, wie dieser Versuch beim letzten Mal ausgegangen war.

Ein ungutes Gefühl machte sich in meinem Magen breit. Eigentlich hatte ich nicht an diese Nacht denken wollen, aber nun war es unmöglich, die Gedanken zurückzudrängen. Ich starrte in die Flammen, bis mein Blick glasig wurde, und schon kamen die Erinnerungen angekrochen.

Es war ein Abend wie dieser gewesen, an einem Ort voll leuchtender Blumen, nur dass es im Territorium des Winters gewesen war, nicht im Wilden Wald. Sie haben mich nicht gesehen, haben nicht gewusst, dass ich wach war, aber ich habe Ash und Meghan in jener Nacht beobachtet.

Und ich habe gehört, wie Ash ihr sagte, er würde allein losziehen, um das Jahreszeitenzepter zurückzubringen. Ich habe gehört, wie er ihr sagte, sie solle nach Hause gehen, zurück in die Welt der Sterblichen, und ihn vergessen. Ich habe ihre Gesichter gesehen: Meghans tränenüberströmt, aber um Tapferkeit bemüht; Ashs voll sorgsam unterdrückter Qual. Ich habe nichts gesagt, nichts getan, als er ihr das Herz brach, als er sich abwandte und aus ihrem Leben verschwand.

Und … ich war froh gewesen.

Angewidert von mir selbst rieb ich mir das Gesicht. Ich hatte mich darüber *gefreut*, das Ash meiner Prinzessin das Herz aus der Brust gerissen hatte, weil er damit aus dem Weg war und ich nun endlich die Chance hatte, ihre Aufmerksamkeit auf mich zu lenken. Ich war zu geduldig gewesen, hatte mir zu lange Zeit gelassen und auf den Tag gewartet, an dem die Prinzessin die Augen aufmachen und in ihrem treuen Puck mehr sehen würde als nur den guten Kumpel. Den Tag, an dem ich endlich mehr sein würde als ihr Wächter, ihr Recke und der Clown, der sie immer zum Lachen brachte. Ich würde endlich ihr Ein und Alles sein, soweit ich dies vermochte.

Seufzend holte ich die Pilze aus dem Feuer und biss aggressiv hinein. Nach Ashs Verschwinden hatte ich versucht, das gebrochene Herz meiner Prinzessin zu kitten, das der gefühlskalte Eisprinz so kunstfertig zerschmettert hatte. Und einen wundervollen Moment lang hatte ich geglaubt, eine Chance zu haben. Die Erinnerung an Meghans Kuss war in mein Gehirn eingebrannt, ich würde diesen Tag nie vergessen, einen der glücklichsten Momente meines Lebens.

Doch gegen alle Widerstände hatten Meghan und Ash wieder zueinandergefunden, hatten sich gemeinsam gegen beide Feenhöfe gestellt, und ich war dabei auf der Strecke geblieben. Am Ende hatte ich sie verloren.

Warum zum Teufel bin ich dann überhaupt noch hier?

»Goodfellow.«

Ruckartig setzte ich mich auf. Das war nicht Ashs Stimme, sie war viel zu tief und kraftvoll, um dem eisigen Frostprinzen zu gehören. Ich erkannte sie sofort – es war eine Stimme, die ganze Wälder und Gehölze befehligen konnte, eine Stimme, der ich schon gehorcht hatte, lange bevor ich dem launischen Prinzen des Winters begegnet war.

Über das Feuer hinweg starrte mich Oberon an. Er verharrte in den Schatten, doch seine Augen leuchteten wie glühender Bernstein, und der Ausdruck auf seinem schmalen Gesicht ließ selbst die Erde vor Angst beben.

»Hallo, Robin«, murmelte Oberon ernst. »Ich fürchte, wir müssen uns unterhalten.«

Ach du Scheiße.

Wachsam erhob ich mich, setzte ein sorgloses Grinsen auf und verschränkte die Hände hinter dem Kopf. Jeder andere hätte sich verbeugt, einen Kniefall gemacht oder geknickst, das Mindeste wäre wohl ein respektvolles Nicken gewesen, aber ich kannte den Lichten König schon so lange, dass solche Förmlichkeiten zwischen uns vollkommen zwecklos gewesen wären. Wenn ich irgendeine Art von Respektbezeugung darbot, würde Oberon sofort *wissen*, dass etwas im Busch war. Denn so gut, wie ich ihn kannte, so gut kannte der Sommerkönig *mich*.

»Also, Oberon.« Immer noch grinsend nickte ich ihm zu. »Was macht Ihr hier?« Aufmerksam musterte ich seine Rüstung und den mächtigen Bogen, den er sich über den Rücken geschlungen hatte. »Ein kleiner Jagdausflug? Ganz allein? Und Ihr habt mich nicht dazu eingeladen? Das trifft mich zutiefst.«

»Lass den Unsinn, Robin.« Der Lichte König hob die Hand, und in der Ferne grollte Donner. Das Lagerfeuer zwischen uns flackerte auf, als wollte es aus seiner Grube hüpfen, und die Pflanzen um uns herum drehten völlig durch, ringelten sich, wanden sich und tanzten, als wären sie überwältigt, ihn zu sehen. Solch eine gewaltige Macht hatte der Sommerkönig. »Ich denke, wir wissen beide, warum ich hier bin. Wo ist der Dunkle Prinz?«

»Prinz?« Angestrengt runzelte ich die Stirn, während mein Herz unter meinem Hemd wild raste. Wie hatte Oberon so schnell von Ash erfahren? Wir befanden uns noch nicht einmal innerhalb der Grenzen von Arkadia. »Warum glaubt Ihr, ich wüsste etwas über den Prinzen der Dunklen?«, fragte ich und setzte dabei meine glaubwürdigste Unschuldsmiene auf. »Wir sind schließlich offiziell verfeindet. Falls Ihr es noch nicht wusstet: Er hat diesen klitzekleinen Eid geschworen, mich eines Tages umzubringen.«

Nichts davon war eine Lüge. Wenn man erst mal so lange gelebt hat wie ich, wird man ein Experte darin, um die Wahrheit »herumzutänzeln«, wie manch einer es ausdrückt. Dummerweise war Oberon auch kein junger Hüpfer mehr.

»Robin.« Er warf mir einen betont geduldigen Blick zu. »Ich weiß Bescheid. Ich kenne euren Plan. Glaubst du etwa, ich wäre derart unwissend im Hinblick auf die Vorgänge an meinem eigenen Hof? Titania ist völlig vernarrt in ihr neues Spielzeug. Ich weiß, dass sie es Leanansidhe gestohlen hat – sie macht absolut kein Geheimnis daraus. Ich hatte mich bereits gefragt, wie Leanansidhe wohl darauf reagieren würde. Dann erhielt ich Kunde davon, dass du gemeinsam mit dem Winterprinzen den Wilden Wald betreten hast, und dass ihr in Richtung des Sommerreiches zieht. Halte mich nicht für einen Narren, Goodfellow. Ich weiß, dass du vorhast, Leanansidhe ihr Spielzeug zurückzubringen. Aber wie auch immer«, setzte er fort, bevor ich einen neuen Plan parat hatte, um mich aus dieser Sache rauszuwinden, ohne für wer weiß wie lange in einen Vogel oder eine Ratte verwandelt zu werden. »Entspann dich, Robin. Ich bin nicht hier, um euch aufzuhalten.«

Ich entspannte mich keineswegs. Eher im Gegenteil. Ich verschränkte die Arme vor der Brust und zog fragend eine Augenbraue hoch. »Ach?«

»Meine liebe Gemahlin war davon in letzter Zeit gedanklich völlig absorbiert«, fuhr der Herrscher der Lichten Feen fort. »Sie vergöttert ihr neues Spielzeug und schenkt weder ihrem Hofstaat noch ihren Untertanen oder ihrem König die gebührende Aufmerksamkeit. Das missfällt mir.«

Aha! Das also steckte dahinter. Oberon war schon immer eifersüchtig gewesen. Alles, was Titanias Aufmerksamkeit von seiner Person ablenkte, sorgte für hitzige Debatten zwischen den beiden Feenherrschern. Beim letzten Mal hatte Titania sich geweigert, einen kleinen indischen Wechselbalg aufzugeben, woraufhin Oberon mir befohlen hatte, ihr einen Liebestrank in die Augen zu träufeln, damit sie das Kind vergaß.

Wir wissen ja alle, wie *das* ausgegangen ist.

Da ich wusste, in welche Richtung wir uns bewegten, seufzte ich schwer. »Lasst mich raten«, sagte ich dann. »Ihr werdet Euch in den nächsten Tagen ›rein zufällig‹ nicht bei Hofe aufhalten. Währenddessen wird Titanias aktuelles Spielzeug unter mysteriösen Umständen verschwinden, und Ihr werdet natürlich keinen blassen Schimmer haben, wo es geblieben sein könnte.«

»Ich werde mit meinen Rittern und meiner Meute zur Jagd gehen«, erwiderte der Erlkönig würdevoll. »Was Titania während meiner Abwesenheit tut, ist für mich ohne Belang. Jedoch …« Er trat näher heran und füllte mit seiner Präsenz die gesamte Höhle aus. Sein langer Schatten ragte über mir auf, als er mir in die Augen sah. »Eine Sache solltest du bedenken, Robin. Und dich an sie erinnern, wenn du mit deinem Plan nach Arkadia ziehst, wie auch immer dieser aussehen möge.«

Oberon beugte sich vor und flüsterte mit leiser, finsterer Stimme über die Flammen hinweg: »Wenn nun dein Gefährte plötzlich … verschwunden wäre«, hauchte er, und im selben Moment schloss sich eine kalte Faust um meinen Magen. »Wenn der Winterprinz nicht länger hier wäre, was meinst du, wie lange es dauern würde, bis Meghan Chase sich dir zuwendet?«

Ich atmete stoßweise. Völlig überrumpelt starrte ich zu Oberon hoch. Er erwiderte meinen Blick gelassen und so ungerührt wie eine Eiche. »Was … Was wollt Ihr …?« Ich konnte den Gedanken nicht einmal zu Ende bringen. »Warum glaubt Ihr …?«

»Ich weiß, dass du sie liebst«, fuhr Oberon unbeirrt fort.

»Meine Tochter. Ich weiß, welche Gefühle du für sie hegst, Robin. Und ich bin gekommen, um dir zu sagen, dass ich es gutheiße. Lieber würde ich euch beide vereint sehen, als sie und den Sohn meiner Erzfeindin.«

»Sonst noch Wünsche?« Meine Stimme klang rau und kratzig, und schnell wandte ich mich ab. Mein ganzes Täuschungsmanöver im Hinblick auf Ashs Verbleib hatte sich in Luft aufgelöst, zusammen mit einem Großteil meiner Selbstbeherrschung. Oberons Blick folgte mir, als ich ein paar Schritte ging, mich im Geäst einer kleinen Pinie festhielt und in den Abend hinausstarrte. Das Feuer hinter mir prasselte und zischte, doch Oberons Blick brannte heißer zwischen meinen Schulterblättern als jede Flamme.

»Was verlangt Ihr von mir?«, murmelte ich, ohne den Blick von dem dämmrigen Wald vor mir zu lösen. »Soll ich ihm ein Messer in den Rücken rammen, wenn er gerade nicht hinsieht? Sieht so Euer neuester Befehl aus?« Allein bei dem Gedanken drehten sich mir die Eingeweide um. »Meint Ihr nicht, dass Meghan dazu einiges zu sagen hätte? Ich wäre niemals in der Lage, das vor ihr zu verbergen.«

»Du brauchst nichts dergleichen zu tun«, fuhr Oberon leise fort. »Es genügt, den Prinzen zu enttarnen, während ihr euch am Sommerhof aufhaltet. Titania wird den Rest übernehmen. So wird sein Blut nicht an deinen Händen kleben – du würdest einzig und allein das tun, was von einem treuen Diener des Sommerhofes erwartet wird. Wenn der Prinz nicht mehr ist, wird Meghan Chase bei dir Trost suchen. Und alles wird sein, wie es sich gehört.«

Ich konnte nicht antworten. Ich konnte beinahe fühlen, wie Meghan sich wild schluchzend an mich schmiegte und um ihren Winterprinzen trauerte. Ich konnte fühlen, wie ich sie in die Arme schloss und ihr zuflüsterte, dass alles gut werden würde, dass sie ja immer noch mich hätte, dass ich sie nie verlassen würde. Und ich hätte mir für diese Gedanken am liebsten selbst das Hirn weggeblasen.

Oberon beobachtete mich schweigend. »Robin Goodfellow«, murmelte er schließlich. »Trotz all unserer Differenzen in der Vergangenheit sehe ich in dir den treuesten all meiner Diener. Wir sind alt, älter als der Winterprinz. Wir kennen uns seit Ewigkeiten. Doch manchmal frage ich mich, ob dir eigentlich bewusst ist, dass du noch immer zum Sommerhof gehörst. Er ist dein Zuhause. Du brauchst nichts anderes.«

Ich ballte meine Hände zu Fäusten und spürte, wie unter meinen Fingern ein Ast splitterte. Falls Oberon es sah, kümmerte es ihn nicht weiter.

»Meine Tochter ist nun wahrhaftig eine von uns«, fuhr er fort. »Unsterblich. Eine Königin der Feen. Also hast du alle Zeit der Welt, um dafür zu sorgen, dass sie sich in dich verliebt. Es dürfte nicht einmal besonders schwierig sein – ihr beide steht euch bereits sehr nah. Ich weiß, dass du einen Weg finden würdest, um mit ihr zusammen sein zu können, selbst in diesem Eisernen Reich. Wenn du dir einmal etwas in den Kopf gesetzt hast, Robin, kann niemand es verhindern. Doch du musst zunächst den Winterprinzen loswerden, damit sie dich überhaupt in Betracht zieht.«

Ich antwortete nicht. Doch ich spürte, wie der Lichte König sich zurückzog und zum Aufbruch rüstete. »Die Entscheidung liegt natürlich bei dir«, sagte er noch, als das Feuer sich bereits beruhigte und die Pflanzen in der Umgebung ihren wilden Tanz beendeten. »Die Jagd wird mich weit von Arkadia wegführen, weg von den Unheil stiftenden Einflüsterungen, die den Sommerhof heimsuchen. Tu, was immer du willst, Robin, doch bedenke: Wenn du meine Tochter liebst, könnte dies deine einzige Chance sein, um letztendlich mit ihr vereint zu sein. Sonst wirst du Meghan an genau den Mann verlieren, der geschworen hat, dich zu töten.«

Eine warme Brise fegte durch die Höhle und ließ die Flammen und Blätter erzittern. Als sie sich gelegt hatte, war ich allein. Der Erlkönig war verschwunden.

3

»Meine Fürstin liebt ein Ungeheuer«

Ash kam wenige Minuten später zurück, er fegte ohne Vorwarnung in die Höhle und hatte ein paar an einen Ast gebundene Kaninchen dabei. Er war also wirklich auf der Jagd gewesen. Er warf mir eins der Kaninchen vor die Füße, und wir begannen ohne ein weiteres Wort damit, sie auszunehmen. So arbeiteten wir schweigend, während langsam die Nacht hereinbrach.

Ash töten? Ihn an den Sommerhof verraten? Was dachte Oberon sich bloß dabei? Als ob ich zu so etwas in der Lage wäre, selbst wenn technisch gesehen Titania den tödlichen Schlag ausführen würde. Und das würde sie zweifellos. Ash mochte ein Prinz sein, aber Titania war eine Königin. Mit den Königinnen der Feen legte man sich besser nicht an; zumindest sollte man eine direkte Konfrontation vermeiden, besonders wenn man sich an ihrem Hof befand. Sogar ich musste das einsehen. Und wenn Oberon praktischerweise nicht da war, würde Titania den Winterprinzen umso weniger verschonen. Sie würde ihn erbarmungslos vernichten.

Das konnte ich dem Eisbubi nicht antun. Selbst nach all den Jahren, in denen böses Blut zwischen uns geherrscht hatte, nach all unseren Kämpfen, und selbst wenn er eines

Tages sehr wahrscheinlich *im Ernst* versuchen würde, mich umzubringen und damit erfolgreich sein sollte … Ich konnte ihn nicht an Titania ausliefern.

Allerdings … wenn ich es nicht tat, würde Meghan mich niemals lieben. Meine Prinzessin, das Mädchen, für das ich einfach alles tun würde, würde mich niemals wahrnehmen, mich niemals so ansehen, wie sie Ash ansah.

Was an ihm war nur so besonders? Was hatte er, was ich nicht hatte?

»Du bist erschreckend still.«

Ich blinzelte erschrocken und sah von dem Kaninchen auf, dem ich gerade die Haut abzog. Ash kniete ein Stück weit vom Feuer entfernt und beugte sich konzentriert über seine Arbeit. Er führte sein Jagdmesser mit geübter Präzision. »W-was?«, stammelte ich ein wenig zu hastig. *Oh, wirklich brillant, Goodfellow. Das schreit nach einem Rettungsmanöver, aber schnell.* »Ich?«, fuhr ich also fort und tat so, als wäre ich schockiert. »Wie, Eisbubi, was meinst du denn damit? Du machst dir doch nicht etwa Sorgen?«

Ohne hochzuschauen, meinte Ash ruhig: »Du verbirgst etwas vor mir. Wenn ich meine eigenen Gedanken hören kann, weil du nicht ununterbrochen quasselst, dann ist irgendetwas im Busch oder aber irgendetwas wird demnächst verdammt schieflaufen. Gibt es vielleicht etwas, dass du mir sagen solltest, Goodfellow?«

Verdammt, seit wann konnte Eisbubi mich denn dermaßen durchschauen? Daran musste ich definitiv arbeiten. »Na ja«, erwiderte ich schließlich mit einem gezwungenen Grinsen. »Ich denke, dich in ein Eichhörnchen zu verwandeln, wäre der leichteste Weg, um dich in Arkadia einzuschmuggeln. Was meinst du? Oder, wenn dir das lieber ist, ginge auch eine Maus. Oder ein Vogel. Oder ein Kaninchen!« Ich schaute kurz auf den gehäuteten Kadaver in meinen Händen. »Obwohl das nach hinten losgehen könnte, falls Titanias Hunde in der Nähe sind …«

»Schon gut.« Mit einem tiefen Seufzer schüttelte Ash den Kopf. »Tut mir leid, dass ich etwas gesagt habe.«

»Oh, oh, jetzt hab ich's!« Ich schnippte mit den Fingern. »Ein Chamäleon! So könntest du auf meiner Schulter sitzen und dich tarnen. Das ist brillant! Und du würdest bestimmt ein sehr hübsches Chamäleon abgeben, meinst du nicht, Eisbubi?«

Ash verdrehte die Augen, beugte sich wieder über seine Arbeit und schenkte mir keine weitere Beachtung. Ich redete weiter auf ihn ein, sinnloses, leeres Geschwafel, das keiner von uns ernst nahm. Es war ein Schild, eine Schutzwand, hinter der ich meine wahren Gedanken verbarg, die ich unmöglich länger zurückdrängen konnte.

Warum bist du hier?

Für Meghan. Das war die offensichtliche Antwort. Ich war für Meghan hier. Ich liebte meine Prinzessin, und ich wollte, dass sie glücklich war. Selbst wenn ihr Glück darin bestand, mit einem anderen zusammen zu sein. Selbst wenn dieser andere mein Erzrivale war. Ich wollte, dass sie glücklich war.

Meinst du nicht, du *könntest sie glücklich machen?*

Das könnte ich. Wenn sie mich gewählt hätte, hätte ich ihr alles gegeben. Ich war derjenige, der sie immer zum Lachen brachte, der ihr die Wunder der Sommermagie gezeigt hatte, der ohne zu zögern eine Kugel für sie abgefangen hatte. (Was, nebenbei erwähnt, verflucht wehgetan hatte.) Ich war derjenige, der sie vor ihren grausamen menschlichen Klassenkameraden beschützt hatte, der jeden Tag mit ihr zum Bus und zurück gegangen war, der an ihren Geburtstag gedacht hatte, wenn alle anderen – sogar ihre eigene Familie – ihn vergessen hatte. *Warum konntest du dich nicht für mich entscheiden, Prinzessin? War ich nicht gut genug? Oder bin ich selbst schuld, weil ich zu lange gewartet habe? Weil ich den richtigen Zeitpunkt verpasst habe?*

Verdammt. Ich hatte gedacht, das alles längst hinter mir zu haben. Ich hatte geglaubt, mit der Rolle des Freundes zufrieden sein zu können, aber ich bekam Oberons Worte einfach nicht aus meinem Kopf. Der Erlkönig – der zugegebenermaßen ein herzloser, manipulativer Mistkerl sein konnte – hatte recht. Solange es Ash gab, würde Meghan in mir nie mehr sehen als einen Freund.

Nun musst du dich also fragen, wer wichtiger ist, Goodfellow: Die Frau, die du liebst und für die du einfach alles tun würdest, oder der Rivale, der geschworen hat, dich eines Tages umzubringen?

Ich sah zu Ash hinüber, der grübelnd am Feuer saß und mit dem Rücken zu mir in den Flammen herumstocherte. Mein ehemaliger Freund, der zum Feind geworden war. Was würde der unbarmherzige Prinz der Dunklen tun, wenn er an meiner Stelle wäre?

Abrupt stand ich auf, woraufhin Ash wachsam über die Schulter spähte. »Noch was vor, Goodfellow?«

»Nur etwas frische Luft schnappen, kleiner Prinz. Aber ich bin wirklich gerührt, dass du so viel Anteil nimmst.« Auf mein breites Grinsen hin wandte er sich wieder dem

Feuer zu. Ich bedachte seine Schulterblätter mit einer Grimasse. »Weißt du, ich finde es langsam ein wenig ermüdend, mich mit einer Felswand zu unterhalten«, fuhr ich fort, während ich zum Höhlenausgang ging. »Ich denke, eine Plauderei mit einem toten Fisch wäre befriedigender.«

»Das hat dich bisher doch auch nie gestört.«

»Siehst du? Genau das meine ich.« Ich verdrehte die Augen. »Bitte entschuldige, wenn ich jetzt etwas Zeit für mich brauche, Prinz. Ich muss mir überlegen, wie genau ich deinen frostigen Hintern in den Sommerhof schmuggele.«

Er sah mich scharf an. »Ich dachte, das hättest du bereits geplant.«

»Ach, *auf einmal* haben wir also Interesse an einem Gespräch, wie?« Kichernd verschränkte ich die Hände hinter dem Kopf. »Keine Sorge, Eisbubi, mir wird schon etwas einfallen. Das war bisher noch immer so.«

Er musterte mich stumm. Immer noch grinsend erwiderte ich seinen forschenden Blick – sollte er ruhig etwas sagen oder protestieren. Schließlich seufzte er und drehte sich wieder zum Feuer um.

»Es ist dein Hof«, hörte ich ihn murmeln. »Du kennst ihn besser als ich.«

Allerdings, dachte ich, während ich ihn allein ließ, um durch den Wald zu wandern. *Es ist mein Hof. Ich gehöre dem Sommer an, und du solltest eigentlich mein Feind sein, Ash. Hast du daran überhaupt einen Gedanken verschwendet? Dass du in das Gebiet deines Feindes eindringen wirst, und das in Begleitung von jemandem, der dem Lichten Hof eigentlich treu ergeben sein sollte?*

Ich hatte auch dahingehend nicht ganz die Wahrheit gesagt. Eigentlich wusste ich bereits, wie ich seine königliche Eisigkeit an den Sommerhof bringen würde, direkt vor der Nase von Titania und der Sommergarde, ohne dass irgendjemand bemerken würde, dass er da war. Es würde eine echte Herausforderung werden; immerhin war Ash durch und durch Winterprinz. Man konnte ihm nicht einfach einen falschen Bart ankleben und auf das Beste hoffen, nicht bei der unverkennbaren Aura aus Schein, die ihn umgab. Zum Glück machte ich so etwas schon ziemlich lange. Wenn jemand einen Adeligen des Winterreiches unbemerkt an den Sommerhof bringen konnte, dann meine ergebene Wenigkeit.

Nein, ich brauchte einfach etwas Zeit für mich. Zeit zum Nachdenken. Zeit, um zu planen.

Zeit, um herauszufinden, was ich wirklich wollte.

»Nein.«

Ich verdrehte genervt die Augen. »Komm schon, Eisbubi. Immerhin werde ich dich nicht in einen Lemuren verwandeln oder so was. Das ist der einzige Weg, wie wir an den Sommerhof gehen können, ohne dass jeder gleich merkt, dass du … du bist.«

»Es muss einen anderen Weg geben.«

»Gibt es nicht.« Ich verschränkte die Arme vor der Brust und starrte ihn finster an. Wir hatten die Grenze von Arkadia erreicht und konnten vom Rand des Wilden Waldes aus bereits das Reich des Erlkönigs sehen, das auf der anderen Seite des Flusses lag. Eine Holzbrücke voller Wildblumen, die am anderen Ufer von zwei Sommerrittern bewacht wurde, spannte sich über das Wasser. Hinter Bäumen verborgen beobachteten Ash und ich die Wachen jenseits des Flusses, seine gurgelnden Stromschnellen übertönten unser Gezischel.

»Es ist eine Tarnung, Ash«, wiederholte ich. »Eine Illusion. Wir müssen deinen frostigen Schein mit meiner Sommermagie übertünchen, und wir müssen dein Aussehen derart verändern, dass die Leute nicht ausflippen, sobald du bei Hofe auftrittst. Glaub mir, es geht nicht anders. Was dachtest du denn, wie das ablaufen würde?«

Ash seufzte schwer und legte den Kopf in den Nacken. »Du hast viel zu viel Spaß daran.«

»Tja.« Ich zuckte mit den Schultern und verkniff mir ein Grinsen. »Dagegen lässt sich nicht viel sagen.« Sein Blick glich einem Regen aus Eissplittern, weshalb ich beschwichtigend die Hände hob. »Willst du nun nach Arkadia, oder nicht?«

»Also schön.« Er wedelte frustriert und hilflos mit der Hand. »Leg los. Bringen wir es hinter uns.«

»Ich dachte schon, du würdest das nie mehr sagen.« Schnell zog ich ihn tiefer zwischen die Bäume und griff nach meiner Magie.

»Halt still«, befahl ich ihm, woraufhin er die Arme verschränkte und versuchte, möglichst gelangweilt und genervt zu wirken. »Es wird nicht lange dauern, aber ich muss Sommermagie in die Illusion einflechten, damit sie stark genug ist, um deine winterliche Aura zu überdecken. Wenn du ein Dunkerwichtel oder ein Eisgnom wärst, bräuchte es nicht viel, aber du bist nun mal *du*, also ist die Herausforderung entsprechend größer.« Ich spürte, wie meine Sommermagie sich über ihn legte, und zugleich, wie sie vor der eisigen

Kälte des winterlichen Scheins zurückwich, der ihn wie eine Rüstung umgab. Gereizt runzelte ich die Stirn. »Hör auf, gegen mich anzukämpfen, Eisbubi. Wenn du diese blöde Gefälligkeit einlösen willst, bleibt dir keine andere Wahl. Du musst dir von mir helfen lassen.« Er schnaubte, doch der schützende Mantel aus Schein verschwand.

Schnell zog ich noch mehr Sommermagie an mich und übertrug sie auf den Prinzen, ich hüllte ihn vollständig in den Mantel der Illusion. Seine Magie widersetzte sich mir – man kann über den Winterprinzen sagen, was man will, aber in seinem tiefsten Kern war Ash unglaublich stark. Er wusste, wer er war, und jemand mit weniger ausgeprägten Fähigkeiten hätte ihn niemals in etwas verwandeln können, das er *nicht* war, selbst wenn es sich dabei nur um eine Illusion handelte.

Aber ich bin ja auch nicht irgendein durchschnittlicher Trickster.

Ashs Silhouette begann zu schimmern und sich zu verformen. Er wurde weder größer noch kleiner, aber seine Haare wurden länger, bis sie ihm über den Rücken fielen. Statt rabenschwarz waren sie nun weizenblond. Seine blasse Haut wurde goldbraun, so als hätte er sein ganzes Leben in der Sonne verbracht, und seine kalten Silberaugen blitzten noch einmal auf, bevor sie einen hellen, funkelnden Blauton annahmen.

Auch seine Kleidung verwandelte sich: Der lange schwarze Mantel löste sich in einer Nebelschwade auf und wurde durch eine grün-goldene Rüstung ersetzt, auf deren Brustpanzer der stolze Kopf eines großen Hirsches prangte. Um seine Schultern legte sich ein schicker, goldener Umhang, dessen Saum mit einer Stickerei aus Blättern verziert war – ein Kleidungsstück, das Ash normalerweise nicht einmal tragen würde, um tot über dem Zaun zu hängen. Schließlich war unter den Bäumen keine Spur des Winterprinzen mehr zu finden. In den Schatten wartete nun ein Vertreter der Sommersidhe; allein der finstere Blick hatte eine gewisse Ähnlichkeit mit dem jüngsten Sohn von Königin Mab.

In gespielter Verzückung schlug ich die Hand vor den Mund. »Oh, Eisbubi, das ist ... das ist ... ganz du!«

»Dafür bring ich dich um«, knurrte Ash, zuckte aber sofort zusammen, als er den hohen, klaren Klang seiner Stimme hörte. Ich musste mir auf die Zunge beißen, um nicht laut loszulachen. Wenn Ash jetzt sein Schwert zog, wäre die ganze Illusion dahin und wir müssten von vorne anfangen.

»Ja, ja, verschieb das auf später, Eisbubi. Denk dran: Du darfst da drin keinerlei Wintermagie anwenden, sonst wird sich der Zauber auflösen. Das schließt das Ziehen deines Schwertes ebenso ein wie die Eiszapfen, die du gerne nach mir werfen würdest. Wir sollten uns also nicht in irgendwelche Kämpfe mit dem Sommeradel verwickeln lassen, solange wir dort sind, okay? Wir gehen lediglich da rein, schnappen uns die Violine und verschwinden wieder.«

Ash nickte. Ich trat einen Schritt zurück und verpasste mir die gleiche Illusion, sodass wir zu einem Paar fast identisch aussehender Sommerritter wurden. Dann sah ich meinen Ritterkollegen an und grinste. »Bereit?«

Er seufzte wieder und fuhr sich mit der Hand durch die nun ungewohnten Haare. »Geh voran.«

Die beiden Wächter nickten höflich, als wir über die Brücke kamen, würdigten uns sonst aber keines zweiten Blickes. Im Vorbeigehen sah ich, wie einer von ihnen ein Grinsen unterdrückte, doch unter den gegebenen Umständen war das nur allzu verständlich. Eigentlich dachte ich, Eisbubi hätte es nicht bemerkt, aber ich täuschte mich.

»Wen stellen wir eigentlich dar?«, fragte Ash, als wir tiefer in das Land des Erlkönigs hineinwanderten. Hinter der Brücke brannte die heiße Sommersonne auf uns nieder und wärmte meine Haut, was mir ein wohliges Seufzen entlockte. Von allen Dingen am Sommerhof vermisste ich die Sonne am meisten. Der Wilde Wald war zu dunkel und Tir Na Nog war zu kalt. Aber in Arkadia schien die Sonne mit voller Kraft, und an den Bäumen neben der Hecke wuchsen die süßesten Äpfel, immer reif genug, um gepflückt zu werden. Zumindest, wenn man es an den beiden schrulligen Riesen vorbeischaffte, denen dieser Garten gehörte.

»Oh«, rief ich grinsend. »Richtig, die Namen. Also, du bist Sir Torin, und ich bin Sir Fagan, und wir sind zwei Heckenritter, die kreuz und quer durch das Nimmernie reisen, um für König und Hofstaat ruhmreiche Taten zu vollbringen. Du weißt schon, wir bekämpfen Unrecht, töten Drachen und suchen nach sagenumwobenen Schätzen, solche Sachen eben.«

»Dann sind sie also hoch angesehen.«

»Na ja …« Verlegen kratzte ich mich am Hinterkopf. »Nicht ganz.«

Verwirrt starrte Ash mich an. »Was soll das heißen, nicht ganz?«

»Hast du *Don Quijote* gelesen?«, fragte ich. Woraufhin

Ash stumm die Augen schloss, um mir zu signalisieren, dass er das Buch sehr wohl gelesen hatte. Ich kicherte. »Sie sind sehr bemüht«, fuhr ich dann fort und versuchte nicht zu lachen, als ich seine Miene sah. »Und eines muss man ihnen lassen, sie haben sehr noble Absichten. Aber die beiden würden ohne Karte nicht einmal aus einem Besenschrank herausfinden. Es ist pures Glück, dass es ihnen bisher noch nicht gelungen ist, sich umbringen oder fressen zu lassen. Immer wieder flehen sie Oberon an, sie auf eine noble, wichtige Queste zu schicken, damit sie sich beweisen können, und schließlich überträgt Oberon ihnen irgendeine lächerliche Mission, nur damit sie ihn in Ruhe lassen.«

»Und natürlich musstest du ausgerechnet diese Identitäten für uns stehlen.«

»Das ist doch perfekt, oder nicht?« In einer großen Geste breitete ich die Arme aus. »Sir Torin und Sir Fagan sind fast nie bei Hofe, die anderen Ritter gehen ihnen normalerweise aus dem Weg, und so haben wir sogar einen Vorwand, um Königin Titania aufzusuchen, denn wir müssen ihr ja verkünden, dass wir unsere letzte Mission erfolgreich beendet haben.«

»Und wenn der echte Torin und der echte Fagan zufällig gerade dort sind?«

»Tja.« Genervt von seiner Logik zuckte ich mit den Schultern. »Dann werden wir eben improvisieren.«

Mir war klar, dass Ash diese Sache nicht gefiel. Er war der »Alles-bis-ins-kleinste-Detail-geplant-Typ«, der meine »Mal-sehen-wie-es-kommt-Taktik« für gewöhnlich nervenaufreibend und beunruhigend fand. Aber er sagte nichts mehr, und wenig später erreichten wir schon den riesigen, grasbewachsenen Hügel, der den Zugang zu Oberons Hof markierte. Rund um die Erhebung wuchsen dichte Dornbüsche, doch sie teilten sich problemlos vor uns und gaben den Weg frei, sodass wir ohne Unterbrechung zur einen Seite des Hügels gehen konnten.

»Sonst noch etwas, das ich wissen sollte?«, murmelte Ash, während wir nebeneinander auf den Hang zuliefen. »Irgendein kleines Detail, das du bequemerweise übersehen hast und das zum Problem werden könnte, solange wir hier sind?«

»Äh …« Ich warf ihm einen schnellen Seitenblick zu. »Nur eine klitzekleine Sache.« Er zog eine Augenbraue hoch, und ich biss mir auf die Lippe. Oh, oh, das würde ihm gar nicht gefallen. »Es gibt Gerüchte, dass … Torin und die Königin … ein Verhältnis haben.«

»*Was?*«

Doch genau in diesem Moment hatten wir die Seitenwand des Hügels passiert und betraten einen weitläufigen Platz voller Sommerfeen – das Herz von Arkadia.

Musik erklang; es war eines meiner Lieblingslieder über Sonne, Schatten, wachsende Dinge und das Gefühl, auf dem Grund eines kühlen Flusses zu liegen und den Fischen zuzuhören. Die Bäume, die den Platz säumten, seufzten leise und bewegten ihre Zweige im Rhythmus der Musik, ja selbst die unzähligen Blumen, die hier überall wuchsen, wiegten sich im Takt. Auf der weiten Fläche wanderten Dryaden, Satyrn, Gnome und andere Sommerfeen herum, sie saßen auf Bänken, unterhielten sich oder tanzten gemeinsam im Gras. Ja, ich war eindeutig zu Hause angekommen.

Ich spürte Ashs Blick im Rücken und wusste, dass er

mich am liebsten umgebracht hätte, doch in diesem Moment entdeckten uns die Feen, die dem Rand des Platzes am nächsten waren, und sprangen auf.

»Sei brav, Eisbubi«, raunte ich ihm zu und setzte eine strahlende Miene auf, als die Menge sich näherte. »Sie kommen, also immer hübsch lächeln und bloß nicht deinen Partner erstechen. It's showtime.«

»Sir Fagan!«, rief ein weiblicher Satyr, der enthusiastisch auf uns zu sprang. Ihre Hufe klapperten fröhlich auf den Pflastersteinen. »Sir Torin! Ihr seid zurückgekehrt, und Ihr seid am Leben. Willkommen zurück!«

»Wie war Eure Reise, Sir Fagan?«, fragte mich eine Nymphe mit einem verschlagenen Grinsen. »Ist es Euch diesmal gelungen, den Schatz der Mondbestie zu erringen? Habt Ihr den gefürchteten Wurm der Kahlen Sümpfe erlegt? Berichtet uns von Euren Abenteuern.«

»Ja, ja«, rief ein Heinzelmännchen. »Was ist passiert?«

»Ja, erzählt!«

»Erzählt uns Eure Geschichte!«

Ich hob eine Hand. »Genug, liebe Leute, genug! Uns bleibt noch genügend Zeit für Geschichten und Lieder und Berichte kühner Taten, doch nun ist nicht der rechte Moment.« Sie beruhigten sich etwas und bedachten uns mit enttäuschten Blicken. Ich stieß einen erschöpften Seufzer aus. »Sir Torin und ich sind weit gereist, und wir fühlen uns ermattet. Jawohl, wir mögen Geschichten zu erzählen haben, doch zunächst müssen wir mit unserem Herrn sprechen.«

»König Oberon hat den Hof auf unbestimmte Zeit verlassen«, erklärte die Satyrin und musterte mich mit ihren großen, braunen Augen. Dann schoss ihr Blick abrupt zu

»Torin«, der neben mir stand, und sie grinste. »Aber Königin Titania ist hier, und ich bin mir sicher, dass sie Euch gerne empfangen wird. Soll ich einen Boten suchen, der sie von Eurer Rückkehr in Kenntnis setzt?«

»Das wäre zu reizend, werte Dame«, meldete sich Ash neben mir und brachte mich damit kurz aus dem Konzept. Die Satyrin strahlte und hüpfte davon, während wir uns auf den Weg zu dem Tor machten, das den öffentlichen Platz von Oberons Allerheiligstem trennte. Die Sommerfeen lächelten und nickten oder grinsten und tuschelten hinter vorgehaltener Hand. Wir ignorierten sie. So weit, so gut. Schritt eins – in den Sommerhof einzudringen – hatte reibungslos funktioniert. Jetzt mussten wir nur noch Leanansidhes Violine finden und aus Arkadia verschwinden, ohne dass unsere Tarnung aufflog. Und so wie ich die Sommerkönigin und ihren leicht zwanghaften Charakter kannte, befand sich das Ding wahrscheinlich in ihren Privatgemächern. Dadurch wurde die Sache … interessant.

Verstohlen schaute ich zu Ash. *Eine* Möglichkeit, wie wir in das Schlafzimmer der Königin gelangen konnten, fiel mir sofort ein, aber er würde wahrscheinlich ausflippen, wenn ich das vorschlug, also hielt ich vorerst den Mund.

»Was?«, seufzte Ash. Ich blinzelte unschuldig.

»Hm?«

»Du siehst mich schon wieder so an«, fuhr er fort, als wir stehen blieben – wenige Meter vor dem Tor und den beiden mächtigen Trollen in roter Uniform mit Messingknöpfen, die es bewachten. »Dieser Blick bedeutet, dass du einen Plan hast, und dass er mir nicht gefallen wird. Ganz und gar nicht gefallen wird.«

»Na ja … Ja, ich hätte da eine Idee …«

»Und?«

»Und … sie wird dir nicht gefallen. Ganz und gar nicht gefallen.«

Er seufzte wieder und rieb sich die Augen. »Ich denke, ich habe eine Vorstellung von dem, was du vorschlagen wirst«, murmelte er mit einem gequälten Blick. Ich zuckte nur mit den Schultern.

»Es *wäre* nun mal der leichteste Weg, um zu überprüfen, ob sie die Violine in ihren Gemächern aufbewahrt. Du könntest sogar anbieten, ihr ein Ständchen zu bringen.«

»Wenn Titania mich durchschaut, bin ich tot, bevor ich auch nur mein Schwert ziehen konnte.«

Und wäre das nicht äußerst tragisch? »Eisbubi, bitte«, protestierte ich grinsend. »Als ob ich das jemals zulassen würde. Deine Tarnung ist narrensicher. Setze einfach keine Wintermagie ein, dann wird alles gut gehen.«

Ash fuhr sich mit den Fingern durch die Haare und beugte sich zu mir rüber. »Puck«, setzte er mit rauer Stimme an. »Ich … ich kann das nicht. Das ist kein Spiel mehr. Du verlangst von mir, die Königin des Sommerhofes zu verführen. Das ist Hochverrat, und außerdem …« Er wich meinem Blick aus und seine Miene wurde angespannt. »Ich bin immer noch Meghans Ritter. Mein Schwur …«

»Willst du diese Violine zurückholen oder nicht?« Er wirkte echt angeschlagen, und plötzlich tat mir der Junge ein wenig leid. »Hör zu, Eisbubi«, flüsterte ich. »Ich erwarte ja nicht von dir, dass du mit ihr ins Bett steigst oder sie auch nur küsst. Allein die Vorstellung … *würg*!« Ich schauderte und schob den Gedanken weit von mir, während ich verstohlen mit einer fließenden Bewegung meinen Dolch zog. »Na großartig, jetzt werde ich dieses Bild für immer in meinem Kopf haben. Du sollst einfach nur … ein wenig flirten. Sei charmant. Erzähl ihr von deinen ›Abenteuern‹. Und wenn sie zu sehr auf Tuchfühlung geht, entschuldigst du dich und haust ab. Um den Rest werde ich mich kümmern.«

»Das gefällt mir nicht.«

»Das habe ich nicht anders erwartet. Halt still.« Schnell hob ich den Dolch und schnitt ihm eine lange Haarsträhne ab, bevor er auch nur reagieren konnte. Sie fiel direkt in meine Handfläche und ich schloss sorgfältig die Finger darum. »Perfekt. Verbindlichsten Dank, Eisbubi.«

Ash wich zurück, ein Funkeln in den Augen, und seine Hand zuckte in Richtung Schwert. Ich warf ihm einen warnenden Blick zu, woraufhin er wieder zur Vernunft kam und die Finger vom Schwertgriff löste.

»Was soll das, Goodfellow?«, fauchte er.

»Bleib locker, Prinz.« Ich musterte die Haarsträhne zwischen meinen Fingern und grinste breit, als sie sich von Hellblond zu Schwarz verfärbte. »Keine Sorge, das gehört alles zum Plan.«

Mit einem lauten Quietschen öffnete sich das Tor, und ein Satyr in Heroldsuniform watschelte mit drängendem Winken auf uns zu. »Tja, jetzt geht's los, Eisbubi. Versuch, dich vor der Königin einigermaßen zusammenzureißen.«

4

»Schlimm treffen wir bei Mondenlicht, stolze Titania«

Wir gingen durch das Tor in einen blühenden Tunnel aus Dornenranken, der sich dahinter erstreckte. Mit einem Seufzer sog ich die Luft ein, ich liebte die intensiven Düfte des Waldes. Ash neben mir wirkte nicht ganz so begeistert. Seine Haltung war steif und angespannt. Das konnte ich dem Jungen wohl kaum zum Vorwurf machen, denn immerhin betrat er gerade das Herz des Feindeslands, war umringt von Sommerfeen und konnte weder seine Magie noch seine Waffe einsetzen. Vermutlich hätte er mir leidgetan, wenn die ganze Sache nicht so verflucht amüsant gewesen wäre.

Am Ende des Tunnels hing ein Vorhang aus Ranken. Dahinter geisterten dunkle Schatten herum, und drängende, unheimliche Töne waren zu hören. Es war eine traurige, bittersüße Melodie, die sich mir in die Eingeweide brannte, bevor ich sie noch abschütteln konnte. Ich schaute zu Ash, und sein bleiches und entschlossenes Gesicht entlockte mir ein wildes Grinsen.

»Kein Zurück mehr, Eisbubi«, murmelte ich und rauschte durch den Vorhang in den dahinterliegenden Raum.

Der Thronsaal von Oberon und Titania war eine riesige

Lichtung, umgeben von Bäumen, die die Ausmaße einer Kathedrale hatten und mit ihrem Geäst ein Deckengewölbe bildeten. Der Boden war mit einem dicken Moosteppich bedeckt, und die Ränder der Lichtung wurden von Dornenbüschen markiert. Ein Wasserfall füllte plätschernd ein kristallklares Becken, über dem Irrwische und Feenlichter tanzten, während andere ihrer Art wie trunkene Sterne über die Lichtung schwebten. Der Sommeradel mit seinen lächerlich prunkvollen Outfits saß oder stand rund um die beiden Throne, die in der Mitte der Lichtung aufragten – der eine leer, der andere jedoch mit ziemlich viel Präsenz ausgefüllt.

Oberon war natürlich nicht da, aber Königin Titania wirkte in ihrer provozierend trägen Eleganz wie eine Katze, die von ihrem Thron aus eine Mäuseschar überwacht.

Alle sagen, die Sommerkönigin sei atemberaubend, wunderschön, absolut faszinierend. Tja, kann schon sein, aber das ist ein Vulkanausbruch auch, und der ist wahrscheinlich weniger explosiv. Am Sommerhof zu arbeiten ist sicher ganz interessant, um es mal vorsichtig auszudrücken. Die Herrscher des Sommers haben mit ihren Streitereien in der Welt der Sterblichen schon Überschwemmungen und Flächenbrände ausgelöst, und Titania hat einmal sogar fast ein ganzes Dorf im Schlamm versinken lassen, allein wegen eines Missverständnisses um eine verlorene Haarnadel. Zum Glück kann Oberon ihre Wutanfälle und Temperamentsausbrüche meistens zügeln … Sofern er sich dazu aufrafft, sich einzumischen. Denn genauso oft verschließt er einfach die Augen vor den Aktivitäten seiner Gattin – es sei denn, natürlich, er ist selbst davon betroffen.

Keiner der Adeligen auf der Lichtung schien unsere Ankunft zu bemerken, ihre Aufmerksamkeit war ausschließlich auf Titania gerichtet, oder besser gesagt auf etwas, das am Fuß ihres Thrones saß. Ash sah sich schnell und routiniert um und nahm damit den gesamten Raum in sich auf, doch plötzlich weiteten sich seine Augen. Als ich seinem Blick folgte, rutschte mir das Herz in die Hose.

Die Musik, die wir bereits im Tunnel gehört hatten, diese langsame, trillernde Melodie, die so drängend, düster und wunderschön war, wurde weder von einem von Titanias Harfenmädchen noch von Bediensteten oder Feenmusikern gespielt. Sie war mir so seltsam vorgekommen, weil sie anders war, als das, was man normalerweise an einem Feenhof hörte. Das hier war keine Harfe, Flöte oder sonst eines der seltsamen, magischen Instrumente, die man nur in unserer Welt finden kann.

Es war eine Violine. Und sie wurde von einem sterblichen Mädchen gespielt, das kaum älter war als acht. Ihr kleiner Körper war aufs Äußerste gespannt, während sie wild über die Saiten strich und zupfte. Sie trug ein schlichtes schwarzes Kleid, und ihr rötlich braunes Haar hatte dieselbe Farbe wie das Instrument in ihrer Hand. Mit geschlossenen Augen spielte sie für ihr nicht menschliches Publikum, sie wiegte ihren dünnen Körper hin und her und bemerkte nicht einmal, dass die Königin ihr anmutig eine blasse Hand auf den Scheitel gelegt hatte.

Und da wusste ich es. Leanansidhes kostbarer Besitz und Titanias neuestes Spielzeug war nicht das Instrument in den winzigen, talentierten Händen des Mädchens.

Es war das Mädchen selbst. Sie war unsere »Violine«.

Tja, das machte die Sache mit einem Schlag wesentlich komplizierter.

Am Ende des Liedes schlug das Mädchen die Augen auf, die dunkel, ernst und ein wenig verwirrt dreinblickten, so als wäre sie nicht ganz sicher, ob das hier ein Traum oder die Wirklichkeit war. Die Adeligen kicherten, applaudierten und stießen bewundernde Seufzer aus, während sich auf Königin Titanias Gesicht ein schmales, zufriedenes Lächeln zeigte.

»Das war wundervoll, Vi«, schnurrte sie und fuhr dem Mädchen mit den Fingern durchs Haar. Der kleine Mensch blinzelte und sah dann mit ernstem Blick zu der Feenkönigin auf.

»Der Schluss war flach«, meinte sie bedauernd. Ihre Stimme war näselnd und tonlos, so als hätte die Violine ihr jede Lautstärke entzogen. »Und der Anfang war etwas gehetzt.« Schniefend biss sie sich auf die Unterlippe. »Tut mir leid, ich wollte es besser spielen.«

»Ach, meine Liebe, es war einfach perfekt.« Titania strich dem Mädchen die Haare aus dem Gesicht. »Oder nicht?«, fügte sie mit einem scharfen Blick zu ihren Höflingen hinzu, die sofort zwitscherten und nickten und angemessene Laute der Zustimmung von sich gaben. Ash neben mir murmelte etwas Unverständliches und warf mir einen schnellen Seitenblick zu.

»Ein Kind«, flüsterte er. »Leanansidhes ›Spielzeug‹ ist ein Kind. Wie sollen wir sie hier rausschaffen, Goodfellow?«

»Ich denke nach.«

»Dann denk schneller.«

»Und nun«, fuhr die Königin fort, während sie am Kleid

des Mädchens herumzupfte und es zurecht zog, »würdest du doch bestimmt gerne etwas essen, oder, mein Schatz? Anschließend kannst du wieder für uns spielen, wenn du möchtest.«

Vi schniefte immer noch. »Darf ich Kuchen haben?«

»Natürlich, meine Liebe.« Die Königin lächelte nachsichtig. »Würde dir das gefallen?«

Das Mädchen nickte eifrig. Titania beugte sich zu ihr hinunter und küsste sie auf die Wange. »Dann werde ich verfügen, dass die Köchin dir die süßesten Kuchen bringt, die sie finden kann.«

Das Kind strahlte. Titania schnippte mit den Fingern, und sofort erschien ein Heinzelmännchen an ihrer Seite. »Du hast sie gehört«, erklärte sie ihm. »Sag der Köchin, dass wir ihre besten und süßesten Kuchen haben wollen, und das so schnell wie möglich.«

»Die Kleinen mit Erdbeeren«, ergänzte Vi und lächelte die Königin strahlend an. Titania nickte dem Heinzelmännchen gebieterisch zu, das sich hastig verbeugte und davonwieselte, um sich in die Hecke zu flüchten. Die Königin kicherte und tätschelte den Kopf des Mädchens wie den eines kleinen Hündchens.

»Ist sie nicht süß?«, fragte sie in die Runde, und die Höflinge überschlugen sich fast, um ihr zuzustimmen. »Solch ein Talent, und das schon in diesem Alter. Ich verstehe einfach nicht, wie Leanansidhe es ertragen konnte, sie aufzugeben.«

Sie lachte, und die Adeligen stimmten in ihr Lachen ein. Das Mädchen hatte die Hände im Schoß gefaltet und starrte mit leerem Blick auf die Feen, die um sie herumstanden.

Als das Gelächter langsam verebbte, entdeckte uns die Königin endlich am Rand der Lichtung, und ihre blauen Augen leuchteten erfreut auf.

»Oh, meine Lieben, wir sind ja schrecklich unhöflich.« Grazil richtete sie sich auf und winkte uns mit einer schlanken Hand zu sich. »Wir haben doch hochverehrte Gäste, die wieder einmal von einer schier unmöglichen Queste zurückgekehrt sind. Sir Fagan, Sir Torin, bitte, tretet näher.«

Als ich sah, wie Ash tief Luft holte und sich innerlich wappnete, nahm auch ich meinen ganzen Mut zusammen. »Los geht's«, flüsterte ich und warf mich in die Brust. »Mach es einfach so wie ich.«

Ich hob den Kopf, streckte das Kinn vor und plusterte mich auf, dann stolzierte ich auf die wartende Königin zu.

Titania legte die Fingerspitzen aneinander und beobachtete unseren Auftritt mit einem feinen Lächeln auf den perfekten Lippen. Ihr Blick war allerdings nicht auf mich gerichtet, sondern auf den »Sommerritter« an meiner Seite. Soviel musste ich Ash zugestehen, er spielte seine Rolle tadellos, hielt den Kopf hoch erhoben, ließ ein stolzes Lächeln aufblitzen und konzentrierte sich ausschließlich auf die Königin. *Sehr gut*, dachte ich, als wir uns am Fuß des Thrones verbeugten. *Immer schön auf Eisbubi schauen. Den Hanswurst neben ihm brauchst du gar nicht zu beachten. Achte nicht auf den Mann hinter dem Vorhang.*

»Sir Fagan.« Titania musterte mich flüchtig. »Sir Torin.« Sie schenkte Ash ein strahlendes Lächeln. »Willkommen zurück. Ich bitte Euch, meinen Gatten zu entschuldigen – er weilt zurzeit nicht bei Hofe, und ich bin nicht sicher, wann er zurückkehren wird.«

»Wir bedauern zutiefst, König Oberon nicht begegnen zu können«, erwiderte Ash mit klarer, selbstbewusster Stimme, in der ein Hauch Prahlerei mitschwang. Dann ergriff er die ausgestreckte Hand der Königin und führte sie an die Lippen. »Doch in Eurer Gegenwart sein zu dürfen, Majestät, ist ebenso viel wert wie alle Segenswünsche unseres noblen Herrschers.«

Fast hätte ich ihn überrascht angestarrt. Ich konnte mich gerade noch zusammenreißen und biss mir auf die Lippe, um nicht breit zu grinsen. *Sieh mal einer an, Eisbubi. Spielst also doch noch deine Rolle. Ich hatte schon ganz vergessen, dass du auch das ganz gut kannst, wenn man dich nur heftig genug dazu drängt.*

»Oh, Sir Torin.« Titania errötete und schaffte es, verlegen und beschämt zu wirken, während sie gleichzeitig triumphierend grinste. »Ihr seid ein solcher Schmeichler. Und wir sind so froh, dass Ihr zurückgekehrt seid. Ihr müsst ja einiges zu berichten haben, meine werten Herren. Der gesamte Hofstaat ist schon sehr gespannt auf Eure neuesten Abenteuer.« Sie verschränkte die Hände vor der Brust. »Ich bestehe darauf, dass Ihr uns heute beim Abendessen in der Großen Halle Gesellschaft leistet. Dann wollen wir auf Eure hehren Missionen anstoßen und Eure großen Taten würdigen. Außerdem könnt Ihr miterleben, wie meine neueste Errungenschaft für Euch spielt.« Wieder strich sie dem Mädchen über das Haar, doch Ash würdigte den kleinen Menschen keines Blickes.

»Es wäre uns eine große Ehre, Majestät.«

»Dann ist es entschieden.« Titania entließ uns mit einem würdevollen Nicken. »Heute Abend werden wir uns wiedersehen. Ich bin höchst gespannt, zu erfahren, was Ihr unterwegs erlebt habt.«

Wir verbeugten uns, und Ash ergriff noch einmal die Hand der Königin und führte sie an seine Lippen. »Bis heute Abend, Majestät«, murmelte er. Beim Verlassen des Thronsaals spürten wir den Blick der Königin im Rücken, der uns zum Eingang des Dornentunnels folgte.

Ich verkniff mir das Lachen, bis wir weit genug entfernt waren, doch dann drehte ich mich mit einem begeisterten Kichern zu Ash um. »Was war *das* denn, Eisbubi? Seit wann bist du denn ein solcher Charmebolzen? Ich wusste ja gar nicht, was alles in dir steckt.«

Ash wurde feuerrot. »Ich habe getan, was getan werden musste«, erwiderte er ohne mich anzusehen und verschränkte die Arme vor der Brust. »Wir sind an die Königin herangekommen und haben gesehen, worauf Leanansidhe uns angesetzt hat. Jetzt stellt sich die Frage, wie wir sie von Titania wegbekommen sollen – wie wir sie vom Sommerhof wegbekommen sollen.«

»Keine Sorge, Eisbubi. Ich habe bereits einen Plan.« Ich schenkte ihm mein schönstes Schelmengrinsen und rieb mir die Hände. »Robin Goodfellows brillanter Streich. Kommt sogleich.«

Die Große Halle war nicht wirklich eine Halle, sondern eher eine Art offener Hof unter dem Sternenzelt mit einem Fußboden aus Marmor, ringsum eingeschlossen von einem riesigen Heckenlabyrinth. Mitten in dessen Zentrum, zwischen einhorn- und löwenförmigen Büschen, feierte die Sommerkönigin an einer langen, ganz in Weiß und Gold gehaltenen Tafel ihre höchst extravaganten Partys, die stark an die Teestunden eines gewissen verrückten Hutmachers erinnerten. Um zu einer dieser Veranstaltungen eingeladen zu werden, musste man entweder ein Favorit der Königin sein, oder der Nächste auf ihrer imaginären Enthauptungsliste. Es muss wohl nicht extra erwähnt werden, dass Oberon niemals daran teilnahm.

Für »Sir Torin« und mich stellte der Irrgarten kein Problem dar, und auch wenn einige der Statuen versuchten, uns in die falsche Richtung zu schicken, fanden wir in null Komma nichts die Dinnertafel im Herzen des Labyrinths. An ihr saßen die Lichten Höflinge in den fantastischsten Abendroben, darunter Kleider aus Federn und Rosenblättern oder Mäntel aus Schleierkraut und Spinnweben. Und am Kopf der Tafel thronte die lächelnde Sommerkönigin, in deren goldenem Haar Blumen und funkelnde Mondsteine eingeflochten waren. Huldvoll winkte sie uns zu sich.

Zu ihrer Rechten saß das Menschenkind Vi und arbeitete sich mit großer Ernsthaftigkeit durch einen beeindruckenden Berg aus pinkem und blauem Kuchen. Die Violine lag auf einem Kissen, das direkt hinter ihrem Stuhl von einem Satyr bereitgehalten wurde. Das Mädchen sah nicht einmal hoch, als wir uns näherten, doch die Königin schenkte uns ein strahlendes Willkommenslächeln.

Nach den Begrüßungsfloskeln und nachdem sich auch der Rest der Adeligen gesetzt hatte, bat die Königin gurrend: »Nun berichtet uns von Euren neuesten Abenteuern, edle Ritter. Sir Torin, würdet Ihr gerne den Hofstaat mit Euren wackeren Taten und Questen erfreuen?«

Torin, der neben mir saß, neigte den Kopf. »Ach, Majestät, nichts würde mich glücklicher machen.« Er nickte mir mit einem finsteren Blick zu. »Doch heute Abend ist es an Sir Fagan, unsere Abenteuer zu besingen. Ihm gebührt dieses Recht, da wir darum gewettet haben, wem diese Ehre zufallen solle, und ich habe verloren. Mit Eurer Erlaubnis werde ich ihm das Geschichtenerzählen überlassen.«

Titania zog einen Schmollmund, strahlte dann aber sofort wieder. »Nun denn, Sir Torin, so sei es. Doch ich bestehe darauf, dass Ihr mir heute Abend Gesellschaft leistet. Das ist das Mindeste, was Ihr tun könnt.« Sie zeigte auf den Platz zu ihrer Linken, der frei geblieben war. »Setzt Euch, Sir Torin. Entspannt ein wenig. Lasst Euch zur Abwechslung einmal von meiner Dienerschaft verwöhnen.«

»Majestät, es gehört sich nicht, dass ...«

»An meinem Hof entscheide immer noch ich, was sich gehört und was nicht, Sir.« Der Klang von Titanias Stimme erinnerte an in Samt gehüllten Stahl. »Wie Ihr sehen könnt, ist mein Gemahl nicht hier, ich brauche also jemanden, der mich vor dem Gesindel bei Hofe beschützt. Und welch besseren Beschützer könnte ich an meiner Seite haben als einen berühmten fahrenden Ritter?« Sie zeigte wieder auf den Stuhl, diesmal mit mehr Nachdruck. »Setzt Euch, Sir Torin. Das ist ein Befehl Eurer Königin.«

Sir Torin setzte sich. Vi starrte ihn über den Tisch hinweg an, wobei ihr Mund völlig mit Kuchenglasur verschmiert war, doch Titania würdigte das Kind keines Blickes. Ihre Aufmerksamkeit schien sich vollständig auf den Ritter verlagert zu haben, der nun an ihrer Seite saß. Torin erwiderte den Blick der Königin und schenkte ihr ein zögerliches, verstohlenes Lächeln.

»Nun, Sir Fagan«, verkündete Titania, ohne mich anzusehen, »wie es aussieht, werden wir heute also Euch lauschen, wenn Ihr von Euren Abenteuern singt. Ich hoffe doch sehr, dass es sich als unterhaltsam herausstellen wird.«

Oh, wenn du wüsstest. »Ganz gewiss, meine Königin.« Ich grinste breit. Dann entfernte ich mich mit einer schnellen Drehung von dem glücklichen Paar, marschierte in die Mitte des Hofes und zog eine Laute hervor. Sir Fagan – also, der echte Sir Fagan – konnte ganz passabel in die Saiten greifen, doch heute würde er seine bisher eindrucksvollste Vorstellung abliefern.

Meine Finger flogen über die Saiten der Laute und ich sang von zwei Rittern, die von ihrem König ausgesandt worden waren, den Schatz der Mondbestie zu bergen, ohne dass die beiden gewusst hätten, was für ein Schatz dies sei. Nachdem sie wochenlang gesucht und keine Antwort gefunden hatten, kamen sie zu dem Schluss, dass sich der Schatz der Mondbestie wohl auf dem Mond befinden müsse, und dass sie vom Grund des Meeres die große Perle der Königin der Meerjungfrauen bergen müssten, der man nachsagte, sie könne den Mond vom Himmel herunterziehen, wenn man sie aus dem Wasser hole. Die beiden Ritter wären beinahe ertrunken und mussten gegen Horden von Sirenen und Meermännern kämpfen, bevor sie sich auf rettendes Land flüchten konnten, doch es gelang ihnen, die Perle zu stehlen. Als sie sie jedoch in die Höhe reckten, um zu sehen, ob sie tatsächlich den Mond einfangen könne, wie die Legenden es behaupteten, da rutschte ihnen die Perle aus den Händen, rollte von einer Klippe und fiel zurück in den Ozean, aus dem sie gekommen war.

Die Sommersidhe grölten begeistert, als sie diese Geschichte hörten, sie lachten und klatschten und verlangten nach mehr. Ein kurzer Blick zum Kopf der Tafel zeigte mir, dass Torin und die Königin ins Gespräch vertieft waren und mir kaum Beachtung schenkten. Titania hatte sich zu dem Ritter herübergebeugt und sprach nur noch flüsternd, während Torin immer wieder gemessen nickte. Perfekt.

»Das nächste Lied«, kündigte ich an, als mein Publikum wieder still war, »ist die Geschichte einer verlorenen Liebe, und es zeigt uns, dass wir das, was wir haben, nie als selbstverständlich betrachten dürfen.«

Dieses Lied war sanft und langsam, voller Sehnsucht, und es handelte von einem Ritter, der eine Edelfrau liebte, es aufgrund des Standesunterschieds aber nicht wagte, seinen Gefühlen Ausdruck zu verleihen. Es war eine traurige Ballade, die ich so herzzerreißend gestaltete, wie ich nur konnte, wobei ich ein wenig Schein in die Töne einfließen ließ, um eine größere Wirkung zu erzielen. Ich bemerkte zwei Höflinge, die völlig gebannt zugehört hatten und nun plötzlich aufstanden und gemeinsam im Labyrinth verschwanden.

Während ich sang, behielt ich Torin und die Königin im Auge. Sie schauten nicht hoch, doch Titanias Kopf schob sich immer näher an den Ritter heran, bis sie nur noch wenige Zentimeter voneinander entfernt waren. Sir Torin entzog sich nicht, fing jedoch ihre Hand ab, als sie sich seinem Gesicht näherte, und drückte sie stattdessen an seine Lippen.

Abrupt erhob sich die Königin. Sie winkte einem Diener, zeigte auf Vi und flüsterte ihm dabei etwas zu. Der

Satyr neigte den Kopf, ging zu dem Mädchen, räumte den Kuchen ab und signalisierte der Kleinen, ihm zu folgen. Als Mensch und Satyr die Party verließen, grinste ich verstohlen.

Erster Akt: abgeschlossen. Vi wird uns heute Abend wohl doch nicht mehr unterhalten. Und nun, meine liebe Sommerkönigin, nachdem du dein kleines Haustier weggeschickt hast – wirst du den Köder schlucken?

Titania streckte sich wohlig, dann berührte sie Torin sanft an der Schulter und beugte sich zu ihm hinunter, um ihm etwas ins Ohr zu flüstern. Oh ja, sie schluckte ihn. Die Königin ließ ihre Finger über seinen Arm gleiten, trat einen Schritt zurück und schenkte ihm noch einen lasziven Blick, bevor sie auf das Heckenlabyrinth zu schlenderte und darin verschwand.

Torin wartete ein paar Herzschläge lang, dann schaute er zu mir. Ich nickte.

Ganz beiläufig erhob er sich und sah sich wachsam um. Niemand achtete auf ihn, sie waren alle völlig auf mich oder aufeinander fixiert. Inzwischen tanzten einige der Adeligen in Zweier- oder Dreiergruppen, und ihre Gesichter wirkten verträumt und benommen. Niemand sah, wie sich der Sommerritter davonstahl und der Königin in das Labyrinth folgte. Nachdem er verschwunden war, ließ ich noch ein paar Strophen folgen, dann beendete ich die Vorstellung.

Der zweite Akt hatte begonnen. Ich ließ meinen Blick umherschweifen und begutachtete mein Werk. *Ja, du hast es immer noch drauf, Goodfellow. Schon erstaunlich, was so ein kleines Liebeslied mit schwächeren Geistern anstellen kann. Nur schade, dass wir nicht mehr Zeit haben. Es ist schon eine Weile her, dass ich jemanden drei Nächte habe durchtanzen lassen.*

Und nun zum finalen Akt.

Ich verbeugte mich vor meinem Publikum. »Meine Lieben!«, rief ich, während sich die Adeligen noch benommen und verwirrt umsahen. »Ihr wart ein wahrhaft fabelhaftes Publikum! Doch ich fürchte, nun muss ich los! Versucht, nicht alle gleichzeitig loszustürmen, wenn das Geschrei beginnt. Und nun habt alle noch einen schönen Abend!«

Sie sahen mich blinzelnd an und verstanden wahrscheinlich kein Wort, da sie immer noch im Strudel ihrer Emotionen gefangen waren. Ich verbeugte mich noch einmal und lief dann ins Labyrinth, ohne dass mich jemand aufzuhalten versuchte.

Mir war klar, wo Torin und die Königin sein würden. Ich war schon unzählige Male durch dieses Labyrinth geschlichen, entweder um in die Party der Königin hineinzuplatzen oder um ihre Gäste auszuspionieren. Manchmal auf Oberons Wunsch hin, manchmal aber auch zu meinem eigenen Vergnügen. Jedenfalls wusste ich, wo ich das entlaufene Paar finden würde: bei der verborgenen Quelle im nordöstlichen Teil des Labyrinths, zu der Titania all ihre »Interessenten« brachte.

Während ich mich anschlich, hörte ich ihre Stimmen, vorsichtig schob ich mich durch die Hecken, die in Form von Löwen, Hunden oder Einhörnern die Pfade säumten. Als ich vorsichtig hinter dem Brunnen mit der Meerjungfrauenskulptur hervorspähte, entdeckte ich die Königin und den Sommerritter neben dem Wasserbecken. Titania stand ganz dicht vor Torin und hatte ihm eine schlanke Hand auf die Brust gelegt. Sie war gerade dabei, sich noch weiter vorzubeugen.

»Majestät«, sagte der Ritter zögernd. »Ich ... ich kann das nicht tun ... nicht mehr. Was ist mit Eurem Gemahl? König Oberon ...«

»König Oberon«, unterbrach ihn Titania murmelnd und legte einen Finger an seine Lippen, »ist nicht hier. Und was Oberon nicht weiß ...« Sie beugte sich noch näher zu ihm und hauchte: »... macht ihn nicht heiß.«

Ich holte tief Luft. *Das war mein Stichwort.*

»Ihr habt ja so recht, Königin Titania!« Ich ließ meine Verkleidung fallen und trat hinter dem Brunnen hervor. »Was Oberon nicht weiß, macht ihn nicht heiß. Ja, ja, das sage ich mir so ziemlich jeden Tag. Es ist doch gut, zu wissen, dass wir so viel gemeinsam haben.«

Titania zuckte heftig zusammen, ließ von Torin ab und riss entsetzt die Augen auf, als sie mich sah. »Robin Goodfellow«, fauchte sie, und ihre Lippen verzogen sich hasserfüllt. Einen kurzen Moment lang zögerte sie, dann richtete sie sich zu voller Größe auf und starrte mich herablassend an. »Wie *kannst* du es wagen! Wie kannst du es wagen, uneingeladen hierherzukommen, insbesondere, wenn mein Mann nicht bei Hofe ist! Oder ... hat er dich etwa dazu angestiftet?« Voller Verachtung sah sie mich an. »Du warst doch schon immer sein kleiner Spion, sein braves Wachhündchen, stets bereit, die Aufgaben zu übernehmen, für die er sich zu schade ist. Jämmerlich. Ihr seid beide einfach nur jämmerlich!« Ein Blitz zuckte über den Himmel, sauste herab und traf einen Busch, der sofort Feuer fing. Ich hatte Mühe, nicht vor Schreck zusammenzufahren. In den flackernden Schatten leuchteten die blauen Augen der Sommerkönigin so hell, dass sie fast weiß wirkten. »Vielleicht erleidet der große Robin Goodfellow ja einen tragischen Unfall«, überlegte die Königin, und der Wind zerrte an ihren Haaren, als sie eine blasse Hand hob. »Ein Unglück, durch das er für ein paar Jahrhunderte zu völligem Stillschweigen verdammt wird.«

»Aber, aber.« Ich drohte ihr mit dem Finger und schickte ein furchterregendes Lächeln hinterher. »Ich denke eher, ihr solltet mich belohnen, meine liebe Königin. Immerhin habe ich Euch gerade davor bewahrt, einen höchst peinlichen Fehler zu begehen. Ihr wurdet übertölpelt, Majestät. Man hat Euch vorgeführt. Direkt vor Eurer Nase sitzt ein Feind, und Ihr habt es nicht einmal bemerkt.«

Torin starrte mich unbewegt, aber finster an. Ich ignorierte ihn und konzentrierte mich ganz auf Titania, die mich nun mit vorsichtigem Misstrauen, aber gleichzeitig auch neugierig musterte. »Was für eine Gaunerei hast du wieder ausgeheckt, Goodfellow?«, fragte sie schließlich.

»Glaubt, was Ihr wollt«, entgegnete ich und erwiderte ungerührt ihren stechenden Blick. »Nennt mich, wie Ihr wollt, hasst mich meinetwegen, aber ich bin trotz allem ein treuer Diener des Sommerhofes. Dies ist mein Zuhause, und ich würde alles tun, um es zu schützen. Und wenn ich erfahre, dass wir von einem Feind unterwandert wurden, kann ich nicht tatenlos zusehen, selbst wenn das bedeutet, dass ich *Euch* warnen muss.«

»Wovon redest …« Abrupt riss die Königin den Kopf hoch. »Leanansidhe«, zischte sie dann und kniff die Augen zusammen. »Sie hat jemanden geschickt. Jemanden, der meinen Spielmenschen stehlen soll. Wo …«

»Direkt vor Eurer Nase, meine Königin. Wie ich es Euch bereits sagte.« Und bevor einer der beiden reagieren konnte, wirbelte ich zu Torin herum, zerriss seine Tarnung als Sommerritter und präsentierte der Sommerkönigin den darunter verborgenen Winterprinzen. »*Hier* ist Euer Feind, Königin Titania. Verfahrt mit ihm, wie es Euch beliebt.«

5

»Wenn wir Schatten euch beleidigt«

Verrat.

Das war die erste Reaktion in Ashs Gesicht, als er sich zu mir umdrehte. In seinen weit aufgerissenen silbernen Augen spiegelten sich Entsetzen und Ungläubigkeit. Ich grinste ihn nur an und verschränkte die Arme vor der Brust, während Titanias schriller Wutschrei sogar das Heulen des Windes übertönte.

Bevor Ash irgendetwas tun konnte, sauste ihr Arm herunter, einer ihrer Blitze traf ihn mitten in der Brust und schleuderte ihn gegen die Meerjungfrauenstatue. Benommen brach er an ihrem Fuß zusammen.

»Autsch.« Ich schauderte voller Mitgefühl. »Das sah aber schmerzhaft aus. Verpasst ihm noch eine, nur um sicherzugehen, dass er auch liegen bleibt.«

Wutentbrannt wirbelte Titania zu mir herum. »Du!«, fauchte sie. Jetzt waren ihre Augen wirklich gruselig. Ich blinzelte sie unschuldig an und wich einen Schritt zurück. »Ich weiß weder, wie du das bewerkstelligt hast, noch warum, aber sehr wohl, dass dies eine deiner Possen ist. So viel ist sicher! Welch niederträchtigen Unfug hast du denn diesmal in petto?«

»Ich?« Mit einem breiten Grinsen verschränkte ich die

Hände hinter dem Kopf. »Das ist zu viel der Ehre, Königin Titania.«

»Ich bin keine Närrin, Robin Goodfellow.« Titania baute sich drohend vor mir auf, und über uns zuckten beängstigende Blitze. »Der Winterprinz ist gerissen und stark, aber er hätte das nicht allein tun können. Du hast ihn ins Sommerreich geschmuggelt – du bist der Einzige, dessen Magie stark genug ist, um ihn vor meinen Augen zu verbergen. Bevor ich also dafür sorge, dass Mabs Sohn mich um Gnade anfleht, will ich wissen, warum du das getan hast! Es gab eine Zeit, da wart ihr *Freunde*. Woher kommt also dieser plötzliche Sinneswandel?«

Ich vergrub die Hände in den Taschen, sah der Lichten Königin direkt in die Augen und murmelte: »Weil … Er hat sich in *meine* Prinzessin verliebt.«

Ein paar Herzschläge lang herrschte Schweigen. Ash, der immer noch vor dem Brunnen lag, regte sich, doch die Aufmerksamkeit der Königin war ganz auf mich gerichtet.

»Ah.« Titania lächelte, und der gruselige Ausdruck in ihren Augen verblasste ein wenig. »Und schon ergibt alles einen Sinn. Du hast also *doch* einen leichten Hang zur Bösartigkeit, Robin Goodfellow. Oberons kleiner Schoßhund hat einen gewissen Biss.« Die Königin lachte in sich hinein und musterte mich abschätzend. »Ich bin fast ein wenig stolz auf dich.«

»Ich habe es nicht für Euch getan«, erwiderte ich. »Sondern für Meghan. Und für mich selbst. Und wenn Ihr den Eisbubi für Eure Demütigung zur Rechenschaft ziehen wollt, solltet Ihr besser schnell etwas unternehmen. Er ist bereits wieder auf den Beinen.«

Titania drehte sich hastig um. Ash stand neben dem Brunnen und musterte mich finster, während er mit gezogenem Schwert langsam zurückwich. Die Sommerkönigin schleuderte einen weiteren Blitz nach ihm, aber Ash ging hinter dem Brunnen in Deckung, sodass der Blitz lediglich einige Fische in Marmorkiesel verwandelte. Die Königin zischte vor Wut, während ich Ash mit einem trägen Grinsen bedachte.

»Sieh zu, dass du wegkommst, Eisbubi!«

Der Winterprinz hatte sich bereits in Bewegung gesetzt. Mit einem Hechtsprung landete er hinter einem löwenförmigen Busch, sodass der nächste Blitz ihn knapp verfehlte. Dann sprang er auf und rannte ins Labyrinth.

»Haltet ihn auf!« Die Sommerkönigin riss die Arme hoch, woraufhin der Schein wild fauchend ihren Kopf umwogte. »Haltet ihn!«, rief sie wieder, und nun regten sich die Löwen, Hunde, Einhörner und der Rest der Zierhecken. Sie sprangen von ihren Sockeln, heulten und brüllten. »Los!«, kreischte die Königin und gab ihnen mit der Hand eine Richtung vor. »Findet den Winterprinzen. Hetzt ihn und reißt ihn in Stücke!«

Brüllend verteilten sich die Büsche im Labyrinth. Vom Hof in der Mitte her hörte ich Kreischen und Geschrei, als die Party der Hofleute rüde unterbrochen wurde. Titania wartete noch einen Moment, dann drehte sie sich zu mir um.

»Ich werde ihn finden!«, fauchte sie. Das fast schon elektrisch blaue Glühen ihrer Augen vertrieb die Dunkelheit. »Für diese Demütigung wird er bezahlen! Goodfellow, ruf die Wachen, die Ritter, die Dienerschaft. Alarmiere den Rest von Arkadia. Der Winterprinz wird unseren Hof nicht lebend verlassen!«

Ich verneigte mich. »Gewiss, meine Königin«, versicherte ich ihr gedehnt. »Und dürfte ich vorschlagen, die Ritter für die Suche nach Eisbubi zumindest in Vierer- oder Sechsergruppen einzuteilen? Es sei denn, Ihr wollt in den Fluren bis zum Wilden Wald überall tiefgefrorenes Ritterschaschlik vorfinden. Ash kann ziemlich gut mit seinem Schwert umgehen.«

Mit funkelnden Augen hob Titania die Hand. Ein Blitz schoss herab, Rauch und der Geruch von verbrannter Erde stiegen vom Boden auf, dann war die Sommerkönigin verschwunden.

Ich atmete tief durch und ballte die Fäuste, damit meine Hände aufhörten zu zittern. *Letzter Akt: beendet. Das war leichter als gedacht. Und jetzt … bleibt zu hoffen, dass der andere Teil ebenfalls problemlos abgelaufen ist …*

»Nette Vorstellung, Goodfellow«, lobte eine Stimme hinter mir.

Erschöpft drehte ich mich um und sah, wie Ash aus dem Schatten des Labyrinths trat, immer noch als Sommerritter getarnt. Er trug ein schlafendes Kind in den Armen und drückte es fest an seine Brust. Vi schnarchte leise. Rund um ihren Mund klebte immer noch blaue Kuchenglasur. Bei der Menge an Schlafpulver, die sie heute Abend in sich reingestopft hatte, würde sie wahrscheinlich noch ein paar Stunden völlig weggetreten sein. Die ganze Flirterei mit der gigantischen Trollköchin in der Küche, die nötig gewesen war, um das Pulver in die angerührte Glasur zu schmuggeln, hatte sich also wenigstens gelohnt.

»Oh, gut, du hast sie gefunden.« Ich versuchte, ihn anzugrinsen, fühlte aber in Wirklichkeit eine seltsame Müdigkeit. »He, war das nicht eine grandiose Vorstellung? Eindrucksvoll genug, um eine Feenkönigin und den gesamten Sommerhof zu täuschen. Das wird vermutlich Geschichte schreiben.« Ash lächelte nicht, was mich seufzen ließ. »Also, wie viel hast du mitbekommen?«

»Genug.«

»Tatsächlich?« Ich sah ihn halb erschöpft, halb herausfordernd an. »Und hast du dazu irgendwas zu sagen, Eisbubi?«

»Nein.« Feierlich schüttelte er den Kopf. »Du hast gesagt, was nötig war. Du hast getan, was erforderlich war, um die Aufgabe zu erfüllen.«

»Ach? Wie furchtbar großzügig von dir, Prinz.«

»Nichts davon war gelogen, Goodfellow.« Ash sah mich durchdringend an. »Nichts von dem, was du gesagt oder getan hast, war wider deine Natur. Deshalb hat Titania dir bereitwillig geglaubt. Ich hätte es ebenfalls geglaubt.«

Ich seufzte noch einmal. »Gut zu wissen, wo ich stehe«, murmelte ich dann und rieb mir die Augen. »Dann lass uns gehen, Eisbubi. Verschwinden wir von hier, bevor Titania deinen Doppelgänger einfängt und herausfindet, dass er lediglich von ein paar Zweigen, Bindfäden und einer deiner Haarsträhnen zusammengehalten wird. Bei dem ganzen Theater hier sollte es ein Leichtes sein, sich heimlich, still und leise davonzuschleichen.«

Nicht ganz so leicht. Dank meines kleinen Ash-Klons herrschte am Sommerhof zwar das reinste Chaos, und alle überschlugen sich, um ihn zu finden, aber dennoch konnten wir nicht ganz ungehindert fliehen. Wir landeten mitten in einer Löwenzierhecke, die dringend gestutzt werden musste, und als Eisbubi sein Schwert zog, um gegen die Kreatur zu kämpfen, verflüchtigte sich seine Tarnung. Und natürlich begegnete uns im Anschluss eine Gruppe Sommerritter, mit denen wir eine schwungvolle Runde Fangen spielten, bevor wir uns endlich in die Hecke flüchten konnten. Während uns die Ritter dicht auf den Fersen waren, führte ich uns durch einen gewundenen Dornentunnel, der immer enger und enger wurde, bis er schließlich unvermittelt endete.

Ash fluchte leise und sah sich hektisch um, als sich das Geräusch schwerer Stiefel näherte.

»Bist du etwa falsch abgebogen, Goodfellow?«, knurrte er.

»Entspann dich, Eisbubi. Ich weiß, was ich tue.« Ich tastete unter einem alten Baumstamm herum und zog schließlich ein einfaches, grünes Tuch hervor, das schon ziemlich abgenutzt und zerrissen war. Vorsichtig schüttelte ich es aus, hängte es über ein paar Dornen und schob es beiseite. Zwischen den Ranken tat sich ein schmales Loch auf. Ash, der immer noch Vi trug, schlüpfte hindurch, und ich folgte ihm, nicht ohne das Tuch wieder von den Dornen zu reißen. Die Rankenwand verschwand und die Geräusche unserer Verfolger verstummten so abrupt, als hätte jemand einen Fernseher ausgeschaltet. Als sich die Dunkelheit auf uns herabsenkte, atmete ich erleichtert auf.

»Wo sind wir?«, flüsterte Ash ganz in meiner Nähe.

Ich schnippte mit den Fingern, und prompt flackerte in einem gemauerten Kamin ein Feuer auf, in dessen Schein eine kleine Blockhütte mit Holzboden und Stützpfeilern aus lebenden Bäumen sichtbar wurde. Ein Zwischengeschoss erstreckte sich über die Hälfte der Hütte, jenseits davon war das aufragende Strohdach zu erkennen. Aus den Ecken spähten kleine Tiere hervor, die eher neugierig als ängstlich wirkten.

»Willkommen in meinem bescheidenen Domizil«, sagte ich grinsend zu Ash.

Der sah sich mit verhaltenem Staunen in der winzigen Hütte um. »Das hier ist *dein* Haus, Goodfellow?«

»Eines von vielen.« Ich verscheuchte einen Fuchs aus einem Sessel und ließ mich mit einem wohligen Seufzer hineinsinken. »Ich halte mir gerne einen Rückzugsort frei, um dem Wahnsinn bei Hofe entfliehen zu können. Einen Platz, an dem ich entspannen kann, ohne dass jemand weiß, wo ich bin.«

»Wo du dich verstecken kannst, wenn Oberon dir mal wieder nach dem Leben trachtet, meinst du wohl?«

»Autsch, Eisbubi. Sei in meinem eigenen Heim ein wenig netter zu mir, ja? Sonst bereue ich es vielleicht noch, dich hierher gebracht zu haben.« Ich lehnte mich zurück, legte die Füße auf einen kleinen Schemel und überkreuzte die Knöchel. »Keine Sorge, der Ort liegt in der Welt der Sterblichen – bei Hofe kann niemand mehr spüren, wo wir sind.«

Ash wirkte erleichtert. »Dann haben wir es also geschafft«, murmelte er mit einem Blick auf die Wand, aus der wir vor wenigen Sekunden anscheinend direkt herausgekommen waren. »Wir haben die ›Violine‹ gefunden und es aus dem Sommerreich rausgeschafft.« Mit einem tiefen Seufzer musterte er das schlafende Mädchen auf seinem

Arm. »Dann bleibt wohl nur noch die Frage, was wir jetzt tun werden, oder?«

Ich zeigte auf ein Bett in einer der Ecken. Ash legte die Sterbliche auf die Überdecke, und das für einen Winterprinzen erstaunlich sanft. Ich konnte mich nicht daran erinnern, dass er so umsichtig gewesen wäre, bevor er Meghan begegnet war. Vi zappelte ein wenig und murmelte ein leises »Mommy«, wachte aber nicht auf.

»Leanansidhe wartet sicher schon auf uns«, sagte ich, während der Fuchs auf meinen Schoß sprang, sich dort zusammenrollte und die Schnauze unter seinem buschigen Schwanz versteckte. Geistesabwesend streichelte ich seinen rötlichen Pelz. »Wahrscheinlich ist sie bereits unterwegs.«

»Ja.« Ash seufzte wieder und verschränkte die Arme, ohne das Mädchen aus den Augen zu lassen. »Wie würdest du es angehen, Goodfellow?«

Ich dachte kurz nach, dann zog ich schwungvoll die Füße vom Schemel und stand auf, wobei der Fuchs auf dem Boden landete. Er bellte empört und trottete aus der Tür. »Keine Sorge, Eisbubi«, meinte ich dann fröhlich und ging in die obere Etage, um etwas zu holen. »Ich habe noch einen kleinen Trumpf in petto.«

6

»Beklatscht, lässt Puck euch nie im Stich!«

»Meine Lieben!«

Leanansidhe stand im hohen Gras vor der Hütte und strahlte uns an, als wir durch die Tür kamen. Das Mädchen lag immer noch fest schlafend in den Armen des Prinzen. »Ihr habt sie gefunden, meine Lieben! Ich wusste, dass ihr es schaffen würdet. Ich hatte vollstes Vertrauen in eure Fähigkeiten.« Voller Dramatik legte sie eine Hand an die Brust. »Oh, ich wünschte, ich könnte Titanias Gesicht sehen, wenn sie entdeckt, dass ihr kleines Spielzeug nicht mehr da ist.«

Ash trat vor. »Unser Handel ist vollzogen«, erklärte er fest. »Wir haben gefunden, was dir gestohlen wurde, und haben es dir zurückgebracht. Damit habe ich meinen Teil der Abmachung erfüllt. Ich schulde dir nichts mehr.«

»Selbstverständlich, Liebes.« Leanansidhe lächelte ihn strahlend an. »Du hast hervorragende Arbeit geleistet. Wenn du sie jetzt einfach dort hinlegst, mein Täubchen, dann werden meine Bediensteten sie dir abnehmen.«

Ash ließ das Mädchen nicht los. Ich spürte sein Zögern, dann holte er tief Luft. Mit leiser Stimme fragte er: »Was würdest du verlangen, damit du sie gehen lässt?«

»Was?« Leanansidhe blinzelte überrascht und starrte den Winterprinzen fassungslos an, der ihren Blick gelassen erwiderte. »*Was* hast du gesagt, Liebes? Ich bin mir nicht sicher, ob ich das richtig verstanden habe.«

Schnell trat ich an seine Seite.

»Sie ist noch ein Kind, Lea.« Die Königin der Exilanten drehte sich zu mir um und spannte sich an wie ein wütender Puma. »Du kannst sie nicht so halten. Sie hat irgendwo eine Familie. Sie muss nach Hause zurückkehren.«

»Sie ist bei *mir* zu Hause, Liebes.« Empört richtete Leanansidhe sich zu ihrer vollen Größe auf, und ihre kupferblonden Haare peitschten wild um ihr Gesicht. »Und das Mädchen gehört mir! Ash, Liebes.« Sie wandte sich wieder an den Winterprinzen. »Ich kann das einfach nicht glauben. Deine eigene Königin verfährt wesentlich schlimmer mit den Menschen an ihrem Hof. Und du – ich weiß, was *du* den Sterblichen im Laufe der Jahre alles angetan hast, du genauso wie Goodfellow, ihr alle beide! Wie könnt ihr es wagen, über mich zu urteilen? Seid ihr vielleicht weich geworden, meine Lieben? Habt ihr etwa vergessen, dass wir Feen sind?«

Wow, zwei launische Feenköniginnen an einem Tag vergrätzt. Damit hatten wir bestimmt einen Rekord aufgestellt. Ich trat einen Schritt vor, bevor Lea auf die Idee kam, Ash in ein Cembalo zu verwandeln.

»Ganz und gar nicht«, sagte ich schnell und grinste die empörte Königin der Exilanten breit an. »Beruhige dich, Lea. Es ist ja nicht so, als wollten wir uns das Kind schnappen und damit abhauen. Wir sind bereit, dir einen Handel vorzuschlagen.«

Das besänftigte Leanansidhe ein wenig. »Einen Handel,

Liebes?«, wiederholte sie nachdenklich und tat dabei so, als wäre sie nicht sonderlich interessiert, doch ich wusste, dass sie neugierig geworden war. Sie konnte gar nicht anders; das gehörte zu unserer Feennatur. »Und dürfte ich fragen, was in aller Welt ihr mir für die Freiheit des Mädchens anbieten könntet? Nur damit du es weißt, Liebes, der Preis wird hoch sein. Immerhin gehört dieses Mädchen zu meinen absoluten Lieblingen. Ich fürchte, euer Angebot muss schon ziemlich …«

Ich griff unter mein Hemd, zog einen Spiegel hervor und ließ ihn in der Sonne aufblitzen. Es war ein kleiner, goldener Handspiegel, mit Blumen aus Juwelsplittern am Rand und fein gearbeiteten Silberranken am Griff. Als ich ihn hervorzog, gab er einen süßen, durchdringenden Ton von sich, der die Vögel im näheren Umkreis zum Singen brachte und sogar ein neugieriges Paar Rehe aus dem Wald anlockte.

Leanansidhe riss die Augen auf. »Das … das ist doch …« Verblüfft blinzelte sie mich an, dann warf sie den Kopf zurück und lachte. »Oh, Robin, du schlimmer, brillanter Junge. Du hast ihn also *doch* gestohlen. Wie in aller Welt ist dir das gelungen?«

»Das ist eine sehr lange Geschichte« erklärte ich. »Eine, die zu einem anderen Zeitpunkt erzählt werden sollte.« Ich warf den Spiegel in die Luft und fing ihn lässig wieder auf, dann streckte ich ihn Leanansidhe entgegen. »Also, Lea, haben wir eine Abmachung, oder nicht?«

»Bring das Mädchen zurück zu ihrer Familie, Liebes.« Leanansidhe nahm mir mit sichtbarem Entzücken den Spiegel aus der Hand. »Ich habe sie in irgendeiner Kleinstadt in den Ozark Mountains entdeckt. Wahrscheinlich kann sie euch sagen, wo sie wohnt … Ich hatte sie noch nicht sehr lange. Wie dem auch sei, ich denke, unsere Angelegenheiten sind damit geregelt.«

»Eine Sache wäre da noch«, meldete sich Ash, bevor die Königin der Exilanten aufbrechen konnte. »Grimalkin. Wir müssen ihn finden. Du sagtest, du wüsstest, wo er sich aufhält.«

»Nein, Liebes.« Leanansidhes bewunderte sich in dem Spiegel und wirkte dabei ungefähr so selbstzufrieden wie eine satte Katze. »Ich sagte, ich könnte euch eventuell die entsprechende Richtung weisen.«

»Und welche Richtung wäre das?«

Leanansidhe riss sich von ihrem Spiegelbild los und schenkte uns ein mildes Lächeln. »Nun ja, meine Lieben«, hob sie an und wedelte vage mit der Hand. »Irgendwo im Geisterwald leben drei Hexen, dort würde ich anfangen. Dieser Ort ist genauso gut wie jeder andere. Aber jetzt muss ich wirklich los, meine Lieben. Immerhin muss ich noch eine Violine ersetzen. Viel Glück bei eurer Suche nach Grimalkin. Falls ihr es schafft, den hinterhältigen kleinen Racker aufzuspüren, seid doch so lieb und grüßt ihn von mir. Ciao, ihr Lieben!«

Ein Wirbel aus Glitzer und Licht, dann waren wir allein.

Ash seufzte. »Der Geisterwald«, sagte er leise und verlagerte das Mädchen in eine bequemere Position. Sie murmelte etwas und schnarchte dann weiter. »Das ist … Pech. Ich hatte gehofft, wir müssten nie wieder dorthin zurück.«

Ich grinste ihn an. »Was denn, etwa wegen des Ogerstammes, den wir gegen uns aufgebracht haben, oder wegen des riesigen toten Gottes, den wir zufällig geweckt haben?«

»Den *du* zufällig geweckt hast.«

»Kleinigkeiten.« Lässig wedelte ich mit der Hand. »Also, starten wir nun in dieses neue Abenteuer, oder was?«

Ash schüttelte den Kopf, aber ich sah den Schatten eines Grinsens in seinem Gesicht. »Dir ist doch wohl klar, dass ich dich wahrscheinlich schon sehr bald umbringen werde, oder?«, murmelte er, während wir in Richtung Wald gingen.

»Das ist doch ein alter Hut, Eisbubi.« Kichernd schloss ich zu ihm auf. »Und du weißt ja, dass ich das auf keinen Fall verpassen will.«

Das Eiserne Land

I

Dunkelheit hüllte mich ein.

Ich stand in einem mir wohlbekannten Raum, dessen Wände und Regale mit makabren, seltsamen Dingen bestückt waren. Eingelegte Schlangen im Glas, Zähne, Federn, Knochen und Blüten, die überall verstreut waren. Aus einer Ecke grinste mich ein Skelett an, das einen Zylinder trug. Gruselig, ja, aber ich fürchtete mich nicht.

Ich kannte diesen Ort. Mir wollte nur nicht mehr einfallen, woher.

Am Rande des Lichtscheins befand sich ein Schaukelstuhl, der nun quietschend in Bewegung geriet. Er stand mit dem Rücken zu mir, sodass ich nur eine zusammengesunkene Gestalt und dürre Arme erkennen konnte, die rechts und links vom Sitz herunterhingen. Als ich mich näherte, roch ich den Verfall, den Gestank von Grabesstaub, Lumpen und alten Zeitungen, die auf einem Speicher vor sich hinmodern. Ich ging um den Stuhl herum und hatte den verschrumpelten Körper einer alten Frau vor mir, deren Fingernägel sich zu langen Krallen bogen. Der Kopf der Alten war auf die Brust gesunken.

Plötzlich riss sie ihn hoch und ihre Augen brannten in einem schwarzen Feuer, als sie den Mund öffnete und jene entsetzlichen Worte hauchte, bei denen mir vor Angst fast das Herz stehen blieb.

In diesem Moment wurde ich wach.

Mein Name ist Meghan Chase.

Und in letzter Zeit habe ich viel zu viel gearbeitet.

Ich hob blinzelnd den Kopf von der Schreibtischplatte und musterte den Computer und die sinnentleerten Worte, die über den Monitor flimmerten. Ein Blick auf die Uhr verriet mir, dass es sechs Uhr zweiunddreißig morgens war. Hatte ich etwa schon wieder die Nacht durchgeackert? Gähnend versuchte ich, die Spinnweben aus meinem müden Hirn zu vertreiben, und da kehrte die Erinnerung zurück. Nein, ich war erst vor einer Stunde hierhergekommen, um zu überprüfen, wie es mit dem neuen Schienensystem voranging, das gerade in meinem Reich verlegt wurde. Das war eines meiner Lieblingsprojekte, denn obwohl das Eiserne Reich das kleinste und jüngste Reich im Nimmernie war, umfasste es doch ein ziemlich ausgedehntes Areal. Seine Bürger sollten eine Möglichkeit bekommen, schnell und sicher zu reisen, insbesondere, wenn sie nach Mag Tuiredh kamen, um ihre neue Königin zu sehen. Die Eisenbahn war da die perfekte Lösung, auch wenn es noch eine Weile dauern würde, bis sie fertig war.

Entschlossen rieb ich mir die Augen, und die letzten Reste des Traums lösten sich auf. Irgendetwas mit einem Skelett und einer gruseligen Alten … ich erinnerte mich nicht genau. Vielleicht sollte ich einen Gang runterschalten, mir etwas Ruhe oder einen Urlaub gönnen, falls der Eisernen Königin etwas Derartiges gestattet war. Inzwischen lag das nicht mehr vollkommen außerhalb des Möglichen. Das Eiserne Reich entwickelte sich sehr gut, obwohl es noch immer der Angst und dem Hass der anderen Höfe ausgesetzt war. Natürlich gab es hin und wieder kleinere Zwischenfälle, insbesondere im Hinblick auf den Winterhof, da die Grenzen von Tir Na Nog in unmittelbarer Nähe meines Eisernen Königreiches lagen. Doch insgesamt verlief alles wesentlich unkomplizierter und friedlicher, als ich zu hoffen gewagt hatte.

Apropos, heute war Winteranfang. Heute Nachmittag würde das Elysium des Winterhofes in Tir Na Nog stattfinden. Allein beim Gedanken daran stöhnte ich frustriert.

Mein Schäferhund Beau, der mir wie immer zu Füßen lag, hob den Kopf und klopfte hoffnungsvoll mit dem Schwanz auf den Boden, was mir ein Lächeln entlockte.

»Hey, Großer. Musst du mal raus?«

Hechelnd sprang der Hund auf und wedelte fröhlich mit dem Schwanz. Ich streichelte seinen Kopf und erhob mich ebenfalls, fuhr aber erschrocken zusammen, als der Boden unter meinen Füßen zu schwanken begann und mir übel wurde. Stirnrunzelnd stützte ich mich am Schreibtisch ab und biss die Zähne zusammen, bis das Gefühl nachließ. Beau winselte leise und stupste mit der Schnauze gegen meine Hand. Sanft fuhr ich über seinen Nacken, als die Übelkeit verflogen war und alles wieder normal schien. »Es geht mir gut, Großer«, versicherte ich ihm. Seine lieben, braunen Augen blickten besorgt zu mir auf. »Zu hart gearbeitet, schätze ich. Komm jetzt, ich wette, Razor wartet schon auf euer tägliches Versteckspiel.«

Leise traten wir auf den Gang hinaus, wo mich sofort

einige Gremlins entdeckten, kleine Eiserne Feen, deren größte Leidenschaft das Chaos war. Lachend tanzten sie um mich herum, kletterten die Wände hoch, hingen an der Decke und triezten den armen Beau, bis wir schließlich die Tür erreichten, die zum Palastgarten führte. Sobald ich sie geöffnet hatte, schossen die Gremlins hinaus und summten voller Spott, bis Beau wild bellend die Verfolgung aufnahm. Ich verdrehte die Augen und schloss die Tür hinter ihm, woraufhin die Stille in den Eisernen Palast zurückkehrte, wenn auch nur vorübergehend. Trotzdem konnte ich mir ein Lächeln nicht verkneifen, als ich in meine Gemächer zurückkehrte. Der Weg führte mich an mehreren Eisernen Rittern vorbei, die sich respektvoll vor mir verneigten, was ich mit einem Nicken erwiderte. So sah mein Leben nun aus: Verrückt, verdreht, seltsam und magisch – und ich hätte es nicht mehr anders haben wollen.

Als ich das Schlafzimmer betrat, wurde mein Blick sofort von dem großen Bett an der Wand und dem Hügel unter der Decke angezogen. Durch die halb geöffneten Vorhänge fiel fahles Licht herein und beschien die schlafende Winterfee. Beziehungsweise ehemalige Winterfee. Ich blieb im Türrahmen stehen und gönnte mir einen stillen Moment, um ihn einfach nur anzusehen. In meinem Bauch tanzten die Schmetterlinge. Manchmal fiel es mir schwer zu glauben, dass er wirklich hier war, dass es kein Traum, keine Täuschung, keine Einbildung war. Dass er für immer mein war: mein Ehemann, mein Ritter.

Meine Fee mit einer Seele.

Er lag auf dem Bauch, hatte die Arme unter dem Kissen

vergraben und atmete friedlich. Die dunklen Haare waren ihm in die Stirn gefallen. Die verrutschte Bettdecke legte seine schlanken, muskulösen Schultern frei, und die Morgensonne liebkoste seine helle Haut. Normalerweise war es mir nicht vergönnt, ihm beim Schlafen zuzusehen. Meistens stand er vor mir auf und trainierte mit Glitch im Hof oder wanderte einfach nur durch das Schloss. Insbesondere in den ersten Wochen unserer Ehe war er oft fort gewesen, wenn ich nachts aufwachte. Die gesteigerte Wahrnehmung eines Kriegers ließ es nicht zu, dass er lange an einem Ort verharrte, nicht einmal zum Schlafen. Er war am Dunklen Hof aufgewachsen, wo man rund um die Uhr wachsam bleiben musste, und Jahrhunderte der Überlebenskunst unter Feen konnte man nicht so einfach abschütteln. Diese Paranoia würde er wohl nie ganz loswerden, aber er wurde dennoch zunehmend gelassener, was hin und wieder sogar so weit ging, dass er morgens noch neben mir lag und mich im Arm hielt.

Und da diese Momente, in denen er alle Schutzmechanismen außer Acht ließ und vollkommen entspannt war, so selten vorkamen, fiel es mir nun wahnsinnig schwer, ihn zu stören. Trotzdem betrat ich das Zimmer, setzte mich auf die Bettkante und streichelte sanft seine Schulter. Von einer Sekunde auf die andere war er wach, schlug die Augen auf und schenkte mir einen Blick aus seinen silbernen Augen, bei dem mir regelmäßig der Atem stockte. »Hey«, begrüßte ich ihn lächelnd. »Ich wecke dich ja nur ungern, aber wir müssen bald los, schon vergessen?«

Er grunzte, drehte sich völlig überraschend auf den Rücken und zog sich das Kissen vors Gesicht. »Ich werde dich wohl nicht dazu überreden können, ohne mich zu gehen, oder?«, drang sein gedämpftes Stöhnen durch den Stoff. »Sag Mab doch einfach, ich wäre von einem Mantikor gefressen worden, oder so.«

»Wie bitte? Sei nicht albern.« Ich nahm ihm das Kissen weg, woraufhin er verschlafen zu mir hoch blinzelte. »Das ist unser erstes gemeinsames Elysium, Ash. Sie erwarten uns. Uns beide.« Stöhnend schnappte er sich das nächste Kissen. »Du wirst nicht schwänzen und die Winterkönigin verärgern. Ich tue mir das ganz sicher nicht alleine an.« Ich entriss ihm auch das zweite Kissen und ließ es zu Boden fallen. Dann warf ich ihm einen gespielt bösen Blick zu. »Hoch mit dir.«

Er schenkte mir ein trockenes Grinsen. »Dafür, dass du mich die ganze Nacht wachgehalten hast, bist du aber erstaunlich munter.«

»Hey, immerhin hast du angefangen!«, gab ich im gespielten Trotz zurück, doch sein Anblick ließ mein Herz vor Freude hüpfen. Jeden Tag schienen kleine Stücke aus seiner inneren Schutzmauer herauszubrechen, und dahinter kam diese wundervolle, strahlende Seele zum Vorschein. Natürlich wusste ich, dass sie existierte, aber bisher war sie von seiner Vergangenheit, dem Winter in seinem Wesen und seiner gnadenlosen Herkunft überlagert worden. Für jeden anderen im Schloss war er noch immer Ash der Eisprinz, und wenn er wütend oder aufgeregt war, kam dieser eisige Schutzwall noch manchmal zum Vorschein, aber er gab sich Mühe.

»Komm schon.« Ich pikte ihn mit einem Finger in die Rippen, was er mit einem Grunzen quittierte. »Wenn ich das erdulden muss, dann gilt das genauso für dich. Das war

Teil des Deals, als du mich geheiratet hast.« Wieder wollte ich ihn piken, aber seine Hand schoss so schnell vor, dass ich sie nicht einmal sehen konnte. Er packte mein Handgelenk und zog mich an sich. Mit einem überraschten Quieken landete ich auf ihm, seine Arme schlangen sich um meine Taille und hielten mich fest umklammert.

»Ich weiß nicht«, murmelte er nachdenklich und grinste träge. Mein Herz schlug schneller. »Was würdest du tun, wenn ich dich einfach den ganzen Nachmittag hier festhalte? Wir könnten Glitch als Vertretung nach Tir Na Nog schicken – er würde die Wogen bestimmt glätten.«

»Na klar, das würde ein tolles Licht auf uns werfen ...« Weiter kam ich nicht, da Ash sich aufsetzte und meinen Protest mit einem Kuss erstickte. Ich schloss die Augen und schmiegte mich an ihn, genoss es, seine Lippen auf mir zu spüren und seinen Duft zu atmen. Gott, er war wie eine Droge: Ich konnte einfach nie genug von ihm kriegen. Meine Finger glitten über seine Schultern und seine nackte Brust und er fuhr seufzend mit beiden Händen durch mein Haar.

»Dadurch ... wirst du dich genauso wenig drücken können«, erklärte ich atemlos und begann zu zittern, als Ash sanft meinen Hals küsste, direkt unter dem Ohr. »Du wirst trotzdem ... zum Elysium gehen ...« Mit einem leisen Lachen ließ er die Lippen über meine Wange gleiten.

»Euer Wunsch ist mir Befehl, meine Königin«, flüsterte er. Mir tat das Herz weh vor lauter Liebe zu ihm. »Ich werde gehorchen, selbst wenn du mir befiehlst, mir das Herz aus dem Leib zu reißen. Selbst wenn du mir befiehlst, mich der Hölle des Elysiums am Winterhof auszusetzen.«

»So … schlimm wird es doch nicht werden, oder?«, brachte ich mit Mühe heraus. Ash grinste kläglich.

»Also, rücken wir das Ganze doch mal ins rechte Licht«, sagte er, strich mir eine Haarsträhne aus der Stirn und sah mich dann eindringlich an. »Wie oft hast du bereits am Elysium teilgenommen?«

»Drei Mal«, antwortete ich prompt. »Zumindest wird es diesmal das dritte Mal sein.«

»Und was meinst du, wie oft *ich* schon am Elysium teilgenommen habe?«

»Äh … öfter als drei Mal?«

»Wirklich bewundernswert, wie du die Kunst der Untertreibung beherrschst.« Ash küsste mich noch einmal und ließ mich dann mit einem Kopfschütteln los. Ich stand ruckartig vom Bett auf, denn wenn ich noch länger hier lag und in diese wundervollen Augen blickte, würde ich nirgendwo mehr hingehen. »Also schön«, seufzte er schließlich und setzte eine beleidigte Miene auf. »Ich denke, ich werde auch noch ein weiteres Elysium ertragen können.« Er stützte sich auf einen Ellbogen und lugte zwischen den Kissen und Decken hervor. Das sah so sexy aus, dass ich am liebsten das Elysium zum Teufel geschickt und höchstpersönlich geschwänzt hätte. »Dir ist aber schon klar, dass mindestens ein Gauner vom Winterhof ankommen und mich herausfordern wird, weil sie mich für einen Verräter halten?«

»Tja, dann versuche wenigstens, niemanden umzubringen, Ash.«

»Majestät?« Es klopfte zaghaft. Als ich die Tür öffnete, standen drei Drahtnymphen vor mir. »Wir sollen Euch bei den Vorbereitungen für das Elysium helfen, Majestät«, erklärte eine von ihnen mit einem tiefen Knicks. »Hofrat Fix bestand darauf, dass wir ein Kleid für Euch herrichten, das einer Königin angemessen ist.«

»Hat er das?«, erwiderte ich mit einem Lächeln. Fix – Elsterling und mein enger Berater – war in letzter Zeit ziemlich damit beschäftigt gewesen, Nachforschungen über das Elysium, die anderen Höfe und die damit einhergehenden Gepflogenheiten anzustellen. Er war unglaublich effizient darin gewesen und wusste inzwischen vermutlich mehr über diese Festivität als die meisten der altehrwürdigen Feen.

Die Drahtnymphe trat verlegen von einem Fuß auf den anderen. »Ja, Eure Majestät. Er bat uns außerdem darum, Eure Hoheit daran zu erinnern, dass es höchst unschicklich wäre, am Winterhof menschliche Jeans und T-Shirts zu tragen. Wir können sofort beginnen, wenn Ihr bereit seid.«

Vom Bett drang ein Geräusch herüber, das verdächtig nach Gelächter klang. Über die Schulter warf ich Ash einen schnellen Blick zu, den er voller Unschuld erwiderte. Als Fix letzte Nacht mit mir noch einmal das Reglement durchgegangen war, hatte ich *im Scherz* erklärt, dass das Elysium immer so steif und formell sei und ich deswegen überlege, dieses Jahr in Freizeitkleidung hinzugehen. Dann hätte ich es wenigstens bequem, während ich erfror. Fix hatte so entsetzt gequiekt, dass ich dachte, er würde einen Herzinfarkt bekommen, weshalb ich ihm hastig versicherte, das sei nicht ernst gemeint gewesen. Elsterlinge waren wundervolle und unübertroffen loyale Feen, aber sie hatten die Angewohnheit, alles immer sehr ernst zu nehmen. Puck hätte seine helle Freude an ihnen gehabt.

Puck. Beim Gedanken an ihn wurde ich traurig. Wo steckte er wohl gerade? Was trieb er so? Seit dem Tag, an dem wir den Falschen König besiegt und ich den Eisernen Thron bestiegen hatte, hatte ich meinen besten Freund nicht mehr gesehen. Ash schon; Puck war mit ihm ans Ende der Welt gereist und hatte ihm beigestanden bei dem Kampf um eine eigene Seele, damit er mit mir im Eisernen Reich leben konnte. Doch kurz darauf hatten sie sich getrennt, und seitdem hatte niemand mehr etwas vom König aller Streiche gehört.

Ich hätte zu gern gewusst, wo er gerade war. Er fehlte mir.

»Also schön.« Ich schenkte den Drahtnymphen ein Lächeln, um ihre Nervosität zu zerstreuen. »Geht voran.«

Eine ganze Weile später, nachdem man mich in ein Kleid geknufft und gezwängt hatte, und meine Haare mit Mühe zu Locken geformt und mein Gesicht mit Make-up aufgefrischt worden war, ging ich zurück in Richtung Schlafzimmer. Gott sei Dank war das vorbei. Auf solche Dinge hätte ich gut und gerne verzichten können – auf diese extrem formellen Veranstaltungen, bei denen ich immer als die mächtige Feenkönigin erscheinen musste. Ich konnte Ashs Widerwillen gut verstehen. Feenpolitik war verzwickt, tückisch, und wenn man nicht aufpasste, auch verflucht gefährlich. Ihre Spielregeln hatte ich im Schnellverfahren lernen müssen. Zum Glück hatte ich Glitch und Fix, die mir mit Rat und Tat zur Seite standen, und nun natürlich auch Ash. Und der jüngste Sohn der Dunklen Königin war bestens bewandert, wenn es um die Machtkämpfe zwischen den Feenhöfen ging.

Da wir gerade von ihm sprechen …

Er wartete vor der Tür zu unseren Gemächern auf mich. Mit verschränkten Armen lehnte er an einer der weißen Marmorsäulen. Bei seinem Anblick musste ich mich kurz sammeln. In seiner schwarz-silbernen, höfischen Montur, mit dem Mantel und dem Schwert an der Seite machte er einfach eine fantastische Figur. Ich musste an unseren ersten gemeinsamen Tanz denken, bei meinem allerersten Elysium, als ich den kalten, gefährlichen Sohn von Königin Mab zum ersten Mal gesehen und mich Hals über Kopf in ihn verliebt hatte. Nennt es Schicksal, Bestimmung oder einfach nur unüberwindliche Sturheit von beiden Seiten, doch von diesem Moment an gab es kein Zurück mehr.

Als Ash mich jetzt kommen sah, stieß er sich lächelnd von der Säule ab und streckte die Hand nach mir aus. Er verfügte über die verblüffende Fähigkeit, jedes Detail meiner Erscheinung mit einem einzigen Blick zu erfassen, ohne dabei mein Gesicht aus den Augen zu lassen. Ich konnte spüren, wie er sie auch diesmal wieder zum Einsatz brachte. Einen Moment lang wirkte er leicht benommen, doch dann nahm er meine Hand und hauchte – ganz Gentleman – einen Kuss darauf.

»Tja«, seufzte ich und ignorierte angestrengt die Schmetterlinge in meinem Bauch, »da wäre ich also, fein herausgeputzt und bereit für das Elysium.« Kopfschüttelnd musterte ich mein Kleid: metallisch schimmerndes Grau und Weiß, die passenden Farben für eine Eiserne Königin. »Ich hoffe bloß, dass dieses Kleid warm genug ist. Mabs Palast ist nicht gerade der molligste Ort des Nimmernie.«

»Du siehst umwerfend aus«, versicherte mir Ash leise

und zog mich an sich. Ich errötete, woraufhin ein verschlagenes Lächeln über sein Gesicht huschte. »Ich bin froh, dass Fix dir das mit der Jeans ausreden konnte.«

Mit dem Handrücken verpasste ich ihm einen Schlag in die Magengrube. Er lachte leise, bot mir seinen Arm, und gemeinsam schritten wir durch die langen Flure des Eisernen Palastes. An Wänden und Decken huschten kichernde Gremlins herum und die Eisernen Ritter neigten ehrerbietig die Köpfe vor uns. Hackerelfen, Mechanikerzwerge, Drahtnymphen und Aufziehmännchen verbeugten sich, bevor sie wieder ihren Pflichten nachgingen. Meine Eisernen Feen. Kaum zu glauben, dass ich vor ein paar Jahren noch ein ganz normaler Teenager irgendwo im Sumpfland von Louisiana gewesen war und sich die Eisernen Feen damals darauf vorbereitet hatten, das Nimmernie zu zerstören. Nun war ich ihre Königin, und auch wenn sie im Wilden Wald und in den anderen Reichen nicht gern gesehen waren, galten sie inzwischen doch nicht mehr als Abscheulichkeiten, die ausgemerzt werden mussten. So vieles hatte sich verändert. *Ich* hatte mich verändert, genau wie alle anderen in meinem Umfeld.

Verstohlen spähte ich zu meinem Ritter hinüber, der wortlos neben mir herlief. Er schien sich im Eisernen Palast jetzt wirklich wohlzufühlen, er wirkte entspannt und zufrieden. Auch wenn sein Blick nie zur Ruhe kam, er unentwegt alles beobachtete und jede Fee, mit der ich mich unterhielt, aufs Strengste musterte – stets bereit, in Aktion zu treten –, hatte er sich überraschend gut im Eisernen Reich eingelebt. Anfangs hatte ich mir Sorgen gemacht, dass er Tir Na Nog und den Winterhof vermissen könnte und es schwierig für ihn werden würde, sich der fremdartigen Natur des Eisernen Reiches und seiner Bewohner anzupassen. Doch er war erstaunlich problemlos in seine neue Rolle geschlüpft, fast so, als wäre sie ihm bereits vertraut. Als hätte er genau diese Rolle schon einmal gespielt.

Und auch wenn es seltsam klingen mag, war das vielleicht wirklich der Fall. Ich wusste nicht, was Ash auf seiner Reise ans Ende der Welt alles durchgemacht hatte, um eine Seele zu erringen. Das Wichtigste hatte er mir erzählt, ohne dabei auf schmerzliche Details einzugehen, doch selbst das, was er mir anvertraut hatte, war unfassbar genug. Und es gab eine Episode, über die er höchst ungern sprach: Als er eine Version unserer gemeinsamen Zukunft gesehen hatte. Er wich mir nicht direkt aus, erklärte mir aber, dass er unsere wahre Zukunft nicht durch Unsicherheiten und Dinge trüben wollte, die vielleicht niemals geschehen würden.

Das Ganze beunruhigte mich auch nicht sonderlich. Wenn ich ernsthaft darauf bestand, würde er mir alles erzählen, selbst das kleinste Detail, das wusste ich. Aber Ash war hier, in meinem Reich. Er hatte einen Weg gefunden, um bei mir sein zu können, ohne daran zugrunde zu gehen. Das war das Einzige, was zählte.

»Du starrst mich schon wieder so an«, murmelte er, ohne den Kopf zu drehen. Sein Mundwinkel zuckte verräterisch und in seinen Silberaugen lag ein fröhliches Funkeln. »Liegt das am Outfit? Vielleicht sollte ich es ausziehen, wenn es dich so stark ablenkt.«

»Benimm dich, Ash.« Grinsend rümpfte ich die Nase. »Und glaub ja nicht, ich würde dich nicht durchschauen.

Aber dein kleiner Plan, dich so vor dem Elysium zu drücken, wird nicht …«

Mit einem erschrockenen Keuchen blieb ich mitten im Satz stecken. Ohne jede Vorwarnung wurde mir speiübel, und die Wände begannen sich zu drehen. Ich versuchte noch, etwas zu sagen, Ash zu beruhigen und seine Sorge zu zerstreuen, doch dann wurden meine Knie weich und der Boden kam mir entgegen.

2

»Meghan!«

Stöhnend schlug ich die Augen auf.

Ich lag auf dem kalten Fußboden und die Wände schwankten noch immer ein wenig, bevor das Schwindelgefühl ganz vorüber war. Ash kniete neben mir, hatte die Arme unter meine Schultern geschoben und ließ mich vorsichtig in die Waagerechte gleiten. Natürlich hatte er mich aufgefangen und musterte mich nun mit bleichem, besorgtem Gesicht. Ruckartig griff er nach meiner Hand und umklammerte sie so fest, dass es wehtat.

»Meghan.«

»Es … es geht mir gut, Ash.« Vorsichtig setzte ich mich auf und atmete tief ein und aus, bis sich alles wieder normalisiert hatte. »Ich bin einfach nur … ohnmächtig geworden, schätze ich.« Wow, das war ja mal peinlich. Die Königin der Eisernen Feen bricht in ihrer eigenen Eingangshalle zusammen. Wie gut, dass wir noch nicht in Tir Na Nog waren – ein solches Zeichen von Schwäche in Gegenwart der Dunklen hätte nichts als Ärger bedeutet.

»Bist du krank? Was ist denn nur los?« Ash nahm meinen Ellbogen und half mir auf die Füße, während er mich prüfend ansah. »Soll ich einen Heiler rufen?«

»Nein, es ist alles okay.« Beruhigend drückte ich seinen Arm. »Es ist nichts. Wahrscheinlich bin ich einfach etwas überarbeitet. Aber jetzt geht es mir wieder wunderbar, ehrlich.«

»Vielleicht sollten wir besser nicht zum Elysium fahren.« Ash schien von meiner Unversehrtheit wenig überzeugt. »Glitch soll uns bei Mab und Oberon entschuldigen. Wenn irgendetwas nicht stimmt …«

»Nein«, entgegnete ich entschlossen. »Ich bin die Eiserne Königin, und bei diesem Anlass darf ich nicht fehlen. Keine Diskussion, ich muss da hin.«

»Meghan …«

»Wenn ich aus irgendeinem Grund nicht auftauche, lässt das dieses Reich schwach aussehen, und das können wir uns nicht leisten, Ash. Du weißt genau, was Mab denken wird. Wer wüsste besser als du, wie sie tickt.«

Ash nickte knapp. »Ich weiß«, murmelte er finster.

»Ich werde mein Volk nicht in Gefahr bringen.« Ich wandte mich von ihm ab und musterte die Gremlins, die Eisernen Ritter, die Elsterlinge und alle anderen, die sich in der Halle aufhielten. »Ich darf sie nicht enttäuschen, Ash«, fuhr ich fort. »Und ich werde sie nicht enttäuschen. Ich werde nicht zulassen, dass die anderen Reiche glauben, die Eiserne Königin sei nicht stark genug, um am Elysium teilzunehmen oder ihr Volk zu beschützen.«

»Das wird niemand denken.« Ash stellte sich hinter mich und legte mir die Hände auf die Schultern. »Aber du wirst so oder so nach Tir Na Nog fahren, ganz egal, was ich sage, oder nicht?« Er klang resigniert, und ich sparte mir eine Antwort. Seufzend ließ er den Kopf hängen, dann glitten seine Lippen über mein Ohr. »Ich konnte dich noch nie von irgendetwas abhalten, meine Königin«, murmelte er. »Aber du solltest wissen, dass ich heute Abend ganz besonders gut auf dich aufpassen werde. Dies ist dein Volk, und damit auch meins, aber du stehst bei mir an erster Stelle. Immer.«

»Majestät!« Bevor ich Ash antworten konnte, kam Glitch auf uns zugeeilt. Grelle Blitze zuckten in seinem Haar und warfen violette Schatten an die Wände, als er sich vor mir verneigte. »Die Kutschen stehen bereit«, verkündete mein Erster Leutnant und nickte Ash kurz zu, der den Gruß gleichermaßen erwiderte. »Mit Eurer Erlaubnis können wir nach Tir Na Nog aufbrechen.«

»Dann los. Wir sollten Mab nicht warten lassen.« Ohne ihre Reaktion abzuwarten, ging ich voran, kerzengerade und erhobenen Hauptes, wie Fix es mir beigebracht hatte. Die Haltung einer Königin, herrschaftlich und selbstsicher. Einen Moment später war Ash wieder an meiner Seite. Ich spürte, dass er etwas sagen und mit mir diskutieren wollte, doch er blieb stumm und ließ das Thema auch während der langen, kalten Fahrt ins Winterreich ruhen.

Um es mal milde auszudrücken: Der Palast der Winterkönigin gehört nicht gerade zu meinen Lieblingsplätzen im Nimmernie. Bei meinem letzten Aufenthalt war ich als Gefangene von Königin Mab und dem Winterhof dort gewesen. Selbstverschuldet, natürlich, denn dies war Teil einer Vereinbarung zwischen mir und Ash. Er hatte mir im Gegenzug dabei geholfen, meinen Bruder sicher nach Hause zu bringen. Und auch wenn ich in einer ähnlichen Situation wieder genauso handeln würde, sind mir diese Wochen in

Tir Na Nog doch als die schrecklichsten meines Lebens in Erinnerung geblieben. Mab hatte mich verabscheut, ihr mittlerer Sohn Rowan hatte mich in einer Tour gequält, und ihre Dunklen Untertanen hatten mich entweder töten, einfrieren, foltern oder fressen wollen.

Und dann war da noch Ash. Er war ebenfalls dort gewesen, hatte sich aber unterkühlt und grausam gegeben und mich ganz der Gnade seines Bruders und seiner Königin ausgeliefert. Zumindest dachte ich das damals. Der Winterhof ist brutal und unbarmherzig, Emotionen gelten als Schwäche, die es auszumerzen gilt. Ash hatte mich auf die einzige Art geschützt, die ihm möglich schien: indem er den herzlosen Winterprinzen spielte. Und das hatte er hervorragend gemacht; ich hatte ihm die Nummer sofort abgekauft. Ich war wirklich überzeugt, er hätte mich nur benutzt und mich dann fallen gelassen, er hätte mir das Herz gebrochen. Erst später war mir klar geworden, wie viel Ash geopfert hatte, um mich zu beschützen.

Gott, war ich naiv, dachte ich, während ich beobachtete, wie die kristallenen Stalaktiten vor dem Kutschenfenster vorbeizogen. Mabs Palast befand sich in einer riesigen Eishöhle, deren Decke so hoch war, dass sie sich in der Dunkelheit den Blicken entzog. Es war reines Glück, dass ich nicht schon am ersten Tag gefressen worden war. Könnte ich zu diesem Moment zurückkehren und ein ernstes Wort mit mir selbst reden, würde ich mir wahrscheinlich eine runterhauen. Der Gedanke an das schüchterne, verunsicherte Mädchen von damals entlockte mir einen Seufzer. *Du kannst es dir nicht mehr leisten, dein Herz auf der Zunge zu tragen, Meghan. Nicht am Winterhof. Du bist jetzt die*

Eiserne Königin. Ein ganzes Königreich verlässt sich darauf, dass du stark bleibst.

Langsam kam der Palast in Sicht, ein Schloss in makellosem, frostigem Blau, mit Eiszapfen an den Türmen und Reif auf jeder Stufe, ebenso schön wie tödlich. Genau wie seine Eigentümerin.

Die zugegebenermaßen nicht sonderlich entzückt war, dass ich ihren liebsten – und inzwischen einzigen – Sohn geheiratet habe.

Ash starrte mit ausdrucksloser Miene zum Palast hinüber, sein Blick schien in weite Ferne gerichtet zu sein. Versunken in Erinnerungen, genau wie ich. Trauer, Mitgefühl und Schuld zerrten an mir. Es musste schwer für ihn sein.

»Hey.« Ich strich über seine Hand und spürte den schmalen Goldring mit den silbernen Ranken und Blättern, der an seinem Ringfinger steckte – das Gegenstück zu meinem. Fast schon schuldbewusst drehte er sich zu mir um. Mit einem zögerlichen Lächeln fragte ich: »Alles in Ordnung?«

»Ja.« Er nickte. »Es geht mir gut. Alles nur …« Mit dem Kinn deutete er auf die vereisten Türme jenseits der Dächer und zuckte mit den Schultern. »Erinnerungen.«

»Vermisst du es?«

»Den Hof? Die Gerüchte und Intrigen, die Notwendigkeit, ständig auf der Hut zu sein und alles abzuwägen, was ich sagen oder tun will? Wohl kaum.« Er schnaubte abfällig, und ich hörte es voller Erleichterung.

»Allerdings …« Seufzend schaute er wieder aus dem Fenster. »Da gibt es schon ein paar Dinge, die ich vermisse. Ich habe so lange hier gelebt, ich kannte den Winterhof besser als irgendjemand sonst. Das tue ich heute noch. Doch jetzt …«

Er runzelte die Stirn. »Wenn ich mir Tir Na Nog jetzt so ansehe, fällt mir vor allem auf, was alles fehlt: Die Familie existiert nicht mehr, Rowan ist weg, Sage ist weg.« Sein Blick wurde trüb, und ich spürte die Reue, den nagenden Schmerz und die Schuld, die ihn umtrieben. »Ich hätte nie gedacht, dass sie mir einmal fehlen würden«, fuhr er leise fort. »Hätte nie gedacht ... dass ich einmal der Letzte meiner Ahnenreihe sein würde.«

Ich nahm seine Hand und drückte sie sanft, sodass sich das kühle Metall seines Eherings in meine Haut schmiegte. »Es tut mir leid, Ash«, flüsterte ich, als er mich schließlich ansah. »Ich kann mir nicht einmal vorstellen, wie sich das anfühlt. Obwohl ich meine Familie auch schrecklich vermisse, und die leben immerhin noch.«

»Das ist ein kleiner Unterschied.« Er schenkte mir ein schmales Lächeln, doch es erreichte seine Augen nicht. »In deiner Familie liebt man sich gegenseitig – du würdest alles tun, um sie zu schützen. Meine Familie hingegen ... na ja, du hast sie ja kennengelernt. In Gegenwart meiner Brüder musste ich stets wachsam sein, vor allem bei Rowan. Und Mab ...« Er schüttelte traurig den Kopf. »Mab war immer in erster Linie Winterkönigin, und sie hat stets dafür gesorgt, dass wir das niemals vergessen.«

»Und trotzdem fehlen sie dir.«

»Ja«, gab er zu. »Ich war Teil des Hofes. Alles war vertraut, es war ein sicherer Rahmen. Ich habe dazugehört. Trotz aller grausamen Spielchen, trotz der unzähligen Gelegenheiten, bei denen wir einander benutzt haben, wusste ich doch, dass Rowan, Sage und Mab immer da sein würden.« Er blickte auf seine Hand, die entspannt in meiner ruhte.

»Aber jetzt ist alles anders. Meine Brüder sind fort, und ich bin am Winterhof nicht länger willkommen. Zumindest nicht mehr so wie früher.«

»Heimweh?«

»Tir Na Nog ist nicht länger mein Heim.« Erst jetzt sah Ash hoch und begegnete meinem Blick. Seine Augen strahlten wieder in diesem wundervollen Silber und er schenkte mir ein verlegenes Lächeln. »Ich bin ein ganz schöner Jammerlappen, was?«, fragte er kläglich und schüttelte den Kopf. »Nein, ich habe kein Heimweh. Vielleicht vermisse ich meine Familie, aber mein Heim ist in Mag Tuiredh, oder wo auch immer du deinen Herrschaftssitz haben möchtest: im Nimmernie, im Eisernen Reich, selbst in der Welt der Sterblichen – das ist mir ganz egal. Meghan …« Er schob sich ganz dicht an mich heran und streichelte meine Wange. »Mein Heim ist dort, wo du bist.«

Nicht weinen, Meghan. Ich biss mir auf die Lippe, um die Tränen zurückzudrängen. Schließlich durfte ich nicht mit verquollenen Augen am Winterhof erscheinen. Aber manchmal überrumpelte mich Ash mit diesen leisen, aufrichtigen Erklärungen, und dann konnte ich einfach nicht anders.

»Tut mir leid«, murmelte er, vielleicht auch, weil er meine Tränen für ein Zeichen von Gewissensbissen hielt. »Ich werde nicht mehr vom Winterhof sprechen. Schließlich wusste ich ja, dass ich irgendwann zurückkommen und Mab gegenübertreten würde. Da solltest du dir nicht anhören müssen, wie ich wieder und wieder davon anfange …«

»Ash«, unterbrach ich ihn und drückte einen Finger an seine Lippen, woraufhin er erstaunt die Augenbrauen hochzog. »Küss mich einfach.«

Er lächelte, schlang den Arm um meine Schultern, zog mich an sich und neigte den Kopf, bis seine Lippen auf meinen lagen.

Wir küssten uns in der dunklen Kutsche, fanden unseren Rhythmus, ohne uns um die Stadt der Dunklen zu kümmern, die an den Fenstern vorbeizog. Zunächst war Ash zärtlich, hielt sich zurück, doch als ich mich vorbeugte und federleichte Küsse auf seinen Hals hauchte, stöhnte er leise, flüsterte meinen Namen und ließ den Kopf an die Lehne sinken. Ich drängte ihn in die Ecke und vergrub die Hände in seinen Haaren, während er immer wieder über meinen Rücken streichelte. Nun waren unsere Küsse hungrig, fordernd. Meine Zunge drängte zwischen seine Lippen, dann glitt seine über meinen Hals, bis ich keuchte. Meine Hand fuhr suchend von seiner Brust über den flachen, harten Bauch, schob sich unter den Stoff und wanderte über seine Rippen. Er zuckte zusammen und atmete gepresst, bevor seine kühlen Lippen wieder über meine heiße Haut strichen.

Schließlich löste er sich von mir und funkelte mich mit strahlenden Silberaugen an. »Meine Königin«, keuchte er und legte eine Hand an meine Wange. Mein Magen machte Purzelbäume. »Ich gehöre ganz dir. Ganz egal, was Mab sagt oder wie lange ich in Tir Na Nog gelebt habe, mein Leben gehört dir. Nichts wird mich jemals dazu bringen, dass ich von deiner Seite weiche.«

»Wenn du so weitermachst, heule ich gleich wieder los«, warnte ich ihn, als mir die Tränen in die Augen stiegen und sein wunderschönes Gesicht verschwamm. »Und dann wird Mab entweder hocherfreut sein, dass ich in Tränen aufgelöst bin, oder sie wird uns zutiefst verachten.« Mit einem leisen Lachen zog er mich an sich und hielt mich so fest, als müsse er mich vor der ganzen Welt beschützen. Ich spürte seinen Herzschlag unter meinen Fingern, dann beugte er sich zu meinem Ohr hinunter und flüsterte: »Ich liebe dich, Meghan.« Ich schniefte glücklich und verbarg das Gesicht an seinem Hemd. Ash stützte das Kinn auf meinen Kopf und spähte aus dem Fenster. »Ich habe nichts mehr zu verbergen«, erklärte er leise, und es klang gleichzeitig zufrieden und trotzig. »Weder vor Mab noch vor sonst jemandem. Sollen sie doch reden und starren. Dieses Elysium wird ganz anders sein.«

Abrupt kam die Kutsche vor den Toren des Winterpalastes zum Stehen. Ash ließ mich widerstrebend los, als ich mich aufrichtete, um mich für die bevorstehende Prozedur zu sammeln. Der Kutscher sprang vom Bock, öffnete uns die Tür und ließ einen eisigen Windstoß herein. Ash stieg zuerst aus und half mir galant aus dem Wagen.

»Bist du bereit?«, fragte ich leise, als ich den kalten, verschneiten Hof betrat. Überall hingen Eiszapfen, und die Luft war schneidend kalt. Oh ja, wunderbares Wetter bei den Dunklen. Daran konnte ich mich nur zu gut erinnern. Glitch und eine Eskorte von Eisernen Rittern kamen herbei, nahmen Aufstellung und hielten sich bereit, um uns zu folgen. Ash nickte, bot mir den Arm, und zusammen betraten wir Mabs tiefgefrorenes Domizil.

Während wir den Hof mit seinen Eisstatuen und den riesigen, bunten Kristallen überquerten, fielen mir als Erstes die unzähligen Winterfeen ins Auge. Was sicher nicht überraschend war, angesichts der Tatsache, dass wir uns hier im Herzen ihres Reiches befanden, aber es war beunruhigend, wie sie uns anstarrten. Die adeligen Sidhe beobachteten uns mit kaum verhülltem Hohn, Kobolde und Dunkerwichtel verfolgten uns hungrig, auch wenn sie auf Abstand blieben, und in den Schatten lauerten Schwarze Männer, die jeden unserer Schritte registrierten.

Ash hielt meinen Arm fest umklammert, beide versuchten wir angestrengt, das nicht-menschliche Publikum auf unserem Weg über den Hof zu ignorieren. Als wir die Freitreppe zum Palast erreichten, vollführte einer der Sidhe, eine schlaksige Fee mit stacheligen, vereisten Haaren, einen spöttischen Salut und grüßte Ash mit einem leisen, aber sarkastischen: »Prinz.« Ash reagierte nicht darauf, seine Miene blieb ausdruckslos. Die Maske des Winterprinzen.

Langsam begriff ich, was hier vor sich ging. Sie waren alle gekommen, um die neue Königin und ihren angeblich sterblichen Ehemann zu erleben. Nicht aus Höflichkeit oder als Willkommensgruß, sondern um nach Schwächen zu forschen, um herauszufinden, ob diese neue, halb menschliche Königin leicht zu manipulieren und zu verunsichern war. Und wegen Ash – um zu sehen, ob ihr ehemaliger Eisprinz als einfacher Sterblicher ein Weichei war. Was wiederum auch die Königin schwächen würde, der er diente.

Okay, das musste ein Ende haben. Hier und jetzt. Nicht nur zum zukünftigen Wohle meines Königreiches, sondern auch Ash zuliebe. Wollte er auch nur den geringsten Frieden in Tir Na Nog finden, musste er sich vor seinen Leuten beweisen. Ihnen allen zeigen, dass man weder die Eiserne Königin noch ihren Ritter unterschätzen sollte; auch wenn sie beide zum Teil sterblich waren.

»Ash«, flüsterte ich deshalb, als wir die Treppe fast erklommen hatten. »Weißt du noch, was ich heute Morgen gesagt habe, in Bezug auf irgendwelche Zweikämpfe?«

»Ja.«

Wir hatten das Ende der Treppe erreicht und standen vor dem offenen Eingangsportal. Entschlossen zwang ich Ash dazu, innezuhalten. Glitch und die Ritter wollten ebenfalls stehen bleiben, doch ich bedeutete ihnen mit einer Geste, schon vorzugehen. Sie musterten mich besorgt, verneigten sich dann aber, durchschritten den steinernen Bogen und warteten hinter dem Eingangstor auf uns.

Ich drehte mich zu meinem Ritter um, der ebenfalls leicht beunruhigt wirkte. »Ich nehme alles zurück. Der Mob da unten schreit nach Ärger. Und ich möchte, dass du ihnen diesen Wunsch erfüllst.«

Ash blinzelte überrascht. »Du willst, dass ich gegen sie kämpfe?«, fragte er ungläubig. »Jetzt?« Als ich nickte, runzelte er die Stirn und senkte die Stimme. »Mab und Oberon erwarten uns beide«, erklärte er. »Es könnte ein falsches Signal setzen, wenn du allein reingehst.«

»Mit denen komme ich schon klar.« Ein Blick auf die Menge am Fuß der Treppe zeigte mir ihr breites Grinsen und die hungrigen Blicke, die mich in meinem Entschluss nur umso mehr bestärkten. »Ich bin die Eiserne Königin – ich sollte den anderen Herrschern zunächst allein entgegentreten. Und ich möchte, dass du eine andere Nachricht verbreitest, Ash. Am Dunklen Hof fragt man sich bestimmt, ob der ehemalige Prinz noch immer so stark ist wie früher. Sie sind neugierig darauf, ob ein einfacher Sterblicher sich selbst und seine Königin am Winterhof beschützen kann. Besteht daran nur der geringste Zweifel, wird sich das herumsprechen, und dann könnte der Eiserne Hof in den anderen Reichen als schwach angesehen werden, als leichte Beute.« Ich drückte seinen Arm und lächelte kalt. »Diese Zweifel müssen auf der Stelle ausgemerzt werden. Ich will, dass du ihnen allen klarmachst, dass wir *nicht* schwach sind, und dass man dem Ritter der Eisernen Königin besser nicht in die Quere kommt. Unter gar keinen Umständen.«

Ashs Augen funkelten, und ein boshaftes Lächeln huschte über sein Gesicht. »Wie Ihr wünscht, meine Königin«, sagte er leise, wobei er seine Vorfreude nur schwer unterdrücken konnte. »Euer Wunsch sei mir Befehl. Bitte entschuldige mich bei Mab und Oberon. Ich werde Euch schnellstmöglich folgen.«

Mit einem zufriedenen Nicken ging ich durch das Tor, signalisierte Glitch, mir zu folgen, und überließ es meinem Ritter, sich der wartenden Menge zu stellen.

Ich hörte das schabende Geräusch der Klinge, als er sein Eisschwert aus der Scheide zog, und dann vereinzelte Rufe im Hof. Schritte wurden laut, als mehrere Winterfeen sich hastig in Bewegung setzten, entweder um anzugreifen oder um zu fliehen. Eisige Magie wurde freigesetzt, wahrscheinlich von Ash, gefolgt von einem entsetzten Schrei.

»Was *bist* du?«, brüllte jemand, und dann war ein Krachen zu hören und das laute Klirren von Eis, das am Boden zerbrach. Lautes Lachen – *Ashs* Lachen, triumphierend und trotzig, ließ mich innehalten.

Was bist du?

Eine gute Frage. Ich hatte sie mir selbst schon mehr als einmal gestellt. Körperlich war Ash derselbe geblieben;

noch immer war er schlank und geschmeidig, beherrschte die Wintermagie und sein Schwert so meisterhaft, dass er ein todbringender Krieger blieb. Er war wie früher leidenschaftlich, loyal und beschützend und sein Blick konnte so eisig werden, dass man innerlich erfror. In dieser Hinsicht hatte sich nichts geändert.

Und doch war er manchmal wie verwandelt. Man würde Ash wohl niemals als sanftmütig bezeichnen können, aber der Eispanzer, der den Winterprinzen stets umgeben hatte, war verschwunden. Er war jetzt … weicher, war auf eine Weise einfühlsam, wie er es als Dunkler nie hätte sein können. Manchmal wirkte er so menschlich – durch subtile Kleinigkeiten, die mir erst nach und nach zu Bewusstsein kamen und mich fast vergessen lassen konnten, dass er einmal dem Winterhof angehört hatte.

Die Frage war also, ob Ash ein Sterblicher war genau wie ich, ausgestattet mit Schein und Feenmagie, die eine Art Relikt aus seinem Leben als Winterprinz darstellten. Oder war er noch immer ein Feenwesen? Eine Fee … mit der Seele eines Menschen?

Ich wusste es nicht. Und eigentlich kümmerte es mich auch nicht. Ash war Ash. Man konnte ihm keinen Stempel aufdrücken; niemand hatte je erreicht, was er erreicht hatte, niemand im gesamten Feenreich war wie er. Er war … einzigartig.

Wieder hallte ein Schrei durch die Gänge. Ich ließ den zunehmenden Schlachtenlärm hinter mir und registrierte lächelnd das schmerzerfüllte und empörte Gebrüll. Was auch immer er sein mochte, er war der Beste, in dem, was er tat. Er würde sicher nicht lange brauchen.

In diesem Jahr wurde das Elysium in Königin Mabs Ballsaal abgehalten, der bereits voller Feen war. Am Eingang wartete ein Herold der Dunklen und kündigte mich mit hoher, klarer Stimme an: »Ihre Majestät Meghan Chase, Monarchin von Mag Tuiredh, Herrscherin der Gebiete des Eisens, Königin der Eisernen Feen.«

Dann zögerte er kurz, als wollte er die Ankündigung für Ash folgen lassen, aber Ash war ja gerade nicht bei mir. Nach einem Moment nickte er und ich betrat unter den aufdringlichen Blicken Dutzender Feen den Saal.

Am anderen Ende des Raums stand eine lange, weiße Tafel, an der bereits drei Personen Platz genommen hatten und noch zwei Stühle frei geblieben waren. Königin Mab, König Oberon und Königin Titania erwarteten mich, als ich kerzengerade und erhobenen Hauptes durch den Saal schritt.

»Meghan Chase.« Mabs Begrüßung vermittelte mir nicht wirklich den Eindruck, willkommen zu sein. Die Monarchin der Dunklen saß in der Mitte der Tafel. Ihr langes, schwarzes Haar war zu einer eleganten Hochsteckfrisur aufgetürmt, die mit kleinen Eiszapfen fixiert war. »Welch unverhoffte Bereicherung unserer Gesellschaft.«

»Königin Mab«, grüßte ich sie höflich und wandte mich dann mit einem Nicken nach links, wo mein Vater saß. »König Oberon, Königin Titania.« Die Sommerkönigin spitzte pikiert die Lippen und ignorierte mich, doch Oberon nickte gemessen mit dem Kopf. Nicht unfreundlich, aber auch nicht das, was man der eigenen Tochter gegenüber erwarten würde. Ich unterdrückte ein Seufzen. Es würde ein langer Abend werden.

»Wo ist Ash?«, wollte Mab wissen und blickte kurz zur Saaltür hinter mir. »Ist er nicht gekommen? Ist er nicht begierig, seinen alten Hof und seinesgleichen zu besuchen?« Sie senkte die Stimme, in der plötzlich eine leise Drohung mitschwang. »Hat er uns so schnell vergessen?«

»Nein, Königin Mab, Ash ist hier«, versicherte ich ihr eilig, da ich wusste, dass Mab schnell beleidigt und äußerst nachtragend war. »Er wurde ... aufgehalten, draußen im Hof. Aber er wird sicher in ein paar Minuten hier sein.«

»Verstehe.« Das beschwichtigte Mab offenbar, denn sie lehnte sich zurück und fuhr fort: »Gut. Ich würde gerne wissen, wie Ash in diesem verpesteten Reich zurechtkommt.«

Mir lag schon eine Antwort auf der Zunge – dass Ash prima zurechtkäme, vielen Dank auch –, als plötzlich sämtliche Lichter, alle Fackeln, Eiszapfenlüster und selbst die blauen Kerzen in den Säulen, flackerten und verloschen.

Fauchen und alarmierte Schreie wurden laut. Stühle fielen um, als einige Feen aufsprangen, ihre Waffen zogen und sich drohend den Vertretern des jeweils anderen Hofes zuwandten. Ich wirbelte herum und suchte nach versteckten Gefahren, nach allem, was dumm genug wäre, während des Elysiums anzugreifen, wenn die drei mächtigsten Feenwesen des gesamten Nimmernie in einem Raum versammelt waren.

»Ruhe!« Mabs Stimme hallte durch die Dunkelheit, und sofort verstummten alle. Man hätte eine Stecknadel fallen hören können, während die Dunkle Königin ihren Furcht einflößenden Blick durch den Saal wandern ließ. »Wer auch immer hierfür verantwortlich ist, wird sich schon bald wünschen, niemals geboren worden zu sein«, fauchte sie in die

Stille hinein. »Ich lasse mich nicht während des Elysiums an meinem eigenen Hof derart bloßstellen. Zeig dich, sofort!«

Auf einen Wink ihrer Hand hin sprangen die Lichter wieder an, die Kerzen und Leuchter erwachten flackernd zum Leben. Erschrocken blinzelnd sahen sich die versammelten Feen um, immer auf der Hut vor Angreifern und voreinander.

So entging ihnen zunächst, dass mitten im Raum, wo gerade noch nichts gewesen war, eine alte Frau stand. Doch ich entdeckte sie sofort, und ein kalter Klumpen bildete sich in meinem Magen.

Das Orakel, so zerlumpt, verstaubt und hinfällig wie alte, zerfallende Zeitungen, sah mit seinen tief eingesunkenen Augen zu mir herüber und fixierte mich. Als auch die anderen Feen das uralte Wesen bemerkten, das nun in ihrer Mitte stand, hörte ich, wie Titania zischend Luft holte. Sie wichen vor ihr zurück, als hätte die Alte eine ansteckende Krankheit. Doch der starre Blick des Orakels blieb unerbittlich auf mich geheftet, wie ein Geist schwebte es auf mich zu, bis uns nur noch wenige Meter trennten.

»Orakel«, begann Mab mit ausdrucksloser Stimme. »Warum bist du hier? Was hat dieser Zirkus zu bedeuten?«

Doch das Orakel ignorierte die Winterkönigin und glitt noch dichter an mich heran. »Meghan Chase«, wisperte es, und sofort hing der Gestank von uraltem Staub in der Luft, es roch wie in einem Grab oder einer Gruft. »Eiserne Königin. Erinnerst du dich an mich?«

»Was willst du, Orakel?«, fragte ich ruhig. Hoch aufgerichtet stand ich da.

»Ich überbringe dir eine Warnung«, flüsterte das Orakel.

»Eine Warnung, die bereits einmal in den Wind geschlagen wurde. Weißt du noch, was ich dir sagte, Meghan Chase? Dir und dem Winterprinzen? Erinnerst du dich, welche Geschehnisse ich euch prophezeite?«

Ein Murmeln ging durch den Raum und Mabs stechender Blick wurde umso schärfer; ich spürte ihn wie ein Brandmal auf meinem Hinterkopf. Eine Gänsehaut überlief mich, doch meine Stimme blieb fest. »Nein«, erwiderte ich und trat einen Schritt vor. »Du hast uns vieles prophezeit, und ich habe dir gegeben, was mir möglich war. Ich habe getan, was ich tun musste, um meine Familie zu retten. Alles andere war unwichtig.«

»Doch, du erinnerst dich«, beharrte das Orakel. »Oder etwa nicht? Das eine, was du nicht aufzugeben bereit warst, und was dir nichts als Kummer bringen wird. Fällt es dir nun wieder ein, Meghan Chase?«

Einen Moment lang wusste ich wirklich nicht, wovon die Alte sprach. Doch dann traf es mich wie ein Blitz, und hätten mir nicht Hunderte von Feen, inklusive der Herrscher der anderen Reiche, dabei zugesehen, wäre ich wohl zusammengebrochen, so weich wurden meine Knie. Die vor ewiger Zeit gesprochenen Worte kehrten in mein Gedächtnis zurück. Damals hatte ich eine meiner Erinnerungen gegen ihre Hilfe eingetauscht, doch das war nicht das Einzige gewesen, was die Alte verlangt hatte.

»Du würdest es nicht weggeben, auch wenn es dir nur Kummer bringt?«

»Oh Gott«, flüsterte ich und fasste mir unwillkürlich an den Bauch. Die Übelkeit, das Schwächegefühl und die Ohnmachtsanfälle … Das konnte nicht sein.

»Jawohl«, wisperte das Orakel und deutete mit der verschrumpelten Hand auf mich. »Du weißt, wovon ich spreche, Eiserne Königin. Was du in dir trägst, wird die Höfe entweder vereinen oder es wird sie vernichten. Ich habe es gesehen. Ich weiß, dass eine dieser beiden Möglichkeiten Wirklichkeit werden wird.«

»Nein«, wehrte ich mit zitternder Stimme ab. Es kam mir vor, als wären wir in unserer eigenen kleinen Welt gefangen, nur das Orakel und ich, und alles um uns herum schien weit, weit weg zu sein.

Die ausgezehrte Alte musterte mich erbarmungslos. »Du weißt, dass ich die Wahrheit sage, Meghan Chase«, fuhr sie fort. »Du weißt, welch große Macht in dir ruht. Eine zerstörerische Macht, die alles, was wir kennen, in Schutt und Asche legen kann. Doch noch ist es nicht zu spät.« Sie hob ihre krallenartige Hand. »Ich mache dir einen Vorschlag. Wir müssen uns eingehender unterhalten, aber nicht hier. Nicht so.« Ohne mich aus den Augen zu lassen, wich sie zurück. »Finde mich. Du hast Freunde, die dir den Weg weisen werden. Ich werde dich erwarten, dich und deine Entscheidung.«

Ein Windstoß fuhr durch den Ballsaal, blies die Kerzen aus und riss einige Lüster von der Decke, die in einer scheppernden Kakofonie zu Boden fielen. Auch diesmal sprangen die Feen heulend auf, und bis Mab die Ordnung wiederhergestellt und das Licht erneut entzündet hatte, war das Orakel verschwunden.

3

»Ich verlange eine Erklärung, Eiserne Königin!«

Zitternd wandte ich mich der Herrscherin der Dunklen zu, die aufgesprungen war und mich über die Tafel hinweg aufgebracht musterte. In Mabs Augen spiegelte sich das pure Misstrauen, und Oberon wirkte auch nicht sonderlich aufmunternd. Titania starrte mich natürlich mal wieder an, als wünschte sie sich, mein Schädel würde explodieren.

Aber die drei waren meine geringste Sorge. Die Worte des Orakels hallten in meinem Kopf nach, überfluteten mich wieder und wieder in ihrer vollen Tragweite.

Du weißt, welch große Macht in dir ruht.

Was du in dir trägst, wird die Höfe entweder vereinen oder es wird sie vernichten.

Ich werde dich erwarten, dich und deine Entscheidung.

»Ich muss weg.«

Das hörten sie gar nicht gern. Mab richtete sich auf, jeder Quadratzentimeter an ihr bebte vor Empörung. »Wie kannst du es wagen, Eiserne Königin?«, fragte sie mit dieser erschreckend sanften Stimme. »Wie kannst du es wagen, mich vor meinem gesamten Hofstaat derart zu beleidigen? Vor meinem eigenen Volk?« Sie kniff die schwarzen Augen zusammen und lehnte sich über den Tisch, auf dem sich die

Gläser augenblicklich mit Reif überzogen. »Du wirst mir sofort sagen, was hier geschehen ist, sonst wird dich der geballte Zorn des Winters treffen.«

Unerschrocken erwiderte ich ihren Blick. »Nein, Königin Mab. Ihr werdet wegen dieser Sache weder mich noch mein Königreich bedrohen.« Mab blieb vollkommen reglos, doch ich konnte spüren, wie schockiert sie war. Oberons Tochter war nicht länger das kleine, schüchterne Mädchen. Ich deutete auf den Saal hinter uns. »Ihr habt gehört, was das Orakel gesagt hat – das betrifft alle Reiche, nicht nur meines. Und ich werde mich sicher nicht nach irgendeinem lächerlichen, veralteten Protokoll richten, wenn mein Reich in Gefahr ist.«

»Das Mädchen hat recht, verehrte Mab«, sagte Oberon. *Endlich* stand er mir bei. Besser spät als nie, dachte ich. »Ein Ruf des Orakels darf nicht ignoriert werden. Wenn sie etwas weiß, wodurch die Stabilität der Feenreiche bedroht würde, müssen wir uns entsprechend vorbereiten.«

»Und was ist mit Ash?«, fauchte Mab gereizt. »Ich habe meinen Sohn seit Monaten nicht gesehen. Die Eiserne Königin trifft hier Entscheidungen, die ihn ebenfalls betreffen. Was hält Ash von der ganzen Sache?«

»Ash«, antwortete eine kühle Stimme neben mir, »steht hinter der Entscheidung seiner Königin.«

Ich rührte mich nicht, aber mein Herz machte einen Sprung, und am liebsten hätte ich mich voller Erleichterung zu ihm umgedreht. Doch ich hielt den Blick starr auf die Königin der Dunklen gerichtet. »Ash.« Nahtlos richtete Mab ihre Aufmerksamkeit auf meinen Ritter, der hoch aufgerichtet neben mir stand. »Du warst seit Monaten nicht mehr in deiner Heimat. Stört es dich denn gar nicht, dass deine Königin die uralten Traditionen des Elysiums verletzt? Ist es dir denn gleichgültig, dass sie dich gegen deine Heimat ausspielen würde, falls es zum Krieg zwischen unseren Reichen kommt?«

Die manipulative Art der Winterkönigin brachte mich in Rage, aber Ash blieb vollkommen gelassen. »Dies ist nicht mehr meine Heimat«, antwortete er klar und deutlich, sodass ihn alle hören konnten. »Und falls es zum Krieg kommen sollte, würde ich an vorderster Front kämpfen, um den Eisernen Hof zu verteidigen.«

Mab war sprachlos. Ich nutzte ihr Schweigen, um mich zu verneigen und einen Schritt zurückzutreten. »Wir werden euch jetzt verlassen«, erklärte ich den Herrschern des Feenreiches, ohne auf mein wild schlagendes Herz zu achten. Oberon war der Einzige der drei, der nickte. Titania schnaubte angewidert und Mab fixierte mich wieder mit diesem unheimlichen, düsteren Blick. »Ich bedauere zutiefst die Unannehmlichkeiten, Königin Mab, aber wir müssen nach Mag Tuiredh zurückkehren. Bitte entschuldigt uns.«

Ohne auf eine Antwort zu warten, drehte ich mich um und verließ mit Ash an meiner Seite den Ballsaal. Bei jedem Schritt spürte ich den kalten Blick der Winterkönigin wie einen Dolch in meinem Rücken.

Das war der einfache Teil.

Sobald wir draußen im Korridor waren, wo die anderen Herrscher uns nicht mehr hören oder sehen konnten, drehte sich Ash mit durchdringendem Blick zu mir um. »Ich habe den Tumult im Ballsaal gehört«, erklärte er leise und eindringlich. Von der unterkühlten, beherrschten Gelassenheit, die er Mab gegenüber gezeigt hatte, war nichts geblieben. »Was ist passiert? Warum verlassen wir das Elysium? Was ist hier los, Meghan?«

Mir wurden die Knie weich. Jetzt, wo mich die anderen Monarchen nicht mehr beobachteten, stürmten die Worte des Orakels erneut auf mich ein und drohten, mich unter sich zu begraben. Ich konnte nicht denken, hatte keine Erklärung parat. Ich brauchte Zeit, um mich zu beruhigen und das Ganze zu begreifen. Ash musste es erfahren, immerhin war er ein Teil dieser Enthüllung, doch der Winterhof war nicht der richtige Ort, um so etwas zu verkünden. Ich konnte es ihm noch nicht sagen. Nicht so.

»Nach Hause, Ash«, sagte ich schließlich, da ich unbedingt von Tir Na Nog weg wollte, zurück in die tröstliche Vertrautheit meines eigenen Reiches. »Bitte. Ich erzähle dir alles, wenn wir zu Hause sind.«

Es passte ihm zwar nicht, doch er fügte sich meinem Wunsch, auch wenn er mich während der gesamten Fahrt nach Mag Tuiredh nicht einen Moment aus den Augen ließ.

Wie soll ich es ihm sagen? Was wird er von der ganzen Sache halten? Ich starrte aus dem Fenster, sein forschender, besorgter Blick bohrte sich förmlich in meinen Nacken. *Ach, Ash, ich habe diesen Tag herbeigesehnt, aber ich hätte nicht im Traum daran gedacht, dass unsere Vergangenheit uns an diesem Punkt einholen und so verfolgen würde. Was sollen wir nur tun?*

Glitch sagte nichts, als die Kutsche vor unserem Palast hielt, und niemand stellte sich mir in den Weg, als ich durch die Flure lief. Selbst die Gremlins, die normalerweise wie psychotische kleine Hündchen um mich herumtanzten, wann immer ich einen Raum betrat, blieben auf Abstand. Nur Ash hielt mit mir Schritt. Er blieb schweigsam, aber ich wusste, dass das vorbei sein würde, sobald wir in unseren Gemächern waren. Und ich hatte noch immer keine Ahnung, wie ich es ihm sagen sollte.

Beau lag auf dem Bett und hob den Kopf, als er uns kommen sah. Sanft schlug sein Schwanz gegen die Matratze. Ich ging zu ihm und kraulte ihn hinter den Ohren, während ich weiterhin verzweifelt versuchte, das Chaos meiner Gedanken zu ordnen. Der Hund drückte seine Schnauze gegen meine Hand und winselte leise, ich vergrub das Gesicht in seinem weichen Fell. Mein Herz raste und mein Magen verkrampfte sich, als Ash hinter mir ins Zimmer kam.

»Also schön«, begann er und schloss nachdrücklich die Tür hinter uns. »Ich habe lange genug stillgehalten. Was ist los, Meghan? Was ist beim Elysium vorgefallen?«

Plötzlich war mein Mund wie ausgetrocknet. Gefolgt von einem besorgten Beau ging ich zum Balkon, öffnete die Glastür und trat hinaus. Tief sog ich die kühle Nachtluft ein. Unter mir schimmerte im Licht des Vollmonds Mag Tuiredh, die Stadt der Eisernen Feen. Meine Stadt. Meine Eisernen Feen. Ich hatte geschworen, dieses Reich vor jeglichen Gefahren zu schützen, kämen sie nun von innen oder von außen.

Was du in dir trägst, wird die Höfe entweder vereinen oder es wird sie vernichten.

»Meghan.« Ash stand hinter mir in der Balkontür und sagte mit fester, aber eindringlicher Stimme: »Bitte. Sag mir, was los ist.«

Ich holte tief Luft.

»Ich … Wir hatten unerwarteten Besuch«, begann ich und ging zurück ins Schlafzimmer. Ash folgte mir, ließ die Glastür aber offen, sodass eine kalte Böe durch die Vorhänge fuhr. »Im Ballsaal. Es war das Orakel. Sie ist wie aus dem Nichts aufgetaucht und hat alle erschreckt. Erinnerst du dich noch an sie?«

»Natürlich«, erwiderte Ash verblüfft. »Wir haben ein Kleinod für sie besorgt, um es gegen deine Erinnerung einzutauschen. Der Grimm hat uns über den gesamten Friedhof gejagt. Warum? Was hat sie zu dir gesagt?«

Ich klammerte mich an eine Stuhllehne, um nicht zusammenzubrechen. Mein Herz schlug schmerzhaft gegen meine Rippen, und ich schaffte es kaum, die Worte über meine Lippen zu zwingen. »Sie … überbrachte mir eine Warnung. Sie erinnerte mich an das Eine, das ich nicht aufgeben wollte, das mir nichts als Kummer bringen wird. Das …« Mein Magen schien Achterbahn zu fahren. Ich schluckte schwer und fuhr flüsternd fort: »… das ich in mir trage, und das die Höfe entweder vereinen oder vernichten wird.«

»Das du in dir …« Ash verstummte und starrte mich an. Ich spürte, wie sich die Energie im Raum veränderte, als er begriff.

»Meghan.« Seine Stimme klang ruhig und kontrolliert, doch unter der Oberfläche tobten die Emotionen. »Bist du … bist du etwa schwanger?«

Zitternd schloss ich die Augen. Ich wusste nicht, ob ich lachen, weinen oder schreien sollte. »Ich glaube schon.«

Ash stieß langsam den Atem aus. Dann hörte ich, wie er sich ziemlich abrupt aufs Bett setzte.

Schweigen breitete sich aus. Beau winselte und stupste mit der Schnauze gegen Ashs Hand. Als der nicht reagierte, sprang der Hund aufs Bett, legte sich mit einem lauten Seufzer neben ihn und ließ den Kopf auf die Pfoten sinken. Wieder schloss ich die Augen und wartete.

»Was hat das Orakel noch gesagt?«, fragte Ash schließlich leise.

»Sie will mir einen Vorschlag unterbreiten«, erklärte ich. Ich fürchtete mich davor, mich umzudrehen und ihn anzusehen. Fürchtete, Angst, Entsetzen oder Enttäuschung in seinen Augen zu entdecken, denn das könnte ich in diesem Moment einfach nicht verkraften. »Sie will, dass ich sie aufsuche, sie meinte, ich hätte ›Freunde, die mir den Weg weisen würden‹. Sie würde mich erwarten, mich und meine Entscheidung.«

»Entscheidung?« Ich konnte geradezu hören, wie er verwirrt die Stirn runzelte. »Welche Entscheidung?«

»Das hat sie nicht gesagt.« Ich zitterte, bemühte mich krampfhaft darum, die Tränen der Enttäuschung zurückzuhalten. Sicher, ich musste stark bleiben, aber ich hatte gerade erfahren, dass ich schwanger war, und nicht nur das – auch dass mein Kind alles zerstören könnte, was ich durch harte Arbeit aufgebaut hatte und beschützen musste. Und das Schlimmste war, dass ich keine Ahnung hatte, ob Ash überhaupt ein Kind wollte oder bereit war für ein Kind. Ob *ich* bereit war für ein Kind. »Ich hatte keine Chance, nach Details zu fragen«, erklärte ich mit möglichst ruhiger Stimme. »Nach dieser kleinen Prophezeiung ist sie einfach verschwunden, und ich habe entschieden, zu gehen, ganz egal, was die anderen Herrscher denken mögen.«

»Hey.« Ashs leise, sanfte Stimme schaffte es, dass ich mich endlich umdrehte. Er saß mit gelassener Miene auf der Bettkante und streckte die Hand aus. »Komm mal kurz her.«

Ich ging zu ihm und legte meine Hand in seine. Er zog mich an sich, schlang die Arme um meine Taille und drückte die Stirn an meinen Bauch. »Ich bin da«, murmelte er, als ich ein zittriges Schluchzen ausstieß und mich zutiefst erleichtert über ihn beugte. »Du musst das nicht allein durchstehen. Wir werden uns gemeinsam etwas ausdenken.«

Ich vergrub das Gesicht in seinen Haaren und ließ die kühlen, weichen Strähnen über meine Wangen gleiten. Er war mein Fels in der Brandung, das Einzige, worauf ich mich verlassen konnte, wenn die Welt um mich herum zusammenbrach. »Ich schätze, mein erster Auftritt als Königin bei einem Elysium war ziemlich eindrucksvoll«, murmelte ich, als ich mich ein wenig gefangen hatte und das Gefühl, den Boden unter den Füßen zu verlieren, langsam nachließ. »Hoffen wir mal, dass ich nach dieser Nummer überhaupt wieder eingeladen werde. Mab wird mir niemals verzeihen, dass ich sie einfach so stehen gelassen habe.«

Ich spürte sein Lächeln an meinem Bauch. »Sie wird drüber wegkommen.«

»Meinst du?«

»Wohl kaum.«

Ich stöhnte frustriert, dann schwiegen wir beide.

Wir blieben lange so sitzen, hielten uns aneinander fest, gaben uns Halt und Trost und hingen doch unseren eigenen Gedanken nach. Ash war sehr ruhig. Was er wohl dachte? Ob er sich darauf freute oder schreckliche Angst davor hatte, Vater zu werden? Noch dazu der Vater des Kindes, das später vielleicht alle Feenreiche vernichten würde. Wie ging man mit so etwas um? Konnte man sich auf etwas so Extremes überhaupt vorbereiten?

Ich konnte ihm diese Fragen jetzt nicht stellen. Ich wusste ja selbst noch nicht einmal, wie es *mir* dabei ging.

»Wann willst du aufbrechen?«, murmelte Ash irgendwann.

Ich atmete tief durch.

»Noch heute Nacht«, gab ich zur Antwort. »Ich werde ohnehin nicht schlafen können, bis die ganze Sache geklärt ist.« Er nickte, und endlich löste ich mich von ihm und wanderte nachdenklich im Zimmer auf und ab. Ash blieb auf dem Bett sitzen und sah mir schweigend zu. »Allerdings bin ich mir nicht ganz sicher, wie wir das Orakel finden sollen«, überlegte ich laut und sah ihn fragend an. »Sie hat nicht gesagt, wo sie warten wird. Vielleicht sollten wir einfach wieder in das Voodoomuseum in New Orleans gehen …«

»Dort wirst du sie wohl kaum finden, Mensch.«

Beim Klang der vertrauten, gelangweilten Stimme wirbelte ich herum. Draußen auf dem Balkon zeichnete sich der Umriss einer grauen, langhaarigen Katze vor dem dunklen Nachthimmel ab. Sie musterte uns mit mondhellen, goldenen Augen.

Beim Anblick dieses Eindringlings war Beau sofort hellwach, mit gesträubtem Fell fletschte er die Zähne. Er setzte zum Sprung an, aber Ash legte ihm eine Hand in den Nacken und murmelte etwas, woraufhin sich Beau schlagartig beruhigte und wieder auf die Matratze sank. Der graue Kater gähnte unbeeindruckt und leckte sich die Pfote.

»Hallo, Eiserne Königin«, seufzte Grimalkin dann, als würde dieses Treffen seine kostbare Zeit über Gebühr in Anspruch nehmen. »So treffen wir uns wieder. Schneller als gedacht, aber damit musste man wohl rechnen.« Wieder seufzte er, dann schüttelte er den pelzigen Kopf und musterte uns beide. »Warum schafft ihr zwei es einfach nicht, zumindest für ein paar Monate nicht in Schwierigkeiten zu geraten?«

Ash erhob sich vom Bett. Er war wachsam, aber auch verwirrt. »Wie bist du hierhergekommen, Kater?«, fragte er stirnrunzelnd. Grimalkin rümpfte die Nase.

»Ich bin geklettert.«

»Das meinte ich nicht.«

Da erst begriff ich, worauf Ash abzielte. »Moment mal«, protestierte ich und trat auf den Balkon hinaus, wo der Kater mir träge zublinzelte. »*Wie* kannst du dich hier aufhalten, Grim? Du bist keine Eiserne Fee, also kannst du nicht ohne Vergiftungserscheinungen nach Mag Tuiredh kommen, und ich bin mir ziemlich sicher, dass du nicht noch einmal zu deinem eigenen Wohl ans Ende der Welt gereist bist, oder?« Grim schnaubte, als wäre dieser Gedanke höchst beleidigend. »Wie machst du das?«, beharrte ich. »Und wenn du jetzt sagst: ›Ich bin eben eine Katze‹, werde ich dich eigenhändig von diesem Balkon werfen, das schwöre ich.«

Grimalkin nieste belustigt, sah mich aus schmalen Katzenaugen an und erwiderte: »Keine Sorge, Mensch, ich bin in keiner Weise gefährdet. Das gehört alles zu der Vereinbarung, die ich mit dem ehemaligen Ersten Leutnant getroffen habe.«

»Mit Eisenpferd?«

»Mmmm, ganz genau.« Grimalkin fuhr sich mit einer Pfote über das Ohr. »Man könnte sagen, sein … hm … Geist verharrt noch immer in dem Amulett, das ich beschafft habe, und solange es intakt bleibt, kann mir das Gift des Eisernen Reiches nichts anhaben.« Wieder gähnte er und seine Schnurrhaare zuckten. »Ich weiß nicht, wie lange es seine Wirkung behält und wie viel Zeit mir in diesem Reich noch bleibt, aber immerhin gehörte der ehemalige Eiserne Leutnant zu den stärkeren Feen. Sein letzter Wunsch bestand darin, dich zu beschützen, auch wenn er es nicht mehr selbst tun konnte.« Er schniefte kurz, gähnte und zeigte dabei seine spitzen Zähne. »Trotzdem bezweifele ich, dass es ewig wirken wird, und ich beabsichtige mit Sicherheit nicht, länger hier zu verweilen als absolut notwendig. Die Zeit drängt.« Sein Schwanz zuckte. »Also, können wir dann fortfahren?«

»Dann weißt du also von der Prophezeiung des Orakels«, bemerkte Ash hinter mir.

»Ihr Menschen seid wahre Meister darin, das Offensichtliche festzustellen.«

»Weißt du, wo sie ist?«, fragte ich. »Und wo wir hinmüssen?«

Grimalkin blinzelte mich an. »Jawohl«, schnurrte er. »Und ich werde nicht einmal eine Gefälligkeit dafür verlangen, dass ich euch hinführe. Das wurde bereits geregelt. Ich soll die Eiserne Königin, ihren Ritter und eine dritte Person durch den Wilden Wald bis zum Baum der Wünsche geleiten.«

Die Art, wie Ash plötzlich erstarrte, zeigte mir, dass ihm

dieser Name etwas sagte. »Was ist der Baum der Wünsche?«, fragte ich ihn.

»Möchtet ihr wirklich hier rumstehen und das ausdiskutieren?«, mischte sich Grimalkin ein, bevor Ash antworten konnte. »Wir vergeuden Zeit. Vor Tagesanbruch müssen wir uns alle zusammengefunden haben, und wenn wir uns nicht beeilen, verpassen wir unser Zeitfenster. Gehen wir.« Er erhob sich und peitschte mit seinem buschigen Schwanz. »Ich erwarte euch am südlichen Saum des Wilden Waldes, jenseits der Brücke zum Eisernen Reich. Es ist Eile geboten, Mensch.«

Und ganz wie es seine Art war, verschwand Grimalkin.

Ash und ich brauchten nur wenige Minuten, um uns umzuziehen – ich schlüpfte in Jeans und Pulli, er nahm seinen langen, schwarzen Mantel – und um Glitch zu einer privaten Besprechung zu uns zu rufen. Mein Erster Leutnant war nicht besonders glücklich darüber, dass ich mitten in der Nacht durch den Wilden Wald tingeln wollte. Ich war die Eiserne Königin, ich hatte Verpflichtungen gegenüber meinem Volk und meinem Reich. Was, wenn ich nicht zurückkehrte?

»Ich werde zurückkehren«, versicherte ich ihm, während ich mein Schwert aus der Halterung an der Wand löste und es mir umgürtete. Die geschwungene Stahlklinge lag wie angegossen an meiner Hüfte. Im Wilden Wald konnte man nie vorsichtig genug sein. »Ash wird mich begleiten. Es gibt dort draußen nichts, das unsere Rückkehr verhindern würde. Aber ich muss das tun, Glitch. Ich kann es dir jetzt nicht erklären, aber ich muss einfach gehen. Und ich vertraue darauf, dass du dich um alles kümmerst, während wir weg sind.«

Glitch schien wenig überzeugt, doch er verneigte sich. »Jawohl, Eure Majestät.«

Beau leckte winselnd meine Hand. Ich kniete mich neben ihn und kraulte ihn hinter den Ohren. »Und du musst ebenfalls brav sein«, erklärte ich. »Pass gut auf Glitch und Razor auf, bis wir wiederkommen, okay?«

Hechelnd wedelte Beau mit dem Schwanz. Ich tätschelte ihn noch einmal und stand dann auf. Der Luftzug von der offenen Balkontür fuhr durch meine Haare.

»Gehen wir«, wandte ich mich an Ash, der schweigend neben der Glastür stand, ebenfalls mit dem Schwert an der Hüfte. »Ich will nicht länger wegbleiben, als unbedingt nötig.«

Ich trat auf den Balkon hinaus und legte die Hände auf die Brüstung, ohne die Stadt, die sich wie ein Sternenfeld unter mir ausbreitete, eines Blickes zu würdigen. Stattdessen schloss ich die Augen und konzentrierte mich auf meinen Schein. Die Magie von Sommer und Eisen strömte durch jede Faser meines Körpers und verband mich mit meinem Reich. Sie bildete die Essenz von Wissenschaft, Logik und Technologie – und von Natur, Wärme und Leben. Durch sie konnte ich eine Uhr betrachten und jedes noch so kleine Element erkennen, welches dafür sorgte, dass sich die Zeiger drehten und alles funktionierte, aber ebenso die minutiöse Genauigkeit im Detail, die Schönheit und Funktionalität nahtlos miteinander vereinte. Ich konnte einen Song hören und dabei die strengen Linien und das perfekte Timing der Noten sehen, die ihm zugrunde lagen und die behutsam durchwebt waren mit der puren Emotion der Musik selbst.

Ich konnte meine Eisernen Feen spüren. Indem ich mein Bewusstsein erweiterte, konnte ich ihre Gedanken fühlen und wissen, was sie gerade taten.

Nun schickte ich meine Magie durch den Palast und streckte meine unsichtbaren Fühler suchend aus. Ich spürte Glitch, der gerade zurück in die Eingangshalle ging, wobei er seine Besorgnis sorgfältig verbarg. Ich spürte die Wachen, die an ihren jeweiligen Posten strammstanden, ohne zu ahnen, dass etwas nicht stimmte. Und ich fing die hektischen Bewegungen der Gremlins ein, die an den Palastwänden herumwuselten, ständig zum Schabernack bereit. Immer weiter suchte ich, durchdrang die Mauern, hinauf, hinauf, bis … dort. Am Turm in der östlichen Ecke hingen sie verschlafen an den rauen Steinen, eben jene Wesen, nach denen ich suchte.

Durch die gedankliche Verbindung schickte ich ihnen einen sanften Impuls, und sofort reagierten sie, erwachten mit einem aufgeregten Summen. Ich schlug die Augen auf, löste mich von der Brüstung und sah zu, wie einen Moment später zwei insektenartige Gleiter an der Mauer hinunterkrochen und sich auf das Balkongeländer hockten. Mit ihren großen Facettenaugen blinzelten sie uns an.

Ich warf Ash einen kurzen Seitenblick zu: »Bereit?«

Er nickte. »Nach dir.«

Als ich wieder an die Brüstung trat und die Arme ausstreckte, kroch sofort einer der Gleiter auf meinen Rücken und schloss die Gliederbeine um meinen Bauch. Ich kletterte auf die Brüstung, packte die Vorderbeine des Tieres und sprang vom Turm. Der scharfe Wind riss an meinen Haaren. Die Flügel des Gleiters wurden von der Luftströmung erfasst, und wir stiegen in die Höhe. Wir schwebten über Mag Tuiredh hinweg und ließen die vielen Lichter, weit, weit unter uns.

Ash schwebte von weiter oben herab und setzte sich an meine Seite, sein Gleiter summte den meinen freudig an, als hätten sie sich seit Tagen nicht mehr gesehen. Ash nickte mir ermutigend zu, dann lenkten wir unsere Gleiter in Richtung des Wilden Waldes.

4

Der Baum der Wünsche, so erfuhr ich von Ash, war eine dieser Kuriositäten des Wilden Waldes aus der Kategorie: zu schön, um wahr zu sein. Was ziemlich genau den Kern der Sache traf. Der Baum befand sich tief im Herzen des Wilden Waldes und war angeblich so alt wie das Nimmernie selbst. Es gab verschiedene Geschichten von mutigen Menschen, die ausgezogen waren, um ihn zu suchen, denn die Legende besagte, dass jeder, dem es gelang, den Drachen oder die Riesenschlange oder welche Abscheulichkeit auch immer diesen Baum bewachte, zu überwinden, sich alles wünschen konnte, was sein Herz begehrte.

Doch wie das im Feenreich nun einmal so ist, sieht die Erfüllung dieser Wünsche nie so aus, wie es beabsichtigt war. Die verstorbene Liebste mochte ins Leben zurückkehren, aber dann ohne Erinnerung oder verheiratet mit einem Rivalen. Der erwünschte Reichtum konnte stattdessen einem anderen zufallen, der sehr stark, sehr mächtig und sehr, sehr wütend ist. Und sich die Liebe einer bestimmten Person zu wünschen, war fast schon eine Garantie dafür, dass die Geliebte wenig später starb oder eine manische Obsession entwickelte, sodass man ihr nur noch entkommen wollte und den Tag verfluchte, an dem man von diesem Baum erfahren hatte.

»Und warum will Grimalkin uns ausgerechnet *dort* hinbringen?«, fragte ich, als wir mit unseren Gleitern dicht an der Grenze des Eisernen Königreiches landeten. Das aktuelle Abkommen besagte, dass keine Eiserne Fee ohne eine Erlaubnis von Sommer oder Winter die Grenze zum Wilden Wald überschreiten durfte. Als Eiserne Königin hätte ich diese Regel vielleicht dieses eine Mal ignorieren können, doch der Friedensvertrag war noch ganz frisch, und ich wollte keinen Staub aufwirbeln, also würde ich mich erst mal daran halten. Nachdem sie uns abgesetzt hatten, befahl ich den Gleitern, nach Hause zurückzukehren, was sie mit einem enttäuschten Klicken quittierten, doch letztendlich schwebten sie Richtung Mag Tuiredh davon. »Ich hoffe bloß, er erwartet nicht, dass wir uns etwas von dem Ding wünschen«, ergänzte ich, während Ash die Umgebung absuchte, wachsam und vorsichtig wie immer. »Denn ich habe meine Lektion gelernt, vielen Dank. Ich würde mich lieber mit Mab zum Tee verabreden als mir von einem sogenannten Baum der Wünsche mitten im Nimmernie etwas zu wünschen.«

»Du glaubst ja gar nicht, wie erleichtert ich bin, das endlich einmal von dir zu hören.« Ash musterte immer noch aufmerksam den Waldrand, und seine Miene war vollkommen ernst, doch er klang so, als würde er breit grinsen. Als ich ihm einen finsteren Blick zuwarf, drehte er sich um, und das Lächeln wurde sichtbar. »Ich denke nicht, dass wir uns deswegen Sorgen machen müssen«, meinte er dann gelassen. »Obwohl ich dir trotzdem raten würde, vorsichtig zu sein. Immerhin reden wir hier über Grimalkin.«

»Stimmt.« Ich seufzte, als Ash näher an mich heranrückte, nicht so nah, dass wir uns berührten, aber doch immer präsent. »Und er wird uns erst dann aufklären, wenn es ihm in den Kram passt und ich kurz davor bin, ihn zu erwürgen.«

Ashs Grinsen verschwand, er hob den Kopf und lauschte. »Hörst du das?«, fragte er leise.

Wir verstummten. Hinter den Bäumen wurden leise und dann immer lautere Stimmen hörbar: Schreie und Flüche, begleitet vom Klirren der Waffen.

»Klingt nach einem Kampf«, stellte Ash gelassen fest, und ich schnaubte frustriert. Aber natürlich. Immerhin war das hier das Nimmernie, hier lief nie alles glatt.

»Komm«, murmelte ich und zog mein Schwert. »Wir sollten besser nachsehen, was los ist. Aber ich schwöre, wenn ich noch einmal Winterritter so nah an der Grenze erwische, kann sich Mab auf was gefasst machen.«

Wir betraten den Wald, der schnell immer dichter und dunkler wurde, während das Eiserne Reich vom ewigen Zwielicht des Wilden Waldes verschluckt wurde. Die Kampfgeräusche wurden lauter und deutlicher, bis wir schließlich zwischen den Bäumen hervortraten und die eigentliche Grenze vor uns lag. Hier trennte ein tiefer Abgrund das Eiserne Reich vom Wilden Wald, nur eine Brücke verband die beiden Regionen. Zunächst hatte sich nur eine Holzbrücke über den Graben gespannt, doch der Wald riss sie immer wieder ein, als wollte er verhindern, dass irgendjemand das Eiserne Reich betrat oder verließ. Also wandte ich mich irgendwann an meinen Vater König Oberon, und eine neue Brücke wurde gebaut, diesmal aus Stein, errichtet von Trollen und Zwergen. Die massigen Stützpfeiler und Geländer waren zwar noch immer mit Ranken überwuchert, doch niemand kennt sich besser mit Steinen aus als die Zwerge, und deshalb würde diese Brücke wohl für lange Zeit Bestand haben.

Was auch besser war.

Mitten auf der Brücke tobte ein Kampf – oder zumindest das, wovon ich annahm, es wäre ein Kampf. Es hätte ebenso gut ein verrückter, hektischer Tanz sein können. Eine Horde kleiner, dunkler Feen mit Holzmasken umkreiste schnatternd ihren wesentlich größeren Gegner. Speerspitzen blitzten auf, und erst jetzt erkannte ich, dass die kleinen Männer versuchten, den Fremden damit zu durchbohren, der es jedoch meisterlich verstand, ihren Angriffen auszuweichen oder sie mit seinen Dolchen abzuwehren. Trotz der Dunkelheit leuchteten seine Haare in einem warmen Rotton, und mein Herz machte einen Sprung.

»Puck!«

Die rothaarige Fee im Zentrum des Gefechts warf mir einen schnellen Blick zu. »Oh, hey, Meghan!« Robin Goodfellow hielt für den Bruchteil einer Sekunde inne und winkte mir zu, bevor er sich mit einem Rückwärtssprung vor dem nächsten Winzling rettete. »Mann, die Welt ist echt klein! Und Eisbubi ist auch da! Was für ein Zufall, ich war gerade auf der Suche nach euch. Hey!« Er duckte sich und ein Speer flog über seinen Kopf hinweg. »Ganz locker bleiben, Jungs. Ich habe euch doch schon erklärt, dass es nur ein Missverständnis war.« Die kleinen Männer brabbelten wütend und griffen mit unverminderter Kampfeslust an. Puck zog eine Grimasse. »Äh … Eisbubi, wie wär's mit einer kleinen Hilfeleistung?«

Sofort riss Ash den Arm zurück und schleuderte einige

Eisdolche auf die Brücke; fest genug, um die kleinen Männchen zu treffen, aber nicht so hart, dass sie tödlich gewesen wären. Kreischend drehten sich einige der Kleinen zu uns um, dann stürmten sie mit erhobenen Speeren auf uns zu.

Ich spannte mich an, aber an der Grenze zum Eisernen Reich kamen sie ruckartig zum Stehen und starrten mich mit weit aufgerissenen Augen an. Sie steckten die Köpfe zusammen und berieten sich in ihrer seltsamen, fremdartigen Sprache, dann drehten sie sich um und riefen den anderen, die bei Puck geblieben waren, etwas zu. Die unterbrachen sich und kamen herüber. Nun flüsterten sie alle miteinander und zeigten immer wieder erst auf mich, dann auf Puck.

»Was ist hier los?«, zischte ich Ash zu, der das Gespräch stirnrunzelnd verfolgte. Schließlich seufzte er.

»Das sind Aluxob«, sagte er, was meine Verwirrung nicht minderte. »Naturgeister der Maya. Sie beschützen die Wälder der Maya, zeigen sich Fremden gegenüber aber normalerweise ziemlich tolerant.« Er warf Puck einen finsteren Blick zu. »Es sei denn, der Eindringling tut etwas, das sie verärgert oder beleidigt.«

»Aha.«

»Was soll das heißen, ›aha‹?«, beschwerte sich Puck, ohne seine ehemaligen Gegner aus den Augen zu lassen, nur für den Fall, dass sie wieder angriffen. »Ich habe ihnen doch schon gesagt, dass es sich bei der Sache mit dem alten Kopfputz und der Begräbnisstätte um ein klitzekleines Missverständnis handelt. Wie hätte ich denn ahnen können, dass dieses Ding so wichtig ist?«

»Oh, Puck …«, stöhnte ich, doch da näherte sich einer

der kleinen Männer und beäugte uns wachsam. Ich wartete ab, und schließlich verbeugte er sich ruckartig.

»Göttin?«, fragte er mit klarer, heller Stimme. »Du … Göttin dieses Ortes, ja?«

Ich hatte Mühe, den kleinen Männern gegenüber ernst zu bleiben, weil mir sofort das Zitat aus einem meiner Lieblingsfilme einfiel: *Wenn dich irgendjemand fragt, ob du ein Gott bist, dann sagst du … ja!*

»Ich bin Meghan Chase, Königin des Eisernen Reiches. Warum seid ihr hier?«

»Gebiete«, fuhr der Alux-irgendwas fort und zeigte auf Puck. »Gebiete dem. Geben zurück, was gestohlen. Geben zurück, dann wir gehen.«

Ash seufzte schwer und schüttelte den Kopf. Verwirrt blinzelte ich den Kleinen an, dann wanderte mein finsterer Blick zu Puck. »Was hast du ihnen gestohlen?«

»Ich habe es nicht gestohlen«, protestierte Puck empört. »Ich habe es mir nur ausgeborgt. Ich wollte es irgendwann zurückgeben.«

»Puck!«

»Okay, okay. Mann!« Mit einer schnellen Bewegung zog Puck eine lange Feder aus seinem Haar. Als das Mondlicht darauf fiel, schimmerte sie wie ein Regenbogen und bog sich anmutig im Wind. Widerstrebend reichte er sie dem am nächsten stehenden Winzling, der sie ihm wütend aus der Hand riss. »Echt, da krallt man sich einmal die Flugfeder einer gefiederten Schlange, und schon bist du lebenslänglich gebrandmarkt. Als würden sie die nicht sowieso alle zehn Jahre abwerfen!«

Die Aluxob zeigten Puck zischend die Zähne, dann verbeugten sie sich vor mir und machten sich blitzartig in Richtung Wald davon. Wir warteten, bis ihre kleinen Schatten endgültig im Dickicht der Bäume verschwunden waren und wir drei allein am Waldrand standen.

Ein paar Sekunden lang sahen wir uns schweigend an. Als ich Puck das letzte Mal gesehen hatte, war ich noch die normale Meghan Chase gewesen, das Mädchen, um das er sich auf Befehl meines Vaters Oberon hin jahrelang gekümmert hatte. Das war, bevor ich fast gestorben wäre bei dem Versuch, das Reich vor dem Falschen König zu retten, bevor ich den Thron beansprucht und Pucks Erzrivalen geheiratet hatte. Bevor ich die Eiserne Königin geworden war.

Jetzt war alles anders. Nach der entscheidenden Schlacht war Puck verschwunden: Erst hatte er Ash dabei unterstützt, eine Seele zu erringen, dann hatte er das Nimmernie ganz verlassen. Niemand wusste, wohin er gegangen war, doch ich hatte vermutet, dass er ein wenig Abstand zwischen sich und mich bringen wollte und Zeit zum Nachdenken brauchte. Ich hatte mir verzweifelt gewünscht, ihn bald wiederzusehen, und sei es nur, um ihm zu sagen, wie dankbar ich ihm war! Puck hatte mich geliebt, und trotzdem war er mit Ash losgezogen und hatte ihm dabei geholfen, eine Seele zu bekommen, sodass sein Erzrivale ins Eiserne Reich und zu mir zurückkehren konnte. Trotz aller Streiche und Schabernack war Robin Goodfellow der liebste und großmütigste Mann, den ich kannte, und er hatte mir schrecklich gefehlt.

»Also«, brach Puck schließlich das Schweigen und kratzte sich verlegen den Nacken. »Irgendwie komisch. Eigentlich war ich davon ausgegangen, dass ich dich und Eisbubi mal wieder vor irgendetwas retten müsste. Normalerweise läuft unser Wiedersehen doch immer nach diesem Muster ab.« Er grinste verlegen, schlenderte von der Brücke und schob nervös die Hände in die Taschen. »Jetzt weiß ich nicht so genau, wie ich weitermachen soll, Eure Hoheit. Ich würde dich ja umarmen, aber das würde gegen das Protokoll verstoßen, und eine Verbeugung wäre einfach nur seltsam. Vielleicht bleibe ich einfach hier stehen und winke nur. Oder ich könnte auch salutieren …«

Kopfschüttelnd ging ich zu ihm und zog ihn an mich. Er zögerte nur eine Sekunde, dann erwiderte er meine Umarmung.

»Hallo, Prinzessin«, murmelte er, als wir uns voneinander lösten, und brachte mich mit diesem uralten, dämlichen Spitznamen zum Grinsen. Anscheinend war zwischen uns alles wieder in Ordnung, oder zumindest nahezu. Sein Blick huschte zu Ash, der uns gelassen beobachtete. Fast schien er sich zu freuen, Puck zu sehen. Aber nur fast.

»Wir haben dich bei der Hochzeit vermisst, Puck«, sagte ich.

»Na ja.« Er zuckte mit den Schultern. »Da war ich gerade in Kyoto und habe ein paar Kitsune-Füchse besucht, alte Freunde von mir. Wir sind dann nach Hokkaido weitergezogen, um uns diesen antiken Tempel anzusehen, in dem es angeblich spuken sollte. Wie sich herausstellte, hatte sich dort eine Yuki Onna einquartiert und die Einheimischen vergrault. Sie war nicht gerade erfreut darüber, uns zu sehen. Ist das zu fassen?« Er grinste breit. »Könnte natürlich auch sein … na ja, dass wir sie ein wenig verärgert haben, als der Tempel Feuer fing. Ihr wisst ja, wie Kitsune so sind. Jedenfalls hat sie uns bis an die Küste gejagt, hat Eiszapfen nach uns geworfen, Blizzards heraufbeschworen ... Die alte Schachtel hat sogar versucht, uns unter einer Lawine zu begraben. Wir wären fast gestorben.« Er seufzte verträumt und sagte dann zu Ash: »Du hättest dabei sein sollen, Eisbubi.«

»Und wie bist du dann hier gelandet?«, fragte ich. Irgendwann später würde ich die ganze Geschichte aus ihm herauskitzeln. Doch jetzt musste ich mich auf das Wesentliche konzentrieren.

Puck kratzte sich die Wange. »Na ja, nach dem ... äääähm *Missverständnis* in Hokkaido habe ich beschlossen, dass ich mich besser von diesen temperamentvollen Schneemädchen fernhalte. Also bin ich nach Belize gereist und habe mich ein wenig in diesen coolen Maya-Ruinen umgesehen, als plötzlich wie aus dem Nichts das Orakel auftaucht, total mysteriös und gruselig. Wahrscheinlich hat sie versucht, mir mit dem ganzen Staub und der Lichtshow einen Schrecken einzujagen, aber ich habe es schon so oft erlebt, dass irgendetwas aus einer Ecke springt und Buh ruft ... Inzwischen ist das irgendwie nur noch traurig.«

Ich fuhr zusammen. »Das Orakel?«

»Jawohl.« Wieder zuckte er mit den Achseln. »Sie meinte, ich müsste so schnell es geht ins Nimmernie zurückkommen, weil du und Eisbubi bald meine Hilfe bräuchten. Viel mehr hat sie nicht rausgelassen, bloß dass wir drei uns wieder zusammenfinden müssten, um irgendwelche großen Schrecken in der Zukunft zu verhindern. Natürlich ging ich davon aus, dass ihr zwei wieder mal in Schwierigkeiten geraten seid, und hier bin ich nun. Äh, abzüglich ein paar Anhalter, die ich in Belize aufgelesen habe.« Puck verschränkte die Arme vor der Brust und musterte mich abschätzend. »Also, was ist denn nun der große Notfall, Prinzessin? Ihr seht soweit ganz gut aus, Eisbubi und du, und das Nimmernie steht ebenfalls noch. Was ist los?«

»Puck, ich bin schwanger«, sagte ich leise. Ruckartig schossen seine Augenbrauen in die Höhe. In knappen Worten schilderte ich ihm, was beim Elysium passiert war, vom mysteriösen Auftritt des Orakels und dessen Aufforderung bis zu Grimalkins Rolle als Führer auf dem Weg zum Baum der Wünsche. Als ich damit fertig war, starrte Puck mich immer noch mit offenem Mund an. Er war sprachlos, was ihm zeitlebens sicher nicht mehr als einmal passiert sein dürfte, und ich hätte laut gelacht, wäre die Situation nicht so ernst gewesen.

»Oh«, brachte er schließlich heraus. »Das ist … äh … wow. So etwas hört man nicht alle Tage. Nicht ganz das, was ich erwartet hatte, auch wenn dieser ganze Prophezeiungs-Kram mit der Zeit etwas repetitiv wird.« Er schüttelte sich und schien sich dadurch wieder in den Griff zu kriegen. An Ash gewandt fügte er hinzu: »Die allseits beliebte Prophezeiung vom Erstgeborenen, das Verderben bringt, Eisbubi? Das reinste Klischee! Warum kann es nicht mal der dritte Neffe zweiten Grades sein, dem es bestimmt ist, die Welt zu zerstören?«

Ein wenig ärgerte es mich schon, dass Puck über diese ernste Sache Witze riss, aber andererseits … so war er eben. Das war seine Art, mit der Situation umzugehen. Man konnte es ihm kaum zum Vorwurf machen, immerhin hatte ich ihm da einen ganz schönen Brocken hingeworfen. Man erfährt schließlich nicht jeden Tag, dass die beste Freundin schwanger ist und den Weltenzerstörer unter dem Herzen trägt.

Na prima, jetzt mache ich auch schon Witze darüber.

Ash nickte Puck nur müde zu. »Bis jetzt wissen wir noch nichts Genaues«, sagte er und warf mir einen schnellen Blick zu, als wüsste er genau, was ich gerade dachte. »Wir müssen das Orakel finden und uns anhören, was es zu sagen hat und wie dieser Vorschlag aussieht. Bis dahin wäre es zwecklos, sich den Kopf über etwas zu zerbrechen, das noch nicht geschehen ist.«

Wie konnte er nur so ruhig bleiben? Wusste er etwas, das ich nicht wusste? Hatte er in dieser Vision unserer gemeinsamen Zukunft irgendetwas gesehen? Nein, das konnte es nicht sein. Wenn er so etwas gesehen hätte, würde er es mir erzählen – unser Kind, das die Höfe vernichtet. Das ist eine ziemlich große Sache, so etwas verschweigt man doch nicht.

Oder gehörte das auch zu den »Unsicherheiten« der Zukunft, über die er nicht sprechen wollte?

»Tja.« Puck rang sich ein gequältes Lächeln ab. »Wie in alten Zeiten, was? Du, ich und Eisbubi, die Zukunft des Nimmernie steht auf dem Spiel … jetzt muss nur noch der Fellball auftauchen, dann ist alles perfekt.«

»Er ist bereits hier, Goodfellow«, ertönte die vertraute Stimme hinter uns. Sie klang zugleich gelangweilt und beleidigt. »Und das schon seit Beginn eures Gesprächs, geduldig wartend, dass du mal weiter blickst als nur bis zu deiner Nasenspitze.«

»Oh ja.« Puck seufzte und wir drehten uns zu Grimalkin um. »Genau wie in alten Zeiten.«

5

»Also … warum müssen wir noch mal zum Baum der Wünsche?«, fragte Puck, während wir Grimalkin durch einen Teil des Wilden Waldes folgten, der noch düsterer und verwunschener schien als der Rest. Die Bäume drängten sich dicht aneinander und Ranken und Gestrüpp wucherten wie verschränkte Finger über den Pfad. Es wäre ziemlich schwierig geworden, hier durchzukommen, wenn die Vegetation sich nicht zurückgezogen hätte, sobald ich mich näherte. Die verschlungenen Pflanzen lösten sich voneinander und ließen uns durch. Als es das erste Mal passierte, erklärte Ash mir, dass das Nimmernie eine Feenkönigin erkennen könne. Die Herrscher der Reiche waren auf die eine oder andere Weise alle mit dem Land verbunden, und das Nimmernie reagierte stets auf ihre Anwesenheit – selbst hier draußen im Wilden Wald.

»Hey, Fellball«, rief Puck, als Grimalkin nicht reagierte. »Ich weiß, dass du mich hören kannst. Warum müssen wir ausgerechnet zu dem verdammten Baum der Wünsche gehen? Wartet da die gruselige Orakelfrau auf uns?«

»Nein.«

»Nein«, wiederholte Puck und zog frustriert die Nase kraus. »Natürlich nicht. Das wäre ja auch viel zu logisch, richtig?« Grimalkin antwortete nicht, woraufhin Puck die Augen verdrehte. »Und wo *wird* sie auf uns warten, Kater?«

»Am Traumteich.«

»Okay. Alle, die genauso verwirrt sind wie ich, heben jetzt bitte die Hand.« Demonstrativ riss Puck den Arm hoch. »Dann muss *ich* also wieder einmal die Frage nach dem Offensichtlichen stellen? Wenn sie am Traumteich auf uns wartet, warum zur Hölle gehen wir dann zum Baum der Wünsche?«

Grimalkin blickte über die Schulter zurück und zuckte verächtlich mit dem Schwanz. »Ich dachte, die Antwort läge auf der Hand, Goodfellow«, erklärte er betont langsam und gereizt. »Wie du sicher noch weißt, befindet sich der Traumteich irgendwo im Inneren der Hecke. Sehr tief im Inneren der Hecke und nie zweimal am selben Ort. Um ihn auf normalen Wegen zu erreichen, muss man quasi zufällig über ihn stolpern. Und ich möchte nun wirklich nicht wer weiß wie lange mit euch dreien durch die Dornen wandern. Der Baum der Wünsche wird uns wesentlich schneller an unser Ziel befördern.«

»Und wie? Sag bloß nicht, dass du uns mit einem *Wunsch* dort hinbringen willst.« Puck warf Ash einen beunruhigten Blick zu. »Bei unserem letzten Versuch ist das nämlich nicht so gut gelaufen, nicht wahr, Eisbubi?«

Schockiert sah ich die beiden an, aber Ash schnaubte nur. »Du warst es, der den Wunsch ausgesprochen hat, Goodfellow. Ich weiß noch genau, dass ich dir davon abgeraten habe. Gerade du hättest es besser wissen müssen.«

»Ach ja?« Neugierig musterte ich den grinsenden Puck. »Will ich es überhaupt genauer wissen?«

»Ganz sicher nicht, Prinzessin.«

»Er hat versucht, Oberons Erinnerung an einen gewissen Streich in Titanias Schlafgemach auszulöschen«, erklärte Ash an seiner Stelle. »Ich weiß nicht einmal mehr, was es eigentlich war, aber auf jeden Fall ging die Sache nach hinten los und diesmal war statt Titania Oberon der Leidtragende. Der Erlkönig hätte ihm fast den Kopf abgerissen.«

»Na klasse, Eisbubi, bei dir klingt das ja, als wäre es ein Weltuntergang gewesen!«

Ich seufzte resigniert und sah Puck kopfschüttelnd an. »Es ist wirklich ein Wunder, dass du so lange überlebt hast. Was war denn nun mit dem Baum?«

Puck kratzte sich verlegen am Hinterkopf. »Na ja ... das ist jetzt auch schon echt lange her, weißt du ... Wir gingen also zum Baum ...«

»Was nicht gerade einfach war, weil Oberon uns quer durch den Wilden Wald gejagt hat«, unterbrach ihn Ash.

»Wer erzählt denn hier die Geschichte, Eisbubi? Wie dem auch sei ...« Puck rümpfte beleidigt die Nase. »Wir gingen zu dem Baum. Und ich wünschte mir, dass Oberon ... dieses kleine Missverständnis einfach vergessen würde. Ich dachte wirklich, ich hätte den Wunsch perfekt formuliert, ich wollte schließlich auf Nummer sicher gehen. Und es hat ja auch funktioniert ... irgendwie.«

»Irgendwie?«

»*Alle* haben uns vergessen«, schnaubte Ash. »Das gesamte Nimmernie. Niemand hat sich mehr an uns erinnert, oder daran, dass es uns je gegeben hätte.« Er bedachte Puck mit einem stechenden Blick. »Fast wäre ich vollständig entschwunden, und das nur deinetwegen.«

»Das wird er mir wohl ewig unter die Nase reiben«, ergänzte Puck und verdrehte genervt die Augen. Erst auf meinen alarmierten Blick hin zog er eine Grimasse und sagte: »Aber ja. Es war verflucht schwierig, den Wunsch wieder rückgängig zu machen. So etwas würde ich nicht noch einmal machen wollen. Der Baum der Wünsche bringt nur Ärger. Und zwar auch ohne seinen blöden Bodyguard.«

»Das ist der Grund, warum *ich* hier bin, Goodfellow«, seufzte Grimalkin vor uns. »Um die Formulierung des Wunsches müsst ihr euch keine Gedanken machen – darum kümmere ich mich. Eure Aufgabe besteht lediglich darin, die Königin am Wächter des Baumes vorbeizuschleusen. Denn das dürfte wohl der Grund sein, warum *ihr* hier seid.«

»Wächter?« Verwirrt runzelte ich die Stirn, während sich die Ranken und Dornenzweige vor mir zurückzogen und eine kleine Lichtung freigaben. »Was für ein Wächter?«

Puck zuckte kurz zusammen und deutete dann mit dem Kinn nach vorne. »Dieser Wächter.«

In der Mitte der Lichtung stand ein Baum. Er war groß, mit heller Rinde, hatte aber keine Blätter. Seine knorrigen Äste reckten sich wie Klauen dem Himmel entgegen. Allerdings waren nur die obersten Zweige zu sehen, da eine Schlange ihren massigen Körper um den Stamm geschlungen hatte. Das riesige Tier hatte schwarze, glänzende Schuppen, die einen dicken Panzer bildeten. Immer fester drückte der mächtige Leib sich an den Baum, als wollte die Schlange ihn erwürgen. Ihr Kopf ruhte auf dem Boden, sie hatte den spitzen Schädel einer Viper und lidlose rote Augen. Die gespaltene Zunge, mit der sie ständig die Luft prüfte, war fast so lang, wie ich groß war.

»Mann, das Vieh ist aber ganz schön gewachsen«, murmelte Puck und starrte mit verschränkten Armen zu dem gigantischen Tier hinüber. »Als wir es das letzte Mal getötet haben, war es doch nicht mal halb so groß, oder, Eisbubi?«

Verwirrt sah ich ihn an. »Ihr habt es *getötet*? Aber ... warum ist es dann noch hier?«

»Die Schlange bleibt nicht tot«, erwiderte Ash, der über meine Schulter hinweg ebenfalls das Monster beobachtete. Sanft legte er eine Hand auf meinen Bauch. »Wer den Baum der Wünsche für sich nutzen will, muss zunächst den Wächter töten. Wenn es gelingt, bekommt man seinen Wunsch, doch wenig später erwacht der Wächter wieder zum Leben, größer und widerstandsfähiger als zuvor.«

»Oh.« Ich bedachte Grimalkin, der auf einem Stein hockte und sich gelassen die Pfoten putzte, mit einem finsteren Blick. »Das ist ja großartig. Und du erwartest also von uns, dass wir dieses Ding töten? Es ist so groß wie eine Scheune!«

Der Kater gähnte. »Ich erwarte gar nichts von dir, Eiserne Königin.« Träge musterte er seine Krallen. »Ich diene lediglich als Führer, damit du dein Ziel erreichst. Wenn du das Orakel nicht aufsuchen und Näheres über die Zukunft deines Kindes erfahren willst, ist das allein deine Entscheidung.« Er leckte noch einmal kurz über seine Pfote. »Der einzige Weg zum Orakel führt über den Baum der Wünsche. Und der einzige Weg zum Baum der Wünsche führt über den Wächter.«

»Er hat recht«, seufzte Ash und zog sein Schwert. Puck folgte seinem Beispiel und hielt seine Dolche bereit. »Wenn der einzige Weg zum Orakel an dieser Schlange vorbeiführt, müssen wir uns eben den Weg dahin freischlagen. Das haben wir schon einmal geschafft – wir müssen es einfach ein zweites Mal tun.«

»Jetzt sprichst du meine Sprache, Eisbubi«, grinste Puck.

Auch ich zog mein Schwert, doch Ash legte mir eine Hand auf den Arm und hielt mich zurück. »Warte, Meghan«, verlangte er leise und zog mich ein Stück von Puck fort. Zögernd folgte ich ihm zwischen die Bäume, wo wir die Schlange nicht mehr sehen konnten. »Ich möchte nicht, dass du dich an diesem Kampf beteiligst«, erklärte er mir mit ernster Miene. »Bleib bei Grimalkin und überlass diese Schlacht Puck und mir.«

Missmutig runzelte ich die Stirn. »Glaubst du vielleicht, ich wäre dem nicht gewachsen?«, fragte ich und sah aus dem Augenwinkel, dass Puck sich noch ein Stück entfernte, damit wir ungestört waren. Grimalkin war ebenso verschwunden, mein Ritter und ich waren also ganz allein. Verletzt und empört starrte ich Ash an. »Du hast wohl Angst, ich würde euch im Weg sein oder euch behindern.«

»Das ist es nicht ...«

»Was ist es dann?« Ich sah ihn mit ruhiger Entschlossenheit an – ganz die Eiserne Königin. Ich würde mich hier nicht wie ein frustrierter Teenager aufführen. Immerhin war ich die Herrscherin von Mag Tuiredh, die Königin Tausender Feen, da würde ich mich nicht mitten im Nimmernie hinstellen und einen Trotzanfall kriegen. »Du weißt, dass ich eine gute Kämpferin bin«, beharrte ich. »Du warst schließlich mein Lehrer. Wir haben Seite an Seite gegen Machina, Virus, Ferrum und eine ganze Armee Eiserner Feen gekämpft. Ich war an mehr Schlachten beteiligt als die meisten in ihrem gesamten Leben, und mir ist klar, dass ich auch in Zukunft noch werde kämpfen müssen. Das gehört zu meinen Pflichten, Ash. Ich bin nicht mehr klein und hilflos.«

»Das habe ich auch nie gesagt!« Ash legte eine Hand an meine Wange und sah mich eindringlich an. »Und so war es auch überhaupt nicht gemeint«, fuhr er leiser fort und streichelte mich sanft. »Es ist nur … du trägst nun unser Kind in dir, Meghan. Ich kann nicht riskieren, dass dir etwas zustößt. Dass euch beiden etwas zustößt.«

Meine Wut verpuffte. Wenn er so etwas sagte, konnte ich ihm unmöglich länger böse sein. Trotzdem, ich war die Eiserne Königin. Ich würde nicht zulassen, dass sich diejenigen, die ich liebte, in Gefahr brachten, während ich danebenstand und zusah. So war es schon viel zu oft abgelaufen.

»Ash.« Ich blickte in seine strahlenden Silberaugen. »Ich kann nicht. Ich kann nicht im Hintergrund bleiben und nichts tun. Nicht mehr.« Er seufzte frustriert. Ich nahm sein Gesicht in meine Hände und sah zu ihm hoch. »Unser Leben, unsere Welt, das alles wird immer gefährlich sein, und es wird immer jemanden geben, der uns Böses will. Aber hier geht es um die Zukunft unseres Kindes und um die Zukunft unseres Königreiches, also werde ich an deiner Seite kämpfen. So wie ich es gelobt habe und wie es meine Pflicht ist als Königin. Ich werde nicht zulassen, dass sich etwas zwischen uns drängt oder sich uns in den Weg stellt.«

Ein warmes Feuer entzündete sich in Ashs Blick. »Wie du wünschst, meine Königin«, erwiderte er leise und beugte sich zu mir. »Wenn das dein Wille ist, werde ich an deiner Seite kämpfen, mit allem, was ich habe.« Er hauchte mir einen Kuss auf die Lippen.

Wir setzten diesen Kuss fort, bis Grimalkins ungeduldiges Seufzen durch die Bäume zu uns drang.

»Goodfellow wird langsam ungeduldig«, erklärte der Kater, als wir uns widerwillig voneinander lösten. »Und der Wächter erwartet euch. Vielleicht können wir die Feierlichkeiten auf später verschieben, wenn er besiegt ist.« Er rümpfte verächtlich die Nase, als ich die Augen verdrehte und nach meinem Schwert griff, das ich in die Erde gestoßen hatte. »Allerdings fühle ich mich verpflichtet, euch darauf hinzuweisen, dass der Wächter inzwischen nahezu unüberwindlich ist. Seine Schuppen dürften fast jeden Schwerthieb abwehren und gegen magische Angriffe ist er immun. Ein Frontalangriff wäre also nicht zu empfehlen.«

»Okay, und wie sollen wir das Ding dann töten?«

Wieder rümpfte Grimalkin die Nase. »Wie wurde Achilles besiegt? Wie fand der Drache Smaug sein Ende? Es gibt immer irgendwo einen Schwachpunkt, Mensch. Er mag klein sein, aber er existiert immer.«

Ein lautes Zischeln durchschnitt die Ruhe auf der Lichtung und ließ mich zusammenzucken. Grimalkin verschwand. Die riesige Schlange hatte sich vom Stamm gelöst und erhob sich nun vor dem Baum in die Höhe. Ihre lange Zunge zuckte hektisch durch die Luft. Und dann erschien an der Stelle, wo der Schwanz hätte sein müssen, ein *zweiter* dreieckiger Kopf, ebenso groß und Furcht einflößend wie der erste. Mit einem wütenden Zischen präsentierte uns die zweiköpfige Schlange ihre langen, gebogenen Giftzähne.

»Äh … Leute?« Puck blickte über die Schulter zu uns

zurück. »Ich will ja nicht stören oder so, aber das Ding sieht mich an, als wäre ich eine fette, leckere Maus. Ich hoffe, ihr schließt euch dieser netten Runde bald mal an.«

Ich drehte mich zu Ash um, der gelassen abwartete und sich weder um die Schlange noch um Puck oder Grimalkin zu bekümmern schien, sondern nur mich. »Bist du bereit?«, fragte ich. Er nickte und deutete mit seinem Schwert nach vorn. »Geh voran, meine Königin. Ich bin bei dir.«

Wir traten unter den Bäumen hervor und überquerten Seite an Seite die Lichtung. Die zweiköpfige Monsterschlange schickte uns eine zischende Warnung entgegen und richtete sich zu einem haushohen S auf, bereit zum Angriff.

»Wie wollt ihr es angehen?«, murmelte Puck, als wir bei ihm waren. Der starre Blick des Wächters verfolgte uns. Das Tier verharrte reglos – gefährlich still. Ich spürte die Spannung in seinem riesigen Körper, wie bei einem Gummiband, das gleich reißt. Mein Herz raste.

»Du übernimmst den einen Kopf«, wandte sich Ash an Puck, während er unseren Gegner aus zusammengekniffenen Augen beobachtete. »Ich kümmere mich um den anderen. Dadurch ist sie hoffentlich ausreichend abgelenkt, damit du nach der Schwachstelle suchen kannst, Meghan. Wir können nur hoffen, dass Grimalkin wusste, wovon er sprach.«

»Schwachstelle?«, wiederholte Puck verwirrt. »Welche Schwachstelle? Beim letzten Mal haben wir das Ding einfach in Stücke ge…«

Einer der Schlangenköpfe zuckte. Mit unfassbarer Geschwindigkeit schoss er vor, das Maul weit aufgerissen, ein düsterer Schlund, der mich vollkommen überraschte. Doch

Puck war bereit. Er sprang steil in die Höhe, sodass die mächtigen Kiefer ins Leere schnappten, und landete mitten auf dem flachen, schuppigen Schädel.

Kreischend wich der Wächter zurück und schüttelte den Kopf, um den ungewollten Gast loszuwerden. Puck stieß einen Triumphschrei aus, klammerte sich fest wie eine Klette und stach immer wieder mit dem Dolch auf das Tier ein. Wo die Klinge auf Schuppen traf, flogen Funken, aber die Panzerung blieb undurchdringlich. Trotzdem muss es die Schlange ziemlich gepiesackt haben, denn sie versuchte immer rabiater, Puck abzuschütteln.

»Meghan, pass auf!«

Fluchend sprang ich zurück. In dem Bruchteil von Sekunden, in denen ich Puck beobachtet hatte, war der zweite Kopf mit geöffnetem Maul auf mich zugeschossen. Doch Ash warf sich dazwischen und begegnete dem Angriff mit seinem Eisschwert, das sich zielsicher in das Auge der Schlange bohrte. Das Tier schrie – diesmal vor Schmerzen – und zog sich zurück. Mit einem wütenden Zischen fixierte es Ash, der sich ihm mit erhobener Klinge entgegenstellte.

Das war knapp, Meghan. Konzentrier dich, verdammt!

Ich holte tief Luft und spürte Sommer und Eisen in mir aufsteigen. Während Puck und Ash den Wächter beschäftigten, schloss ich die Augen und schickte meine Magie in den Boden, in das Herz des Wilden Waldes. Ich spürte die Wurzeln des uralten Wunschbaums, die sich tief ins Erdreich gruben, und die Kraft, die durch sie und das gesamte Nimmernie strömte. Ich spürte sogar den Herzschlag des Wächters, erkannte seine plötzliche Furcht, als er begriff, dass die beiden Krieger, gegen die er antrat, nur eine Ablenkung waren. Dass der kleine, bedeutungslose Mensch dort unten, der plötzlich vor Macht glühte, die eigentliche Bedrohung darstellte.

»Meghan!«

Als ich Ashs warnenden Schrei hörte, wusste ich, dass beide Köpfe ihren Angriff unterbrochen hatten und sich nun mir zuwandten. Ich spürte, wie sie rasend schnell auf mich zuschossen und die tödlichen Fänge ausfuhren, um zuzubeißen und mich im Ganzen zu verschlingen. Und ich lächelte.

Tut mir leid, zu spät.

Die knorrigen Wurzeln des Wunschbaumes durchbrachen das Erdreich und schoben sich in die Höhe. Sie glitten dem Wächter entgegen, umschlangen ihn wie dicke Fesseln und rissen ihn zu Boden.

Die Schlange zischte, wälzte sich herum, schnappte nach den harten, dicken Wurzeln und schlug mit ihrem kraftvollen Körper solange gegen sie, bis sie brachen und sie sich befreien konnte. Sie war stark, stärker als ich angenommen hatte. Triumphierend schossen die beiden Köpfe zu einem erneuten Angriff auf mich zu. Da flog ein Eisspeer zwischen den verbliebenen Wurzeln hindurch und prallte an einem der Köpfe ab, während sich gleichzeitig ein großer Rabe auf den zweiten stürzte und ihm die Augen aushackte. Beide Köpfe zuckten und waren für einen Moment abgelenkt. Mehr Zeit brauchte ich nicht.

Wieder rief ich die Wurzeln, doch diesmal schickte ich meinen Eisernen Schein in das Holz, das sich um die Schlange wickelte. Der Wächter reagierte erneut mit einem irritierten Zischen und versuchte, sich durch wilde Zuckungen zu befreien, aber nun waren die alten Wurzeln mit Eisen verstärkt und glichen dicken Kabeln. Immer enger schlossen sich die eisernen Wurzeln um den mächtigen Körper, die Bewegungen der Schlange wurde zusehends langsamer und sie kreischte frustriert.

Ich packte mein Schwert und ging auf sie zu, ließ dabei weiterhin meine Kraft in den Baum fließen, den vereinten Schein von Sommer und Eisen. Als ich am ersten der beiden Köpfe vorbeikam, versuchte er zischend nach mir zu schnappen, aber vergeblich. Auch der zweite Kopf hatte damit keinen Erfolg. Schließlich stand ich mitten zwischen den Wurzeln, direkt neben der gefesselten Schlange. Wieder schloss ich die Augen und suchte nach dem Puls, dem Herzschlag des Lebens, der den riesigen Wächter durchdrang. Unbeeindruckt von den wild zuckenden Schlangen- und Wurzelsträngen, die mich umgaben, folgte ich deren Lauf, bis ich gefunden hatte, wonach ich suchte: Die Schwachstelle in der Panzerung der Schlange war ein kleines Loch, nicht einmal so groß wie meine Faust. Der Wächter heulte auf und starrte mich durch die Wurzeln hindurch giftig an, woraufhin ich ihm ein trauriges Lächeln schenkte.

»Es tut mir leid. Aber ich bin die Eiserne Königin, und du stehst mir im Weg.«

Ich hob mein Schwert und rammte es mit der Spitze voran in den Spalt zwischen den Schuppen. Der Wächter stieß einen durchdringenden Schrei aus und zuckte so heftig, dass die Wurzeln des Baumes sich fast gelöst hätten. Taumelnd wich ich zurück, hielt mein Schwert aber weiter fest, während das Tier sich wand und verzweifelt gegen das Unausweichliche ankämpfte. Irgendwann wurde der Widerstand schwächer, das Licht schwand aus den glühend roten Augen und die Schlange rührte sich nicht mehr.

Keuchend ließ ich mich gegen einen dicken Ast sinken. Der Einsatz von so viel Macht hatte meinen Körper erschöpft. Als Ash und Puck sich einen Weg durch das Wurzelgeflecht bahnten, rappelte ich mich auf und griff nach meinem Schwert. Ungläubig starrten die beiden mich an, was ich mit einem müden Grinsen erwiderte.

»Na, das war doch gar nicht so schlimm«, sagte ich, immer noch atemlos. »Warum hattet ihr zwei beim letzten Mal bloß solche Probleme damit?«

Puck blinzelte schockiert, während Ash sich dicht vor mir aufbaute. Schweigend sah er mich an und verneigte sich dann feierlich. »Du bist eine wahrhafte Feenkönigin«, sagte er so leise, dass nur ich ihn hören konnte. »Und es ist eine Ehre für mich, dein Ritter zu sein.«

Ich spürte einen dicken Kloß in meinem Hals, doch genau in diesem Moment begann der Baum der Wünsche in einem strahlenden Licht zu leuchten. Hunderte, wenn nicht sogar Tausende von Kerzen entzündeten sich entlang der Äste, sodass der Baum die Dunkelheit durchbrach wie ein Leuchtfeuer.

»Oh ja«, nickte Puck und starrte zu den flackernden Lichtern hinauf. »Daran erinnere ich mich gut. Ein kleiner Rat, Prinzessin: Puste nicht mehr als eine Kerze aus. Wenn du versuchst, dir mehr als eine Sache zu wünschen, passieren die schrecklichsten Dinge.«

Vorsichtig traten wir unter die Zweige des Baumes, und sofort spürte ich die Hitze der unzähligen Flammen auf meinem Gesicht. Über uns huschte etwas Graues vorbei, dann hockte plötzlich Grimalkin auf einem der Äste und spähte zu uns hinunter. Das Kerzenlicht spiegelte sich in seinen goldenen Augen. »Der Wunsch wurde bereits ausgesprochen«, schnurrte er und peitschte mit dem Schwanz. »Der Weg zum Orakel ist frei. Wenn ihr so weit seid, pustet eine Kerze aus und schließt die Augen. Der Baum erledigt dann den Rest.«

»Und was wird er wohl sonst noch alles erledigen?«, murmelte Puck und musterte zweifelnd erst Grimalkin und dann die flackernden Kerzen. »Hast du den Wunsch auch wirklich *korrekt* formuliert, Kater? Keine Schlupflöcher oder seltsamen Formulierungen, die gegen uns verwendet werden könnten? Ich habe keine Lust, als Frosch aufzuwachen oder mich auf dem Grund des Ozeans wiederzufinden oder irgend so was.«

Unbeeindruckt kratzte sich der Kater am Ohr. »Ich fürchte, das Risiko werdet ihr wohl eingehen müssen.«

Ich machte eine Kerze auf einem tief hängenden Ast aus, deren orange glühende Flamme müde in den Schatten tanzte. »Kommt schon«, sagte ich leise zu den beiden Jungs. »Wenn das der einzige Weg zum Orakel ist, müssen wir es tun. Jetzt gibt es kein Zurück mehr.«

Ash kam zu mir und nahm meine Hand. »Wir sollten besser nicht getrennt werden«, murmelte er und verschränkte seine Finger mit meinen. »Später wird es seinen Preis fordern, so funktioniert das nun einmal. Der Baum der Wünsche verlangt immer einen Tribut, ganz egal, was Grimalkin behauptet.«

Mein Magen verkrampfte sich, aber Ash lächelte ermutigend und drückte meine Hand. Ich spürte das glatte Metall seines Eherings auf der Haut und lächelte zurück.

Dann drehte ich mich zu Puck um und streckte ihm meine freie Hand hin. Der zögerte kurz und musterte noch einmal den Baum, bis ich spöttisch die Nase krauszog.

»Robin Goodfellow«, sagte ich mit einem provokanten Grinsen. »Du hast doch nicht etwa Angst?«

Der altbekannte Trotz blitzte in seinen grünen Augen auf, dann nahm er meine Hand. »Im Leben nicht, *Prinzessin*«, erwiderte er höhnisch. »Aber glaub bloß nicht, ich hätte dich nicht durchschaut. Wenn wir alle als Lamas enden, werde ich den Rest meines Lebens hinter dir herrennen und sagen: ›Ich hab's dir doch gesagt.‹ Und zwar auf Lama-esisch.«

Hastig verdrängte ich die Vorstellung von Puck als Lama, um nicht laut loszulachen. Jetzt galt es ernst zu bleiben und sich auf das Ziel zu konzentrieren. Das Orakel wartete auf mich, mit den Antworten zum Schicksal meines Kindes. Aber ich fürchtete mich nicht mehr. Nicht mit Ash und Puck an meiner Seite, die beide meine Hände umklammerten und an deren Aura ich ablesen konnte, dass sie mich um jeden Preis beschützen würden. Wie in alten Zeiten, hatte Puck gesagt. Wir drei hatten schon so viel zusammen durchgestanden, und wir waren immer siegreich gewesen. Diesmal würde es nicht anders sein.

Ich drückte ihre Finger, hob den Kopf und blies die Kerze aus. Die Flamme erlosch, ein feiner Rauchfaden wand sich in die Höhe. Dann sah ich nichts mehr.

6

Ich schlug die Augen auf und blinzelte verwirrt. Ich konnte mich nicht erinnern, sie geschlossen zu haben, aber es musste wohl so gewesen sein, denn alles um mich herum hatte sich verändert. Die Lichtung war verschwunden, der Baum der Wünsche und der Körper der riesigen Schlange. Stattdessen stand ich in einem Tunnel aus dicken, schwarzen Dornenranken, die sich mit einem leisen Quietschen umeinanderschoben, als wären sie lebendig.

»Da wären wir also«, sagte Puck und ließ meine Hand los, um seine Kleidung abzuklopfen, als wollte er sich versichern, dass auch nichts fehlte. »Und wie es aussieht, auch in einem Stück.« Er spähte an mir vorbei zu Ash, der meine Finger noch immer fest umklammert hielt. »*Und* vollzählig. Ich hatte schon fast damit gerechnet, dass wir alle in verschiedenen Ecken des Nimmernie landen würden oder zumindest in einem Haufen Scheußlichkeiten, die uns den Kopf abreißen wollen. Offenbar hat der Fellball es tatsächlich richtig gemacht.«

»Was hast du denn erwartet, Goodfellow?« Grimalkin tapste mit hoch erhobenem Schwanz vorbei, ohne uns eines Blickes zu würdigen. »Ich bin eine Katze.«

Verstohlen schaute ich zu Ash. Er wirkte ebenfalls erleichtert, obwohl die ganze Situation ihn doch zu beunruhigen schien. Auch er hatte damit gerechnet, dass es bei unserer Ankunft Ärger geben würde.

»Bleibt wachsam«, befahl er uns leise, während wir Grimalkin durch den Dornentunnel folgten. »Dass die bösen Überraschungen nicht sofort über uns hereingebrochen sind, heißt nicht, dass sie nicht noch kommen können.«

Vor uns begann die Decke des Tunnels zu schimmern, bläuliches Licht breitete sich aus. Wenig später endete der Gang und wir standen am Rand einer kleinen Höhle, die vollständig von Dornenwänden umgeben war. Über uns verdunkelte die Hecke den Himmel, ihre Zweige waren so eng verflochten, dass der Eindruck einer unterirdischen Grotte entstand. Die Wände waren übersät mit menschlichem Krimskrams: Spielsachen, Bücher, Bilderrahmen, Trophäen und Stofftiere hingen an den Dornen, als wären sie dort aufgespießt worden. Grimalkin war zwischen den Sachen verschwunden wie ein weiteres Plüschtier dieser riesigen Spielzeugsammlung. Unter dem bohrenden Blick einer einäugigen Porzellanpuppe betrat ich die seltsame Kammer.

»Das nenne ich doch mal gruselig«, murmelte Puck neben mir und musterte alarmiert die Puppe. »Falls du irgendwo Clowns sichst, zeig sie mir nicht, okay? Ich würde mir diese Albträume lieber ersparen.«

Gerade wollte ich ihn anfauchen, da ich dank ihm jetzt unweigerlich an Killerclowns denken musste, als Ash mich am Arm berührte und mit dem Kinn nach vorne deutete.

In der Mitte der Höhle schickte ein leuchtender kleiner Teich verschwommene Bilder an Wände und Decke. Das Wasser war jedoch so still und glatt wie ein Spiegel und reflektierte alles um sich herum. Die abstrus verzierten Wände und die Decke wirkten wie ein Loch in der schimmernden Oberfläche. In einem alten Schaukelstuhl am Ufer saß zusammengesunken wie eine Lumpenpuppe – oder eine verschrumpelte Mumie – eine uns bekannte alte Frau.

Ein paar Sekunden lang verharrte das Orakel so reglos, dass ich schon fürchtete, es sei nun doch gestorben. Dann bewegte es langsam den Kopf und die scheinbar leeren Augenhöhlen richteten sich auf mich.

»Du bist gekommen.« Die Alte erhob sich aus dem Stuhl wie eine Marionette und winkte uns mit einem skelettartigen Arm zu sich. Ich nahm die Schultern zurück und ging entschlossen zu ihr hinüber, dicht gefolgt von Ash und Puck. Es schien, als würde die Hecke den Atem anhalten und die Puppen und Stofftiere aufmerksam zusehen, wie wir uns der Alten bis auf wenige Meter näherten. Der vertraute Gestank nach Gruft, Staub und alten Zeitungen brannte in meiner Kehle.

Einen Moment lang rührte sich niemand.

Dann räusperte ich mich. »Also gut«, begann ich und begegnete dem unheimlichen Blick der Alten. Oder zumindest hoffte ich das, denn das ist gar nicht so einfach mit einem Gesicht ohne Augen – man weiß nie, ob das Gegenüber einen nun ansieht oder nicht. »Hier bin ich, Orakel. Wir sind so schnell gekommen, wie es ging. Also, was ist das für ein Angebot, das du beim Elysium erwähnt hast? Was weißt du über mein Kind?«

»Dein Kind«, wiederholte das Orakel fast schon verträumt. »Dein *Sohn*. Oh ja, ich weiß so einiges über ihn.« Als sie sah, wie schockiert ich war, lächelte die Alte. »Viele Versionen der

Zukunft habe ich gesehen, und in allen ist er ein faszinierendes Wesen, geboren aus Sommer, Winter und Eisen, einzigartig unter seinesgleichen. Mensch und Fee, vereint er die Magie aller drei Reiche in seinem Blut, sodass er über nie gekannte Macht gebieten wird.« Sie unterbrach sich und ihre Stirn kräuselte sich wie altes Pergament. »Doch dann trübt sich der Blick in die Zukunft. Dort draußen ist etwas, Eiserne Königin, etwas Finsteres, und es verfügt über die Macht, dir deinen Sohn zu entfremden. Ich kann es nicht genau erkennen, vielleicht ist es noch nicht einmal in dieser Welt, doch *er* wandelt auf einem sehr schmalen Grat, sodass er sich in jede Richtung neigen kann. Und was dann kommt …« Sie schüttelte den eingeschrumpften Kopf. »Ich habe Tod und Zerstörung im schlimmsten Ausmaß gesehen, viele Leben werden ausgelöscht, die Reiche vernichtet, und in der Mitte des Ganzen, im Auge des Sturms, befindet sich dein Sohn.«

Ich bekam kaum noch Luft und musste meine weichen Knie zwingen, mich weiter zu tragen. Sogar Puck schien schockiert – sein Gesicht unter den roten Haaren war bleich. Ash sagte nichts, doch er trat neben mich und legte eine Hand an meinen Rücken, um mich spüren zu lassen, dass er da war. Ich lehnte mich an ihn und zog Kraft aus dieser Beruhrung.

»Du … hast mir immer noch nicht gesagt, wie dein Angebot lautet«, flüsterte ich, während ich versuchte, die erschreckenden Informationen zu verarbeiten, mit denen mich das Orakel konfrontiert hatte. »Das alles hättest du mir auch im Voodoomuseum sagen können oder einfach irgendwo im Nimmernie. Warum hast du uns also ausgerechnet hierher bestellt?«

Die schmalen Lippen des Orakels verzogen sich zu einem grimmigen Lächeln. »Weil es etwas gibt, dass ich dir zeigen will, Eiserne Königin«, erwiderte die Alte ebenso leise und deutete auf das glatte Wasser hinter sich. »Der Traumteich kann jedem, der richtig hinzusehen vermag, seine Zukunft zeigen, oder auch die Zukunft eines anderen. Komm ...« Mit einer Krallenhand winkte sie mich zu sich. »Geh in das Wasser, dann zeige ich dir deinen Sohn.«

Zögernd blickte ich zu Ash, und er nickte. Doch bevor ich einen Schritt machen konnte, ergänzte das Orakel: »Nur die Eiserne Königin!« Ruckartig sah ich hoch. »Nur eine Person kann mich in den Teich begleiten. Diese Entscheidung muss die Königin fällen, nur sie allein.«

»Es ist auch Ashs Kind«, protestierte ich. »Damit hat er ein Recht, das zu sehen.«

»Es geht nicht«, erklärte das Orakel schlicht. »Ich kann es nur einem zeigen, und du bist die Königin. Die Verantwortung und die Entscheidung, die damit einhergeht, lasten auf deinen Schultern.«

Ash nahm meinen Arm und zog mich in eine dunkle Ecke, ein Stück weg vom Orakel und dem schimmernden Teich. Puck trat wie selbstverständlich zwischen uns und das Orakel, verschränkte die Arme und grinste die Alte provozierend an, damit sie uns ja nicht folgte. Doch sie rührte sich nicht.

Als ich Ash verunsichert ansah, lächelte er zärtlich und nahm meine Hände in seine. »Ist schon gut«, murmelte er und blickte mir unverwandt in die Augen. »Ich vertraue dir. Ich weiß, dass du nur tun wirst, was für unseren Sohn das Beste ist, auch wenn ich nicht dabei bin. Denke immer daran, Meghan.« Er hob eine Hand an meine Wange.

»Was auch immer das Orakel dir zeigen wird, auch wenn es noch so düster, schrecklich und Furcht einflößend ist: Es ist noch nicht geschehen. Lass dich nicht durch Angst dazu verleiten, etwas zu tun, das wir beide bereuen könnten.«

Ich nickte, während mein Herz raste. Ash beugte sich über mich und hauchte mir einen Kuss auf den Hals, genau unterhalb des Ohres. Ich erschauerte. »Ich liebe dich«, flüsterte er. »Und ich werde immer bei dir sein, auch wenn du mich nicht sehen kannst.« Dann zog er sich gerade so weit zurück, dass er mir einen sanften Kuss auf die Lippen drücken konnte. Mit einem eindringlichen Blick fügte er hinzu: »Was auch immer du dort siehst, du wirst nicht allein sein. Du hast mich und Puck und ein ganzes Königreich, die dir auf dein Geheiß zur Seite stehen werden. Nichts von dem, was das Orakel dir enthüllen mag, könnte dafür sorgen, dass wir dich verlassen.«

Meine Kehle war wie zugeschnürt. Am liebsten hätte ich mich in seine Arme geworfen, mich an ihn geschmiegt und die Welt um uns herum ausgeblendet. Aber das Orakel beobachtete uns, ich spürte den Blick dieser eingesunkenen Augen in meinem Rücken, und deshalb durfte ich jetzt keine Schwäche zeigen. Also drückte ich nur Ashs Hand an meine Wange und versuchte so, ihm ohne Worte zu vermitteln, was ich empfand. Er legte seine Hand auf meine und lächelte.

Dann drehte ich mich um, richtete mich auf und kehrte zu der Alten zurück.

Sie hatte ihren Platz verlassen und schwebte nun in der Mitte des Traumteichs, von wo aus sie jeden meiner Schritte überwachte. Gemeinsam traten wir an das Teichufer. Die spiegelglatte Oberfläche zeigte uns unsere perfekten Abbilder: die Eiserne Königin, ihr Ritter und der berüchtigte Robin Goodfellow, wie er die Alte draußen auf dem Teich angrinste. Sie stand auf dem Wasser, als wäre es nur wenige Zentimeter tief. Doch obwohl die Oberfläche so ruhig war, konnte man unmöglich bis auf den Grund des Teiches blicken. Immer sah ich nur die dornige Decke der Höhle, die sich im Wasser spiegelte.

»Tritt vor, Eiserne Königin«, befahl das Orakel. »Komm zu mir, dann zeige ich dir deinen Sohn. Doch bedenke, nur dir wird dieses Privileg gewährt. Dein Ritter und der Sommernarr müssen zurückbleiben. Keine Sorge, es wird nicht lange dauern.«

»Orakel«, erwiderte Ash mit tödlich ruhiger Stimme, als ich schon ganz dicht am Wasser war. »Ich vertraue dir hiermit das Wohl meiner Ehefrau und einer Königin der Feen an.« Noch zögerte ich. »Sollte sie bei ihrer Rückkehr in irgendeiner Hinsicht Schaden erlitten haben, wird dich nicht nur der Zorn des gesamten Eisernen Hofes treffen, sondern du wirst es auch mit mir persönlich zu tun bekommen.«

»Oh ja, und er wird nicht allein sein«, mischte sich Puck ein. So ernst hatte er schon lange nicht mehr geklungen. »Du wirst es mit uns beiden zu tun kriegen, von einem extrem angefressenen Sommerkönig ganz zu schweigen. Und damit wahrscheinlich auch mit dem ganzen Lichten Hof.« Er grinste, aber es war eine seiner gruseligen, bösartigen Grimassen. »Nur eine kleine, freundliche Warnung. Bring sie also besser unversehrt zurück.«

Das Orakel spitzte die blutleeren Lippen. »Körperlich wird sie unversehrt bleiben«, erklärte es dann widerwillig, als würde es um das Kleingedruckte eines Vertrages gehen.

»Doch der Blick in die Zukunft, und sei es auch nur ein kleiner Ausschnitt, ist eine ernste Angelegenheit und kann sich auf schwächere Gemüter traumatisierend auswirken. Ich kann also nicht versprechen, dass sich eure Königin durch das, was sie sieht, nicht *verändern* wird. Ich kann ihr lediglich die Zukunft zeigen, aber ich kann keine Verantwortung für die daraus entstehenden Folgen übernehmen.«

Puck musterte mich besorgt. »Bist du sicher, dass du das machen willst, Prinzessin?«

Ich spürte Ash hinter mir, dachte an seine Worte und den Ausdruck in seinen Augen, und hatte plötzlich keine Angst mehr. »Ja«, sagte ich entschlossen. Ash hatte unsere Zukunft gesehen – oder zumindest eine mögliche Version davon – und hatte sich davon nicht aufhalten lassen. Ich musste es tun, musste so viel wie möglich über unser Kind herausfinden … über unseren Sohn. »Ich bin bereit«, erklärte ich dem Orakel. »Zeig mir, was du gesehen hast. Ich will alles wissen.«

»Dann komm«, hauchte die Alte und streckte mir eine Hand entgegen. »Tritt in den Traumteich, Meghan Chase. Tritt in den Teich, dann bringe ich dich zu deinem Sohn.«

Ich ging vorwärts, in Erwartung, im Wasser zu versinken und zu der Stelle waten zu müssen, wo das Orakel über der Oberfläche schwebte. Doch tatsächlich war der Teich nur wenige Zentimeter tief, das Wasser ging mir gerade einmal bis zum Knöchel und durchnässte auf dem Weg zur Teichmitte lediglich den Saum meiner Jeans. Die Oberfläche kräuselte sich durch meine Bewegung kaum und wirkte noch immer so glatt wie Glas, selbst dort, wo ich meine Füße hinsetzte. Als ich das geduldig wartende Orakel erreichte, war der Teich sofort wieder vollkommen still.

Die dunklen Augenhöhlen des Orakels musterten mich forschend. »Bist du sicher, dass dies dein Wunsch ist?«, fragte die Alte, als müsse diese letzte Formalität noch abgearbeitet werden. »Du wirst nicht auslöschen können, was du nun sehen wirst.«

»Ich bin mir sicher«, antwortete ich.

Sie nickte knapp. »Dann blicke hinab, Eiserne Königin. Sieh direkt nach unten, in das Wasser hinein.«

Ich sah hinunter.

Mein Ebenbild blickte mir entgegen, so klar und deutlich, als würde ich auf einer Glasscheibe stehen oder einem riesigen Spiegel, nicht in einem Teich. Doch dann schaute ich an meiner Reflexion vorbei, hinter meinen Kopf, wo eigentlich die Spiegelung der Höhlendecke hätte erscheinen müssen.

Sterne flammten zwischen den Dornen auf und ein silbriger Vollmond erstrahlte an einem wolkenlosen Himmel.

Überrascht hob ich den Blick. Die dunkle Höhle war verschwunden. Zwar befanden sich meine Füße noch immer in einer Pfütze, doch nun stand ich mitten auf einer großen Wiese, umgeben von sanften Hügeln. Ein Stück weit entfernt liefen fluffige, weiße Tiere über einen Hang wie verirrte Wolken und der Wind trug ihr leises Blöken heran.

»Wo bin ich?«, fragte ich und drehte mich langsam im Kreis. Der Gestank von Staub und Verwesung kitzelte mich in der Nase und ließ die Schafe entsetzt über die Hügel fliehen.

»Im Reich der Sterblichen«, hauchte das Orakel und erschien direkt neben mir. »Heutzutage nennt man diese Region Irland, glaube ich. Hier fanden viele unserer Art ihren Ursprung.«

Bevor ich fragen konnte, was wir denn in Irland verloren

hätten, trug der Wind einen weiteren Geruch heran, bei dem mir beinahe das Herz stehenblieb. Er war nur schwach, aber ich erkannte ihn sofort. Wer genügend Schlachten überlebt hat, kann diesen Geruch unmöglich ignorieren.

Blut.

Ich drehte mich in die Richtung, aus der der Wind kam, und sah ganz in der Nähe eine Gestalt, die allein im Mondlicht stand. Der Mann stand mit dem Rücken zu mir, aber es war unverkennbar, wie groß und schlank er war. Sein Haar schimmerte silbrig in der Dunkelheit, es hing ihm offen über den Rücken und wehte leicht im Wind. Er war umgeben von Giftpilzen – dicke, weißliche Knollen, die einen nahezu perfekten Kreis um ihn herum bildeten.

Als ich mich ihm näherte, klopfte mein Herz wie verrückt. Der Mann drehte sich nicht um, er war ganz auf den Boden vor seinen Füßen konzentriert. Schließlich sah ich das elegant gebogene Schwert, das er locker in der Hand hielt. Die Klinge und sein Arm waren blutverschmiert, die dunklen Flecken zogen sich bis zum Ellbogen hinauf.

Erst als ich bereits ganz nah war, drehte sich die Gestalt um. Entsetzt keuchte ich auf.

Ich konnte sein Gesicht nicht sehen, es war völlig verschwommen, als würden seine Züge von dichtem Nebel verborgen. Aber ich kannte ihn. Ich erkannte ihn so eindeutig wie meinen eigenen Schatten oder den Rhythmus meines Herzschlags. Charismatisch, groß und umwerfend attraktiv, auch wenn sein Gesicht im Verborgenen blieb. Irgendwo in diesem Nebel erahnte ich die strahlenden, eisblauen Augen, und spürte sein Lächeln.

Mein Sohn. *Das ist mein Sohn.*

Und er war voller Blut. Es klebte an seinen Händen, seinen Armen, zog sich in dicken Streifen über seine Brust. Mein Herz zog sich vor Angst zusammen, da ich dachte, er müsse schwer verwundet sein, vielleicht sogar tödlich. War es das, was mir das Orakel zeigen wollte? War das der Kummer, von dem es gesprochen hatte? Der Tod meines Kindes? Aber wie konnte das sein, wenn er doch hier vor mir stand und ich deutlich spüren konnte, wie er mich anlächelte?

Dann begriff ich, dass es nicht sein Blut war.

Und ich sah, was vor unseren Füßen im Gras lag.

Für einen Moment schien die Welt stillzustehen. Zitternd sank ich auf die Knie, unfähig mich länger aufrecht zu halten. Nein, das konnte nicht sein. Das war ein grausamer Scherz, ein Albtraum.

Zu Füßen meines Sohnes ruhte ein Toter. Der Junge lag lang ausgestreckt auf dem Rücken und starrte blicklos zum Mond hinauf. Er war ungefähr in meinem Alter, mit zerzaustem braunem Haar und grau-blauen Augen. In den Händen hielt er zwei Dolche, doch ihre Klingen waren unbefleckt. Aus einer tiefen Wunde direkt über dem Herzen quoll Blut hervor und färbte sein einst weißes T-Shirt beinahe schwarz.

Mir wurde übel und ich musste die Hände vor den Mund pressen, um nicht laut zu schreien. Ich hatte diesen Jungen nie gesehen, zumindest nicht so, aber er war mir nur allzu vertraut. Ich erkannte sein Gesicht, seine Augen, den brennenden Schmerz in meiner Brust. Auch wenn er viel älter war und sich stark verändert hatte, würde ich ihn jederzeit wiedererkennen.

»Ethan«, flüsterte ich und berührte vorsichtig seinen Arm. Er war kalt und klebrig. Entsetzt zog ich die Hand zurück und schüttelte den Kopf. »Nein«, sagte ich zitternd. »Nein, das ist nicht wahr. Es kann nicht wahr sein.« Ich sah zu meinem Sohn hinauf, der jetzt nicht länger lächelte, und spürte seine kalten, blauen Augen, die mich abschätzend musterten. »*Warum?*«

Mein Sohn antwortete nicht. Er steckte sein Schwert weg und starrte auf den Leichnam hinab. Und obwohl sein Gesicht verborgen blieb, konnte ich spüren, dass ihm Tränen über die Wangen liefen. Eine leise Stimme wurde über das Gras zu mir herangetragen, klar, jung und voll unendlicher Möglichkeiten.

»Es tut mir leid.«

Dann drehte er sich um und ging davon, ließ mich in meiner Trauer, meinem Entsetzen und meiner Verwirrung zurück, während ich auf den leblosen Körper meines kleinen Bruders starrte.

»Dies ist immer der Auslöser«, flüsterte das Orakel irgendwo hinter mir. »Welchen Weg auch immer dein Sohn später wählt, den des Retters oder den des Zerstörers, dieser Schlüsselmoment ist der Vorbote jeder weiteren Entwicklung. Der Tod von Ethan Chase entfesselt einen Sturm, wie ihn das Feenreich noch nie gesehen hat, und im Auge dieses Sturms befindet sich dein Sohn.«

»Das … das kann nicht seine einzige Zukunft sein«, stammelte ich. Ich wollte einfach nicht glauben, dass mein Sohn dazu bestimmt sein sollte, meinen Bruder zu töten. »Es muss andere Pfade geben, andere Resultate. Das hier kann nicht festgeschrieben sein.«

»Nein«, gab das Orakel fast widerstrebend zu. »Es ist nicht der einzige Pfad. Aber diese Variante der Zukunft ist die deutlichste. Und mit jedem Tag wird sie deutlicher. Sieh es als Warnung, Eiserne Königin: Dein Bruder und dein Sohn befinden sich auf Kollisionskurs und sollten sie sich jemals begegnen, hängt das Schicksal des Nimmernie am seidenen Faden. Ebenso wie das Leben deiner Familie. Aber ... ich könnte das verhindern.«

Endlich riss ich mich vom Anblick des toten Ethan los und sah zu ihr hoch. »Du? Wie denn?«

Die Augen der Alten starrten mich mitleidlos an, während der Wind ihre Kleidung herumflattern ließ wie alte Lumpen. »Ich biete dir einen Vertrag an«, hauchte sie. »Einen Handel, zum Wohl des Nimmernie und deiner Familie. Durch den viele Leben gerettet werden, auch das deines Bruders.«

Eine eisige Faust schien nach meinem Herzen zu greifen. Plötzlich wusste ich, was sie verlangen würde, doch trotzdem fragte ich weiter: »Was für ein Vertrag? Was willst du von mir?«

»Dein Kind«, bestätigte die Alte meine Vorahnung. »Versprich mir deinen Erstgeborenen, dann wird jede Zukunftsvariante, die ich von ihm gesehen habe, sich auflösen. Dein Bruder wird verschont werden und das Nimmernie wird nicht in Gefahr geraten, wenn du seinen Faden aus dem Schicksalsteppich entfernst.«

»Nein!« Die Antwort kam wie aus der Pistole geschossen, ich musste gar nicht erst darüber nachdenken. Auf keinen Fall würde ich meinen Erstgeborenen dieser gruseligen Fee überlassen. Das kam überhaupt nicht infrage. Doch das

Orakel hob beschwichtigend beide Hände, sodass seine Krallen im Mondlicht glänzten.

»Denke gründlich darüber nach, Eiserne Königin«, hauchte es. »Natürlich befiehlt dir dein erster Impuls, es abzulehnen, aber bedenke, welche Auswirkungen deine heutige Entscheidung haben könnte. Das Schicksal des Nimmernie und das deiner sterblichen Familie hängt davon ab. Du bist eine Feenkönigin – du hast Verpflichtungen gegenüber deinen Untertanen und deinem Reich. Dir obliegt es, sie zu beschützen, und zwar vor *allen* Gefahren, welche Gestalt sie auch haben mögen. Wäre es nicht dein Sohn, sondern ein Fremder, der die Zukunft des Nimmernie und zahllose Unschuldige bedroht, würdest du ihn nicht aufzuhalten versuchen?«

»Aber es ist *kein* Fremder«, erwiderte ich mit zitternder Stimme. »Es ist mein Kind. Ashs Kind. Das kann ich ihm nicht antun.«

»Du bist seine Königin«, hielt das Orakel dagegen. »Er wird es verstehen und jede deiner Entscheidungen respektieren, ganz egal, ob er deiner Meinung ist oder nicht.« Die Alte streckte die Hand aus und fuhr mit ernster Stimme fort: »Ich verspreche dir, Meghan Chase, dass es deinem Sohn bei mir an nichts fehlen wird. Ich werde wie eine Mutter für ihn sein. Er wird aufwachsen, ohne etwas von seiner wahren Herkunft zu erfahren, weit weg von den Feenreichen und jedem Einfluss, den sie auf ihn nehmen könnten. Er wird in Sicherheit sein und sich nie zu der Bedrohung entwickeln, die du heute hier gesehen hast. So lautet mein Angebot, das ich mit einem Schwur zu besiegeln bereit bin. Also, Meghan Chase …« Sie schwebte näher heran und ihr leerer Blick schien sich in meine Haut zu brennen. »Das

Schicksal deiner Welt hängt von deiner Antwort ab. Wie lautet sie? Haben wir eine Abmachung?«

Ich schloss die Augen. War ich dazu überhaupt fähig? Konnte ich meinen Sohn aufgeben, um das Nimmernie zu retten? Und falls ich ablehnte, war ich dann egoistisch, verurteilte ich dann alle anderen zu Chaos und Zerstörung? Und was war mit meiner Familie? Mit meinem Bruder, der dieses ganze Abenteuer ja quasi angestoßen hatte? Ich würde alles tun, damit er in Sicherheit war. Alles, bis auf … das.

Verzweifelt schlug ich die Hände vors Gesicht, um besser nachdenken zu können, und spürte dabei etwas Hartes zwischen meinen Fingern. Ich schlug die Augen auf und starrte auf meine Hand. Golden und silbern funkelte mein Ehering im Mondlicht und erinnerte mich so an seinen Zwilling und den Ritter, der ihn trug.

Ash hat seine Zukunft gesehen, dachte ich plötzlich. *Er hat* unsere *Zukunft gesehen. Oder zumindest eine Variante, als er sich seine Seele erkämpft hat. Ob er wohl auch das hier gesehen hat? Wie unser Sohn Ethan tötet und das Nimmernie vernichtet? Falls ja …*

… dann hatte er sich davon nicht aufhalten lassen. Er hatte erreicht, was er sich vorgenommen hatte: Er hatte eine Seele errungen und war ins Eiserne Reich zurückgekehrt, um bei mir zu sein.

»Ich vertraue dir«, hörte ich seine Stimme so deutlich als stünde er direkt neben mir. *»Ich weiß, dass du nur tun wirst, was für unseren Sohn das Beste ist. Denke immer daran, was auch immer das Orakel dir zeigen wird, auch wenn es noch so düster, schrecklich und Furcht einflößend ist: Es ist noch nicht geschehen.«*

»Nein, ist es nicht«, flüsterte ich.

Das Orakel runzelte die Stirn. »Wie bitte?«, fragte die Alte verwirrt. »Das habe ich nicht verstanden. Bist du zu einer Entscheidung gelangt, Meghan Chase?«

»Das bin ich.« Ich richtete mich auf und starrte die Alte entschlossen an. »Und die Antwort lautet: Nein. Kein Handel. Ich werde unseren Sohn nicht aufgeben, nur weil diese Zukunft *vielleicht* Realität werden könnte. Ganz schön dreist, mir eine solche Entscheidung abringen zu wollen, wenn nicht einmal der Vater des Kindes anwesend ist! Wir sind jetzt eine Familie. Was auch immer kommt, wir werden uns dem stellen, und zwar gemeinsam.«

Das verdorrte Gesicht des Orakels verzerrte sich vor Wut und wurde noch faltiger. »Wie bedauerlich, Eiserne Königin«, zischte es und schwebte einige Schritte zurück. »Wenn du mein Angebot nicht annehmen willst, lässt du mir keine andere Wahl. Um die Zukunft der Höfe und des gesamten Feenreiches zu retten, wirst du diesen Ort nicht wieder verlassen.«

Sofort zog ich mein Schwert, woraufhin das Orakel zischend die Krallen hob. »Du hast dein Wort gegeben«, erinnerte ich die Alte, während sie mich wie ein angestaubtes, zerlumptes Phantom umkreiste und ihre Haare im zunehmenden Wind wehten. »Du hast Ash und Puck versprochen, dass mir kein Leid geschehen würde.«

»Ich sagte, dass du *körperlich unversehrt* bleiben würdest«, verbesserte mich das Orakel und bleckte die fauligen, gelben Zähne. »Aber wir befinden uns hier nicht in der physischen Welt, Mensch. Dies ist eher ein Traum – oder ein Albtraum, je nachdem, wie du es sehen möchtest.«

Verdammte Wortklauberei der Feen! Ich hätte es ahnen müssen. »Ash und Puck warten trotzdem auf meine Rückkehr.« Gekonnt richtete ich die Schwertspitze auf sie. »Wenn ich nicht zurückkomme, wird das gesamte Eiserne Reich hinter dir her sein. Das ist es nicht wert, Orakel.«

»Deine Beschützer haben keine Ahnung, was hier gerade geschieht«, erwiderte die Alte und sprang zurück wie eine Marionette, deren Fäden gekürzt wurden. »Sie sehen nur deinen Körper, und der Tod deines Traum-Selbst wird darauf keinen Einfluss haben. Sie werden eine leere Hülle mit sich nehmen, wenn sie ins Eiserne Reich zurückkehren, doch bis dahin bin ich längst verschwunden. Immerhin sagte ich ja, dass durch unsere Begegnung gewisse *Veränderungen* möglich sind.«

Ich knurrte einen Fluch, machte einen Sprung in ihre Richtung und stach zu. Wieder wich sie abrupt zurück und entblößte ihre verfaulten Zähne. »Das hier ist *mein* Reich, Meghan Chase«, zischte sie. »Du magst eine Feenkönigin sein und über ein ganzes Königreich verfügen, das für dich in den Kampf zieht, aber im Reich der Träume bestimme ich!«

Fauchend bewegte sie ihre Krallen, und die Landschaft um uns herum veränderte sich. Die mondbeschienenen Hügel verschwanden und stattdessen schossen schwarze, knorrige Bäume in die Höhe, die mit ihren Ästen nach mir griffen. Hastig wich ich ihnen aus und hackte auf die Zweige ein, die nach mir schlugen, doch das Orakel lachte nur.

Mit einem gezielten Hieb entledigte ich mich eines dicken Astes, der es auf meinen Kopf abgesehen hatte, und wirbelte zu der Alten herum. Ich zitterte vor Wut, achtete aber darauf, dass meine Stimme ruhig blieb. »Warum tust du das?«, fragte ich, während sie mich drohend anstarrte. »Du warst doch nie bösartig, Orakel. Früher hast du uns oft geholfen, warum stellst du dich also plötzlich gegen mich?«

»Du siehst es wirklich nicht, oder, Kind?« Mit einem Mal klang das Orakel erschöpft. Es wedelte mit seiner Kralle und die Bäume zogen sich ein Stück zurück. »Ich tue das nicht gerne, dein Tod ist wahrlich nichts, was ich herbeisehne. Es geschieht zum Wohle des Nimmernie, für uns alle. Deine menschlichen Gefühle machen dich blind – du würdest die Feenreiche opfern, um ein einziges Kind zu retten.«

»*Mein* Kind.«

»Ganz genau.« Das Orakel zitterte und sein Umriss begann zu flackern. Dann schien sein Körper in der Mitte durchgerissen zu werden und es teilte sich in zwei, sechs, zwölf Duplikate seiner selbst. Die Orakelkopien schwärmten aus und umzingelten mich. Als sich ihre schrumpeligen Münder öffneten, sprachen sie alle mit einer Stimme: »Du fällst deine Entscheidungen wie ein Mensch und eine Mutter, nicht wie eine Königin. Mab würde nicht zögern, ihre Nachkommenschaft, ja sogar ihren geliebten dritten Sohn, zu opfern, wenn sie der Meinung wäre, er bedrohe ihren Thron.«

»Aber ich bin nicht wie Mab. Und ich werde auch niemals so sein.«

»Allerdings«, stimmte mir das Orakel traurig zu und hob seine Klauen. »Du wirst gar nichts sein.«

Sie kamen alle auf einmal, ein Dutzend zerlumpter, zappelnder Puppen stürzte sich auf mich. Ich wich der ersten Attacke aus und wehrte die zweite mit meinem Schwert ab.

Als meine Klinge den dürren Körper durchschlug, heulte das Duplikat auf und explodierte in einer Wolke aus Staub. Aber es waren zu viele. Ich spürte, wie ihre Krallen meine Kleidung zerfetzten und dicke, brennende Kratzer auf meiner Haut hinterließen. Tänzelnd schob ich mich zwischen ihnen hindurch, duckte mich, parierte ihre Schläge, wie Ash es mir gezeigt hatte, und schlug zu, wenn sich die Gelegenheit bot. Doch ich wusste, dass ich nicht ewig so weitermachen konnte.

Die Orakel wichen zurück. Ihre Reihen hatten sich gelichtet und der Wind trug einige kleine Staubwolken davon, aber ich war ebenfalls verletzt. Ich spürte die Wunden, die ihre Krallen mir zugefügt hatten, und holte in tiefen, kontrollierten Zügen Luft, um trotz der Schmerzen einen klaren Kopf zu behalten.

Eines der Orakel vollführte eine knappe Geste, woraufhin der Baum hinter mir mit Wucht nach vorne knickte, um mich unter seinem Stamm zu begraben. Noch während ich zur Seite hechtete, spürte ich die Erschütterung im Boden. Ich rollte mich ab und kam keuchend wieder auf die Füße. Nun stöhnten die Bäume und wanden sich alle in seltsamen, unnatürlichen Winkeln, während die Orakel wieder vorwärtskrochen und versuchten, mich in den Wald hineinzudrängen.

Es ist nur ein Traum, versuchte ich mich zu beruhigen. *Eine Traumwelt, die von dem Orakel kontrolliert wird, aber trotzdem nur ein Traum. Ich werde hier nicht sterben. Ich bin die Eiserne Königin, und wenn das Nimmernie sich meinen Wünschen beugt, kann ich auch diesen Albtraum hier in den Griff kriegen.*

Die Orakel hatten mich eingekreist, sodass ich zwischen ihnen und den schwankenden Bäumen gefangen war. Ich wich einen Schritt zurück, schloss die Augen und schickte eine Sekunde lang meinen Geist durch den Traumteich, wie ich es sonst im Eisernen Reich tat.

»Ich werde immer bei dir sein, *auch wenn du mich nicht sehen kannst.«*

Ich hörte das schrille Kreischen der Orakel, als sie erneut zum Angriff übergingen, und riss abrupt die Augen auf.

Zwischen mir und zwei der Kopien flammte blaues Licht auf, das die beiden Gestalten so mühelos zerteilte, als bestünden sie aus Papier. Die Übrigen hielten ruckartig inne, während Ash das Schwert sinken ließ, sich zu mir umdrehte und mir ein flüchtiges Lächeln schenkte.

»Ihr habt gerufen, meine Königin?«

Die Orakel wichen kreischend zurück und wedelten mit den Armen. »Unmöglich!«, heulten sie, als Ash sich mit steinerner Miene an sie heranpirschte. »Wie? Wie hast du ihn hergebracht?«

»Gute Frage«, ertönte eine weitere Stimme und Puck trat hinter mir zwischen den Bäumen hervor, die Dolche bereits gezückt. »Gerade war ich noch mit dem Gedanken beschäftigt, ob mich diese Puppe nun komisch anschaut oder nicht, und im nächsten, *puff*, sind wir hier. Und offenbar gerade noch rechtzeitig.« Er drehte sich um und musterte die Orakel mit einem spöttischen Funkeln in den Augen. Dann drohte er ihnen mit einem Dolch und verkündete: »Das ist *mein* Trick!«

Die Orakel kreischten und stürzten sich mit ausgestreckten Klauen auf uns. Mitten auf der Lichtung prallten wir aufeinander, nun kämpften wir zu dritt, Seite an Seite. Staubwolken hüllten uns ein, als eine Kopie nach der anderen verschwand, zerteilt von meinem Schwert, erstochen von Pucks Dolchen oder von einem Eissplitter durchbohrt. Bis schließlich nur noch ein Orakel übrig war.

»Haltet ein!«, schrie das letzte, also das echte Orakel und riss die Hände hoch, als Ash sich näherte. »Nur einen Augenblick noch, Eiserne Königin! Verschone mich, ich flehe dich an! Ich habe dir nicht alles gesagt. Ich kenne noch ein letztes Geheimnis. Ich weiß etwas über deinen Sohn und deinen Bruder, das sie beide retten könnte!«

»Ash, warte«, rief ich, woraufhin er stehen blieb, sein Schwert weiter auf die faltige Brust der Alten gerichtet. »Noch mehr Geheimnisse, Orakel?« Mit gezogenem Schwert ging ich zu ihr. »Warum hast du mir das nicht früher gesagt?«

»Weil es nur eine Kleinigkeit ist«, flüsterte die Alte. Ihr nicht zu fassender Blick huschte zwischen Ash und mir hin und her. Puck gesellte sich zu uns, verschränkte die Arme und grinste zweifelnd. »Ein winziges, winziges Rädchen in einer riesigen, komplizierten Maschine. Doch wird es entfernt, bricht die gesamte Konstruktion zusammen und stürzt unsere Welt ins Chaos. Es ist der Dominostein, mit dem der Zusammenbruch beginnt.«

»Genug«, unterbrach ich sie, während Puck melodramatisch die Augen verdrehte. Ash rührte sich nicht, hielt die Klinge weiter auf das Herz des Orakels gerichtet und wartete auf meine Befehle. »Dann sprich, Orakel. Wie kann ich es aufhalten? Sag es mir, sofort.«

Das Orakel seufzte. »Um deinen Bruder zu retten, musst du …«

Ein ohrenbetäubender Knall ertönte, dann löste sich vom Baum hinter uns ein Ast und fiel dröhnend zu Boden, nur wenige Meter von uns entfernt. Ich zuckte zusammen und wandte für den Bruchteil einer Sekunde den Blick von dem Orakel ab …

… und die Traumlandschaft verschwand. Blinzelnd sah ich mich um und fragte mich, was passiert war. Wo befanden wir uns plötzlich? Ash und Puck standen neben mir und blickten sich ebenfalls verwirrt um. Das Orakel war nirgendwo zu sehen.

»Was zum Teufel?«, rief Puck und riss die Arme hoch. »Was ist denn verdammt noch mal passiert? Ich habe die Nase voll davon, ständig irgendwo ›hingebeamt‹ zu werden, nur weil das jemand gerade lustig findet!«

Als ich die steinerne Brücke erkannte, die wenige Meter hinter uns aufragte, holte ich zischend Luft. »Wir sind wieder im Wilden Wald«, erklärte ich fassungslos. »An der Grenze zum Eisernen Reich. Aber … wie?« Völlig perplex drehte ich mich zu Ash und Puck um. »Wir waren doch in der Hecke, im Traumteich. Das Orakel wollte uns gerade verraten, wie ich Ethan retten kann.«

Ash stieß einen tiefen Seufzer aus und steckte sein Schwert weg. »Der Wunschbaum«, sagte er nur, woraufhin ich verwirrt die Stirn runzelte. »Jeder Wunsch hat seinen Preis«, erinnerte er mich. »Meistens passiert im ungünstigsten Moment irgendetwas Unerwartetes oder Unerklärliches. Dies war der Preis, den er verlangt hat.«

»Und gar kein so schlechter Preis, wenn ihr mich fragt«, drang Grimalkins Stimme vom Brückengeländer herüber.

Der Kater hockte auf einem der Pfosten, als säße er dort bereits den ganzen Morgen über, und putzte sich gelassen die Pfoten. »Normalerweise treibt er seine Schulden auf wesentlich unterhaltsamere Weise ein. Andererseits war natürlich ich es, der den Wunsch ausgesprochen hat. Da blieb nicht viel Raum für Missverständnisse.«

»Und das war's jetzt?«, fragte ich. »Das Orakel kommt davon, wir wissen nicht, wo es ist, und ich habe immer noch nicht alles über Ethan und meinen Sohn erfahren. Oder darüber, wie ich die beiden retten kann.« Seufzend rieb ich mir die Schläfen, weil sich plötzlich stechende Kopfschmerzen bemerkbar machten. »Warum haben wir uns überhaupt darauf eingelassen?«, flüsterte ich und spürte, wie sich die dunkle Unwissenheit bedrohlich in mir breitmachte. »Welchen Sinn hat das Ganze? Abgesehen davon, dass ich von nun an ein paranoides Wrack sein werde?«

»Das ist das Risiko, wenn man zu viel weiß, Mensch«, erklärte Grimalkin leise. »Die Zukunft zu kennen erweist sich für die meisten deiner Art als allzu große Bürde. Doch verfügt man einmal über dieses Wissen, und sei es auch noch so gering, stellt sich die Frage: Was fängt man damit an?«

»Heute gar nichts mehr«, entschied Ash und zog mich an sich. Überrascht sah ich zu ihm hoch, und er schenkte mir ein erschöpftes Lächeln. »Jetzt sollten wir erst einmal nach Hause gehen. Was auch immer kommen mag, es reicht, wenn wir uns morgen damit beschäftigen.«

Ich nickte und lehnte mich müde an ihn. »Ja, du hast recht. Glitch hat inzwischen wahrscheinlich schon einen

Nervenzusammenbruch. Wir sollten aufbrechen.« Entschlossen löste ich mich von ihm und wandte mich an Puck, der die Hände im Nacken verschränkt hatte und uns mit einem schmalen Lächeln beobachtete. »Was ist mit dir, Puck? Du hast mir gefehlt. Bleibst du eine Weile in der Gegend?«

»Na ja, eigentlich wollte ich ja in die Alpen und diesen Yetistamm aufspüren, der dort gesichtet wurde.« Grinsend zuckte er mit den Schultern und vergrub die Hände in den Taschen. »Aber bei all der bevorstehenden Aufregung kann ich genauso gut noch ein wenig bleiben. Zumindest vorerst.« Er zog eine Grimasse. »Ich frage mich, ob Titania sich inzwischen wieder beruhigt hat. Vielleicht sollte ich Arkadia einen Besuch abstatten und nachsehen, was sich während meiner Abwesenheit so getan hat. Die freuen sich bestimmt riesig, mich wiederzuhaben.«

Lächelnd ging ich zu ihm hinüber, und er schloss mich in die Arme. »Lass von dir hören, Puck«, flüsterte ich ihm ins Ohr, während ich ihn drückte. »Ohne dich ist es nicht dasselbe.«

»Weiß ich doch«, erwiderte er fröhlich. »Mir ist schleierhaft, wie überhaupt irgendjemand ohne mich auskommen kann. Das muss doch furchtbar öde sein.« Er trat zurück und drückte mir einen Kuss auf die Wange. »Ich melde mich, Prinzessin. Und wenn du mich brauchst, schick einfach eine Nachricht. Oder einen Gremlin. Oder irgendwas.« Er winkte Ash zu, der den Gruß mit einem ernsten Nicken erwiderte. »Wir sehen uns, Eisbubi. Beim nächsten Mal bist du vielleicht schon mit Windeln und Gutenachtgeschichten beschäftigt.« Kichernd schüttelte er den Kopf. »Ach ja, wer hätte gedacht, dass du dich mal einfangen lässt und eine Familie gründest, Prinz? Der tiefe Fall der Mächtigen.«

Empört boxte ich ihm gegen den Arm, aber Ash schüttelte nur den Kopf. »Ich habe meinen Platz gefunden«, erwiderte er so leise, dass ich ihn kaum verstehen konnte. »Vielleicht solltest du es auch einmal ausprobieren, Goodfellow.«

Lachend wich Puck vor ihm zurück. »Ich? Robin Goodfellow, ein Familienoberhaupt? Wohl kaum, Eisbubi. Ich meine, stell dir doch nur mal vor, wie sehr mein Ruf darunter leiden würde!« Der Schein um ihn herum leuchtete auf, und er zwinkerte uns noch einmal zu. »Bis dann, ihr Turteltäubchen. Sagt Bescheid, wenn das Kind kommt. ›Onkel Puck‹ hält sich bereit.«

In einem Schwall aus magisch funkelnden Federn verwandelte sich Puck in einen großen Raben. Mit mächtigen Flügelschlägen stieg er in die Höhe und krächzte noch einmal spöttisch, bevor er zwischen die Bäume des Wilden Waldes glitt und sich unseren Blicken entzog.

Ich musste mich nicht umdrehen, um zu wissen, dass Grimalkin ebenfalls verschwunden war. Der Platz auf dem Brückengeländer war leer, Grimalkin und Puck waren weg, aber ich war nicht traurig. Wir würden sie wiedersehen, alle beide. Wir hatten dafür eine Ewigkeit Zeit.

Ash streckte die Hand aus, und seufzend ließ ich mich in seine Arme sinken. Ich schloss die Augen, während er mir einen Kuss auf den Scheitel drückte.

»Lass uns nach Hause gehen«, flüsterte er.

Epilog

Ich stand auf dem Balkon vor unserem Schlafzimmer, ließ den sanften nächtlichen Wind durch meine Haare streichen und betrachtete die Lichter von Mag Tuiredh, die tief unter mir funkelten. Beau saß neben mir und hatte die großen Ohren aufgestellt, um wachsam zu lauschen. Es war kurz vor Mitternacht, und in Mag Tuiredh war es still. Friedlich. Ich wünschte nur, ich könnte ebenfalls eine solche Ruhe finden.

Leise Schritte waren zu hören, und einen Moment später schlang Ash die Arme um mich. Ich griff nach hinten in sein weiches Haar, während er mit der Nase an meinem Hals entlang strich, was mir ein wohliges Seufzen entlockte. Beau drehte den Kopf zu uns, schnaufte und tapste ins Zimmer zurück, sodass wir allein auf dem Balkon zurückblieben.

»Woran denkst du gerade?«, murmelte mein Ritter dicht an meiner Haut.

»Ach, du weißt schon.« Ich neigte den Kopf, während seine Lippen über meine Schulter glitten. »Orakel, Prophezeiungen, Zukunftsvarianten, so etwas eben. Kann ich dich mal etwas fragen, Ash?«

»Alles, was du willst.«

Ich drehte mich zu ihm um und nahm seine Hände. Er

wartete geduldig, während ich unsicher, ob ich ihm diese Frage überhaupt stellen sollte, nach Worten suchte. Aber er hatte gesagt, ich könnte ihn fragen, und ich wollte nicht, dass wir Geheimnisse voreinander hatten. »Ich … ich weiß, dass wir noch nicht viel über deine Reise ans Ende der Welt geredet haben«, fing ich an. »Aber … hast du … hast du irgendetwas gesehen, als du in dieser Zukunft mit mir gesteckt hast? Hast du irgendetwas erfahren … über unseren Sohn … oder über die Vernichtung der Feenhöfe?«

»Ah.« Ash lehnte sich an die Brüstung und zog mich mit sich. »Ich hatte mich schon gefragt, wann du das ansprechen würdest.«

»Es tut mir leid, Ash«, sagte ich schnell. »Wenn du nicht darüber reden willst, verstehe ich das. Ich dachte nur … du warst während dieser ganzen Sache so gelassen. Da habe ich mich gefragt, ob du … vielleicht irgendetwas weißt.«

»Nein.« Ash hielt mich fest, als ich mich von ihm lösen wollte. Er blickte mir offen in die Augen und lächelte. »Ich habe nichts gesehen, was der Prophezeiung des Orakels entsprechen würde, Meghan. Wäre das der Fall, wäre in meinem Traum irgendetwas dieser Art geschehen, hätte ich es dir gesagt, das schwöre ich.«

»Oh.« Ich war erleichtert, aber auch irgendwie enttäuscht. Hätte Ash diese Zukunftsvariante gesehen, wüssten wir vielleicht, was kommen würde, und könnten uns darauf einstellen. Vielleicht könnten wir es sogar verhindern.

Gedankenverloren streichelte Ash meinen Arm. »Es ist schon seltsam«, murmelte er und sah an mir vorbei auf die Lichter von Mag Tuiredh. »Ich kann mich kaum noch an dieses Leben erinnern. An dich natürlich, und an unseren

Sohn, und daran, dass wir in Mag Tuiredh geherrscht haben, aber … es verblasst alles. Jeden Tag verlässt mich ein Teil der Erinnerung.« Er schüttelte den Kopf, dann sah er mich an. »Und ich denke, so soll es auch sein. Dieses Leben war nicht real. Das hier …« Er umfasste meine Wange und sah mich eindringlich an. »Das hier ist real. Und nur das ist mir jetzt noch wichtig. Ich mache mir keine Gedanken darüber, was die Zukunft bringen wird. Alles, was ich brauche, habe ich hier.«

»Ich wünschte, ich wäre so unerschütterlich«, seufzte ich.

Ash zog mich wieder an sich und fuhr mit einem zärtlichen Blick fort: »Ich werde dir jetzt etwas verraten, was mir einmal jemand gesagt hat, als ich Angst davor hatte, was auf mich zukommen würde, Meghan.« Er beugte sich so dicht zu mir herunter, dass seine weichen Haare über meine Haut glitten. »Nichts ist sicher«, hauchte er. »Die Zukunft ist ständiger Veränderung unterworfen, und niemand kann vorhersehen, was als Nächstes geschehen wird. Wir können unser Schicksal beeinflussen, denn nichts davon ist in Stein gemeißelt, und wir haben immer eine Wahl.« Er strich mir eine Haarsträhne aus dem Gesicht und schob sie hinter mein Ohr. »Das hat mir einmal eine sehr mächtige Seherin gesagt. Und sie hatte recht. Deswegen fürchte ich mich ebenso wenig vor der Prophezeiung des Orakels wie vor unserer Zukunft. Wenn wir zulassen, dass das Schicksal uns kontrolliert, machen wir uns zu seinen Sklaven. Es gibt immer eine Wahl.«

Ich schniefte leise. »Ich wünschte, das hättest du mir schon früher gesagt«, gab ich mich beleidigt. »Dann hätte ich mir so manchen Ausraster sparen können.«

Ash lachte leise. »Ich wusste ja nicht, dass dich diese Sache so mitnehmen würde. Die Meghan, die ich kenne, lässt sich von so unbedeutenden Kleinigkeiten wie Orakeln oder dunklen Prophezeiungen nicht aufhalten.« Ich knuffte ihn in die Rippen, woraufhin er kurz schnaufte und dann fortfuhr: »Eines weiß ich jedenfalls: Was auch immer aus diesem Kind wird, wie auch immer es sich entwickelt, es wird geliebt werden. Keine Prophezeiung, kein Orakel, keine Warnung, Vorahnung oder Sonstiges kann daran jemals etwas ändern.«

Er hatte recht, und in diesem Moment war ich mir sicher, dass ich ihn niemals mehr lieben könnte als jetzt. Ich lehnte mich an ihn und schloss die Augen. Sanft hob er mein Kinn an und küsste mich, und ich schlang glücklich die Arme um seinen Bauch. Ganz egal, was passierte – solange er an meiner Seite war, solange wir zusammenhielten, würden wir allem gewachsen sein, was die Welt uns in den Weg legte.

»Ash«, flüsterte ich und platzte beinahe vor Glück, Erleichterung und Liebe. Ich lehnte mich zurück, um ihn ansehen zu können. »Kannst du das glauben? Du wirst Vater.«

Er legte eine Hand auf meinen Bauch und streichelte ihn sanft, während sich in seinen Augen eine Mischung aus Verwunderung und Ehrfurcht spiegelte. Er wurde Vater. Wir gründeten eine Familie. Mit tränenverschleiertem Blick schaute ich zu ihm hoch und grinste. »Dann bleibt wohl nur noch die Frage, wie wir ihn nennen sollen.«

Ash sah mich zärtlich an und erwiderte lächelnd: »Also, mir hat der Name Kierran schon immer gut gefallen.«

Führer durch die Welt der Eisernen Feen

Ein Wort der Warnung!

Dieser Führer enthält umfangreiche Details über die Geschehnisse im Feenreich. Sollten Sie noch nicht alle Romane der Reihe *Plötzlich Fee* gelesen haben, empfehlen Ihnen sowohl die Autorin als auch die darin beschriebenen Personen dringend, sich alle Bücher und Novellen zu Gemüte zu führen, bevor Sie weiterlesen. [Menschen sollten das hier eigentlich überhaupt nicht lesen. Bleiben Sie zu Hause und beschäftigen Sie sich auf gar keinen Fall mit den Angelegenheiten der Feen. Denn sollten Sie zufällig ins Feenreich stolpern und sich dann am falschen Ende eines Koboldspeers wiederfinden, wird mich mit Sicherheit eine gewisse, ach so weichherzige Königin damit belästigen, dass ich Sie retten soll. Gähn.]

Das einzig wahre Überlebenshandbuch für das Nimmernie

Geschrieben in der Hoffnung, dass andere all die schrecklichen Gefahren, in denen sich Meghan im Verlauf der *Plötzlich Fee*-Romane wiederfand, vermeiden mögen.

Lesen auf eigene Gefahr!

Haftungsausschluss

Dieser Leitfaden ist dazu gedacht, allen Wagemutigen, die das Reich der Feen bereisen, eine minimale Überlebenschance zu verschaffen – für den Fall, dass Sie mit den Kreaturen in Kontakt kommen, welche dieses Reich bevölkern. Es sei vermerkt, dass die Herausgeber dieses Leitfadens keinerlei Haftung übernehmen für Verlust oder Beschädigung der Seele, unwiderrufliche Verführungen sowie zufällige oder beabsichtigte Todesfälle. Meistens ist eine Reise durch das Feenreich mit erheblicher Gefahr verbunden und deshalb nicht zu empfehlen. Sehen Sie dies als ausdrückliche Warnung.

Vorbereitung

Auf eine Reise in das Nimmernie kann man sich nicht angemessen vorbereiten. Es gibt jedoch ein paar Regeln, deren Beachtung Ihre Überlebenschancen beträchtlich steigern kann.

Was zieht man an?

Die richtige Kleidung für das Nimmernie sollte sowohl praktisch als auch bequem sein. Falls Sie nicht sicher sind, ob ein Kleidungsstück geeignet ist, fragen Sie sich Folgendes: Würde es mich behindern, wenn ich um mein Leben laufe? Und: Würde es mir Schutz bieten, wenn ich auf der Flucht gefangen werde? Lautet die Antwort auf die erste Frage Ja, die auf die zweite aber Nein, so ist das Kleidungsstück untauglich. Es folgt eine Auflistung einiger Dinge, die Ihnen dabei helfen können, lebend aus dem Nimmernie herauszukommen:

- Eine leichte Tasche (entweder ein Rucksack oder eine große Umhängetasche) kann dazu verwendet werden, die notwendige Ausrüstung zu verstauen. Verwenden Sie keine zu großen, sperrigen oder schweren Taschen, da sie nur hinderlich sind, wenn (nicht falls!) Sie um Ihr Leben laufen müssen.
- Bequeme Kleidung, die Arme und Beine vollständig bedeckt (bedenken Sie, die Hecke ist sehr dornig). Tragen Sie ausschließlich gedämpfte Farben, helle oder leuchtende Farben ziehen die Feen an. Außerdem ist zu empfehlen, mehrere Schichten zu tragen, da die Temperaturun-

terschiede in den verschiedenen Regionen des Nimmernie zum Teil enorm sind.

- Ein schützender Talisman könnte eventuell verhindern, dass Sie gefressen werden. Am besten funktioniert Eisen, das während einer Neumondnacht von einem Druiden geweiht wurde. Sollte so etwas nicht erhältlich sein, können Sie auch auf einen Johanniskrautzweig, ein vierblättriges Kleeblatt oder eine Hasenpfote zurückgreifen. Haben Sie nichts davon zur Hand, tragen Sie Ihre Kleidung auf links gedreht – das könnte sich als hilfreich erweisen, wenn Sie in der Klemme stecken.
- Qualitativ hochwertige Turn- oder Laufschuhe. Und bitte bedenken Sie: Der Kauf der Schuhe allein reicht nicht aus. Bevor Sie das Nimmernie betreten, sollten Sie außerdem ein umfangreiches Ausdauertraining absolvieren.

Was nimmt man mit?

Viele machen den Fehler, allerlei Apparaturen wie Kameras, Handys, Laptops etc. mit ins Nimmernie zu nehmen. Das zweitgrößte Problem hierbei ist, dass diese Dinge im Feenreich nicht besonders zuverlässig oder überhaupt nicht funktionieren. Das größte Problem ist jedoch, dass die Feen, denen Sie eventuell begegnen, über so viel Technologie aus dem Reich der Sterblichen keineswegs erfreut sein werden, wodurch es wahrscheinlich zu einer Situation kommen wird, in der die oben erwähnten Laufschuhe zum Einsatz kommen. Beschränken Sie Ihr Gepäck besser auf wenige, schlichte Dinge.

– Proviant. Alle Platz sparenden, kalorienreichen und leicht zu transportierenden Nahrungsmittel sind geeignet. Mithilfe von Müsliriegeln, Süßigkeiten, Studentenfutter, Trockennahrung u. Ä. können Sie Ihren Aufenthalt im Nimmernie verlängern. (Anmerkung der Herausgeber: Es ist nicht empfehlenswert, seinen Aufenthalt im Nimmernie zu verlängern.) Sehr empfehlenswert ist es hingegen, nichts von der Nahrung zu sich zu nehmen, die man im Nimmernie findet oder angeboten bekommt. Nebenwirkungen von Feennahrung können unter anderem sein: Stimmungsschwankungen, Rauschzustände, Gedächtnisverlust, Veränderung der körperlichen Gestalt, Besessenheit, Bewusstlosigkeit, Verlust der Fähigkeit, das Nimmernie zu verlassen, und Tod.
– Waffen aus Stahl oder Eisen. Moderner Stahl (also Messer, Schwerter oder andere todbringende Werkzeuge) ist in diesem Zusammenhang zwar hilfreich, doch reines Eisen (ein Stück eines schmiedeeisernen Zauns etwa, oder eine Stange Roheisen) ist dem Stahl vorzuziehen, da es die stärkere Wirkung auf die Feen hat. Bevor Sie das Feenreich besuchen, sollten Sie sich unbedingt einem intensiven Kampftraining mit der Waffe Ihrer Wahl unterziehen. Nach einigen Jahren der Ausbildung sollten Sie in der Lage sein, sich gegen die schwächsten Feen zur Wehr zu setzen. Möchten Sie sich vor den stärksten Feen schützen, sollte Ihre Kampfausbildung mehrere Leben (eines Sterblichen) dauern.
– Geschenke für die Feen. Falls Sie auf Bewohner des Nimmernie treffen, können Sie einige davon eventuell für sich gewinnen, indem Sie ihnen Geschenke anbieten, die nicht

mit einer Gegenleistung verknüpft sind. Passend wären in diesem Fall Honig, Süßigkeiten, Bronzewaffen oder Kleinkinder. Bitte informieren Sie sich über die in Ihrem Heimatland geltenden rechtlichen Bestimmungen, bevor Sie diese Dinge erwerben.

- Wasser. Zwar ist das Wasser im Nimmernie in den meisten Fällen trinkbar, ohne dass es zu direkten Nebenwirkungen kommt, in ihm finden sich jedoch viele im Wasser lebende Feen der weniger netten Sorte. Sich einem Gewässer zu nähern oder daraus zu trinken, kann deshalb folgende indirekte Nebenwirkungen haben: Schwindelgefühle, Erbrechen, plötzlicher Blutverlust, unerklärliche Fluchtreaktionen und Tod.

Der Zugang zum Feenreich

Dieser Leitfaden enthält keine direkte Anleitung, wie man das Nimmernie betreten kann. Die Herausgeber haben sich diesbezüglich mit ihren Anwälten beraten, laut deren Aussage die (rechtlichen) Konsequenzen einer solchen Anleitung »den finanziellen Ruin dieser Firma, Vergeltungsmaßnahmen durch den Sommer- und den Winterhof sowie höchstwahrscheinlich das Ende der Welt, wie wir sie kennen« umfassen würden. Deshalb sei hier nur gesagt, dass man das Nimmernie mithilfe sogenannter Steige erreicht, also über Pfade zwischen dem Reich der Sterblichen und dem Feenreich. Diese Steige zu finden bleibt, mit allen rechtlichen Konsequenzen, Ihnen überlassen.

Sollten Sie trotz aller Warnungen zufällig ins Feenreich gelangen, könnten sich die folgenden Informationen als hilfreich erweisen, wenn Sie durch die verschiedenen Regionen reisen. Der Autor dieses Leitfadens übernimmt jedoch keinerlei Verantwortung, falls Sie gefangengenommen, gefressen oder in den Wahnsinn getrieben werden.

Geografie des Nimmernie

Das Nimmernie ist ein vielfältiges, wildes Reich voll seltsamer Kreaturen und uralter Kräfte. Angeblich verfügt sogar das Land selbst über ein Bewusstsein und einen manchmal regelrecht bösartigen Willen. Bereist man das Nimmernie, sind vor allem vier Gebiete von Belang, deren Tücken man sich stellen muss:

- Arkadia: Der Sommerhof, auch Lichter Hof genannt. In der Heimat der Sommerfeen findet man dichte Wälder, sanfte Hügel und blühende Ebenen. Neuankömmlinge könnten denken, das Reich des Sommerkönigs sei weniger gefährlich als der Rest des Nimmernie, doch lassen Sie sich nicht täuschen. Arkadia ist wunderschön und es scheint das ganze Jahr die Sonne, doch es ist nicht sicher. In den Wäldern treiben sich Satyrn, Dryaden und Trolle herum, die Seen sind von Nixen und Undinen bevölkert. Der Hofstaat residiert unter einem gigantischen Feenhügel, wo König Oberon und Königin Titania als uneingeschränkte Herrscher regieren.
- Tir Na Nog: Der Winterhof, auch Dunkler Hof genannt. Das Reich der Winterkönigin Mab ist ebenso eisig und feindselig wie die Feen, die es bewohnen. Jeder Quadratzentimeter ist mit Schnee bedeckt und die Wälder, Felder,

Flüsse und Seen ruhen unter einer zentimeterdicken Eisschicht. Hier sind unzählige grausame Kreaturen beheimatet, darunter Kobolde, Dunkerwichtel, Schwarze Männer und Oger. Der Winterpalast, und damit das Heim der schrecklichen Winterkönigin, befindet sich in einer riesigen, unterirdischen Höhle. Nur wenige Sterbliche haben den Dunklen Hof und Mab erblickt und lange genug gelebt, um davon berichten zu können.

- Der Wilde Wald. Der finstere, undurchdringliche Wald dieses Namens bildet das größte Gebiet des Nimmernie, da er beide Reiche umschließt und sich bis in die Große Wildnis erstreckt. Er gilt als neutrales Gebiet; hier herrschen weder Sommer noch Winter und die Bewohner des Wilden Waldes sind niemandem zu Gehorsam verpflichtet. Der Wald breitet sich schier endlos aus und ist von allen nur erdenklichen Kreaturen bevölkert. Dadurch wird der Wilde Wald nicht nur zu einem der gefährlichsten Orte des Nimmernie, sondern auch zu einem der mysteriösesten.
- Der Eiserne Hof. Bis vor Kurzem war noch kaum etwas darüber bekannt, doch unter geheimnisvollen Umständen ist innerhalb des Nimmernie ein neues Reich entstanden. Man hätte gedacht, ein Eisernes Königreich – das also eben jener Substanz entspringt, die den Feen so großes Leid zufügen kann – könne nicht mehr sein als ein Gerücht, würde im schlimmsten Fall aber schnell vernichtet werden. Und doch gibt es ein solches Reich, das inzwischen von einer jungen Königin namens Meghan Chase regiert wird. Angeblich ist die Eiserne Königin halb Mensch, halb Fee. In ihrem Reich findet man jene

seltsame und rätselhafte Spezies, die sich Eiserne Feen nennt. Diese Feen – denn sie sind tatsächlich echte Feenwesen – haben sich wohl aus der menschlichen Vorliebe für Technologie und Fortschritt entwickelt. Zurzeit sind die Informationen über sie jedoch noch äußerst spärlich.

Der Umgang mit den Bewohnern des Nimmernie

Seien Sie klug und vermeiden Sie möglichst alles, wodurch Sie die Aufmerksamkeit der Feen auf sich lenken könnten. Doch selbst wenn Sie nur ein stiller Beobachter sind, kann es vorkommen, dass die Feen Sie entdecken. Tritt dieser Fall ein, gilt es einige Regeln zu befolgen, mit deren Hilfe Sie eventuell Ihren freien Willen und – wenn Sie sehr viel Glück haben – Ihr Leben behalten dürfen.

– Seien Sie stets höflich. Unhöflichkeit gilt unter Feen als schwere Beleidigung und wird äußerst negativ aufgenommen, ganz egal, wie cool Sie sich dabei vorkommen mögen.
– Lassen Sie sich durch die Höflichkeit der Feen nicht täuschen. Feen sind eigentlich immer höflich. Das bedeutet aber nicht, dass sie Ihnen nicht bereitwillig den Kopf abreißen würden. Die dadurch entstehende Belustigung ist ihnen immer willkommen. Oder, wenn Sie Pech haben, die sich daraus ergebende Mahlzeit.
– Wie heißt es so schön? Im Leben gibt es nichts geschenkt. Das gilt auch für das Nimmernie. Nehmen Sie unter gar keinen Umständen irgendwelche Geschenke an, auch wenn Sie sich absolut sicher sind, dass sie keinerlei ver-

steckte Fallstricke enthalten. Selbst dann bleiben noch genug Fallstricke, um Sie anschließend nett zu verschnüren und jemandem zu überlassen, der eine Mahlzeit nötig hat.

- Verteilen Sie großzügig Geschenke. Dann werden die Feen Sie entweder für einen großen Manipulator halten und Sie deswegen respektieren, oder sie werden vollkommen perplex sein, weil ihnen jemand ein Geschenk ohne Hintergedanken anbietet.
- Lassen Sie sich nie, nie, niemals, unter gar keinen Umständen mit einer Fee auf einen Handel ein. Das endet immer böse und meistens tödlich. In den seltenen Fällen, in denen es kein böses Ende nimmt, nimmt es überhaupt kein Ende. Dann sind Sie für alle Ewigkeit gebunden.
- Sollten Sie weglaufen müssen, schlagen Sie möglichst viele Haken. Viele Feen sind mit Pfeil und Bogen bewaffnet.
- Sollten Sie zufällig einem großen, grauen Kater begegnen, sind Sie ihm wahrscheinlich noch eine Gefälligkeit schuldig. Selbst wenn Sie sich nicht mehr an diese Gefälligkeit erinnern können, begleichen Sie Ihre Schuld besser möglichst schnell. Letzten Endes werden Sie es so oder so tun, doch es wird wesentlich weniger schmerzhaft, wenn Sie das gleich erledigen.

Wie sollte man das Feenreich wieder verlassen?

Die beste Antwort auf diese Frage lautet: zügig. Verbringt man zu viel Zeit im Nimmernie, kann das seltsame Begleiterscheinungen mit sich bringen. Während im Feenreich wenige Minuten vergehen, können im Reich der Sterblichen

Jahre verstreichen, aber auch das genaue Gegenteil kann zutreffen. Verlässt man das Nimmernie über einen anderen Steig als bei der Ankunft, kommt man – auch wenn die beiden Steige nur wenige Meter voneinander entfernt sind – eventuell am anderen Ende der Welt heraus oder auch auf dem Grund eines Ozeans. Beachten Sie deshalb beim Verlassen des Nimmernie folgende Grundregeln:

- Merken Sie sich immer den Rückweg zu dem Steig, durch den Sie gekommen sind.
- Fragen Sie unter keinen Umständen nach dem Weg oder nach einem Steig nach draußen. Viele Feen werden Ihnen zwar behilflich sein, doch nur gegen einen hohen Preis. In den meisten Fällen verlangen sie dafür Ihre Zunge, da sie nicht wollen, dass solche Informationen weitergegeben werden. Anmerkung: Sollten Feen jemals das Konzept der SMS begreifen, werden sie wohl auch die Daumen einfordern.
- Sollten Sie den Rückweg zu Ihrem Steig nicht finden können, erkaufen Sie sich mit den oben erwähnten Geschenken den Transport nach Hause. Falls Sie einen solchen Handel abschließen müssen, denken Sie daran, alles korrekt zu formulieren. »Ich habe mich verirrt und komme nicht mehr nach Hause« wird Sie ganz sicher in Schwierigkeiten bringen. Versuchen Sie es lieber mit so etwas wie: »Ich werde der Fee, die mich ins Reich der Sterblichen bringt, zwei Gläser Honig bezahlen, doch nur, wenn ich dabei am Leben und unversehrt und meine Seele und mein Verstand unangetastet bleiben, ich weder körperlich noch mental verletzt und auf festem Boden

auf einer Anhöhe in einer Umgebung abgesetzt werde, in der menschliches Leben möglich ist, und das nicht weiter als einen Kilometer von einer menschlichen Ansiedlung entfernt, spätestens dreißig Minuten nach dem jetzigen Zeitpunkt.« Und selbst dann sollten Sie äußerst vorsichtig sein.

Zusammenfassung

Halten Sie sich an die oben genannten Leitlinien, so besteht eine geringe Chance, dass Sie Ihren Aufenthalt im Nimmernie überleben. Natürlich gibt es keinerlei Garantie und absolut jede Interaktion mit einem Bewohner des Feenreiches sollte mit größter Vorsicht gehandhabt werden. Mit den hier vermittelten Kenntnissen werden Sie den anderen Sterblichen, die hin und wieder durch die Hecke wandern und im Feenreich landen, jedoch einen Schritt voraus sein. Wir haben Sie gewarnt. Sie handeln auf eigene Gefahr.

Biografien und nützliche Informationen

Die Lebensgeschichte einiger zentraler Feengestalten könnte sich als hilfreich erweisen, wenn man ihrer Gnade ausgeliefert ist und darum fleht, nach Hause zurückkehren zu dürfen – oder auf ewig zu bleiben.

Hauptfiguren

Meghan Chase

(Meggie, Prinzessin, Halbblut, Tochter des Oberon, die Eiserne Königin)

Meghan Chase ist ein Teenie, halb Mensch, halb Fee, mit weißblonden Haaren und blauen Augen. Sie wächst bei ihrer Mutter, ihrem Stiefvater und ihrem Halbbruder mitten in den Sümpfen von Louisiana auf und wird als ganz normales Mädchen erzogen. Oft wird sie übersehen oder ignoriert, wobei ihr nicht bewusst ist, dass dies mit ihrem Feenblut zusammenhängt.

Meghans biologischer Vater ist Oberon, der König des Sommerreiches, doch das findet sie erst heraus, als sie ins Nimmernie reist, um ihren Bruder zu retten, der dorthin entführt wurde. Vor dieser Entdeckung geht sie davon aus, dass sie ein ganz normaler Mensch ist und ihr Vater verschwand, als sie sechs Jahre alt war. Später erfährt sie, dass Paul, der Mann, den sie für ihren Vater hielt, auf Pucks Auftrag hin von Leanansidhe, der Königin der Exilanten, entführt wurde, um ihn vor der eifersüchtigen Königin Titania zu schützen.

Meghan ist unglaublich loyal und immer bereit, sich selbst zu opfern, um jene zu schützen, die sie liebt. Gerade diese Stärke sorgt, gepaart mit ihren vielen anderen Qualitäten, dafür, dass Ash, der Prinz des Winterhofes, sich in sie verliebt, und Meghan erwidert diese Gefühle – auch wenn sie durch Sommer- und Winterhof verboten wurden.

Durch ihre Kindheit begleitet Meghan ihr bester Freund, der schelmische und oft geheimnisvolle Robbie Goodfell. Als ihr Bruder entführt wird, entdeckt Meghan, dass Robbie eigentlich Robin Goodfellow heißt und der berüchtigte Feentrickster Puck ist, berühmt aus Shakespeares *Sommernachtstraum*.

Als Tochter des Sommerkönigs kann Meghan auf die Magie der Sommerfeen zurückgreifen, den sogenannten Schein. Sie kann Wurzeln und Ranken herbeirufen und ihre Gegner damit fesseln. Außerdem vermag sie sogar vollkommen totem Holz noch Leben zu verleihen, und während sie vorübergehend das Jahreszeitenszepter in ihrem Besitz hat, gelingt es ihr sogar, Blitze zu erschaffen. Nachdem sie den Eisernen König zur Strecke gebracht hat, übernimmt Meghan seine Kräfte und wird zur wahren Erbin des Eisernen Throns. Zunächst bekämpfen sich die Eisen- und die Sommermagie in ihrem Inneren, wodurch ihr übel wird, wann immer sie beide getrennt voneinander einsetzen will, aber letztlich gelingt es ihr, die beiden zu verbinden. So bringt sie das Leben in das Eiserne Reich zurück und beendet seine zerstörerische Ausbreitung im Nimmernie.

Während ihrer Zeit im Nimmernie hat Meghan sich sowohl in der Sommerkönigin Titania als auch in Mab, der Herrscherin des Winterhofes, tödliche Feinde geschaffen, doch nachdem sie zunächst den Eisernen König und dann seinen illegitimen Nachfolger besiegt hat, ist sie am Ende ihrer Reise eine Königin mit eigenem Reich, deren Macht den Feen Respekt abnötigt.

Kleiner Tipp: Falls Sie sich in einer Zwangslage befinden, ist Meghan genau die Königin, die Sie um Hilfe bitten sollten. Sie steht treu zu allen, die sie liebt, und ist immer bereit, Menschen in Not zu helfen. Außerdem ist sie wohl das einzige Wesen im Feenreich, das dafür keine Gefälligkeit verlangen wird.

Ash

(der Winterprinz, Eisbubi, Sohn von Mab,
Ashallayn' darkmyr Tallyn)

Prinz Ash ist der jüngste Sohn der Winterkönigin Mab. Er hat dunkle Haare, silberne Augen und ein engelsgleiches Gesicht. Niemand weiß, wer sein Vater ist, aber er hat zwei ältere Brüder, Sage und Rowan. Während seiner Kindheit am Dunklen Hof lernt Ash schnell, dass Gefühle eine Schwäche sind und gegen ihn verwendet werden können, also zwingt er sich dazu, sie auszuschalten.

Während seiner Jugendjahre ist Ash eng mit Robin Goodfellow befreundet und geht trotz der Tatsache, dass Sommer und Winter sich nicht anfreunden dürfen, oft im Wilden Wald mit ihm auf die Jagd. Doch als Puck Ashs Geliebte Ariella aus Versehen in ein Wyvernnest führt, wo sie den Tod findet, schwört Ash, Puck zu töten.

Nachdem er viele Jahre um Ariella getrauert und gegen die Dunkelheit angekämpft hat, die sich seit dem Tag ihres Todes in seinem Inneren auszubreiten droht, begegnet Ash Meghan, und während er mit ihr in das Eiserne Reich zieht, um König Machina zu besiegen, verliebt er sich nach und nach in sie. Später, nachdem er Meghan dabei geholfen hat, aus dem Winterreich zu fliehen und den Handlangern des Falschen Königs das Jahreszeitenszepter abzunehmen, gesteht Ash im Beisein beider Feenhöfe seine Liebe. Da er es nicht über sich bringt, den Kontakt zu ihr abzubrechen, wählt Ash das Exil und wird aus dem Nimmernie verbannt. Wenig später wird er allerdings zurückgeholt, als Meghan zustimmt, in das Eiserne Reich zu gehen und den Falschen König zu vernichten, bevor er das gesamte Nimmernie mit seiner eisernen Plage überzieht.

Ash ist ein hervorragender Kämpfer und besitzt ein eisblaues Schwert, das die Eisigen Archonten des Drachenberges für ihn geschmiedet haben. Dabei gingen sein Blut, sein Schein und ein winziger Teil seiner Selbst in das Werk mit ein, weshalb er es gar nicht gerne sieht, wenn jemand anders die Waffe berührt. Außerdem ist Ash ein Meister in der Magie des Winters, im Kampf schleudert er gerne Eissplitter auf seine Feinde. Es gelang ihm sogar, Meghan aus dem Eisblock zu befreien, in den seine Mutter sie eingeschlossen hatte.

Als Meghan Ash schließlich bittet, ihr Ritter zu werden, bedient sie sich eines uralten Rituals, das bedingungsloses Vertrauen erfordert und sein Leben untrennbar mit ihrem verknüpft. Ash leistet ohne zu zögern den Schwur und vertraut Meghan seinen wahren Namen an. Nach dem Sieg über den Falschen König liegt sie sterbend im Eisernen Reich und will ihn von seinem Ritterschwur entbinden, damit er sich retten kann. Unter Zuhilfenahme seines wahren Namens befiehlt sie ihm, das Eiserne Reich zu verlassen. Noch während er geht, leistet er einen neuen Schwur: einen Weg zu finden, damit Meghan und er wieder zusammen sein können.

Mithilfe von Puck, Grimalkin und einigen überraschenden neuen Gefährten macht sich Ash auf zum Ende der Welt, wo er angeblich eine Seele erringen und menschlich werden kann, was es ihm erlauben würde, im Eisernen Reich zu leben, ohne Schaden zu nehmen. Auf dem Weg dorthin lüftet er ein Geheimnis, wodurch einiges, was er über sich selbst und seine Freundschaft zu Puck zu wissen glaubte, in ein völlig neues Licht getaucht wird. Durch echte Teamarbeit schaffen Ash und seine Freunde es bis zum Feld der Prüfungen am Ende der Welt. Dort unterzieht sich Ash den Aufgaben, die noch keine Fee jemals bewältigen konnte, erringt eine Seele und wird zu einem Mischwesen aus Fee und Mensch, sodass er in das Eiserne Reich zurückkehren und Meghan Chase heiraten kann.

Kleiner Tipp: Seit er eine Seele besitzt, zeigt Ash mehr Verständnis gegenüber dem Menschsein als früher. Solange man nicht ein alter Bekannter oder treuer Freund ist, gestaltet es sich zwar noch immer schwierig, ihn um Hilfe zu bitten, doch letztendlich nötigen ihn seine strikten Moralvorstellungen doch stets dazu, das Richtige zu tun. Es sei denn, Sie stellen in irgendeiner Art eine Bedrohung für seine Frau dar. Dann können Sie sich schon mal auf ein Leben als Tiefkühlgericht einstellen.

Puck
(Robin Goodfellow, Robbie Goodfell, der Streichekönig)

Puck ist eine Sommerfee und Diener von Sommerkönig Oberon, gleichzeitig aber auch ein ewiger Störenfried. Er hat rote Haare und grüne Augen und das Wesen eines Tricksters. Berühmt wurde er durch seine großartigen Witze, seine spektakulären Streiche und seine Vorliebe dafür, ältere, stärkere Feen zu reizen, einfach um zu sehen, wie weit er sie treiben kann.

Als Meghan Chase geboren wird, bekommt Puck den Auftrag, über sie zu wachen und dafür zu sorgen, dass sie nichts von der Feenwelt erfährt. Getarnt als Robbie Goodfell gelingt es ihm, sein Geheimnis zu wahren, bis der Eiserne König Meghans Bruder entführt und ihn durch einen Wechselbalg ersetzt. Um seiner besten Freundin zu helfen, widersetzt sich Puck den direkten Befehlen seines Königs – Puck enthüllt ihr sein wahres Wesen und führt sie ins Nimmernie.

Abgesehen von der normalen Sommermagie verfügt Puck über die Fähigkeit, sich in verschiedene Tiere zu verwandeln, unter anderem in ein Pferd und einen Raben. Außerdem kann er mithilfe von Blättern und Zweigen Klone von sich erschaffen und bewirft seine Gegner im Kampf gerne mit kleinen, pelzigen Kugeln, die sich dann als Tiere entpuppen, etwa als Bären oder Dachse.

Puck ist ein vorzüglicher Kämpfer – klein, schnell und gerissen –, doch anstelle eines Schwerts bevorzugt er zwei Dolche. Die langjährige Rivalität mit seinem ehemals besten Freund Ash führt oft zu Duellen, die er allerdings nicht sonderlich ernst nimmt. So schickt er gerne Klone ins Getümmel, die für ihn kämpfen, während er aus sicherer Entfernung sarkastische Bemerkungen macht.

Puck hat sich mindestens drei Mal seinem König widersetzt, um seiner besten Freundin Meghan zu helfen, und irgendwann gesteht er ihr seine Liebe. Als er gezwungen ist, einzusehen, dass Meghan Ash wählt, zieht sich Puck von den beiden zurück. Doch als der Ärger Meghan und Ash bis ins Exil verfolgt, kommt Puck ihnen trotz dieser schwierigen Situation zu Hilfe. Während Meghan sich auf den Kampf gegen den Falschen König vorbereitet, entdeckt sie, dass Puck ihr eine wichtige Wahrheit in Bezug auf ihre Familie vorenthalten hat. Daran droht ihre Freundschaft zu zerbrechen. Doch am Ende versöhnen sich die beiden und er steht ihr und Ash bei, als es darum geht, einen Weg in die Festung des Falschen Königs zu finden und das Feenreich zu retten.

Nachdem Meghan die Eiserne Königin geworden ist und Ash alles daransetzt, den Weg für eine Rückkehr zu seiner Liebsten freizumachen, schließt Puck sich dem Winterprinzen an. Als Begründung gibt er an, dass er Meghan glücklich sehen wolle, auch wenn es nicht mit ihm sei. Er begleitet Ash ans Ende der Welt und hilft ihm dabei, eine Seele zu erringen und menschlich zu werden. Dabei begraben die beiden Freunde auch ihre langjährige Rivalität.

Kleiner Tipp: Puck steht treu zu seinem Volk und noch treuer zu allen, die sich seinen Respekt verdient haben. Für seine Freunde geht er bis ans Ende der Welt und sorgt dabei auch noch für Unterhaltung. Dabei kann er mit seinen Streichen selbst die ausgeglichensten Charaktere in den Wahnsinn treiben. Er kann Ihr bester Freund oder Ihr schlimmster Feind sein. Sie sollten ihm besser nicht auf die Füße treten, es sei denn, Sie möchten in einen Igel verwandelt werden.

Grimalkin

(Grim, Cat Sidhe, Teufelskatze, Fellball)

[Falls Sie bis jetzt immer noch nicht wissen, wer ich bin, sind Sie sowieso ein hoffnungsloser Fall, Mensch.

Also schön, irgend so ein Lektor besteht darauf, detaillierte Informationen über mich einzufügen. Manchmal bange ich um die Zukunft Ihrer Art. Aber wenn Sie es denn unbedingt wissen müssen ...]

Grimalkin ist ein mysteriöser Feenkater mit langem, buschigem, grauem Fell und goldenen Augen. [Nun ja, es könnte schlimmer kommen. *Mysteriös* ist für den Anfang doch gar nicht schlecht.] Wie die meisten Katzen ist Grimalkin dermaßen selbstsicher, dass es schon an Arroganz grenzt [Sie begeben sich auf dünnes Eis, Mensch], und er verzweifelt oft an der mangelnden Intelligenz anderer. Er hat einen ausgeprägten Orientierungssinn, wobei nicht ganz klar wird, ob er sich lediglich gut an die Orte erinnert, die er schon einmal besucht hat, oder ob er das Gesuchte erschnüffeln kann. [Ihre Begriffsstutzigkeit ist frappierend. Wenn Sie die Puzzleteile zusammensetzen, begreifen Sie vielleicht, dass es durchaus ein wenig von beidem sein könnte, oder?] Außerdem brüstet er sich gerne damit, immer recht zu haben. [Wieso brüsten? Das ist eine simple Tatsache.]

Grimalkin verfügt über die Fähigkeit, schlagartig unsichtbar zu werden, die er regelmäßig einsetzt, sobald er Ärger wittert – verschwindet Grim, ist das ein sicheres Zeichen dafür, dass Gefahr droht. Sobald diese abgewendet ist, taucht er normalerweise wieder auf und wartet ungeduldig darauf, dass seine Begleiter »in die Gänge kommen«. [Die Tendenz der Menschen und liebeskranken Feen, Ewigkeiten herumzubummeln, wenn doch eindeutig Gefahr droht, werde ich wohl nie verstehen.] Fragt man ihn, wie er zu all diesen Dingen in der Lage ist, antwortet er oft einfach: »Ich bin eine Katze.« [Was eigentlich alles ist, was es über mich zu sagen gibt. Wozu diese langatmige Biografie, Mensch? Wen versuchen Sie zu beeindrucken?]

Des Weiteren zeichnet Grimalkin für die Erschaffung eines Amuletts verantwortlich, das es Winter- und Sommerfeen erlaubt, vorübergehend schadlos das Eiserne Reich zu betreten. Um diese Amulette zu produzieren, benötigt man allerdings die Essenz einer Eisernen Fee. Grimalkin verfügt über ein ziemlich mächtiges Exemplar, das die Essenz von Eisenpferd enthält, der sich selbst opferte, um Meghan Chase zu helfen. [Blicken wir nach vorn, Mensch, und lassen die Toten ruhen.]

Als Katze treibt Grimalkin eine durchaus verständliche Rivalität mit dem Wolf um, den er nur als »Köter« bezeichnet. Derartige Beleidigungen und Drohungen tauschen die beiden oft aus. [Gähn. Was müssen wir denn noch alles durchkauen? Das ist doch ein alter Hut, Mensch. Ein uralter Hut.] Manche – darunter Ash – vermuten allerdings, dass die beiden dieses Spiel regelrecht genießen, da ihre Provokationen nie Konsequenzen nach sich ziehen.

Grim hat eine Vorliebe für Gefälligkeiten und setzt seine Fähigkeit, Dinge aufzuspüren, oft dazu ein, jeder beliebigen Bekanntschaft Versprechen abzuluchsen. Er hat Meghan Chase mindestens zwei Mal in das Eiserne Reich geführt, außerdem durch die Hecke, durch die Menschenwelt und durch den Wilden Wald. Außerdem hat er Ash und Puck auf ihrer Reise ans Ende der Welt begleitet. [Also bitte, als ob diese beiden den Weg alleine überhaupt gefunden hätten!]

Bei der Begegnung mit seinem Doppelgänger, der sein wahres Wesen enthüllt, ist Grimalkin nicht sonderlich überrascht, dass sein Innerstes sich nicht wesentlich von seinem äußerlichen Auftreten unterscheidet, was darauf hinweist, dass er seine wahre Natur nicht unterdrückt. [Sind wir dann fertig? Ich sehe da einen Schmetterling …]

Kleiner Tipp: Wenn Grimalkin Ihnen etwas mitteilt, hören Sie gut zu und tun Sie, was er sagt. Stellen Sie seine Worte nicht infrage, es sei denn, Sie möchten durch die Hand irgendeiner gefährlichen Kreatur den Tod finden oder sich als das dümmste Wesen fühlen, das jemals einen Fuß in das Feenreich gesetzt hat. Wenn Grim verschwindet, nehmen Sie die Beine in die Hand und laufen Sie so leise und schnell wie möglich davon.

Leanansidhe

(Lea, die Dunkle Muse, Königin der Exilanten, Herrscherin des Zwischenraums)

Früher einmal war Leanansidhe eines der mächtigsten Wesen des Nimmernie. Sie war die Inspiration vieler großer Künstler, darunter James Dean, Kurt Cobain und Jimi Hendrix, und half ihnen bei der Erschaffung ihrer größten Werke. Natürlich hatten ihre Gaben auch immer ihren Preis. Hin und wieder entführte sie besonders talentierte Sterbliche und behielt sie so lange bei sich, bis sie sich mit ihnen langweilte.

Angeblich verbannte Oberon Leanansidhe aus dem Nimmernie, weil sie zu mächtig wurde und zu viele sterbliche Anhänger hatte. Doch eigentlich geht ihre Verbannung auf die eifersüchtige Titania zurück. Leanansidhe schuf sich eine Residenz in Form eines Landhauses im Zwischenraum, scharte neue Verehrer um sich und krönte sich zur Königin der Exilanten, indem sie streunende Feen aufsammelte, die nirgendwo anders hinkonnten.

Leanansidhe liebt kostspielige Dinge und hat Klienten mit außergewöhnlichen Wünschen. Oft setzt sie ihre Halbblut-Anhänger als ihre »Angestellten« ein, um diese ungewöhnlichen Dinge zu beschaffen. Außerdem hat sie die Angewohnheit, männliche Musiker zu entführen und sie irgendwann in Musikinstrumente zu verwandeln. Sie nennt all diese Männer Charles, da es ihr schwerfällt, sich an ihre richtigen Namen zu erinnern. Unter anderem ist sie für die

Entführung von Meghans Vater verantwortlich, auch wenn sie es auf Pucks Bitte hin tat und zu diesem Zeitpunkt nicht wusste, mit wem er verwandt war.

Leanansidhe ist unvorstellbar schön, mit lockigen, langen Haaren, die wie reinstes Kupfer schimmern. Sie ist groß, blass und gibt sich ganz als die Königin, für die sie sich hält.

Kleiner Tipp: Höchstwahrscheinlich werden Sie innerhalb kürzester Zeit Leanansidhes betörender Schönheit und ihrem umwerfenden Charme verfallen. Sollten Sie sich auf einen Handel mit ihr einlassen, ist größte Vorsicht geboten, sonst enden Sie schnell als Violine oder Konzertflügel.

Mab

(die Winterkönigin, Königin von Luft und Dunkelheit, Herrscherin der Herbstreiche)

Die Königin des Dunklen Hofes zieht alle Blicke auf sich. Ihre Haare sind so schwarz, dass sie fast schon blau wirken, und ergießen sich wie ein Wasserfall aus Tinte über ihren Rücken. Ihre Augen sind schwärzer als schwarz.

Mab ist eine grausame Herrscherin, sie zwingt ihre Söhne, um ihre Gunst zu buhlen, und setzt bei jeder Gelegenheit ihre Gefühle und Schwächen gegen sie ein. Und trotzdem ist offensichtlich, wie sehr Mab ihre Söhne liebt. Als sie Sage durch Verrat, Rowan durch Ashs Hand – aber vor allem durch seine eigene Torheit – und Ash an die Liebe verliert, ist ihre Trauer überwältigend.

Mabs Macht ist die des eisigen Winters, sie ruft Schnee, Eis und arktisch kalte Winde herbei, um jene hinzumetzeln, die ihr Missfallen erregen. Mit Vorliebe schließt sie andere in Eisblöcke ein; entweder, weil sie ihren Zorn auf sich gezogen haben, oder um sie für immer zu konservieren, damit sie ihnen nicht beim Altern zusehen muss. Die Opfer, die in Mabs Eis eingeschlossen werden, leben ewig, ringen dabei aber immer nach Luft, die niemals kommt.

Kleiner Tipp: Mab ist eine der vier mächtigsten Feen im gesamten Nimmernie. Ihr oberstes Ziel ist der Schutz des Winterreiches, und sie ist jedem wohlgesinnt, der über Informationen verfügt, welche ihrem Reich nutzen könnten. Allerdings liebt sie ihren Garten aus Eisskulpturen sehr, und ihr Dank für geleistete Dienste wird höchstwahrscheinlich darin bestehen, aus Ihnen ein neues Exponat zu machen.

Oberon

(der Erlkönig, König des Sommerhofes,
Herrscher von Arkadia)

Der Lichte Herrscher Oberon ist ein großer, schlanker Mann mit silbernem Haar, das ihm bis über die Schultern reicht, und eisigen grünen Augen. Er trägt eine geweihförmige Krone und sitzt auf einem Thron, der direkt aus dem Waldboden zu wachsen scheint. Seine Macht ist so spürbar wie die Spannung eines aufziehenden Gewitters.

Als Herr über die Lichten Feen stehen Oberon die gesamten Kräfte des Sommers zur Verfügung. Er kann über Ranken und Pflanzen aller Art gebieten, Feuer und Blitze schleudern und sich in einen gewaltigen, baumgleichen Riesen verwandeln. Außerdem liegt es in seiner Macht, Robin

Goodfellow in eine Gestalt seiner Wahl zu zwingen. Wenn er unzufrieden mit ihm ist, hält er ihn oft in Rabengestalt in einem Käfig gefangen.

Oberon verliebte sich in Meghans Mutter, als er sie im Park beim Malen beobachtete, und beschreibt sie als wunderschön und musisch.

Kleiner Tipp: Oberon ist das mächtigste Feenwesen von ganz Arkadia und eine der vier mächtigsten Feen des Nimmernie. Kommen Sie ihm nicht in die Quere, es sei denn, Sie heißen Puck und sind so wortgewandt, dass Sie einem Gewitter den Regen ausreden können.

Titania

(die Sommerkönigin)

Titania ist ein klassisches Beispiel für die überirdische Schönheit der Feen: gertenschlank, mit langem Haar, das zwischen Silber und Gold changiert, und funkelnden blauen Augen. Dazu kommt eine Ausstrahlung voller Arroganz und Macht.

Titania ist extrem eifersüchtig und gilt als rachsüchtig gegenüber allen, die diese Eifersucht wecken. Sie sorgte dafür, dass Leanansidhe aus dem Nimmernie verbannt wurde, weil sie es wagte, ihren Status als Königin zu bedrohen. Außerdem hatte sie es auf Meghans Stiefvater abgesehen, da sie in ihm ein Mittel sah, sich für Oberons Untreue zu rächen, ohne dabei die Frau zu verletzen, die er liebte, wodurch sie sich seinen Zorn zugezogen hätte. Bei ihrer ersten Begegnung mit Meghan versucht sie, die Tochter ihres Gatten in eine Hirschkuh zu verwandeln. Als ihr Mann schließlich eingreift und sie um das Vergnügen bringt, der verhirschten Meghan ihre Hunde auf den Hals zu hetzen, sorgt Titania dafür, dass sie in der Küche schuften muss – ganz ähnlich wie eine gewisse andere Märchenprinzessin.

Kleiner Tipp: Titania ist sowohl eifersüchtig als auch eitel. Wenn Sie ihr schmeicheln, können Sie es weit bringen. Wenn Sie ihr Missfallen erregen, gilt dasselbe, bis ihre Hunde Sie in Ihrer neuen Hasengestalt stellen und in Stücke reißen.

Die Nebenfiguren

Ariella Tularyn

(einzige Tochter des Eisherzogs vom Gläsernen Hügel, die Seherin)

Ariella ist Ashs erste große Liebe, eine unschuldige, naive Erscheinung, der er begegnet, als sie stellvertretend für ihren Vater zum ersten Mal bei Hofe erscheint. Dabei schwört er sich, sie vor dem grausamen Intrigenspiel der Höflinge zu beschützen, doch schnell verliebt sich Ash in sie und erkennt, dass sie die Einzige ist, bei der er ganz er selbst sein kann. Während einer Jagd im Wilden Wald entdeckt Ariella, dass Puck und Ash befreundet sind, doch obwohl eine solche Beziehung zwischen den verfeindeten Höfen untersagt ist, scheint sie das nicht sonderlich zu beunruhigen. Bald ist auch sie eng mit Puck befreundet und die drei verbringen viel Zeit damit, gemeinsam im Wilden Wald auf die Jagd zu gehen. Als Pucks Risikobereitschaft die drei in ein Wyvernnest führt, stirbt Ariella, was die mörderische Rivalität zwischen Puck und dem Winterprinzen begründet.

Ohne dass irgendjemand davon weiß, wird Ariella vom Nimmernie selbst ins Leben zurückgeholt und ihre Sehergabe wird verstärkt, sodass sie Ash und Meghan bei ihrer schicksalhaften Aufgabe unterstützen kann, die Reiche vor dem alles verschlingenden Eisen zu retten. Mithilfe ihrer Hellsichtigkeit beeinflusst sie Geschehnisse wie Leanansidhes Verbannung, Pucks Ernennung zu Meghans Wächter und die erste Begegnung von Meghan und Grimalkin im Wilden Wald.

Als die Reise ans Ende der Welt sie wieder mit Ash und Puck zusammenführt, weist sie ihnen den Weg zum Feld der Prüfungen. Und nachdem Ash alle drei Aufgaben gemeistert hat, opfert Ariella sich, damit eine Seele für ihn erschaffen wird und er mit seiner wahren Liebe Meghan zusammen sein kann. In gewissem Sinne kann auch sie so für immer bei ihm sein.

Ethan Chase

Meghans Halbbruder Ethan, der Sohn ihrer Mutter und ihres Stiefvaters, ist ein niedlicher Vierjähriger mit braunen Locken und großen, blauen Augen. Er hat den Blick, was bedeutet, dass er Feenwesen wahrnehmen kann, die für die meisten Sterblichen von Natur aus unsichtbar sind. Er wird vom Eisernen König entführt und durch einen Wechselbalg ersetzt, doch später von Meghan gerettet. Der Kleine liebt seine große Schwester über alles und begreift nicht, warum sie fortgehen und nicht wieder nach Hause zurückkommen kann. Letztendlich gibt er Ash die Schuld daran, dass sie ihn verlässt.

Ferrum

(der alte König, der Falsche König, der Eiserne König)

Ferrum war der Eiserne König, bevor Machina an die Macht kam – einerseits machthungrig, andererseits zerfressen von der Angst, seinen Thron zu verlieren. Seine Furcht wirkte sich schließlich zerstörerisch auf das Land aus, doch er weigerte sich, zu akzeptieren, dass er veraltet war und es Zeit wurde für einen neuen Eisernen König. Als Ferrum versuchte, seinen Ersten Leutnant Machina hinterrücks zu erdolchen, wurde er von ihm besiegt. Machina nahm seinen Platz als Herrscher ein und errang damit gemäß den Gesetzen des Eisernen Reiches auch all seine Kräfte. Doch Ferrum verging nicht einfach, sondern versteckte sich in den unterirdischen Tunneln seines ehemaligen Reiches, wo ihm nur die Elsterlinge als Untertanen blieben.

Bei Meghans erster Begegnung mit ihm ist Ferrum ein uralter Mann auf einem Thron aus Schrott. Seine Haut ist metallisch grau, seine Augen sind grün und seine weißen Haare reichen bis auf den Boden. Bei ihrem zweiten Aufeinandertreffen trägt er voluminöse schwarze Gewänder und eine eiserne Krone auf dem Kopf. Ihn umgibt eine dunkle Aura der Macht. Ferrum hat spitze, krallenartige Finger, die er als Waffen einsetzt, und er ist unfassbar schnell. Meghan muss ihn besiegen, um das Feenreich zu retten und zur Eisernen Königin zu werden.

Glitch

(Anführer der Rebellen, Erster Leutnant)

Glitch war König Machinas Erster Leutnant. Er hat ein scharf geschnittenes, kantiges Gesicht und spitze Ohren, dazu wirre, schwarze Haare, die wie bei einem Punker in die Höhe ragen und von neonfarbenen, kleinen Blitzen durchzuckt werden. Er trägt gewöhnlich zerfetzte Jeans und eine mit Nieten besetzte Lederjacke. Seine besondere Fähigkeit liegt darin, schon mit der kleinsten Berührung elektrische Störungen hervorzurufen. Als Machina gestürzt wird und der Falsche König seinen Platz einnimmt, zettelt Glitch eine Revolution gegen ihn an. Eigentlich will er Meghan an einem sicheren Ort verstecken, doch dann folgt er ihr und schließt sich den Armeen von Sommer und Winter an, um gegen Ferrums Streitkräfte anzutreten. Als Meghan den Eisernen Thron besteigt, wird er ihr Erster Leutnant.

Eisenpferd

(Rostbirne)

Eisenpferd ist ebenfalls einer von Machinas Leutnants. Er ist ein riesiges, schwarzes Pferd, dessen rote Augen wie Kohlen glühen und aus dessen Nüstern Dampf und Feuer aufsteigen. Sein Körper besteht aus Eisen, zwischen seinen Rippen ragen Kolben und Zahnräder hervor. Mähne und Schweif sind dicke Stahlkabel und in seinem Bauch brennt ein großes Feuer, das durch die Ritzen an den Seiten hindurchschimmert.

Eisenpferd steht treu zum rechtmäßigen Herrscher des Eisernen Reiches. Ursprünglich ist er Meghans Feind und versucht im Auftrag von Machina, sie in seine Festung zu bringen. Nachdem Meghan Machina getötet und seine Kräfte und damit auch seinen Thron geerbt hat, sucht Eisenpferd sie auf und gibt vor, ihr bei der Suche nach dem Jahreszeitenszepter helfen zu wollen, während er ihr in Wahrheit als legitimer Herrscherin des Eisernen Reiches dient und sie beschützt.

Eisenpferd ist eine riesige, altmodische Maschine, und wenn er spricht, so tut er das stets mit dröhnend lauter Stimme. Trotz seines grimmigen Auftretens ist er sehr loyal, und am Ende opfert er sich sogar, damit Meghan ihre Feindin Virus besiegen kann. Kurz vor seinem Tod überlässt er Grimalkin seine Essenz, damit dieser ein Amulett erschaffen kann, mit dem der Feenkater durch das Eiserne Reich reisen und Meghan weiterhin beistehen kann, ohne dabei vergiftet zu werden.

Als Herr der Obsidianebenen ist Eisenpferd der Anführer eines Clans von pferdeähnlichen Eisernen Feen, die ganz ähnlich konstruiert sind wie er. Er verfügt über die Fähigkeit, sich in einen monströsen schwarzen Mann mit glühenden roten Augen zu verwandeln.

Machina

(der Eiserne König)

König Machina war der wahre Eiserne König, der Nachfolger des ersten Königs Ferrum. Als Ferrum irgendwann veraltet war und sich weigerte, seinen Thron zu räumen, wurde er feindselig und paranoid, sodass Machina sich gegen ihn erhob und ihn stürzte, wodurch er seine Kräfte in sich aufnahm.

Seine große, elegante Erscheinung mit dem feinen Silberhaar und den spitzen Ohren lässt Machina kultiviert und graziös wirken, doch er verfügt auch unverkennbar über große Macht. Er trägt einen schlichten schwarzen Mantel, hat in einem Ohr einen metallenen Stecker und im anderen ein Bluetooth-Headset. Reine Energie umgibt ihn, und hin und wieder zucken elektrisch geladene Blitze durch seine schwarzen Augen. Sein Gesicht ist schön, wirkt aber arrogant mit seinen klaren Linien und scharfen Kanten, doch wenn er lächelt, erhellt das den gesamten Raum. Über seinen Schultern liegt stets ein seltsames, silbriges Cape, das sich leise bewegt, als wäre es lebendig. In Wahrheit besteht dieses Cape aus verflochtenen Silberkabeln, die sich unter anderem zu metallischen Flügeln mit rasiermesserscharfen Spitzen verformen können.

Machina entführt Meghans Bruder Ethan und ersetzt ihn durch einen Wechselbalg, um sie ins Nimmernie zu locken, wo er hofft, sie zu seiner Königin zu machen. Als Meghan ihn tötet, indem sie ihm einen Hexenholzpfeil ins Herz rammt, verwandelt er sich in eine riesige, eiserne Eiche. Durch seinen Tod übertragen sich seine Kräfte auf Meghan und er erscheint ihr hin und wieder in ihren Träumen.

Melissa und Luke Chase

Melissa (Meghans und Ethans Mutter)
Luke (Meghans Stiefvater, Ethans Vater)

Meghans Mutter Melissa ist eine ehemalige Künstlerin, die, obwohl sie mit einem Sterblichen verheiratet war, den Verführungskünsten des Sommerkönigs erlag. Meghan wurde von Melissa und ihrem ersten Mann Paul, einem genialen Pianisten, wie eine Sterbliche aufgezogen. Als sie sechs Jahre alt war, verschwand Paul unter mysteriösen Umständen.

Meghan konnte nicht wissen, dass Paul von Leanansidhe entführt worden war. Melissa floh daraufhin in die Sümpfe von Louisiana, wo sie Luke begegnete, einem Schweinebauern und »echten Hinterwäldler«, wie Meghan ihn beschreibt. Aufgrund ihrer Natur als halbe Fee wurde sie von Luke oft schlichtweg übersehen, und sein Hang zur Sparsamkeit war für sie höchst frustrierend. Trotzdem hat ihre Mutter sie niemals vergessen, und als sie zur Eisernen Königin wird, kehrt Meghan noch einmal nach Hause zurück, um sich von ihrer Familie zu verabschieden.

Razor

(die Kreissäge)

Der Gremlin mit den langen, dünnen Armen, den riesigen Fledermausohren und den schräg stehenden, grün leuchtenden Augen ist einer der Ersten, die erkennen, wer Meghan ist, und der versucht, ihr dabei zu helfen, ihr rechtmäßiges Erbe als Eiserne Königin anzutreten. Zunächst unterstützt er sie bei ihrer Flucht vor Glitch und den Rebellen, damit sie den Kampf mit dem Falschen König aufnehmen kann. Später reist Razor nach Mag Tuiredh und schart auf Meghans Geheiß hin die Gremlins um sich, damit sie Ferrums Festung stürmen und die elektrischen Abwehrmechanismen kurzschließen können, wodurch der Vormarsch auf den Wilden Wald gestoppt wird.

Rowan

(Verräter, Mabs zweitältester Sohn)

Prinz Rowan, der Anführer der Dornengarde, ist der mittlere Sohn von Königin Mab. Die Machtspielchen der Mutter, in denen sie ihre Söhne jahrhundertelang gegeneinander ausspielte, haben Rowan zu einem von Neid zerfressenen, machthungrigen Prinzen geformt. Den tiefsten Hass hegt er dabei gegen seinen jüngeren Bruder Ash, der oft als Mabs Liebling angesehen wird.

Rowan verrät den Winterhof und tut sich mit den Eisernen Feen zusammen, da er davon überzeugt ist, gegen die Auswirkungen des Eisens immun werden zu können und so eine Überlebenschance zu haben, wenn das Nimmernie vollständig vom Eisernen Reich verschlungen wird. Doch der eiserne Ring, den er am Finger trägt, sorgt nur dafür, dass sein Körper verfault und er extrem geschwächt wird. Letztlich wird er von Ash getötet, während er versucht, den Falschen König zu beschützen.

Sage

(Mabs ältester Sohn)

Prinz Sage ist nicht nur der älteste, sondern auch der größte von Mabs Söhnen. Er sieht ebenso umwerfend aus wie seine Brüder: blass mit hohen Wangenknochen und Augen, die aus grünem Eis zu bestehen scheinen. Betont werden sie von schmalen Brauen und den langen, schwarzen Haaren, die ihm sanft über den Rücken fallen. Sein ständiger Begleiter ist ein großer Wolf mit goldenen Augen.

Sage wird von Tertius getötet, als er versucht, das Jahreszeitenszepter zu verteidigen. Bei seinem Tod wird sein Körper vollständig zu Eis.

Virus

Virus ist König Machinas Zweiter Leutnant. Nachdem Meghan Machina getötet hat, schlägt sie sich auf die Seite des Falschen Königs und stellt sich damit gegen Meghan und den Rest des Nimmernie. Sie hat giftgrüne Augen und Haare, die aus grünen, schwarzen und roten Kabeln und Drähten zu bestehen scheinen. Dazu trägt sie gerne blauen oder blassgrünen Lippenstift mit passendem Nagellack. Ihr bevorzugtes Outfit ist ein giftgrüner Hosenanzug mit Stilettos. Virus gebietet über Dronen – kleine, insektenartige Kreaturen, die sich in fremde Schädel bohren und ihr so die Möglichkeit geben, den jeweiligen Körper zu kontrollieren. Sie ist für die wild gewordene Chimäre auf dem Elysium am Sommerhof verantwortlich, außerdem hat sie den Plan zum Diebstahl des Jahreszeitenszepters entwickelt. Während sich das Szepter in ihrem Besitz befindet, pflanzt sie Ash eine ihrer Dronen ein und schickt ihn los, um Meghans menschliche Familie zu ermorden. Später wird sie von Ash getötet, indem er sie in zwei Hälften teilt, während sie durch Meghans Einsatz von Eisernem Schein abgelenkt ist.

Der Wolf

(der Große Böse Wolf, der älteste aller Jäger, Wolfsmännchen)

Der Wolf ist eines der ältesten, stärksten und legendärsten Feenwesen und hauptsächlich durch seine Rolle in einigen althergebrachten Märchen bekannt. Der perfekte Jäger begibt sich im Austausch gegen die richtige Art von Gefälligkeit auch manchmal auf eine Auftragsjagd. Er begegnet Meghan und Ash zum ersten Mal, als er sie auf eine Bitte von Oberon hin jagt; da dieser annimmt, dass Meghan in das Winterreich entführt wird, soll der Wolf sie vor diesem Schicksal bewahren. Später begleitet er Ash auf seiner Reise ans Ende der Welt.

Unter dem erschreckenden Äußeren des Wolfs schlägt ein treues Herz, was er unter Beweis stellt, als er sich opfert, um das Tor des Heldenparcours lange genug offen zu halten, damit es alle hindurchschaffen. Der Wolf durchstreift bevorzugt die Weiten der Großen Wildnis und bietet immer wieder an, Grimalkin zu fressen, falls der Feenkater ihm jemals die Gelegenheit dazu gibt.

Landschaftliche Eigenheiten im Nimmernie (und darüber hinaus)

Die Welt der Feen – das Nimmernie – existiert parallel zur Menschenwelt, und die beiden beeinflussen sich gegenseitig auf eine Art und Weise, die den Menschen vielleicht gar nicht bewusst ist. Träume und Inspiration der Menschen nähren den Schein, der die eigentliche Essenz des Nimmernie bildet. Feenkriege und der Tausch des Jahreszeitenszepters prägen das Wetter und das emotionale Klima in der Welt der Menschen. Die rasante Zunahme der Technologie während der letzten Jahrhunderte ist bis in das Feenreich vorgedrungen und sorgte für den Aufstieg der Eisernen

Feen – und bis eine Königin erschien, die ein Gleichgewicht zwischen dieser neuen Art von Schein und der traditionellen Feenmagie herstellte, lief das gesamte Feenreich Gefahr, dadurch vergiftet zu werden.

Sollten Sie jemals das Nimmernie besuchen, könnten Sie auf die folgenden Orte und Feen stoßen. Es ist Vorsicht geboten.

Arkadia

(der Lichte Hof, das Sommerreich)

Arkadia ist das Land des Sommers, der mächtigen Stürme und üppigen Vegetation, der natürlichen Schönheit und hitzigen Gemüter. Dieses Reich voller Musik, Festivitäten und Wärme wird von König Oberon und Königin Titania regiert und ist die Heimat aller sonnenhungrigen Feen.

Im Folgenden finden Sie den ersten Eindruck, den Meghan Chase vom Sommerhof gewann, wie er in *Plötzlich Fee – Sommernacht* beschrieben wird.

Der Zugang zu Arkadia:

> Als wir die Bäume hinter uns ließen, erhob sich vor uns ein riesiger Hügel. Er ragte in seiner ganzen ewigen, grasbewachsenen Pracht vor uns auf und sein Gipfel schien bis zum Himmel zu reichen. Überall wuchsen Dornbüsche und Brombeersträucher, besonders rund um den Gipfel, sodass das ganze Ding mich an einen großen, bärtigen Kopf erinnerte. Um den Fuß des Hügels zog sich eine dichte Hecke, deren Dornen zum Teil länger waren als mein Arm. Die Ritter trieben ihre Pferde auf den dichtesten Teil der Hecke zu. Dabei war ich nicht überrascht, als sich die Zweige vor ihnen teilten und einen Rundbogen bildeten, unter dem wir hindurchritten, bevor sie mit einem lauten Knirschen wieder in ihre alte Position zurückkehrten.

Ich war allerdings schon überrascht, als die Pferde direkt auf den Hügel zuhielten, ohne langsamer zu werden, und ich klammerte mich fest an Grimalkin, der protestierend fauchte. Der Hügel öffnete sich nicht und wich auch nicht irgendwie zur Seite aus. Wir ritten einfach *in* den Hügel hinein, was mir einen Schauer über den Rücken jagte, der sich bis in meine Zehen ausbreitete.

Der Sommerhof:

Vor mir erstreckte sich ein riesiger Hof, eine große runde Fläche mit Elfenbeinsäulen, Marmorstatuen und blühenden Bäumen. Springbrunnen schleuderten Wasserfontänen in die Luft, bunte Lichter tanzten über den Becken und überall gab es Blumen in allen Farben des Regenbogens. Leise Musik drang an mein Ohr, eine Mischung aus Harfen und Trommeln, Geigen und Flöten, Glöckchen und Pfeifen, die irgendwie fröhlich und gleichzeitig melancholisch klang.

Der Thronsaal:

Auf der anderen Seite des Tors wuchs dichter Wald, fast als wäre die Mauer gebaut worden, um ihn zurückzudrängen. Vor mir erstreckte sich ein Tunnel mit Wänden aus blühenden Bäumen und grünen Zweigen, und der Duft der Blüten war so stark, dass ich davon leicht benebelt wurde.

Am Ende des Tunnels hing ein Vorhang aus Ranken, hinter dem sich eine große, von riesigen Bäumen umstandene Lichtung erstreckte. Die alten Stämme und verschlungenen Äste bildeten eine Art Dom – einen lebenden Palast mit dicken Säulen und einer gewölbten Decke aus Blättern. Obwohl ich wusste, dass wir uns unter der Erde befanden und draußen außerdem Nacht war, sah ich Sonnenstrahlen durch kleine Lücken im Blätterdach dringen und über den Waldboden tanzen. Glühende Lichtkugeln schwebten in der Luft, und in der Nähe plätscherte Wasser über Stufen in einen Teich. Und die Farben hier waren atemberaubend.

Auf der Lichtung waren ungefähr hundert Feen versammelt, alle in leuchtende fremdartige Stoffe gehüllt. So wie sie aussahen, schätzte ich, dass ich es hier mit den adeligen Höflingen zu tun hatte. Ihre Haare fielen in sanften Wellen über ihre Schultern oder waren zu unmöglichen Frisuren aufgetürmt. Satyrn, die man leicht an ihren zotteligen Ziegenbeinen erkennen konnte, und pelzige kleine Männchen servierten Getränke und Häppchen. Schlanke Hunde mit moosgrünem Fell schlichen herum und hofften darauf, dass ein paar Happen für sie abfallen würden. Elfenritter in silbernen Kettenhemden standen steif an den Rändern der Lichtung. Einige von ihnen hatten Falken oder sogar winzige Drachen bei sich.

In der Mitte dieser Versammlung standen zwei Throne, die direkt aus dem Waldboden gewachsen zu sein schienen und von zwei livrierten Zentauren flankiert wurden.

Eine weitere Sehenswürdigkeit in Arkadia:

Die Hecke

Die Hecke ist ein zahmer Teil des großen Gestrüpps, der sich innerhalb des Sommerhofes befindet. Im Gegensatz zum Wilden Wald ist die Hecke relativ berechenbar und bringt einen normalerweise stets an den Ort bei Hofe, den man zu erreichen wünscht.

Einige Einwohner von Arkadia:

Tansy

Während ihres Aufenthalts am Sommerhof findet Meghan in dem Satyrmädchen eine gute Freundin. Sie hat große, braune Augen und lockige Haare derselben Farbe, ist aber fast einen halben Meter kleiner als Meghan. Tansy ist etwas schreckhaft, scheint aber schließlich mit Meghan warm zu werden, führt sie in Arkadia herum und warnt sie vor den Regeln und Intrigen in der Feenwelt.

Sarah Hautschäler

Eine große, grünhäutige Trollfrau mit langen Hauern und braunen Haaren. Sie ist die Küchenchefin in Arkadia und nimmt auf Titanias Befehl hin Meghan widerwillig in ihre Dienste auf.

Dame Weberin

Die große, spinnenartige Schneiderin mit der bleichen Haut und den langen schwarzen Haaren entwarf das silberne Kleid aus Spinnenseide, das Meghan auf dem Elysium trägt.

Tir Na Nog

(der Dunkle Hof, das Winterreich)

Das Reich der Winterkönigin Mab zeigt sich Menschen gegenüber rau und gnadenlos, mit Temperaturen unter dem Gefrierpunkt, wilden Blizzards und endlosem Eis und Schnee. Die Feen, die hier leben, sind kalt und grausam und für Menschen noch tödlicher als ihre Entsprechungen im Sommerreich. Während Sommerfeen Menschen gerne als eine Art Haustier halten und gnadenlose Spielchen mit ihnen treiben, neigt eine Winterfee eher dazu, einem Menschen das Herz aus dem Leib zu reißen und es einzufrieren – natürlich nur aus Spaß. Der Rest des Körpers wird anschließend gefressen. Falls ein Mensch das Glück hat, Mabs Gunst zu erringen, friert sie ihn wahrscheinlich ein und stellt ihn als lebende Eisskulptur in ihren Figurengarten, wo er dann für alle Ewigkeit vergeblich nach Luft ringen wird.

Als Puck Meghan in *Plötzlich Fee – Sommernacht* das erste Mal ins Winterreich bringt, beschreibt er diesen Landstrich ganz treffend so:

> Puck trat vor. »Ladys und Katzenwesen«, verkündete er hochtrabend und umfasste den Türknauf, »willkommen in Tir Na Nog. Land des ewigen Winters und der scheißhohen Schneewehen.«

Und das sieht Meghan, als sie das Winterreich das erste Mal betritt:

> Ein Schwall eiskalter Pulverschnee strich über mein Gesicht, als er die Tür aufriss. Ich blinzelte die Eiskristalle fort, trat über die Schwelle und stand in einem gefrorenen Garten: Die Dornbüsche am Zaun waren mit Eis überzogen, und der mit Engeln verzierte Brunnen in der Mitte spuckte gefrorenes Wasser. In einiger Entfernung, hinter den kahlen Bäumen und dem dornigen Unterholz, ragte der spitze Giebel eines riesigen viktorianischen Anwesens auf. Als ich mich nach Grim und Puck umdrehte, standen sie unter einem Spalier, an dem violette Ranken mit leuchtend blauen Blüten hingen.

In *Die Reise zum Winterhof* begibt sich Meghan freiwillig als seine Gefangene mit Ash nach Tir Na Nog und erfüllt damit den Pakt, den sie in *Plötzlich Fee – Sommernacht* mit ihm geschlossen hat. Nachdem sie von einigen Winterrittern abgefangen wurden, erreichen sie zu Pferde das Winterreich, das sich Meghan so präsentiert:

> Dann löste sich der Nebel für einen Moment auf und gab den Blick frei auf das Ende des Stegs, hinter dem sich nichts befand als das dunkle, trübe Wasser des Sees. Die Pferde begannen zu traben, fielen dann in Galopp und schnaubten ungeduldig, als das Ende des Stegs mit beängstigender Geschwindigkeit auf uns zuraste.
>
> Ich schloss verzweifelt die Augen und die Pferde sprangen.
>
> Wir schlugen mit einem lauten Platschen auf dem Wasser auf und

versanken schnell in den eisigen Tiefen. Das Pferd versuchte nicht einmal, an die Oberfläche zu schwimmen, und der Griff des Ritters war so fest, dass ich mich nicht befreien konnte. Also hielt ich die Luft an und unterdrückte die aufsteigende Panik, während wir immer tiefer in dem kalten Wasser versanken.

Mit einem ebenso lautem Platschen und Spritzen durchbrachen wir plötzlich die Wasseroberfläche und tauchten wieder auf. Keuchend rieb ich mir die Augen und sah mich um. Ich war völlig verwirrt und desorientiert und konnte mich absolut nicht daran erinnern, dass das Pferd wieder nach oben geschwommen wäre. Wo waren wir überhaupt?

Als ich wieder klar sehen konnte, stockte mir der Atem und ich vergaß alles andere.

Vor mir lag eine riesige, unterirdische Stadt, in der Millionen winziger Lichter gelb, blau und grün funkelten wie eine dichte Sterndecke. Von der Stelle aus, an der wir im dunklen Wasser trieben, konnte ich große Steingebäude erkennen, Straßen, die sich spiralförmig einen Hügel hinaufwanden und natürlich das Eis, das alles bedeckte. Von der Höhlendecke, die darüber liegen musste, war nichts zu sehen, und die funkelnden Lichter ließen die Stadt überirdisch strahlen.

Auf dem Gipfel eines Hügels thronte ein riesiger Eispalast und warf seinen Schatten über die Stadt, stolz zeichnete sich seine Silhouette vor der Dunkelheit ab. Ich zitterte und hörte zum ersten Mal die Stimme des Ritters hinter mir: »Willkommen in Tir Na Nog.«

In *Plötzlich Fee – Winternacht* ist Meghan Mabs Gefangene und weiß weder, wie lange sie bei ihr bleiben muss, noch, was Mab mit ihr vorhat. Dies ist ihre Beschreibung des Thronsaals, als Mab sie das erste Mal zu sich ruft:

Hier endete der Gang und weitete sich zu einem gewaltigen Raum, an dessen Decke Eiszapfen hingen wie funkelnde Kronleuchter. Irrwische und Kugeln aus Feenfeuer schwebten zwischen ihnen herum und ließen Lichtblitze über Wände und Boden zucken. Der Boden war mit Eis bedeckt und in Nebel gehüllt. Mein Atem bildete Dampfwolken, als ich den Raum betrat. Die Decke wurde von Eissäulen getragen, die wie durchsichtige Kristalle glitzerten und noch mehr zu der blendenden, verwirrenden Mischung aus Licht und Farben beitrugen. Lockende, schnelle Musik hallte durch den Raum, gespielt von einer Gruppe Menschen auf einer Bühne in einer der Ecken. Die Musiker bearbeiteten mit glasigen Augen ihre Instrumente und waren erschreckend dünn. Ihre Haare waren lang und verfilzt, als hätten sie sie seit Jahren nicht geschnitten. Und trotzdem schienen sie nicht beunruhigt oder unglücklich zu sein, sondern spielten ihre Instrumente mit zombieartigem Eifer, offensichtlich blind gegenüber ihrem nicht menschlichen Publikum.

Auf der anderen Seite des Raumes schwebte ein Thron aus Eis in der Luft, der in blendender Helligkeit erstrahlte. Und auf diesem Thron saß, mächtig und unbezwingbar wie ein Gletscher, Mab, die Königin des Dunklen Hofes.

Weitere Sehenswürdigkeiten in Tir Na Nog:

Der Gläserne Hügel

So bezeichnet man eine bergige Region des Winterreiches, die fernab vom Hofe durch den Eisherzog vom Gläsernen Hügel regiert wird. In den dortigen Bergen leben auch die tödlichen Eiswyrme.

Der Eisige Schlund

Dieser riesige Abgrund trennt den Wilden Wald vom Winterreich. Er erstreckt sich über viele Kilometer in beide Richtungen, bis er im Norden auf das Wurmzahngebirge und im Süden auf das Scherbenmeer trifft. Früher konnte man den Eisigen Schlund mithilfe einer geschwungenen Brücke aus Eis überqueren, aber die hat Prinz Ash zerstört, als ihnen der Wolf auf den Fersen war.

Das Haus der Kalten Klagen

Dieser gewaltige Landsitz ist völlig von Eis und Schnee überzogen. Seine Treppen sind spiegelglatt, die Böden erinnern an Eislaufbahnen und die Luft im Inneren ist arktisch kalt. Bedient wird man hier von bleichen, skelettartigen Eisgnomen.

Weitere Winterregionen:

Das Scherbenmeer – Der Gefrorene Sumpf – Die Eisigen Ebenen – Gletscherbruch – Das Wurmzahngebirge

Die Bewohner des Winterreiches:

Die Dornengarde

Prinz Rowans Elitegarde, die nur seinem Befehl und dem der Königin untersteht. Gemeinsam mit ihrem Prinzen verraten die Ritter ihr eigenes Volk und schlagen sich auf die Seite der Eisernen Feen, da sie glauben, eine Immunität gegen das tödliche Metall entwickeln und so überleben zu können, wenn die Eisernen Feen das Nimmernie übernehmen. Sie tragen eiserne Ringe, die langsam ihr Fleisch verfaulen lassen, außerdem eine Rüstung, deren Dornen wie gigantische Stachelschweinborsten aussehen. Ihre Schwerter sind schwarz und mit rasiermesserscharfen Spitzen an der Klinge versehen. Wenn ein Dornengardist stirbt, verwandelt sich sein Körper in stacheliges Gestrüpp.

Tiaothin

Die Púca freundet sich mit Meghan an, als diese von Mab am Dunklen Hof gefangengehalten wird. Bei ihrer ersten Begegnung wird Meghan gerade in der Bibliothek von einem Riesen verfolgt. Tiaothin hat Dreadlocks und gelbe Augen und kann unter anderem die Gestalt einer geschmeidigen schwarzen Katze oder einer zotteligen schwarzen Ziege annehmen. Im Gespräch wechselt Tiaothin oft vollkommen willkürlich das Thema. Sie dient Mab und den Winterprinzen als Botenjunge. Meghan hat manchmal das Gefühl, dass Tiaothin sie abschätzend mustert, und obwohl sie es ist, die Meghan bei der Leiche des ermordeten Prinzen Sage findet, hilft sie Prinz Ash dabei, Meghan aus dem Winterpalast zu befreien, indem sie die Wachen sinnlos durch die Gegend jagt. Später gibt Ash zu, dass er Tiaothin darum gebeten hatte, während ihrer Zeit am Winterhof auf Meghan aufzupassen.

Dame Liaden

Ein uraltes Feenwesen, das in einer kleinen, maroden Hütte lebt, die unter zwei modernden Bäumen in den eisigen Wäldern des Winterreiches steht. Sie trägt eine graue Robe mit Kapuze, die wie ein alter Vorhang an ihrem Körper herunterhängt. Ihre ganze Sorge gilt einem faltigen, hässlichen Baby in einer schmutzigen weißen Decke – ein Grauen erregendes Kind, dessen deformierter Kopf zu groß für den Körper ist und dessen winzige, verschrumpelte Gliedmaßen wie der Rest seiner Haut auch eine ungesunde, bläuliche

Färbung aufweisen. Um ihr Kind – wenn auch nur vorübergehend – wieder gesund zu machen, muss Liaden es im Blut von Menschenkindern baden.

Narissa

Ash, Meghan und Puck begegnen dieser Winterfee, als sie vom Haus der Kalten Klagen aus zu dem Steig reisen, der sie ins Voodoomuseum von New Orleans bringen soll. Dabei belauscht sie ein Gespräch, aus dem hervorgeht, dass Ash einen Pakt mit Meghan geschlossen hat, und informiert begeistert Mab und den gesamten Winterhof über seinen möglichen Verrat.

Das Eiserne Reich

(das Eiserne Königreich, der Eiserne Hof)

Als Meghan das Eiserne Reich zum ersten Mal betritt – das damals noch als das Reich des Eisernen Königs bekannt war –, findet sie eine karge Einöde vor, in der sich veraltete technische Geräte und Schrotthaufen auftürmen, während ein beißender Säureregen das Fleisch der Menschen und Feen verätzt. Der Klammergriff des Eisens vergiftet das herkömmliche Nimmernie und droht, das Gleichgewicht unter den Feen zu zerstören. Letztlich ist es Meghan, die lernt, das Alte und das Neue in Einklang zu bringen und eines durch das andere zu ergänzen, wodurch sie das gesamte Feenreich rettet und ihren Thron als Eiserne Königin besteigen kann.

Dies ist Meghans erster Eindruck des Eisenreiches, entnommen aus *Plötzlich Fee – Sommernacht*:

> Vor uns erstreckte sich eine verseuchte Landschaft, öde und düster. Der Himmel darüber leuchtete in einem kränklichen gelbgrauen Schein. Das gesamte Land wurde von Schrottbergen beherrscht: Veraltete Computer, rostige Autos, Fernseher, Telefone und Radios waren zu riesigen Bergen aufgetürmt, die alles überschatteten. Einige der Berge brannten und stießen dichten, stinkenden Rauch aus. Ein heißer Wind fegte über die karge Landschaft, schob den Staub zu funkelnden Häufchen zusammen und ließ das Rad eines uralten Fahrrads rotieren, das auf einem der Schrottberge lag. Aluminiumstücke, alte Dosen und Styroporbecher rollten herum, und ein scharfer, metallischer Geruch hing in der Luft und setzte sich in meiner Kehle fest. Die Bäume waren kränkliche Dinger, verkrüppelt und verdorrt. An einigen hingen wie glitzernde Früchte Glühbirnen und Batterien.

Und so sah Meghan Machinas Turm:

> Irgendwann ließen wir das Abfallgebirge hinter uns, und der Elsterling, der unsere Prozession anführte, zeigte mit dem Finger hinunter auf eine öde Ebene. Dort erstreckten sich Eisenbahngleise über ein rissiges graues Plateau, das von Lavaströmen durchzogen wurde und mit blinkenden Lichtern übersät war. Neben den Gleisen standen wuchtige Maschinen, die wie riesige Eisenkäfer wirkten, und spuckten Dampf. Und vor dem trüben Himmel ragte ein zerklüfteter schwarzer Turm auf, der in Abgase und wabernde Rauchwolken gehüllt war.
>
> Machinas Festung.

Als Meghan in *Plötzlich Fee – Herbstnacht* sterbend am Fuß von Machinas Eiche liegt, besteht ihre letzte Tat, durch die sie schließlich geheilt und in die Eiserne Königin verwandelt wird, darin, dem Land die kombinierte Kraft von Sommer und Eisen zuzuführen. Das Ergebnis sieht dann so aus:

> Farben wirbelten um mich herum, sie zeigten mir ein Land, das mir gleichzeitig vertraut und fremd vorkam. Mächtige Schrottberge beherrschten die Landschaft, doch jetzt waren sie mit Moosen und Flechten bewachsen, die sich schnell ausbreiteten und bunt blühten.

In einer riesigen Stadt aus Stein und Stahl standen sowohl eiserne Laternen als auch blühende Bäume an den Straßen und in einem Brunnen im Zentrum sprudelte klares Wasser. Über eine mit Gras bewachsene Ebene zogen sich Eisenbahnschienen und aus verfallenen Ruinen ragte eine riesige, silberne Eiche auf, die metallisch glänzte, aber quicklebendig war.

»Sommer und Eisen«, fuhr Machina leise fort, »miteinander verschmolzen und zu einer Einheit verbunden. Du hast das Unmögliche geschafft, Meghan Chase. Die Vergiftung des Nimmernie wurde behoben. Die Eisernen Feen haben jetzt einen Ort zum Leben, ohne den Zorn der anderen Reiche fürchten zu müssen.«

Weitere Regionen des Eisernen Reiches:

Machinas Turm

Machinas Festung ist ein zerklüfteter, schwarzer Eisenturm, umgeben von Qualm und Smogwolken, der steil in der Landschaft aufragt – groß, scharfkantig, metallisch und klar strukturiert. Im Inneren des Turms befinden sich Bollwerke, die von stacheligen Metallranken eingefasst werden, überall ragen spitze Scherben aus den Mauern, deren Sinn sich nicht wirklich erschließt. An der Mauer des Turms schraubt sich eine Wendeltreppe in die Höhe, mehrere hundert Meter weit. An ihrem Ende befindet sich eine große Eisentür, auf der eine Krone aus Stacheldraht eingeprägt ist. Sie führt zu einem weitläufigen Garten. Er ist von glatten Eisenwänden umschlossen, aus deren Oberkante spitze Widerhaken hervorragen, während das Innere des Gartens aus Metallbäumen und gepflasterten Wegen besteht. In seiner Mitte prangt ein Springbrunnen, der aus unterschiedlich großen Zahnrädern besteht. Mithilfe dieses Brunnens lässt sich eine der Wände absenken, wodurch der riesige eiserne Thron von König Machina sichtbar wird.

Die Obsidianebenen

Eisenpferds Heimat, bevor er den Heldentod starb. Eine weitläufige schwarze Ebene aus Vulkanglas, auf der Eisenpferds Volk lebt. Im Zentrum der Ebene befindet sich das Schmelzbecken.

Das Schmelzbecken

Dieser See ist gefüllt mit brodelnder, flüssiger Lava. Dicht am Ufer ist die Luft so heiß, dass es einem die Haut abschält, außerdem riecht sie durchdringend nach Schwefel.

Die Höhlen der Elsterlinge

Das Höhlensystem der Elsterlinge zieht sich unterirdisch durch das gesamte Eiserne Reich, einige Tunnel dieses Labyrinths führen auch zu den Maschinenräumen unter Machinas schwarzer Festung. In einer gigantischen, kathedralenartigen Höhle laufen sie alle zusammen. Hier liegt haufenweise Schrott herum, mittendrin steht sogar ein Thron, der aus Müll zusammengebastelt ist. Von hier aus herrschte der ehemalige Eiserne König Ferrum bis zu Machinas Tod über die Elsterlinge.

Die Wüste der Verlorenen Dinge

Eine große Wüste voller Sanddünen. In der Wüste der Verlorenen Dinge landen alle Sachen, die in der Welt der Sterblichen verloren gehen.

Mag Tuiredh

Auch bekannt als Stadt der Fomorianer, da Mag Tuiredh einst die Heimat dieses uralten Riesengeschlechts war. Lange Zeit galt dieser Ort als böse, verflucht und voll unbekannter Monster, als einer der finstersten Orte des Nimmernie. Außerdem steht hier der Turm des Uhrmachers, wodurch die Stadt zum einzigen Ort im gesamten Nimmernie wird, an dem die Zeit gemessen wird. Alles hier hat Riesengröße, die Türen sind sechs Meter hoch, die Straßen so breit, dass ein Flugzeug darauf landen könnte, und die Stufen so hoch wie ein ausgewachsener Mensch.

Mit ihren schwarzen, qualmenden Türmen unter dem schmutzig gelben Himmel befand sich die gigantische Stadt ursprünglich halb innerhalb und halb außerhalb der Welt der Sterblichen, irgendwo in Irland. Irgendwann schluckte das Nimmernie sie dann ganz und die Fomorianer wurden ins Meer getrieben, sodass die Stadt Tausende von Jahren verlassen war. Schließlich wurde sie vom Eisernen Reich vereinnahmt und die Gremlins machten sie zu ihrer Heimat.

Als Meghan den Thron besteigt, baut sie Mag Tuiredh wieder auf und erklärt die Stadt zu ihrem Herrschaftssitz.

Bewohner des Eisernen Reiches:

Tertius

Der erste Eiserne Ritter diente König Machina und später dem Falschen König Ferrum. Machina erschuf ihn und seine Brüder als Abbilder der Adeligen des Sommer- und des Winterreiches. Tertius ist eine exakte Kopie von Prinz Ash, mit der Ausnahme, dass seine Augen eher metallisch grau als silbern sind. Er ist verantwortlich für den Diebstahl des Jahreszeitenszepters in Tir Na Nog und für den Mord an Prinz Sage, der einen Krieg zwischen Sommer und Winter auslöst. Tertius wird von Puck erstochen, während Meghan sich dem Falschen König Ferrum entgegenstellt.

Diode

Der Hackerelf ist ein schüchterner Vertreter der Eisernen Feen, der sich Glitchs Revolution gegen den Falschen König anschließt. Er hat große, schwarze Augen, über deren Oberfläche ständig grüne Zahlenkolonnen laufen. Diode verfügt über umfangreiches Wissen und ist erst für Glitch, später auch für Meghan ein wichtiger Ratgeber und Assistent.

Der Uhrmacher

Der Uhrmacher ist eine sehr mysteriöse Eiserne Fee. Er residiert in einem gewaltigen Uhrenturm im Zentrum von Mag Tuiredh. Das kleine, gebückte Männchen ist nur halb so groß wie ein Mensch und trägt immer eine leuchtend rote Weste, an der mehrere Taschenuhren befestigt sind. Sein Kopf sieht aus wie eine Kreuzung aus Mensch und Maus, mit großen, runden Ohren, funkelnden Knopfaugen und einem Schnurrbart, der stark an Tasthaare erinnert. Außerdem hat er einen dünnen, mit einem Fellpuschel versehenen Schwanz und trägt eine winzige goldene Brille, die ihm immer bis ans Ende der Nase herunterrutscht.

Der Uhrmacher verfügt über die Fähigkeit, den Anfang aller Dinge zu sehen, und dazu den genauen Moment, in dem die jeweils dafür vorgesehene Zeit abläuft. Von ihm bekommt Meghan den Schlüssel, der ihr Zugang zu Ferrums eiserner Festung verschafft, zusammen mit einer Taschenuhr, die sie vor einem der Blitze schützt, die der Falsche König auf sie schleudert.

Schienenstift

Das Eiserne Pferd stellt Meghan auf Wunsch des verstorbenen Eisenpferd, übermittelt von Grimalkin, seine Herde mechanischer Pferde zur Verfügung, damit sie gemeinsam mit ihren Anhängern in die letzte Schlacht gegen den Falschen König ziehen kann.

Der Wilde Wald

Dieser Wald des ewigen Zwielichts ist der erste Bereich des Nimmernie, in den Meghan vordringt, als sie auf der Suche nach ihrem kleinen Bruder das Feenreich betritt. In seinen Tiefen verbergen sich viele Geheimnisse und seltene Feen, die nie ein Mensch zuvor erblickte. Im Folgenden sollen nur einige der bekannten Regionen des Wilden Waldes genannt werden.

In *Plötzlich Fee – Sommernacht* gelangt Meghan zum ersten Mal in den Wilden Wald, indem sie den Steig in Ethans Kleiderschrank benutzt. Dabei sieht sie dies:

> Fahles silbriges Licht strömte in den Schrank. Die Lichtung auf der anderen Seite der Tür wurde von riesigen Bäumen umstanden, die so dick und dicht belaubt waren, dass zwischen ihren Ästen kein Himmel zu sehen war. Nebelschwaden zogen wabernd über den Boden, und der Wald war so düster und still, als wäre er in ewigem Zwielicht gefangen. Hier und da leuchteten einzelne Farbtupfer und durchbrachen das vorherrschende Grau. Ein Fleck mit Blumen, deren Blüten geradezu elektrisierend blau waren, wiegte sich sanft im Nebel. Eine Ranke wand sich um den Stamm einer sterbenden Eiche, wobei ihre langen roten Dornen in starkem Kontrast zu dem Baum standen, den sie tötete.
>
> Eine warme Brise trug eine verwirrende Mischung von Gerüchen in den Schrank. Gerüche, die es eigentlich gar nicht zusammen an einem Ort geben sollte. Zerdrückte Blätter und Zimt, Rauch und Äpfel, frische Erde, Lavendel und der feine, durchdringende Geruch von Moder und Verwesung. Einen Moment lang nahm ich einen Hauch von Metall und Kupfer wahr, der sich über den Modergeruch legte, doch beim nächsten Atemzug war er verschwunden.
>
> Über uns schwirrten scharenweise Insekten, und als ich genauer hinhörte, glaubte ich, Gesang zu vernehmen. Auf den ersten Blick schien der Wald völlig leblos zu sein, doch dann entdeckte ich Bewegungen in den Schatten und hörte, wie die Blätter um uns herum raschelten. Von überall her schienen mich unsichtbare Augen zu beobachten, sich in meine Haut zu bohren.

Orte, die Sie aufsuchen könnten – oder meiden sollten –, während Sie im Wilden Wald unterwegs sind:

Das Gestrüpp

Auch bekannt als die Ranken oder die Dornen. Das Gestrüpp ist eine gigantische, labyrinthartige Hecke, die sich durch das gesamte Nimmernie zieht, inklusive Winter- und Sommerreich, bis zum Ende der Welt. Es verfügt über ein sadistisch veranlagtes Bewusstsein und ist eine Macht, die weder gezähmt noch vollständig entschlüsselt werden kann.

Innerhalb des Gestrüpps befinden sich mehr Steige als irgendwo sonst im Nimmernie. Überall sind Türen verborgen, einige wechseln ständig ihre Position, andere erscheinen nur zu bestimmten Zeiten und unter bestimmten Umständen. In den Tunneln des Gestrüpps sind ständig flüsternde Stimmen zu hören, während die Wände stets in Bewegung sind und schlängelnd nach allem greifen, was sich bewegt. Tödliche Kreaturen lauern in den Schatten, Riesenspinnen, Drachen und wespenartige Feen streifen durch die Gänge. Der Große Böse Wolf behauptet ebenfalls, hin und wieder dort unterwegs zu sein.

Die Felder der Ewigen Ernte

Auf den Feldern der Ewigen Ernte werden alle größeren Kriege zwischen Sommer und Winter ausgefochten. Ein gefrorener Fluss teilt die Ebene in zwei Hälften und sie ist von den Ruinen eines gigantischen Schlosses umgeben. Auf diesem Feld riecht man quasi das Blut all der Schlachten, die hier im Laufe der Jahrhunderte geschlagen wurden.

Der Knochensumpf

Ein schlammiges, tristes Moor mit verkrüppelten grünen Bäumen, in dem es immer neblig ist. Der Knochensumpf verdankt seinen Namen den ausgebleichten Gebeinen, die überall aus seinem schlammigen Boden hervorragen. In diesem gefährlichen Teil des Wilden Waldes leben Katoblepas, Jabberwocks und einige andere Raubtiere, darunter auch die Knochenhexe.

Die Senke des Todes

Ein finsteres, von Dornenranken überwuchertes kleines Tal, dessen Boden so von Hass, Blut und Verzweiflung durchtränkt ist, dass er schwarz und giftig wurde. Früher einmal befand sich in der Senke des Todes ein Wyvernnest. An diesem dunklen, grabesstillen Ort wurde Ariella getötet, und hier legte Ash den Eid ab, Puck auszulöschen. Geziert wird dieses verfluchte Fleckchen Nimmernie von dem ausgebleichten Skelett des tödlichen Wyvern. Hier hauste Ariella, nachdem sie ins Leben zurückgeholt worden war, und wartete darauf, dass Ash sie auf seiner Seelenreise finden würde.

Der Fluss der Träume

Angeblich ist der Fluss der Träume endlos, und bisher hat auch noch niemand sein Ende gesehen, oder zumindest hat niemand überlebt, um davon berichten zu können. Er schlängelt sich durch den Wilden Wald und das Gestrüpp bis ans Ende der Welt. Befahren lässt er sich nur in eine Richtung, und will man auf ihm reisen, so ist das nur von ganz bestimmten Punkten an seinem Ufer aus möglich. Die Wasseroberfläche ist schwarz wie die Nacht und erstreckt sich bis zum Horizont. In diesem Fluss treiben die Manifestationen menschlicher Vorstellungskraft, Träume und Albträume. Das reicht von Buchseiten, Schwertern und Schmetterlingsflügeln bis hin zu den schrecklichsten, Grauen erregendsten Kreaturen. Über seinen Wellen schweben Glühwürmchen und Irrwische. Der Fluss der Träume bildet die Grenze zu den bekannten Regionen des Nimmernie. Jenseits davon beginnt die Große Wildnis.

Die Große Wildnis

So bezeichnet man die weiten, unerforschten Territorien des Nimmernie, hier herrschen alte Legenden und vergessene Mythen. Selbst das Licht dringt nicht weit in die Große Wildnis vor. Angeblich hat der Große Böse Wolf hier sein Zuhause.

Phaed

Phaed ist eine Stadt in der Großen Wildnis, in die sich alte, vergessene Feenwesen zum Sterben zurückziehen. An diesem Ort gibt es weder Glauben noch Fantasie. Früher oder später endet jede Fee einmal in Phaed. Die Stadt selbst besteht aus heruntergekommenen, grauen Hütten und windschiefen Baracken, die auf Stelzen über dem sumpfigen Boden stehen. Alles in Phaed ist formlos, brüchig oder krumm, dazu ausgebleicht und farblos. Dicker Nebel hängt über der Stadt und überall auf den Straßen liegen verlorene und anscheinend vergessene Gegenstände herum.

Der Heldenparcours

Er bildet die Grenze zwischen der Großen Wildnis und dem Ende der Welt. Wenn der Wächter vom Ende der Welt die Tore des Heldenparcours öffnet, muss der Kandidat das andere Ende erreichen, bevor sich das hintere Tor schließt, sonst sitzt er auf ewig in seinem Inneren fest und wird zum Geist.

Die Prüfungen des Heldenparcours stellen sich für jeden anders dar. Als Ash mit seinen Gefährten dort war, mussten sie sich zum Beispiel zwei bösartigen Wächterlöwen stellen, die jeweils einen halben Schlüssel um den Hals trugen, und sie durchquerten einen Korridor voller Spiegel, die sie mit den dunklen Seiten ihrer Persönlichkeit konfrontierten.

Der Knisterforst

Ein Teil des Wilden Waldes, der ganz in der Nähe des Eisernen Reiches liegt und mit Kobolden verseucht ist. Da die Koboldstämme ständig gegeneinander Krieg führen und Eindringlingen gegenüber nicht besonders freundlich sind, ist der Knisterforst definitiv ein gefährlicher Ort.

Bewohner des Wilden Waldes:

Die Knochenhexe

Die Knochenhexe lebt in einem alten, grauen Holzhaus, das am Rande eines schaumigen Teichs weit draußen im Knochensumpf steht. Es verfügt über zwei dicke, knotige Vogelbeine und wird von einem Zaun aus bleichen Knochen umgrenzt, dessen Pfähle mit polierten Schädeln gekrönt sind.

Rein äußerlich erscheint die Knochenhexe als alte Frau mit wirren weißen Haaren, einem faltigen Gesicht, durchdringenden schwarzen Augen und krummen gelben Zähnen. Die mächtige und unberechenbare Fee hat eine Abneigung gegen Puck, seit er die Beine ihres Hauses zusammengebunden hat, woraufhin es umstürzte, als sie ihn damit verfolgen wollte, um sich ihren gestohlenen Besen zurückzuholen. Trotzdem scheint Puck keine Angst vor ihr zu haben; er amüsiert sich königlich über seinen Triumph und ihre daraus resultierende Wut.

Auf seiner abenteuerlichen Reise sucht Ash die Knochenhexe auf, weil einige Legenden besagen, dass Grim hin und wieder einer Hexe Gesellschaft leistet, auf die ihre Beschreibung passt. Nachdem Ash und Puck Grim gefunden haben, gestattet sie ihnen zwar, ihr Haus zu verlassen, jagt sie dann aber bis an die Grenze des Knochensumpfes und schwört, Puck die Haut abzuziehen und sie über ihrer Tür aufzuhängen, falls sie ihn jemals wieder zu Gesicht bekommt.

Twiggs

Während ihrer ersten Nacht im Nimmernie gewährt dieser in einem Baum lebende Gnom Meghan und Puck Obdach.

Im Wilden Wald findet man die verschiedensten wilden Feen, unter anderem Kelpies, Katoblepas und Stachelwölfe, aber auch Kobolde, Drachen, Wyvern, das Einhorn und viele, viele mehr. Grimalkin ist dort ebenfalls zu Hause.

Der Zwischenraum

Den Zwischenraum kann man kaum besser beschreiben als Puck es im Gespräch mit Leanansidhe tut, als er in *Plötzlich Fee – Winternacht* mit Meghan zum ersten Mal ihr Anwesen besucht.

»Wo sind wir, Lea?«

»Im Zwischenraum, Liebes.« Leanansidhe lehnte sich zurück und nippte an ihrem Wein. »Innerhalb des Schleiers zwischen dem Nimmernie und der Welt der Sterblichen. Das müsste dir doch inzwischen klar geworden sein.«

Jetzt schossen bei Puck beide Augenbrauen in die Höhe. »Im Zwischenraum? Der Zwischenraum ist eine große Leere, zumindest hat man mir das immer so erzählt. Wer im Zwischenraum hängen bleibt, wird normalerweise innerhalb kürzester Zeit wahnsinnig.«

»Ja, ich gebe zu, das war anfangs etwas schwierig.« Leanansidhe wedelte nachlässig mit der Hand. »Aber genug von mir, ihr Lieben. Reden wir von euch.«

Bekannte Orte im Zwischenraum:

Leanansidhes Herrenhaus

Leanansidhes Domizil ist ein traumhafter Anblick, inklusive großer Freitreppe, die sich beidseitig unter der gewölbten Decke in die Höhe schwingt, flackernden Kaminfeuern und vornehmen schwarzen Sofas. Die Hartholzböden haben einen rötlichen Schimmer, die Wände weisen schwarz-rote Muster auf und vor den hohen Bogenfenstern sind durchscheinende schwarze Vorhänge drappiert. Fast jeder freie Fleck an den Wänden ist mit Bildern bedeckt – Ölgemälden, Aquarellen oder Schwarz-Weiß-Zeichnungen. Stets hallt

Musik durch die Flure, gespielt von einem der vielen menschlichen »Lieblinge« der Hausherrin. Im großen Speisezimmer steht an der linken Wand ein langer Tisch mit Stühlen aus Glas und Holz. Er wird in seiner gesamten Länge von schwebenden Kerzenleuchtern erhellt, der Rest des Raums liegt im Dunkeln. Außerdem gibt es im Herrenhaus auch eine Bibliothek mit weichem rotem Teppichboden, einem offenen Kamin und Bücherregalen, die bis unter die Decke reichen.

Trotz allem Prunk im Inneren des Hauses sieht der Keller aus wie ein mittelalterliches Verließ – feuchte Steinwände, Fackeln an den Wänden, hölzerne Fallgitter und grinsende Wasserspeier an den Wänden prägen das Bild.

Leanansidhes Hütte

Durch eine Holztür im Keller von Leanansidhes Herrenhaus gelangt man auf eine Waldlichtung, über die ein kleiner Bach fließt. Dahinter befindet sich eine Hütte, die von Heinzelmännchen ausgestattet und in Ordnung gehalten wird. Allerdings handelt es sich bei Leanansidhes »Hütte« um eine große, zweistöckige Lodge, deren Obergeschoss sogar eine umlaufende Veranda zu bieten hat. Der vordere Teil des Gebäudes steht auf Stelzen ungefähr sechs Meter über dem Boden, wodurch man einen fantastischen Blick über die Lichtung hat. Meghan, ihre Freunde und ihr menschlicher Vater wohnen dort, während Meghan den Schwertkampf erlernt und herausfindet, wie sie den Konflikt zwischen ihrer Eisen- und ihrer Sommermagie in den Griff bekommen kann.

Bekannte Gesichter im Zwischenraum:

Kimi

Die kleine Asiatin ist zur Hälfte Mensch, zur Hälfte Púca. Sie verehrt Leanansidhe, die ihr Schutz gewährt, solange sie im Gegenzug für sie gewisse Dinge aus dem Nimmernie besorgt – oder stiehlt. Das zierliche Mädchen hat pelzige Ohren und zerzauste, schlecht geschnittene Haare; sie trägt einen schäbigen Pulli, der ihr zwei Nummern zu groß ist. Zusammen mit Nelson setzt sie ihre Fähigkeiten dazu ein, Meghan beim Einbruch in den Firmensitz von SciCorp zu helfen, wo Virus sich mit dem Jahreszeitenszepter versteckt hält. Dazu besorgt sie unter anderem Blaupausen des Gebäudes und einen Sicherheitsausweis. Am Ende übernimmt Virus mithilfe einer Drone die Kontrolle über Kimis Körper. Nachdem sie Meghan eine Nachricht überbracht hat, wird ihr Gehirn quasi gefressen.

Nelson

Der zweite in Leanansidhes Halbblut-Klub ist zur Hälfte Troll. Er ist gebaut wie ein Footballspieler, hat schlammbraune Haare und eine Haut, die so grün ist wie das Wasser in einem Sumpf. Er hilft Meghan, bei SciCorp einzudringen, wird später aber auch von Virus' Käfern infiziert und erleidet den gleichen Hirnschaden wie Kimi.

Warren

Der Halb-Satyr gehört ebenfalls zu Leanansidhes Anhängern. Er verrät die Königin der Exilanten und Meghan, indem er sich mit dem Falschen König verbündet. Zwar versucht er, Meghan zu erschießen, wird dabei aber selbst verletzt, als sie mithilfe ihrer Eisenmagie die Pistole in seiner Hand explodieren lässt. Anschließend ist er der Gnade der wenig amüsierten Leanansidhe ausgeliefert. Man vermutet, dass sie ihn zu Tode gefoltert hat, um herauszufinden, was er alles weiß.

Charles

So nennt Leanansidhe alle Männer, die sie aus der Menschenwelt entführt, da sie sich laut eigener Aussage einfach keine Namen merken kann. In der einen oder anderen Hinsicht sind sie alle Musikgenies, und wenn sie ihrer überdrüssig oder ihr Verstand zu stark angegriffen ist, neigt Leanansidhe dazu, sie in verschiedene Musikinstrumente zu verwandeln.

Der Charles, dem Meghan in Leanansidhes Herrenhaus begegnet, ist in Wahrheit Paul – der Mann, den sie früher für ihren Vater hielt und der verschwand, als sie sechs Jahre alt war. Wie sich herausstellt, hatte Leanansidhe ihn auf Pucks Wunsch hin zu sich geholt und ihm Schutz gewährt, damit er vor der eifersüchtigen Titania in Sicherheit war. Die Sommerkönigin konnte die Wut über die Untreue ihres Mannes weder an Meghan noch an ihrer Mutter auslassen, ohne dabei Oberons Zorn auf sich zu ziehen, und so wurde Paul zum nächstbesten Ziel. Zunächst tauschte Meghan ihre Erinnerungen an ihn beim Orakel ein, um einen Hinweis darauf zu bekommen, wie sie Ethan befreien kann. Später holt sie sich die Erinnerung allerdings zurück und rettet Paul nach ihrer Ernennung zur Eisernen Königin aus Leanansidhes Einflussbereich. Am Ende bringt sie ihn nach Mag Tuiredh, wo er in ihrem Palast lebt.

Rasierklingen-Dan

Er ist der Anführer von Leanansidhes Dunkerwichteln. Während der Koboldkriege suchten er und seine Gang bei ihr Zuflucht, nachdem sie sämtliche Koboldstämme des Wilden Waldes gegen sich aufgebracht hatten, indem sie an alle Seiten Informationen verkauften. Als sie sich mit Warren verbünden, begehen sie Verrat an Leanansidhe, die sie dafür allerdings nicht bestraft, da sie ja nur ihren grundlegenden Instinkten gefolgt sind.

Die Menschenwelt

Meghan wurde in der Menschenwelt geboren und hat dort bis zu ihrem sechzehnten Geburtstag gelebt. Im Folgenden werden Orte vorgestellt, die Meghan während ihrer Abenteuer rund um das Feenreich besucht. Die Menschenwelt ist – [Und wieder einmal muss ich unterbrechen, Mensch. Ihr alle lebt in der Menschenwelt. Wenn euch das bis jetzt nicht klar war und ihr nicht mehr über sie wisst, als auf diesen Seiten gesagt werden kann, besteht für eure Art nun wirklich keinerlei Hoffnung mehr. Absolut keine. Ich muss es wissen, ich bin eine Katze.]

Feentreffpunkte in der Menschenwelt:

Das Blue Chaos

Der zweistöckige Nachtklub, der mit blau-pinken Neonschildern für sich wirbt, befindet sich in Detroit im Staate Michigan. Er wird von der Fee Shard betrieben und beherbergt einen Steig ins Winterreich. Im Blue Chaos wabert Trockeneisnebel über den Boden, was ein wenig an den Wilden Wald erinnert. Pinkfarbene, blaue und goldene Scheinwerfer leuchten die Tanzfläche aus, auf der Menschen und Feen gemeinsam tanzen, wobei letztere sich an dem Schein laben, der hier in großen Mengen auftritt. Hinter einer Tür neben der Bar, deren Schild jedem außer dem Personal den Zutritt verbietet, befindet sich die Kellertreppe, an deren Ende der Steig von einem Oger bewacht wird.

Die Stadt der Toten

Gemeint ist hier der Friedhof von New Orleans. Jede Menge Gruften, Gräber und Mausoleen sind entlang der engen Pfade aufgereiht, einige davon geschmückt mit Blumen, Kerzen oder Gedenktafeln, andere uralt, verfallen und vergessen. Manche dieser Grabstätten sehen aus wie kleine Häuser oder sogar wie winzige Kathedralen mit Türmchen und steinernen Kreuzen. Auf einigen Dächern findet man Statuen von Engeln oder weinenden Frauen.

In der Totenstadt gibt es sowohl Banshees als auch einen wilden und extrem wachsamen Grimm. Außerdem beherbergt sie die letzte Ruhestätte eines Kleinods, zumindest bis

Meghan und Ash es stehlen, um damit von der alten Anna, dem Orakel, Meghans Erinnerungen zurückzukaufen.

Rudys Pfandleihe

Auch dieser Laden dient den Feen hauptsächlich als Tarnung für einen Steig ins Nimmernie. Inhaber Rudy ist ein halber Satyr, doch im Inneren des Geschäfts sieht es aus wie in einer normalen Pfandleihe: Staubige Regale, vollgestopft mit alten Fernsehern, Videospielen und Schmuck. An einer Wand sind mehrere Waffen ausgestellt, die durch einen hohen Verkaufstresen und eine blinkende Überwachungskamera geschützt sind. Im Hinterzimmer versteckt Rudy allerdings eine wahre Fundgrube an Feenartikeln, die er ebenfalls verkauft, darunter Affenpfoten, Hydragift, Basiliskeneier, glühende Zaubertränke und magische Bücher.

Der Dungeon

Auch in diesem Nachtklub im French Quarter von New Orleans befindet sich ein Steig ins Nimmernie. Auf dem Schild über einem breiten, dunklen Torbogen steht *Ye Olde Original Dungeon* geschrieben, außerdem gibt es rote Farbspritzer auf dem Bogen, die wohl Blutflecken darstellen sollen. Geht man hindurch, gelangt man in eine enge Gasse, die zu einem Innenhof führt. Vor dem anschließenden Gebäude verläuft eine Art Burggraben, der von einem kümmerlichen Wasserfall gespeist wird. Über eine Holzbrücke erreicht man schließlich den in dunklem Rot gehaltenen Klub, in dem sich ein eher makaber anmutendes Publikum versammelt. Ziegelmauern, gedimmte Lampen, die alles in rötliches Licht tauchen, über der Bar hängen Monsterköpfe mit gebleckten Zähnen an der Wand: Der Dungeon gilt als Gebiet der Dunklen und dementsprechend rabiat sind die Feen und Menschen, die man hier antrifft. Ash erzählt Meghan, dass sich im Obergeschoss nicht nur Schädel und Käfige befinden, sondern tatsächlich auch eine Tanzfläche.

Im hinteren Teil des Barraums befinden sich deckenhohe Bücherregale. Hinter einem von ihnen verbirgt sich je nach dem entweder eine Toilette oder ein Steig in den Teil des Wilden Waldes, der an das Winterreich grenzt.

Feen, die Ihnen in der Menschenwelt begegnen könnten:

Die Älteste der Dryaden

Sie lebt im Stadtpark von New Orleans, wo sie gemeinsam mit ihrer Sippe über die Bäume wacht. Die Älteste der Dryaden beschließt, ihre Eiche – und damit ihr Leben – zu opfern, um aus dem Herz ihres Baumes einen Hexenholzpfeil zu erschaffen, da sie hofft, dass Meghan damit den Eisernen König töten kann.

Das Orakel (die alte Anna)

Eine bis zum Skelett abgemagerte Frau, die nach Staub, Moder und alten Zeitungen riecht. Ihre Haare sind völlig verfilzt, ihre Hände dürr wie trockene Zweige, die Augen so tief in die Höhlen eingesunken, dass sie nicht mehr zu sehen sind, und die gelblichen Zähne in dem runzligen Gesicht sind spitz wie Nadeln. Anna verfügt sowohl über die Fähigkeit, die Zukunft vorherzusehen, als auch Verlangen und Bedürfnisse zu riechen. Im Austausch gegen Meghans kostbarste Erinnerung – die an ihren Vater – beantwortet sie ihr drei Fragen und ist erst bereit, die Erinnerung wieder freizugeben, als Meghan ihr im Gegenzug ein Kleinod bringt.

Rudy

Ein pummeliger Halb-Satyr, in dessen Pfandleihe sich ein Steig ins Nimmernie befindet. Früher hat er Geschäfte mit Grimalkin gemacht und gewährt Ash, Puck und Grim Zugang zu seinem Steig, da er dem Kater noch eine Gefälligkeit schuldet.

Leuchtsame

Die winzige Blumenelfe führt Meghan und Ash zu dem in New Orleans befindlichen Zugang zum Eisernen Reich. Sie hat blaue Haut, Haare wie eine Pusteblume und hauchzarte Flügel.

Shard

Die Dunkle Fee Shard lebt in der Menschenwelt, um einen Steig ins Winterreich zu bewachen. Sie ist klein und schlank, hat blasse Haut, neonblaue Lippen und stachelige Haare, die in alle Richtungen abstehen und so blau, grün und weiß schimmern, dass sie aussehen wie Eiskristalle. Ihr bevorzugtes Outfit besteht aus engen, ledernen Hosen, einem bauchfreien Oberteil und einem Dolch am Oberschenkel. Gesicht und Ohren sind mehrfach gepierct, natürlich alles Gold und

Silber, und im Bauchnabel trägt sie einen Silberstab, an dem ein winziger Drachenanhänger baumelt.

Aufgrund ihrer Arroganz wird Shard von Meghan bei einem Feenhandel übers Ohr gehauen. Als sie Meghan anschließend umbringen will, indem sie den Oger Grumly auf sie hetzt, der im Keller des Blue Chaos gefangen gehalten wird, kann Meghan ihr wieder ein Schnippchen schlagen, da sie dem Oger verspricht, ihn als Dank für seinen Schutz freizulassen.

Das Ende der Welt

Nur sehr wenige Feen haben jemals das Ende der Welt gesehen. Soweit man zurückdenken kann, haben es eigentlich nur Ash und seine kühnen Begleiter bis dorthin geschafft. Und so beschreibt Ash in *Plötzlich Fee – Frühlingsnacht* diesen Anblick:

> Vor uns breitete sich die endlose Leere des Alls aus, unermesslich und zeitlos. Einzelne Sterne und Sternbilder funkelten über und unter uns, von winzigen Lichtpunkten bis hin zu gigantischen, pulsierenden Riesen, die so hell strahlten, dass man sie kaum ansehen konnte. Kometen schossen durch den Nachthimmel und weit, weit entfernt konnte ich den Schlund eines Schwarzen Lochs erkennen, das Milliarden von Kilometern entfernt ganze Galaxien verschlang. Riesige Felsen und Erdplatten schwebten im leeren Raum.
>
> Zunächst dachte ich, unter uns würde ein ganzer Kontinent vorbeigleiten, da waren Seen, Bäume und sogar ein paar Häuser. Doch dann drehte sich der Kontinent, Schuppen und Zähne wurden sichtbar, und ein Leviathan von wahrhaft unermesslicher Größe glitt auf uns zu. Er schlängelte sich auf gleiche Höhe mit der Brücke, was aussah als würde ein Berg aus Schuppen und Flossen aus dem Abgrund auftauchen. Sein helles, allsehendes Auge war so groß wie ein kleiner Mond, doch für ihn waren wir nicht größer als Insekten, wohl nicht einmal mehr als Staubmilben, zu mikroskopisch klein, als

dass er uns bemerkt hätte. Auf seinem Rücken erstreckte sich eine ganze Stadt mit schimmernden weißen Türmen und einem funkelnden See. An seiner Seite schwammen andere Wesen, die lediglich so groß waren wie Wale – neben ihm wirkten sie wie kleine Fischlein. Wie gebannt starrten wir den Leviathan an, während er sich träge in der Luft drehte und schließlich in der Unendlichkeit verschwand.

Was findet man vor, wenn man das Ende der Welt erreicht?

Das Feld der Prüfungen

Das Feld der Prüfungen ist eigentlich ein gigantisches Schloss, das in der Leere am Ende der Welt schwebt. Man erreicht es über einen tückischen Strom aus Felsbrocken. Das Schloss ist düster und leer, an den Wänden sorgen zwar Fackeln und Kerzen für Licht, doch ihr Feuer ist leblos und starr. Wie die Leere, so ist auch das Schloss endlos. Wer es bis zum Feld der Prüfungen schafft, wird in einem Gästezimmer untergebracht, in dem er Essen, ein sauberes Bett und einen brennenden Kamin vorfindet. Außerdem gibt es dort viele vergessene Bücher – manche von ihnen schreien, wenn man sie aufschlägt, andere sind in Sprachen verfasst, deren reiner Anblick schon wehtut.

Es ist nicht bekannt, ob das Feld der Prüfungen sich jedem Kandidaten anders präsentiert, doch bei Ashs Besuch gab es dort einen verschneiten Garten, dessen verkrüppelte Bäume mit Eis überzogen waren und in dessen Mitte ein Springbrunnen gefrorenes Wasser spuckte. Oberhalb des Gartens spannt sich eine steinerne Brücke über die Leere bis zu einem hohen, zerklüfteten Berg, auf dessen Gipfel Ashs erste Prüfung stattfand.

Der Wächter

Der Wächter am Ende der Welt ist eine über zwei Meter große Gestalt in einer weiten Robe, deren Gesicht in einer dunklen Kapuze verborgen ist. In seiner bleichen, knochigen Hand hält er einen glänzenden Stab aus knorrigem, schwarzem Holz. Seine dröhnende Stimme dringt einem bis ins Mark und hallt in den Köpfen seiner Zuhörer wider.

Der Wächter hütet das Feld der Prüfungen und ist der Herrscher über den Heldenparcours. Er prüft Ash und befindet ihn schließlich für würdig, eine Seele zu erhalten.

Das bringt uns dann auch zum Ende dieser kleinen Tour durch das Nimmernie mit all seinen Facetten. Hoffentlich haben Sie die Reise genossen und kehren gerne zurück in die Welt der Romane von *Plötzlich Fee*.

Interview mit Julie Kagawa

Vielen Dank, Julie, dass du dein Leben riskierst und ins Nimmernie gekommen bist, um uns ein paar Fragen zu beantworten. Welche Hoffnungen hattest du in Bezug auf die Geschichte, als du angefangen hast, Plötzlich Fee *zu schreiben? Und was empfindest du dabei, dass sich die Reihe so entwickelt hat?*

Julie: Ich finde es unheimlich aufregend und bin überglücklich. Als ich mit dem ersten Buch angefangen habe, war ich einer dieser hoffnungsvollen Autoren, die einfach nur veröffentlicht werden wollen. Ich hätte mir niemals träumen lassen, dass sich das Ganze so entwickelt, aber natürlich bin ich den Lesern und den Fans unglaublich dankbar, denn erst sie haben die Reihe zu dem gemacht, was sie heute ist.

Hast du die ganze Reihe vollständig durchgeplant, bevor du angefangen hast zu schreiben, oder hat sich jedes der Bücher beim Schreiben selbstständig entwickelt?

Julie: Die grundlegenden Plots habe ich bei allen Büchern bereits im Voraus festgelegt, und bei den ersten drei Bänden (*Sommernacht*, *Winternacht* und *Herbstnacht*) wusste ich auch, wie das alles ausgehen sollte. Innerhalb der einzelnen Bücher gibt es gewisse »Höhepunkte«, die zwangsläufig geschehen mussten, aber normalerweise entwickelt sich die Geschichte auch noch, während ich sie schreibe.

Es gibt inzwischen Plötzlich Fee-*Geschichten aus Meghans, Ashs und Pucks Sicht. Wie stellst du es an, die Perspektive zu wechseln und jeweils einer anderen Figur in den Kopf zu schauen?*

Julie: Der Schlüssel dazu liegt, glaube ich, darin, die Figuren sehr gut zu kennen und dafür zu sorgen, dass sie möglichst unterschiedlich sind. Tonfall, Persönlichkeit, Motivation und Bedürfnisse – jeder von ihnen sollte eine ganz eigene Sicht auf das Leben haben, und wenn man sie erst einmal gut genug kennt, ist es nicht mehr sonderlich schwer, ihre Stimmen heraufzubeschwören.

Grimalkin ist bei den Fans auch sehr beliebt. Wie bringt man Grim zu Papier?

Julie (lacht): In Grimalkin steckt etwas von jeder Katze, der ich je begegnet bin, und seinen individuellen Ton zu treffen, ist eigentlich gar nicht so schwer. (Das dürft ihr ihm aber niemals verraten, sonst wird er sich bis in alle Ewigkeit darüber beklagen.) [Das habe ich gehört. Und das werde ich nicht tun.] Er ist gelangweilt, unverblümt, stolz und unabhängig und sagt in jeder Situation genau das, was er meint. Dabei hat er keinerlei Skrupel, anderen mitzuteilen, dass sie sich dämlich aufführen, und er hat absolut nichts zu verbergen. Um es mit seinen Worten auszudrücken: Er ist eine Katze. Mehr gibt es dazu nicht zu sagen.

Du hältst deine Romanfiguren auch in Zeichnungen fest. Wie wurdest du zur Malerin?

Julie: Ich habe schon immer gerne gezeichnet, vor mich hingekritzelt und gemalt. (Besonders oft im Mathematikunterricht, wenn ich nicht gerade irgendwelche Romane hinter dem Mathebuch versteckt und gelesen habe. Meine Lehrer sind schier verzweifelt.) Aber ich habe nie irgendeine Art von Unterricht genommen oder Malkurse besucht. Malen und Zeichnen waren immer ein reines Hobby. In gewisser Weise ist es damit wohl wie mit dem Schreiben: Man braucht Übung, wenn man besser werden will.

Du liebst Computerspiele. Haben die Spiele deine Karriere als Autorin irgendwie beeinflusst?

Julie: Ich glaube fest daran, dass Computerspiele auch eine Form des Geschichtenerzählens sind, und die wirklich guten Spiele sind genauso fesselnd wie Bücher. Ich hole mir viel Inspiration aus Computerspielen und Animes, insbesondere in Bezug auf Charaktere und Setting. Bei manchen Spielen habe ich Rotz und Wasser geheult, wenn sie vorbei waren (*Dragon Age* oder *Final Fantasy X*), weil ich so an den Figuren und ihren Geschichten hing. Und einige waren so inspirierend und beflügelnd, dass ich unbedingt eine Geschichte schreiben wollte, die genauso gut war. Also, wenn das kein gutes Argument gegen die »Computerspiele-töten-den-Geist-Theorie« ist, weiß ich auch nicht weiter.

Erzähl uns ein bisschen was von dir. Was – außer Zeichnen und Spielen – machst du so, wenn du nicht gerade schreibst?

Julie: Natürlich lese ich viel, dann wäre da die Malerei, ich werkele gerne im Garten, spiele mit meinen Haustieren (Hunde, Katzen und Hühner), hänge mit meinem Mann vor dem Fernseher und mache Kampfsport. Mein Mann und ich nehmen beide Kung Fu und Kali-Unterricht, was ich immer gerne als den »Hau jemanden mit einem Stock«-Kurs bezeichne.

Was hält die Zukunft für Plötzlich Fee *bereit?*

Julie: Na ja, bald schon wird der erste Band einer neuen Feenreihe erscheinen. Die Hauptrolle wird Meghans Bruder Ethan spielen, allerdings ist er inzwischen etwas älter geworden. Es werden auch einige bekannte Gesichter vorbeischauen, da heißt es also: Aufgepasst!

LESEPROBE

Wollt ihr wissen, wie es Meghans kleinem Bruder Ethan in der Zwischenzeit ergangen ist?

Lest seine Abenteuer in:

Plötzlich Prinz

DAS ERBE DER FEEN

Ethan Chase ist nicht wie die anderen: Seit er als Kind von den Feen entführt wurde, folgen sie ihm auf Schritt und Tritt, sogar in seine neue Highschool. Als sie immer häufiger in sein Leben eingreifen, ahnt Ethan, dass sie ein Anliegen haben. Schweren Herzens macht er sich auf ins Feenreich Nimmernie, in der Hoffnung, den Spuk endlich zu beenden. Begleitet wird er von der temperamentvollen Kenzie, von der er noch nicht so recht weiß, ob er sie lieben oder hassen soll …

1

Der Neue

Mein Name ist Ethan Chase.

Und ich glaube nicht, dass ich meinen achtzehnten Geburtstag erleben werde.

Das soll kein melodramatischer Spruch sein, es ist einfach eine Tatsache. Ich wünschte nur, ich hätte nicht so viele Leute in dieses Chaos mit reingezogen. Sie sollten nicht meinetwegen leiden müssen. Besonders nicht … sie. Gott, könnte ich in meinem Leben irgendetwas rückgängig machen, dann hätte ich ihr niemals meine Welt gezeigt, die verborgene Welt, die uns umgibt. Ich wusste, dass ich sie da hätte raushalten müssen. Sobald man *sie* sieht, lassen *sie* einen nicht mehr in Ruhe. *Sie* lassen einen niemals wieder gehen. Hätte ich damals Stärke bewiesen, wäre sie jetzt nicht hier und würde gemeinsam mit mir auf den Tod warten.

Das alles fing an, als ich auf eine neue Schule kam – wieder einmal.

Der Wecker klingelte um sechs Uhr früh, aber ich war bereits seit einer Stunde wach und bereitete mich auf den nächsten Tag in meinem verdrehten, völlig verkorksten Leben vor. Ich wünschte, ich wäre einer dieser Typen, die aufstehen, sich ein Shirt anziehen und damit fertig sind, aber traurigerweise verläuft in meinem Leben nichts derart normal. Heute zum Beispiel hatte ich getrocknetes Johanniskraut in die Seitentasche meines Rucksacks gestopft und neben Stiften und Block auch eine Dose Salz eingepackt. Außerdem hatte ich jeweils drei Nägel in die Sohlen der neuen Stiefel geschlagen, die Mom mir für dieses Schuljahr gekauft hatte. An der Halskette unter meinem T-Shirt hing ein Kreuz aus reinem Eisen, und in diesem Sommer hatte ich mir die Ohren durchstechen lassen, in denen nun Metallstecker funkelten. Ursprünglich hatte ich auch einen Ring in der Lippe und einen Stab in der Augenbraue gehabt, aber als ich damit heimgekommen war, hatte Dad einen Tobsuchtsanfall bekommen. Am Ende durfte ich nur die Ohrstecker behalten.

Seufzend musterte ich mich im Spiegel, um sicherzugehen, dass ich möglichst unnahbar aussah. Manchmal erwischte ich Mom dabei, wie sie mich traurig ansah, als würde sie sich fragen, wo ihr lieber kleiner Junge hinverschwunden war. Früher hatte ich braune Locken gehabt, genau wie Dad, aber irgendwann hatte ich mir eine Schere geschnappt und strähnige, fransige Stacheln daraus gemacht. Früher hatte ich auch strahlend blaue Augen gehabt, wie meine Mom und – nach allem, was man so hört – meine Schwester. Doch im Laufe der Jahre waren sie immer dunkler geworden, heute war es eher ein rauchiges Blaugrau. Dad scherzt immer, das müsse davon kommen, dass ich ständig so finster dreinschaue. Früher habe ich auch nicht mit einem Messer unter der Matratze, Salz auf dem Fensterbrett und einem Hufeisen über der Tür geschlafen. War nicht »grüblerisch«, »feindselig« und »unmöglich«.

Früher habe ich oft gelächelt und laut gelacht. Was heute nur noch äußerst selten vorkommt.

Ich weiß, dass Mom sich Sorgen macht. Dad behauptet, das sei normales Teenagergehabe, dass ich eine »Phase« durchmache und sich das irgendwann auswachsen werde. Sorry, Dad, aber mein Leben ist alles andere als normal. Und ich weiß nicht, wie ich anders damit klarkommen soll.

»Ethan?« Moms leise, zögerliche Stimme drang durch die Zimmertür. »Es ist schon nach sechs. Bist du wach?«

»Bin schon auf.« Ich griff nach dem Rucksack und schlang ihn mir über die Schulter. Mein weißes T-Shirt war auf links gedreht, sodass am Kragen das Etikett zu sehen war. Noch so eine kleine Marotte, an die meine Eltern sich inzwischen gewöhnt hatten. »Ich komme gleich.«

Nachdem ich meinen Schlüssel eingesteckt hatte, verließ ich das Zimmer. Eine vertraute Mischung aus Resignation und Anspannung breitete sich in mir aus. *Also gut, bringen wir den Tag hinter uns.*

Ich habe eine bizarre Familie.

Von außen betrachtet würde man niemals darauf kommen. Wir scheinen vollkommen normal zu sein: eine nette amerikanische Familie in einer netten Vorstadtsiedlung, wo die netten Straßen sauber und die Nachbarn alle – welche Überraschung – nett sind. Vor zehn Jahren haben wir noch im Sumpf gelebt und Schweine gezüchtet. Vor zehn Jahren waren wir noch arme Hinterwäldler, aber dafür glücklich. Das war vor dem Umzug in die Stadt, vor unserer Rückkehr in die Zivilisation. Mein Dad hat es anfangs gehasst, immerhin war er sein Leben lang Farmer gewesen. Für ihn war es schwierig, sich anzupassen, aber irgendwann hatte er es geschafft. Mom überzeugte ihn davon, dass wir unter Menschen sein müssten, genauer gesagt, dass *ich* unter Menschen sein müsste und diese dauerhafte Isolation nicht gut für mich sei. So hat sie es Dad verkauft, aber natürlich kannte ich ihre wahren Beweggründe. Sie hatte Angst. Angst vor *ihnen*, Angst davor, dass *sie* mich wieder stehlen, dass ich noch einmal von Feen entführt und ins Nimmernie verschleppt werden könnte.

Wie gesagt, meine Familie ist bizarr. Und das ist noch nicht einmal das Schlimmste.

Irgendwo dort draußen habe ich noch eine Schwester. Eine Halbschwester, die ich seit Jahren nicht mehr gesehen habe, was allerdings nicht daran liegt, dass sie zu viel zu tun hätte, verheiratet wäre oder auf einem anderen Kontinent leben würde.

Nein, es liegt daran, dass sie eine Königin ist. Eine Feenkönigin, eine von *ihnen*, die nie wieder nach Hause zurückkehren kann.

Wenn das nicht schräg ist, was dann?

Natürlich kann ich das niemandem sagen. Normalen Menschen bleibt die Welt der Feen verborgen, die Magie macht es ihnen unmöglich, sie wahrzunehmen. Die meisten Menschen würden einen Kobold nicht einmal dann bemerken, wenn er ihnen die Nase abbeißt. Es gibt ein paar Sterbliche, die mit dem Blick gestraft sind, was bedeutet, dass sie all die Feen sehen können, die in dunklen Ecken und unter ihren Betten lauern. Diese Menschen wissen, dass jenes seltsame Gefühl, beobachtet zu werden, nicht ihrer Einbildung entspringt und die Geräusche aus Keller und Dachboden nicht daher kommen, dass das Haus sich setzt.

Bin ich nicht ein Glückspilz? Ich bin einer von ihnen.

Natürlich machen meine Eltern sich meinetwegen Sorgen, Mom ganz besonders. Die Leute halten mich ja jetzt schon für merkwürdig, gefährlich, vielleicht sogar verrückt. Wenn man überall Feen sieht, bleibt das nicht aus. Denn wenn die Feen *wissen*, dass man sie sehen kann, machen sie einem das Leben zur Hölle. Letztes Jahr war ich von der Schule geflogen, weil ich angeblich die Bibliothek in Brand gesteckt hatte. Was sollte ich sagen? Dass ich unschuldig war, weil ich lediglich versucht hatte, einem Haufen Dunkerwichtel zu entkommen, die mich bis dorthin verfolgt hatten? Und das war nicht das erste Mal gewesen, dass ich wegen der Feen in Schwierigkeiten geraten war. Ich war ein »Problemkind«, über das die Lehrer nur mit gesenkter Stimme sprachen, einer dieser stillen, gefährlichen Typen, von denen jeder erwartet, dass sie irgendwann wegen eines schrecklichen Verbrechens in den Abendnachrichten auftauchen. Manchmal machte mich das wütend. Mir war egal, was sie von mir dachten, aber für Mom war es schwierig. Also versuchte ich, mich anständig zu benehmen, so sinnlos das auch sein mochte.

Dieses Jahr kam ich auf eine neue Schule, in ein neues Umfeld, wo ich Gelegenheit zu einem »Neuanfang« hatte. Aber das würde nichts ändern. Solange ich die Feen sah, würden sie keine Ruhe geben. Ich konnte nichts anderes tun, als mich und meine Familie zu schützen und zu hoffen, dass ich niemanden mehr verletzte.

Als ich runterkam, erwartete mich Mom bereits am Küchentisch. Dad war nirgendwo zu sehen. Er machte die Nachtschicht bei UPS und schlief oft bis in den Nachmittag hinein. Normalerweise begegnete ich ihm nur beim Abendessen und an den Wochenenden. Was allerdings nicht hieß, dass er in seliger Unwissenheit lebte, was mich anging – sicherlich kannte Mom mich besser, aber Dad hatte keinerlei Probleme damit, Strafen zu verhängen, wenn er glaubte, ich sei nachlässig oder wenn Mom sich beschwerte. Vor zwei Jahren hatte ich einmal eine Vier in Bio bekommen, was dann auch meine letzte schlechte Note gewesen war.

»Der große Tag«, begrüßte mich Mom, als ich den Rucksack auf den Tresen warf und den Orangensaft aus dem Kühlschrank nahm. »Und du weißt ganz sicher, wie du zu der neuen Schule kommst?«

Ich nickte. »Ich hab's in das Navi im Handy eingespeichert. Es ist nicht weit, wird schon klappen.«

Sie zögerte. Nein, sie fand es nicht gut, dass ich allein hinfahren wollte. Dabei hatte ich mir den Arsch aufgerissen, um mir ein eigenes Auto leisten zu können. Der verrostete, grau-grüne Pick-up, der neben Dads Laster in der Einfahrt stand, repräsentierte einen ganzen Sommer harter Arbeit: Burger wenden, Geschirr spülen, Böden voller verschütteter Getränke, Essensresten und Kotze schrubben. Wochenenden mit Überstunden, an denen ich anderen in meinem Alter dabei zusehen durfte, wie sie abhingen, mit ihren Freundinnen knutschten und mit Geld um sich warfen, als wüchse es auf Bäumen. Ich hatte mir diesen Wagen *verdient*, da würde ich bestimmt nicht mit dem verdammten Bus zur Schule fahren.

Aber da Mom mich mit diesem traurigen, fast ängstlichen Blick ansah, seufzte ich schwer und murmelte: »Soll ich dich anrufen, wenn ich angekommen bin?«

»Nein, Liebes.« Mom richtete sich auf und winkte ab. »Ist schon gut, das musst du nicht. Aber bitte … nimm dich in Acht.«

Ich hörte auch das, was sie unausgesprochen ließ: *Nimm dich vor* ihnen *in Acht. Errege nicht* ihre *Aufmerksamkeit. Lass nicht zu, dass* sie *dich in Schwierigkeiten bringen. Versuch diesmal, auf dieser Schule zu bleiben.*

»Mach ich.«

Sie stand noch eine Weile unschlüssig herum, dann drückte sie mir einen Kuss auf die Wange und schützte Aktivität vor, indem sie im Wohnzimmer verschwand. Ich trank meinen Saft aus, goss mir noch ein Glas ein und stellte den Karton in den Kühlschrank zurück.

Als ich die Tür zuwarf, löste sich einer der Magnete und landete klappernd auf dem Boden, sodass der Zettel, den er festgehalten hatte, herabsegelte. *Samstag: Kali-Vorführung.* Als ich ihn aufhob, spürte ich ein nervöses Kribbeln im Magen. Vor sieben Jahren hatte ich angefangen, die philippinische Kampfsportart Kali zu lernen, um mich besser vor dem schützen zu können, was dort draußen auf mich lauerte. Kali hatte mich fasziniert, weil man dabei nicht nur lernte, sich mit bloßen Händen zu verteidigen, sondern auch mit Stöcken, Messern und Schwertern. In einer Welt voller dolchbewehrter Kobolde und schwertschwingendem Feenadel wollte ich auf alles vorbereitet sein. An diesem Wochenende war unsere Gruppe für eine Vorführung bei einem Kampfsportturnier gebucht, und ich würde daran teilnehmen.

Zumindest, wenn ich es schaffte, mir bis dahin keinen Ärger einzuhandeln. Was bei mir schwieriger war, als es sich anhörte.

Mitten im Herbstsemester an einer neuen Schule anzufangen ist zum Kotzen.

Ich muss es wissen. Für mich ist das nichts Neues: die verwirrende Suche nach dem Schließfach, die neugierigen Blicke auf den Fluren, der Gang der Schande durch das Klassenzimmer, wenn man auf dem Weg zu seinem Tisch von über zwanzig Augenpaaren verfolgt wird.

Vielleicht sind ja wirklich aller guten Dinge drei, dachte ich missmutig und ließ mich auf meinen Stuhl fallen, der Gott sei Dank ganz hinten in einer Ecke stand. Zwei Dutzend Blicke bohrten sich in meinen Schädel, doch ich ignorierte sie. Vielleicht schaffe ich es diesmal ja durch ein Halbjahr, ohne rausgeworfen zu werden. Ein Jahr noch – gewährt mir noch ein Jahr, dann bin ich frei. Wenigstens zitierte mich die Lehrerin nicht vor die Klasse, um mich allen vorzustellen. Das wäre mehr als peinlich gewesen. Ich hatte noch nie begriffen, warum sie eine solche Demütigung für nötig hielten. Auch ohne am ersten Tag derart ins Rampenlicht gezerrt zu werden, war es schwer genug, sich einzufügen.

Na ja, einfügen würde ich mich ja sowieso nicht.

Während ich weiterhin die neugierigen Blicke spürte, die immer wieder in meine Ecke wanderten, konzentrierte ich mich darauf, bloß nicht hochzusehen und mit niemandem Augenkontakt aufzunehmen. Ich hörte das Getuschel, sank noch mehr in mich zusammen und starrte auf mein Englischbuch.

Plötzlich landete etwas auf meinem Tisch: ein zusammengefalteter Zettel, der offenbar aus einem Block herausgerissen worden war. Noch immer blickte ich nicht auf, ich wollte gar nicht wissen, wer das Ding geworfen hatte. Vorsichtig ließ ich das Papier unter die Tischplatte gleiten und entfaltete es in meinem Schoß.

Bist du der Typ, der seine alte Schule abgefackelt hat? Ziemlich krakelige Handschrift.

Seufzend zerknüllte ich den Zettel. Die Gerüchte waren also schon im Umlauf. Großartig! Anscheinend hatte ich es bis in die Lokalzeitung geschafft: Jugendlicher Delinquent flieht vom Schauplatz seines Verbrechens. Da allerdings niemand *bezeugen* konnte, dass ich die Bibliothek angezündet hatte, war ich nicht im Gefängnis gelandet. Wenn auch nur knapp.

Irgendwo rechts von mir kicherte und tuschelte es, dann landete ein weiterer Zettel auf meinem Arm. Diesmal hätte ich die nervige Nachricht fast ungelesen weggeworfen, aber dann siegte die Neugier, und ich riskierte einen Blick.

Hast du im Jugendknast echt einen abgestochen?

»Mr. Chase.«

Miss Singer kam mit verkniffenem Gesicht auf mich zu. Vielleicht sorgte aber auch nur der strenge, dunkle Dutt auf ihrem Kopf dafür, dass sich die Gesichtshaut spannte und die Augen hinter den Brillengläsern so schmal waren. Mit klirrenden Armreifen streckte sie die Hand aus und wackelte auffordernd mit den Fingern. Ihr Ton war unnachgiebig. »Her damit, Mr. Chase.«

Ohne sie anzusehen, hob ich die Hand mit dem Zettel. Ruckartig entriss sie ihn mir. Einen Moment später sagte sie leise: »Kommen Sie nach der Stunde zu mir.«

Verdammt. Knapp eine halbe Stunde hier, und schon hatte ich Ärger. Nicht gerade ein gutes Omen für den Rest des Schuljahres. Ich ließ die Schultern hängen und schottete mich gegen die bohrenden Blicke ab, während Miss Singer nach vorne ging und mit dem Unterricht fortfuhr.

Nach dem Ende der Stunde blieb ich auf meinem Platz und hörte zu, wie die anderen ihre Stühle rückten, sich Taschen umhängten und zur Tür drängten. Sie redeten und lachten und fanden sich zu ihren üblichen Cliquen zusammen. Während ein Schüler nach dem anderen verschwand, hob ich den Blick und ließ ihn über die wenigen wandern, die noch im Raum waren. Ein blonder Junge mit Brille an Miss Singers Pult quasselte ohne Punkt und Komma auf die Lehrerin ein, die leicht amüsiert zuhörte. Sein eifriger Hundeblick ließ zwei Rückschlüsse zu: Entweder war er schwer verliebt, oder er bewarb sich um den Platz des Klassenstrebers.

An der Tür standen ein paar Mädchen, die wie Tauben zusammengluckten und albern kicherten. Einige der Jungs starrten sie im Vorbeigehen an und hofften, einen Blick zu erhaschen, wurden jedoch enttäuscht. Ich schnaubte leise. *Viel Glück!* Mindestens drei dieser Schönheiten gehörten zum Typ schlanke, umwerfende Blondine, was einige noch durch extrem kurze Röcke betonten, die ihre langen, gebräunten Beine ins richtige Licht rückten. Ganz offensichtlich gehörten sie zur Cheerleader-Clique, was bedeutete, dass ein Typ wie ich – und jeder andere, der weder eine Sportskanone noch ein reicher Schnösel war – bei ihnen keine Chance hatte.

Eines der Mädchen drehte sich um und sah mich an.

Hastig wandte ich den Blick ab – hoffentlich hatte das keiner bemerkt. Ich wusste nur zu gut, dass Cheerleaderinnen normalerweise mit großen, übertrieben besitzergreifenden Footballspielern liiert waren, die erst zuschlugen und dann Fragen stellten. Und ich wollte nicht an meinem ersten Tag an einen Spind oder eine Toilettenwand gedrückt werden und eins auf die Fresse kriegen, nur weil ich es gewagt hatte, die Freundin des Quarterbacks anzusehen. Wieder hörte ich Getuschel und stellte mir vor, wie sie mit dem Finger auf mich zeigten. Dann drangen schockiertes Quietschen und Keuchen zu mir herüber.

»Sie macht es wirklich«, zischte jemand, kurz bevor leise Schritte zu hören waren. Eines der Mädchen hatte sich vom Rudel gelöst und kam zu mir rüber. Na großartig!

Geh weg, dachte ich und rückte weiter Richtung Wand. *Hier gibt es nichts, was du wollen oder brauchen könntest. Ich bin bestimmt nicht hier, damit du beweisen kannst, dass du keine Angst hast vor dem neuen bösen Buben, und ich habe keine Lust auf einen Kampf mit deinem hirnverbrannten Freund. Lass mich in Ruhe.*

»Hi.«

Ergeben drehte ich mich um und starrte in das Gesicht eines Mädchens.

Sie war kleiner als die anderen, eher der freche, niedliche Typ als eine elegante Schönheit. Ihre langen, glatten Haare waren rabenschwarz, und die Strähnen, die ihr Gesicht umrahmten, hatte sie leuchtend blau gefärbt. Die dunkle Jeans über ihren Turnschuhen schmiegte sich an die schlanken Beine, war aber nicht übertrieben eng. Warme, braune Augen blickten auf mich herab, während sie die Hände auf dem Rücken verschränkte und von einem Fuß auf den anderen trat, als würde es ihr schwerfallen, lange stillzustehen.

»Das mit dem Zettel tut mir leid«, fuhr sie fort, während ich mich stumm nach hinten lehnte und sie wachsam musterte. »Ich habe Regan gesagt, sie soll es lassen, Miss Singer hat Augen wie ein Falke. Wir wollten dich nicht in Schwierigkeiten bringen.« Als sie lächelte, erstrahlte der ganze Klassenraum. Das war gar nicht gut; ich wollte nicht, dass hier irgendetwas erstrahlte. Vor allem wollte ich nicht, dass mir irgendetwas an diesem Mädchen auffiel, besonders nicht die Tatsache, dass sie extrem attraktiv war. »Ich bin Kenzie. Also, eigentlich *Mackenzie*, aber alle nennen mich nur Kenzie. Wehe, du nennst mich Mac, dann haue ich dir eine rein.«

Ihre Freundinnen tuschelten miteinander, einige von ihnen gafften ganz offen, während andere nur verstohlen zu uns herübersahen. Plötzlich kam ich mir vor wie ein Tier im Zoo. Leise Verbitterung stieg in mir auf. Für sie war ich nur eine Kuriosität: der gefährliche Neue, den man anstarren und über den man tratschen konnte.

»Und du bist …?«, legte Kenzie vor.

Ich wandte demonstrativ den Blick ab. »Nicht interessiert.«

»Okay. Wow.« Sie klang überrascht, allerdings nicht wütend. Noch nicht. »Das … kam unerwartet.«

»Gewöhn dich dran.« Innerlich zuckte ich bei dem Ton in meiner Stimme zusammen. Ich führte mich auf wie ein Arsch, das war mir klar. Außerdem war mir klar, dass ich damit jede Chance auf Akzeptanz an dieser Schule zunichtemachte. Man redete nicht so mit einer niedlichen, beliebten Cheerleaderin, ohne damit zum absoluten Außenseiter zu werden. Sie würde zu ihren Freundinnen zurückgehen, sich mit ihnen das Maul zerreißen und Gerüchte in die Welt setzen, die mich für den Rest des Jahres zu einem Geächteten machten.

Gut, versuchte ich mir einzureden. *Genau das will ich ja. So wird niemand verletzt. Sie sollen mich nur alle in Ruhe lassen.*

Allerdings … machte das Mädchen keine Anstalten, wieder zu gehen. Aus dem Augenwinkel beobachtete ich, wie sie sich gegen einen Tisch lehnte, die Arme verschränkte und mich mit einem schiefen Grinsen musterte. »Kein Grund, gleich fies zu werden«, sagte sie vollkommen unbeeindruckt. »Ich bitte dich nicht um ein Date, Machoman, ich will nur deinen Namen wissen.«

Warum redete sie überhaupt noch mit mir? Hatte ich mich nicht klar ausgedrückt? Ich wollte mich nicht mit ihr unterhalten. Ich wollte keine Fragen beantworten. Je länger ich mit jemandem sprach, desto größer war das Risiko, dass *sie* etwas bemerkten, und dann würde der ganze Albtraum von vorne losgehen. »Ethan«, murmelte ich mit Blick auf die Wand und fügte gepresst hinzu: »Und jetzt verzieh dich.«

»Wow, ganz schön feindselig.« Offenbar hatten meine Worte nicht den gewünschten Effekt. Statt sich abgestoßen zu fühlen, schien sie das Ganze … spannend zu finden. Was zum Teufel war hier los? Ich widerstand dem Drang, sie direkt anzusehen, spürte aber, dass sie immer noch grinste. »Ich wollte nur nett sein, immerhin ist heute dein erster Tag hier. Bist du immer so, wenn du jemanden kennenlernst?«

»Miss St. James.« Die Stimme der Lehrerin hallte durch den Raum. Als Kenzie sich umdrehte, spähte ich kurz zu ihr hinüber. »Ich muss mit Mr. Chase sprechen«, fuhr Miss Singer fort und lächelte Kenzie freundlich an. »Bitte gehen Sie zu Ihrem nächsten Kurs.«

Kenzie nickte. »Natürlich, Miss Singer.« Sie schaute kurz über die Schulter und erwischte mich dabei, wie ich sie ansah. Bevor ich den Blick abwenden konnte, grinste sie mich an. »Wir sehen uns noch, Machoman.«

Ich beobachtete, wie sie zu ihren Freundinnen zurückschlenderte, die sie kichernd und tuschelnd umringten. Mit einigen aufdringlichen Blicken in meine Richtung traten sie auf den Flur hinaus und ließen mich mit der Lehrerin allein.

»Bitte kommen Sie zu mir nach vorne, Mr. Chase. Ich will nicht durch das halbe Klassenzimmer schreien.«

Widerwillig stand ich auf, ging zur ersten Reihe und fläzte mich dort auf einen Stuhl. Miss Singer warf mir über die Brille hinweg einen strengen Blick zu, bevor sie zu einem Vortrag über ihre Nulltoleranzpolitik in Bezug auf Störenfriede ansetzte, um mir anschließend zu versichern, dass sie vollstes Verständnis für meine Situation habe und dass ich doch etwas aus mir machen könne, wenn ich mich nur etwas anstrengte. Als ob das so einfach wäre.

Vielen Dank, aber die Mühe können Sie sich sparen. Das habe ich alles schon tausend Mal gehört: Wie schwierig es sein muss, an eine neue Schule zu kommen und ganz von vorne anzufangen. Wie problematisch die Situation zu Hause sein muss. Tun Sie doch nicht so, als wüssten Sie, was ich durchmache. Sie kennen mich nicht. Sie wissen nicht das Geringste über mein Leben. Das tut niemand.

Und wenn es nach mir ginge, würde sich daran auch nie etwas ändern.

Wenn du wissen willst,
welche Abenteuer noch auf Ethan Chase warten,
lies weiter in: